蜜桃 -上册-

张不一 著

青岛出版集团 | 青岛出版社

图书在版编目（CIP）数据

蜜桃/张不一著. —青岛：青岛出版社，2024.8
ISBN 978-7-5736-1375-2

Ⅰ.①蜜… Ⅱ.①张… Ⅲ.①长篇小说－中国－当代 Ⅳ.①I247.5

中国国家版本馆CIP数据核字（2024）第048316号

书　　名	MITAO 蜜　桃
作　　者	张不一
出版发行	青岛出版社（青岛市崂山区海尔路182号）
本社网址	http://www.qdpub.com
邮购电话	18613853563
责任编辑	郭红霞
特约编辑	程钰云
校　　对	郭金乔
装帧设计	千　千
照　　排	梁　霞
印　　刷	三河市良远印务有限公司
出版日期	2024年8月第1版　2024年8月第1次印刷
开　　本	16开（640mm×920mm）
印　　张	37.5
字　　数	633千
书　　号	ISBN 978-7-5736-1375-2
定　　价	69.80元（全2册）

编校印装质量、盗版监督服务电话　4006532017　0532-68068050

目录

上册

第 一 章　你愿意收留我吗？　　　　1

第 二 章　桃子，再见！　　　　23

第 三 章　我晚上去接你　　　　50

第 四 章　我不是外人　　　　75

第 五 章　这颗桃子他要了　　　　100

第 六 章　就四个字，欲罢不能　　　　123

第 七 章　他刚才是亲了她吗？　　　　152

第 八 章　她现在离不开他　　　　176

第 九 章　那就让我烂穿心　　　　201

第 十 章　我怀孕了　　　　223

第十一章　小奶糕　　　　247

第十二章　这不是来给她送钱的吗？　　　　274

目录

下册

第十三章　他真的回去了？　　301

第十四章　这个叔叔是我的爸爸吗？　　320

第十五章　可你心里还有我　　350

第十六章　我好喜欢这个小哥哥呀　　374

第十七章　你是我见过的最完美的女人　　402

第十八章　你女儿呢？　　423

第十九章　程季恒，你不会是装的吧？　　444

第二十章　桃子，你嫁给我吧？　　470

番外一　蜜月旅行　　506

番外二　父女歌唱比赛　　537

第一章
你愿意收留我吗？

刚过早上七点，人民医院已经是人山人海、摩肩接踵。

陶桃左手抱着两束雏菊，右手拎着一个保温饭盒，如同一条逆流而上的鱼，费力地穿越人群，艰难地挤到了住院部的电梯前。

然而电梯门前的情形不容乐观，排队等电梯的人多得堪比早高峰期间的地铁站。

等了快十分钟，陶桃才靠着身材纤细的优势挤进了塞满了人的电梯里，刚一站稳，电梯门就紧贴着她的鼻尖合上了。

她左右手都拿着东西，没办法摁楼层键，只好求助于站在最右侧的那位阿姨："阿姨，麻烦您帮我摁一下七楼。"

少女的声音很甜，又带着一股清爽劲儿，仿若夏日里的一颗水蜜桃，令人倍感舒适。

那位阿姨垂眸看了一眼电梯按键，很和蔼地回答道："摁过了。"

陶桃笑了一下，白嫩的脸颊上透着一抹淡粉色，充满青春活力地说："谢谢。"

医院七楼是心血管科。

电梯门打开后，陶桃走了出去，轻车熟路地左转，再右转，朝着护士站那一侧的病房走去。

经过护士站的时候，她停下脚步，轻声询问那位坐在工作台后的白衣护士："周姐，苏医生来了吗？"

周姐闻言抬头，看到是陶桃，亲切地一笑："没有，苏医生今天休息。"

"哦。"陶桃心里有些失落，不过没表现出来。她犹豫了一下，说道："我明天有一整天的课，估计晚上八点多才能来医院，你能让苏医生等等我吗？我想问问奶奶的近况。"

她正在辅导班当数学老师，给初中生补习数学。

时值暑假，辅导班的老师在这个时候是最忙的。从周一到周六，陶桃每天都排满了课，从上午八点一直到晚上八点。

今天是周日，也是一周中唯一没有课的一天，所以陶桃才能上午来医院，本以为奶奶的主治医师会在，没想到他今天休息了。

周姐不假思索地答应了陶桃的请求："没问题，放心吧，他想走我都不会让他走！"

陶桃舒了口气："谢谢周姐。"

"谢什么呀，不用谢。"周姐又关切地叮嘱道，"你也别累着自己，该工作的时候好好工作，该休息的时候也要好好休息，注意劳逸结合。"

她很关心陶桃，护士站里的其他人也一样。

这两个月以来，陶桃每天都会来看望奶奶，这层楼的医生、护士都认识她。

人美心善的姑娘，大家都很喜欢，加上这姑娘很不容易，所以大家都很心疼她，同时也很佩服她。

小姑娘初中跳级两次，二十岁就大学毕业，原本前途无量，却因为奶奶突发重病，她放弃了保研的资格，回到县城照顾一直与她相依为命的奶奶，努力挣钱给奶奶治病。

二十岁的姑娘，能独自扛下这份责任，实属不易。

她像极了一颗水蜜桃，外表看起来粉嫩娇弱，内核却坚硬无比，乐观向上，又长得水灵漂亮，这样的姑娘，谁不喜欢？

听了周姐的叮嘱后，陶桃点了点头，笑着回道："我知道啦。"

周姐比她大了十几岁，像是教育孩子似的说道："不光要知道，还要记好。"这时，她注意到了她怀中抱着的两束雏菊，忽然想到了什么，"对了，那个男的怎么样了？醒了吗？"

陶桃知道她问的是谁，轻叹了一口气，摇了摇头："还没呢。"

周姐犹豫了一下，还是选择说实话："都三天了还没醒，估计希望不大了，你也别在他的身上浪费太多的时间和精力了，省点儿钱花在自己的身上。"

这不是冷漠无情,而是阐述事实。

三天前的晚上,陶桃在下班回家途经云山湖的时候,忽然从路边冲出来一个浑身是血的年轻男人,这男人直接撞到了她的自行车前轮上,并且撞完就倒地,倒了之后就没再起来过。

那一刻,陶桃害怕极了,面前这个男人的伤情看起来十分严重,好像他刚才撞的不是自行车,而是时速达到一百八十迈的轿车。

坐在自行车上愣了几秒后,陶桃猛然回神,慌慌张张地下车,跑到了那个男人的身边,蹲在地上伸手去探他的鼻息。

幸好,他还活着。

她立即拨打了120,把这个男人送到了医院。

经过抢救,男人脱离了生命危险,但情况不容乐观,外伤倒是不严重,严重的是内伤,脑震荡导致他陷入了深度昏迷。

从入院到现在,已经整整三天了,他依旧没有清醒的迹象。

更难办的是,这个男人的身上没有任何能够表明其身份的证件,医生仅能推测出他的年纪为二十三四岁。

他的身上连部手机都没有,联系不上家属,陶桃只好暂时承担起了家属的责任——医院不是慈善机构,并且资源有限,没有家属负责的话,病人很可能会被放弃治疗。

她也知道周姐是好心提醒,让她量力而行,但她并不想这么快就放弃,毕竟是一条人命。

陶桃想了想,回答道:"再等两天吧。"她顿了一下,带着几分希望地补充了一句,"说不定他马上就醒了。"

周姐知道这姑娘心善,叹了口气,无奈地说道:"行吧,但如果两天后他还是没醒,估计就再也醒不了了,你也不用管了。"

陶桃轻轻地点了点头:"嗯。"

陶桃来到奶奶的病房时,还不到七点半。

病房的房门上有一扇玻璃窗。透过玻璃窗,陶桃看到病房里的窗帘尚未拉开,应该是还有人没睡醒。

她收着力气,轻轻地推开了房门,尽量不打扰他人休息。

病房里有三张床位,最里侧的那张床位上住着一位年逾八旬的老大爷。老大爷已经偏瘫多年,儿女都不在身边,每天来照料他的只有护工。

中间的那张床位空着。

陶桃的奶奶周寒梅在靠近卫生间的那张床位上。

陶桃来的时候，老大爷已经醒了，护工却没醒，奶奶也没醒。

按理说人年纪大了之后，睡眠会变少，奶奶生病之前，每天早上五点就起床了，但是病来如山倒，入院之后她的身体越来越虚弱，一天里大部分时间都在睡觉。

陶桃走到病床边，把保温饭盒轻轻地放到床头柜上，然后换掉花瓶里那束已经干枯了的花，插上一束她新带来的小雏菊。

陶桃等了十分钟，奶奶还在熟睡中。

陶桃抬起手腕看了一眼表，距离查房还有一段时间，她想了想，悄悄离开病房，去了十七楼。

十七楼是神经外科的住院部。

相比于七楼，陶桃对十七楼的环境比较陌生，但三天下来，她对这里也稍微熟悉了一些。走出电梯后，陶桃轻车熟路地来到了1718号病房。

1718号病房在走廊的最里侧，十分安静，病房里也是有三张床位，但没有住满，仅在靠窗的那张床上躺着那位不知身份的年轻男人。

男人依旧处于昏迷状态，病房里安静得只能听到医疗仪器运作的声音。

病房里的窗帘没有拉开，光线比较暗。

陶桃温柔地推开房门，轻轻地走进病房，进去后的第一件事就是拉开窗帘。

两片淡蓝色的窗帘被拉开的那一瞬间，明艳的阳光如水般倾泻入室，照在了少女白中透粉的漂亮脸庞上，也照在了她身后的病床上。

阳光明亮得刺目，陶桃下意识地闭上了眼睛，与此同时，躺在病床上的那位昏迷不醒的病号的眼皮也有了轻微颤动。

随后陶桃把窗户也打开了，通风透气，然后转身朝着床头柜走了过去，把花瓶里的那束已经干枯了的旧花拿出来，插上新鲜的小雏菊，然后弯腰俯身，从病床下方拿出一个白色的塑料脸盆，去了卫生间。

从卫生间里出来的时候，她手上端着半盆清水，一块干净的白毛巾搭在盆的边缘。

走回病床边，她将脸盆放到床头柜上，拿起白毛巾在清水中仔细投了一遍，拧干，叠成规则的长方形，开始为男人擦脸。

初见时男人浑身是血，又是夜晚，陶桃压根儿没注意到他长什么样子。第二天清晨来到病房的时候，她才看清了他的容貌。

他竟然长得十分好看。

他的肤色白皙，面如冠玉，棱角分明。

他还在昏迷中，陶桃手上的动作很轻柔。她用毛巾先轻轻地擦拭他的额头，然后是俊朗的眉宇、高挺的鼻梁、浅色的薄唇、瘦削的下巴。

擦完脸颊，她再次投了一遍毛巾，开始为他擦耳朵。

他的耳郭的形状也很好看，如美玉雕出来的一般。

两只耳朵全部擦完后，陶桃再次把白毛巾投进了盆中。接下来，她要为他擦身体。

两天前第一次为他擦身体的时候，她特别不好意思，但护士要求家属这么做，要保持病人的体表清洁，不然容易生疮。

刚满二十岁的姑娘，第一次触摸异性的身体，她害羞到了极点，所以第一次几乎是全程闭着眼给他擦的，而且是应付了事。

第二次擦的时候，她比第一次仔细了一些，不过依旧感到不好意思。

今天是第三次了。

陶桃决定，这次要好好地给他擦一擦，因为这个人有可能再也醒不过来了。

在生死面前，男女之别都是小事。

她能力有限，帮不了他太多，只能帮他保持最后的干净与体面。

这么好看的人，不能好好地留在人世间，也是可惜。

陶桃不由得生出了几分惋惜之情，轻叹了一口气，然后将拧干的毛巾叠好，搭到盆边。

男人的病号服是蓝白相间、纽扣式样的。

陶桃从最上面一颗纽扣开始往下解，病号服微微敞开，逐渐露出了男人那宽阔紧致的胸膛与线条分明的腹肌。

两天前第一次看到男人的身体的时候，陶桃害羞到了极点，脸涨得通红，血管几乎爆炸。

但是今天，她害羞的感觉已经大大减少，毕竟他可能不会醒来了，所以她的心里更多的是对弥留者的尊敬之情。

然而，在她解开最后一颗纽扣的时候，耳畔忽然传来了嘶哑低沉的质问声："你在干什么？"

陶桃浑身一僵，猛然抬起头，瞪大了眼睛盯着忽然醒来的男人，神色中尽是震惊与诧异，仿若见证了"起死回生"的奇迹。

"你终于醒了！"她的声音中透着难以掩饰的惊喜与激动。

但是她的惊喜与激动并没有打动程季恒。

程季恒根本没有理会她，甚至没有多看她一眼，好像病房里根本不存在第二个人。

　　他开始试着活动身体，却心有余而力不足，四肢百骸像是被灌了铅，脑袋又昏又涨，像是里面被塞满了湿棉花。

　　自己的身体状况自己最了解，他知道自己短时间内不能自由行动了。

　　意识到这一点后，程季恒的脸色更加阴沉，他终于将目光对准了陶桃，启唇质问："谁派你来的？"

　　陶桃一愣，一脸茫然。

　　与此同时，她还有些不安，因为这个男人的眼神和气场实在是太过慑人。

　　此时此刻的他，像极了一匹刚刚觉醒的狼，眸光锋利无比，浑身上下透露着警觉与危险的气息。

　　"没人派我来。"她实话实说，"我自己来的。"

　　程季恒懒得跟她周旋，再次冷声质问："柏丽清还是程羽依？"

　　显然，他根本不相信她说的话，依旧对她充满敌意。

　　陶桃无奈到了极点，却没有生气。

　　正常人睁开眼后见到陌生人，第一反应应该是询问"你是谁？"，而他问的是"谁派你来的？"。

　　所以她猜测这个男人应该是有仇家，现在之所以躺在医院里，说不定也是拜仇家所赐，所以他才会怀疑睁开眼睛后看到的第一个陌生人——这可以说是一种本能反应。

　　想了想，陶桃开始自证清白："你说的这两个人我都不认识，你也不用担心我会对你怎么样，如果你不想被打扰的话，我现在就可以走。"

　　程季恒没有回应，一言不发地盯着陶桃，目光依旧冰冷锋利，似乎是想把她看穿。

　　陶桃明白他还是不相信她的话，叹了口气："我要是想害你，早拔你的氧气管了，还能让你活到现在？"

　　程季恒："……"

　　陶桃询问："你还记得自己是怎么来医院的吗？"

　　程季恒回想了一下，毫无印象。

　　陶桃只好把那天晚上和他昏迷后的情况详细讲述了一下，然后又问："现在你相信我了吧？"

　　她的眼神和语气中带着几分期待，她期待自己能够洗刷冤屈，被盖上"好人"印章。

程季恒看出了她的急切与期待，却不为所动。

他从睁开眼睛的那一刻就认定了，这是一位很漂亮的姑娘，美而不艳，甜而不腻，神色中尽显天真与灵气，好似完全未沾染尘世俗气，看起来美好极了，很难让人对她产生敌意。

正因如此，他才要对她多加防备。

他从来不相信这个世界上有美好的事物存在，如果有的话，也是为了掩饰万恶的现实。

他也从来不会为女人心软，或者说，他从来没对任何女人心软过，哪怕这个女人十分漂亮。

沉默了一下，他再次质问："你为什么要救我？"

人活于世，皆有所图，她不可能平白无故地救他，总是会有目的，更何况她还在医院里照顾了他三天，真的不图回报吗？

她任劳任怨，只为帮一个素不相识的陌生人？世界上怎么会有这么傻的人？哪怕她不是柏丽清的人，也未必不是心怀鬼胎。

陶桃又被问住了。

为什么救你？因为你快死了呀！这还用问吗？

她无奈地回道："我不救你，还能眼睁睁地看着你死吗？"

如果这句话是谎话，那绝对是他听过的最假的谎话。

如果是真话，那这姑娘绝对是他见过的最傻的人。

综上来看，她八成不是柏丽清的人，柏丽清不会让这种连谎话都说不圆的小傻子负责监视他。

但即便她是柏丽清的人，程季恒也不相信她说的是真话，直接回了句："你是学医的？"

陶桃："不是。"

程季恒："那你没理由慈悲为怀。"

"……"

这人怎么不识好歹？

陶桃据理力争："我救你是因为你刚好撞到了我的自行车上，我来照顾你是因为你刚好被送到了我奶奶住的医院里，我来看奶奶的时候可以顺便看看你。"

程季恒捕捉到了一个信息："你奶奶生病了？"

陶桃："嗯。"

程季恒："严重吗？"

提起奶奶的病情,陶桃的心情不禁变得苦涩,她轻咬下唇,点了点头:"嗯。"

程季恒注意到了她的情绪变化,又问:"你爸妈呢?"

陶桃:"死了。"

她回答这个问题的时候,并没有迟疑或者伤感,如果不是谎话,那么显然是双亲已经故去好多年,她早已习以为常,所以才能够坦然地回答。

试探了几番后,程季恒确定这姑娘并不是那种工于心计的角色,甚至还有点儿天真,说谎这种事,她并不拿手,那么只有一种可能——她说的是真话。

父母早逝,和奶奶相依为命,奶奶重病入院,她独自承担巨额医药费。

这姑娘看起来年纪不大,顶多二十岁,八成还没从大学毕业,医药费随时可能压垮她,但她又不想放弃对奶奶的治疗,所以只好想别的办法凑医药费。

这样一来,她救他的原因就说得通了——为了钱。

这悲惨又励志的人生经历,都能上电视节目了,但程季恒并不会同情她。

这世界上生来悲惨的人多了去了,他同情不过来,干脆一个也不同情——一视同仁,一视同仁的漠然,就是他最大的同情。

"开个价吧。"他开门见山,语气平淡,像是在商场里询问某种物品的价格,"你想要多少钱?"

陶桃没说话,直勾勾地瞪着他。

她这次生气了。

他的语气中并没有侮辱的意味,所以她不是因为他认为她贪钱生气,而是因为这人太过不知好歹,太过疑心,太过现实。

他不相信她会出于好心救他,更不相信她会平白无故地救他。

他不相信她的善意,也感觉不到任何善意。

陶桃满腔怒火,感觉自己的好心喂了狗。

她现在特别想和这人吵架,特别想骂他,但她深知自己不是吵架型选手,吵架这条路行不通。

可是她咽不下这口气!

现在的情况就是典型的"忍一时越想越气,退一步越想越亏"。

看着她一脸悲愤的表情,程季恒没忍住笑了一下:"很生气?"

他是真的被逗笑了,因为这姑娘太实在了,把什么情绪都写在脸上,这令他彻底放下了戒备。他唇角勾起，眸如朗星，笑意盈盈，看起来人畜无害，和"浑蛋"两个字完全不挂钩。

陶桃紧闭双唇，还在瞪着他。

程季恒以为她是不好意思开口要钱，难得大发了一次慈悲，好心地宽慰道："鸟为食亡、人为财死，你没必要不好意思。"

陶桃深吸了一口气，毫无感情色彩地询问："你叫什么名字？"

程季恒觉得自己没必要对一个小傻子隐瞒姓名："程季恒。"

陶桃狠狠地回道："一听就很垃圾！"

她非常满意自己的发挥，感觉非常有力度，既表明了自己的态度，又出了一口恶气。

程季恒却毫无触动，相当平静地回答："过誉了。"

陶桃："……"

程季恒很有自知之明，是真的觉得过誉了，按照世人的标准，他绝对是浑蛋级别的，垃圾还能接受改造被再次利用，却没人能改造得了他。

他的善良与天真早就被扼杀了，所以他活得相当现实。

现实过了头，就是离经叛道。

他从来不相信这个世界上存在至真至美，更看不上信仰并追求至真至美的人。

他将这类人统一归类为"单纯的傻子"。

不过看在面前这位小傻子救了他一命的分儿上，他好心地提醒了一句："我不是什么好人，你尽量离我远点儿。"

陶桃更气了，感觉像是一拳打在了棉花上："我知道！"

程季恒刚想再说些什么，这时窗外忽然刮起了一阵风。

风穿过纱窗吹进了病房里，直接吹开了程季恒的病号服。

衣服完全敞开，他白皙宽阔的胸膛和六块腹肌一览无余，腰腹两侧还有两条性感的人鱼线。

陶桃的脸颊瞬间变得通红，她羞得不行，赶紧别开了自己的目光。

程季恒倒没有不好意思，无奈地问了句："你能告诉我，为什么要脱我的衣服吗？"

陶桃红着脸，小声回答："护士让我给你擦身体。"

沉默片刻，程季恒问："你把我看光了？"

陶桃赶紧否认，连说了两遍："我没有！我没有！"又着急忙慌地解释，"我都是闭着眼给你擦的！"

他本来就是想逗这个小傻子一下，看到她这副紧张兮兮的样子，更想逗她了。

程季恒微微眯起了双眼："也就是说，你把我的身体摸遍了？"

陶桃："……"

程季恒轻叹一口气："我家的家规甚严，与妻结发之前，必须守身如玉，你说，该怎么办？"

"……"

什么怎么办？难不成还想让我对你负责？

陶桃顿时有了种被碰瓷的感觉，又急又气："我可没对你做过什么见不得人的事情，我只是帮你擦擦身体而已。"又理直气壮地补充，"是护士要求的，不是我主动的！"

小姑娘原本白中透粉的脸颊已经变得通红，像是从一颗水灵清透的水蜜桃变成了熟透了的红苹果。

真是个小傻子。

她越是着急，程季恒就越想逗她，没别的原因，就是单纯地感觉有趣。

他已经很长时间没遇到过这么傻的人了，强忍笑意，表情严肃，语气认真："你确实没有主动侵犯我，但并不代表没有玷污我的清白。"

"……"什么叫玷污你的清白？

陶桃气急败坏："是护士说要保持你的体表清洁，不然容易生疮，否则我才不会管你呢！"

"你从一开始就不该管我。"这回程季恒没逗她，而是语调平静地阐述事实，"在不知道我是好人还是坏人的情况下，你就敢主动救我，这是你犯下的第一个错；救了我之后，又主动承担起家属的责任，在医院照顾了我三天，这是你犯下的第二个错；在我醒了之后，你没有立即喊医生，而是和我这种浑蛋理论，这是你犯下的第三个错。我要是什么身份不明的危险分子，或者报警说你趁我没有意识时侵犯或者虐待我，你就死定了。"

陶桃呆若木鸡地看着程季恒，浑身僵硬，背后发凉。

她从来没有考虑过这些情况，不由得开始后怕。

她向来是与人为善的，从来不会主动思考人性的阴暗面，程季恒却将这种阴暗面赤裸裸地摆到了她的眼前。

"你很善良，但这世上的其他人并非和你一样善良，不要把别人想得都和你一样，有些人知恩图报，有些人却是恩将仇报，还有些人会觉得你的善意是理所应当。"

陶桃不明就里："所以呢？"

程季恒想告诉她，善良这种东西，有时一文不值。

生而为人，他能做到安守本分就已经是最大的善良。

但他心里也清楚，这个小傻子绝对不会明白这种道理，只好换了个通俗易懂的说法："所以下次遇到这种情况，直接走人就行，实在过意不去的话，就打个120，千万别把自己搭进去。"

陶桃皱起了眉头，难以理解地看向程季恒。

他是什么意思？

他在谴责她救了他，还是在教育她应该见死不救？

"如果我不救你的话，你现在已经被火化了。"陶桃不悦地反驳道。

程季恒："就是因为你救了我，所以我才会给你上这宝贵的一课。"

陶桃一愣："你这是在报答我吗？"

"……"

算了，她没救了。

程季恒面无表情："你可以这么理解。"

陶桃是真的没明白程季恒刚才说的那番话到底是什么意思。

她只知道，生而为人，要活得坦荡，要问心无愧。

道不同不相为谋，程季恒对她说的这番话，相当于一阵耳旁风，她听完就忘。

不对，也不是全忘了，她还是记住了一句话："那个……你应该不会报警吧？"

她只记住了他要控告她侵犯他的事情。

程季恒："……"

他长叹了一口气，无奈地回答："你现在把我的衣服扣上，就不会。"

陶桃这才意识到程季恒还袒露着胸呢，像极了一条任人欺负的"美人鱼"，现在要是有护士进来查房，这种画面一定会引发暧昧的联想。

她立即伸手为他系病号服的扣子。

一共七颗，她挨个儿给他系上，颔首低眉，动作一如既往地轻柔。

她的侧颜很好看，额头白皙饱满，眉宇清秀，睫毛浓密，眼尾翘起的弧度好看又显温柔，脸颊上的红晕已经退去，只留下了一抹娇嫩的淡粉色。

她的漆黑浓密的秀发扎成了简单的马尾辫，耳畔的碎发柔顺地垂在脸颊，脖颈修长，两条手臂纤细白嫩。

病房里阳光充足，一片明亮，姑娘穿着一条白色的长裙，身形窈窕纤细，周身都被镀上了一层融融的暖光，整个人看起来干净、清透、灵气四溢，很美好，也很诱人。

刚才一睁开眼睛，程季恒看到的就是这幅画面，不得不承认，那一刻他有点儿晃神，还以为自己升天了。

恍惚了好几秒钟，他才定下心神，终于清醒，下意识地对她产生了防备与抵触的心理，怀疑这是柏丽清的美人计。

程季恒的这个小妈，为了在程吴川断气之前除掉程季恒，可谓是无所不用其极。

在确定陶桃不是柏丽清派来的人之后，他对陶桃的防备心理降低了许多，但也不是完全没有提防，在发现陶桃是个单纯的小傻子之后，他对陶桃的防备心理才彻底降为了零。

她太善良，所以会不计回报地热爱这个世界。

虽然程季恒很看不上这种天真无邪的人，但不得不承认，他是有点儿羡慕的。

活得像一张白纸的人，都是没有经历过被蹂躏与践踏的人。

说明她从小就很幸福，是被爱包围的人。

就因为这点儿羡慕，让程季恒对她产生了几分好奇，他甚至想去探究。

犹豫了一下，他还是没忍住："你叫什么名字？"他从来没有主动询问过女人的名字，这是第一次。

"陶桃。"

他追问："哪两个字？"

陶桃一边为他系上第二颗纽扣，一边回道："第一个是耳刀旁的陶，第二个是桃子的桃。"

她果然是颗桃子。

程季恒又问："你多大了？"

陶桃："二十。"

程季恒："还在上学？"

"我已经毕业了。"陶桃为他系好了扣子，微微扬眉，语气中带着点儿骄傲，"我初中跳了两次级。"

程季恒微笑："你还挺厉害。"

陶桃很诚实地解释："是老师们比较照顾我，经常给我补课，所以我的学习进度比其他同学的要快。"

程季恒："为什么？"

陶桃沉默片刻："因为他们是我父母的同事。"

程季恒没继续往下问，因为他能感觉到，她不想再往下说了。

像是在转移话题，陶桃反问了一句："你多大了？"

程季恒也很配合她："二十三。"

陶桃："你只比我大了三岁而已。"

陶桃的言外之意就是：你刚才装什么人生导师？

程季恒淡淡地回道："那也是你哥。"

陶桃："……"

这时，病房的门忽然被推开了，一位小护士推着车走了进来："1718查房。"

走进病房后，护士才发现这位昏迷了整整三天的病号醒了，立刻瞪着陶桃批评道："病人醒了你怎么不喊医生呢？"

陶桃这才意识到自己犯错了，连声道歉："对不起对不起，下次一定先喊医生！"

护士被气笑了："还想你老公有下次呢？"

"……"

我什么？

我老公？

这层楼的护士们并不熟悉陶桃，也很少与她交流，只知道她每天都来照顾住在1718号病房里的男人，所以下意识地把他俩当成了小两口。

小县城里的人结婚都早，他们俩虽然看起来都年纪不大，但是已经结婚也不足为奇。

陶桃的脸颊瞬间涨得通红，她刚想解释，躺在床上的病号却抢先一步开口："没事，我命大。"

护士没再理会这对"小两口"，转身离开了病房，去找医生。

陶桃扭头，恼羞成怒地瞪着程季恒。

程季恒淡淡地回道："扯平了。"

陶桃气不打一处来："你就是个浑蛋！"

程季恒："我只是个虚弱的病号，连手都抬不起来。"

这确实是实话，左臂打了石膏，右手挂着吊瓶，身上还插满了各种管子，脸色还十分苍白，棱角分明的脸庞上尽显虚弱，薄唇的颜色也很浅淡，他简直凄惨到不能再凄惨。

他这副惨兮兮的模样，可谓是标准的"病美人"，看起来弱不禁风，陶桃都不好意思继续骂他了。

可是她咽不下这口气。

这个人的脸皮真的是太厚了！

她那股不服气的情绪全部表现在了脸上，程季恒越发觉得这颗小桃子有意思，忍不住地想逗她。

"你要是觉得吃亏了，我可以弥补你。"他很认真地说道。

陶桃对此深表怀疑。

程季恒："我努力劝一劝自己，也许可以对你以身相许。"

陶桃脱口而出："大可不必，我有喜欢的人。"语气中还隐隐地带着嫌弃。

他的好兴致忽然被她打断了。

"你有男朋友？"他漫不经心地问。

陶桃怔了一下，不说话了，脸颊微微发烫，像是一不小心暴露了内心深处的秘密。

程季恒轻轻挑眉，兴致忽然回来了："人家不喜欢你？"

陶桃感觉这人像是在幸灾乐祸，有点儿不高兴："跟你没关系。"

程季恒解释："你别误解我的意思，如果你有男朋友的话，我是担心你的男朋友会吃醋。"

他的神色特别真诚，一点儿也看不出来他是在说谎。

陶桃回道："我没有男朋友。"

程季恒："你喜欢的那个男生不会吃醋？"

陶桃的脑海中浮现出了一道修长的身影——身穿神圣的白大褂，肤色白皙，朗目疏眉，高挺的鼻梁下是一抹好看的薄唇，看起来是一位超凡脱俗、气质卓然的男神。

他的名字也好听——苏晏。

"他不会吃醋的。"陶桃的语气中带着几分苦涩。

他高高在上，如同皎皎月亮，众星拱之，他是不会看到她的。

程季恒心中了然，语气依旧真诚无比，温声细语地安慰道："被你这么优秀的女孩儿喜欢着，一定很幸福，他看不到你，是他的损失。"最后，他又十分认真地说道，"如果是我的话，早就金屋藏娇了。"

忽然被夸赞，陶桃特别不好意思，有点儿娇羞，又有点儿高兴，内心的苦涩瞬间一扫而空，程季恒在她的眼里都变得顺眼了。

程季恒将她的情绪变化尽收眼底。

这颗傻桃子，果然很好哄。

没过多久，护士带着医生来到了病房，给程季恒做了全面的检查。他的生命体征平稳，暂时无大碍，但他还是需要住院接受观察。

医生又交代了病人家属照顾病人时的几点注意事项，陶桃一一记下，随后医生和护士便离开了。

陶桃也准备离开。

"我要走了，还要去照顾我奶奶。"外面的温度已经升了起来，她一边关窗户一边说道，"中午我再来看你。"

"嗯。"程季恒问，"你有手机吗？"

陶桃以为他是要她的联系方式，一边从包里拿纸笔一边说："我把手机号给你写下来。"

程季恒："不用，我只要手机。"

陶桃明白了，他要打电话。

几天没跟家人联系，家里人肯定着急死了，他应该是想和家人报平安。

她立即从包里拿出自己的手机，递给程季恒，但很快就意识到他的双手现在不方便，贴心地说道："要不你给我说一下电话号码，我帮你拨？"

程季恒再次拒绝，语气果决，像是在下逐客令："不用，把手机放下你就可以走了。"

陶桃一愣，不知所措地看着他。

程季恒意识到了什么，解释道："我不会偷看你的私人信息，我只是想打个电话。你要是不放心的话，就在外面等我一会儿，打完电话我就把手机还你。"

显然，这是一通不能被她听到的电话。

陶桃也解释了一句："我没有这么想。"

她只是觉得诧异。

程季恒这个人，就像是一汪深潭，表面清澈，偶尔还会泛起温柔的涟漪，看起来平易近人，实则深不见底。

不过陶桃并没有多想，毕竟他们也不是很熟悉。

她将手机放到了他的枕边："屏锁密码是0430。"

程季恒抬起眼皮，语气莫名地温和了几分："你的生日？"

陶桃轻轻点头："嗯。"

自从母亲死后，程季恒就没再过过生日。

搁浅了十几年的记忆，忽然被一阵风吹开了覆盖在上面的尘沙，瞬间变得清晰无比。

愣怔片刻,他忽然笑了一下:"我的生日也是0430。"

陶桃把手机留给了程季恒,马不停蹄地赶回七楼。

她离开的时候还不到八点,现在已经九点半了,奶奶一定早就睡醒了,现在肯定饿坏了。

从程季恒那里离开的时候,陶桃满心焦急。她嫌等电梯太慢,直接走楼梯下来的,一走进病房就怔住了,诧异地看着正坐在病床边替她给奶奶喂早饭的人。

是苏晏。

他今天不是休息吗?

陶桃怔了几秒钟,忍不住问道:"你怎么来了?"从十七楼跑到七楼,她满头大汗,说话时还气喘吁吁的,但也难掩语气中的激动与惊喜之情,双眸中还闪动着星光,"周姐说你今天休息。"

苏晏浅浅一笑,温声说道:"周姐给我打了电话,说你想问问你奶奶的情况,我就来了。"

他今天没穿白大褂,身穿笔挺、整洁的白衬衫与西服裤,是以普通人的身份来的病房。

所以说,他今天是特意为了她来的医院吗?

陶桃的心尖一颤,她感觉像是在猝不及防间被灌了一口蜜,那蜜直接甜到了心底。

只不过,这口蜜她只能独自品尝。

他如同熠熠朗星,光芒闪耀,她却如尘埃,暗淡无光,所以不敢奢求太多,只要能被他照耀到就心满意足。

"谢谢你呀。"她尽力压制着内心的娇羞与激动之情,强作从容地表达自己的感激,"麻烦你多跑了一趟。"

苏晏:"没事,反正闲着也是闲着。"

陶桃朝病床边走了过去,一边伸手一边说:"给我吧,我来。"

苏晏将手中的碗和勺子递给她,从病床边的凳子上站了起来。

陶桃接替他坐到了凳子上。

老太太裹着病号服,靠在半支起的病床上,身形消瘦,满头白发,满脸皱纹,眼球虽然浑浊,但目光依旧清朗。

她注意到了孙女满头大汗,奇怪地问道:"刚才干什么去了?怎么累成这样？"

　　陶桃如实回答："电梯太慢了，我从十七楼跑着下来的。"

　　陶桃并没有隐瞒自己救人的事，因为她知道奶奶一定会赞成她的做法，即使不赞成，也不会反对。

　　老太太关切地询问道："他现在醒了吗？"

　　陶桃喂了奶奶一勺粥："醒了，今天早上醒的，刚才我一直在陪他做检查。"

　　老太太："醒了就好。小伙子年纪也不大，要是就这么没了，怪可惜的。"

　　不知为何，陶桃的脑子里忽然冒出来"祸害遗千年"这句话，脱口而出："他命大着呢，死不了。"可能是察觉自己语气中的嫌弃之情过于浓重，陶桃又欲盖弥彰地补充了一句："大难不死，必有后福。"

　　老太太又问："他跟他的家人联系上了吗？"

　　陶桃："应该是联系上了。"

　　老太太舒了一口气："那就好。"

　　陶桃笑了一下："你还挺关心他。"

　　老太太："他的家人不在身边，他独自一人不容易，咱们能帮一把就帮一把，以后你要是自己一个人在外面，我也希望有人能够全心全意地帮你。"

　　人上了年纪，考虑的事情就多，老太太什么都能放得下，就是放不下孙女。

　　老太太不知道自己还能活多久，一旦撒手人寰，孙女就孤身一人，将心比心，希望日后孙女遇到困难的时候也能有人出手相助。

　　陶桃就是听不得这种话，鼻尖猛然一酸，还有点儿生气："奶奶！你说什么呢？！"

　　老太太无奈一笑，哄孩子似的说道："好了好了，不说了。"

　　陶桃心里还是难过，且夹杂着挥之不去的惶恐之感。

　　陶桃很害怕奶奶会离开自己。

　　爸爸妈妈在陶桃十二岁那年就双双离世了，奶奶是陶桃在这个世界上唯一的亲人，如果奶奶也离开了，陶桃就变成没人疼没人要的小孩儿了。

　　她心里堵得慌，却又不知该如何自行疏导。

　　或者说，这种生离死别的事情，她想不开。

　　有些情绪可以发泄出来，有些情绪却如同千钧重的大石头堵在心口、抑在心头，令人难受到极点。

但即便陶桃不说出口，老太太也能看出来孙女不舒服了。

这丫头从小到大一个样——没心眼儿，将什么事都写在脸上，任谁都能看出来她心里在想什么。

老太太也不想让孙女难过，想办法让孙女开心："你今天是不是没课？"

陶桃点了点头："嗯。"

老太太："好不容易放一天假，你就别在医院守着我了，出去玩吧。"老太太又将目光转向了苏晏，"无病，你带着我们桃子出去玩吧。"

无病是苏晏的小名。

他小的时候身体不好，经常生病，老一辈的人为了图个好兆头，就给他取了"无病"这个小名，寓意无病无灾，一生平安。

老太太一直这么喊他，从他小时候喊到他长大。

桃子完全没想到奶奶会让苏晏带她出去玩，顿时紧张到了极点，还特别不好意思，呼吸都不顺畅了，刚想拒绝这个提议，耳畔却忽然传来了苏晏的声音："行。"

陶桃的第一反应不是惊喜和激动，而是拒绝："我……我不行，我还要备课呢，我没时间出去玩。"

其实她早就备好了课，只不过是找个借口而已。

虽然她小时候经常会见到苏晏，但是自从苏晏去外地上大学后，他们俩就没再单独接触过。

儿时的那种两小无猜的关系越来越淡，苏晏也越走越远，她落后了太多，越发追赶不上。

她不是不想和苏晏出去玩，而是害怕。

她对自己毫无自信，害怕自己把事情搞砸，害怕在两个人独处的时候自己会尴尬，害怕自己手足无措，害怕一不小心在苏晏的面前暴露自己的缺点，给他留下不好的印象。

但是在拒绝的话语脱口而出的那一刻，她又特别懊恼，感觉自己差劲极了。

她平时心心念念地期盼和他拉近关系，机会来了却畏首畏尾，可谓是失败到了极点。

莫名地，她又想到了程季恒。

虽然她只跟清醒状态下的程季恒接触了短短一个多小时，却对他的印象极其深刻。

不因为别的，就因为这人我行我素，玩世不恭，桀骜不驯，浑蛋到了极点。

她但凡有程季恒一半的浑蛋，也不至于活得这么憋屈。

住院部十七楼，1718号病房。

陶桃离开后，病房里仅剩程季恒一人。

四肢百骸依旧如被灌了铅一般沉重，脑袋里像是进了只蜜蜂，不停地嗡嗡作响，他只觉得头又昏又涨又疼。

连车带人从那么高的地方摔下去，没死也算是他命大。

左臂骨折，浑身酸痛，程季恒咬紧牙关，费力地从床上坐了起来，抬起正在打着吊瓶的右手，将手背举到唇边，用牙咬住输液管，直接将针头从自己的手背上拔了出来。

针口开始渗血，他压根儿就没管。腾出右手后，拿起了陶桃给他留下的那部手机。

手机的造型十分老旧，屏幕的设计也相当落后，一看就是好几年前的款式。

手机壳是粉色的，上面印着一颗颗卡通水蜜桃，相当有少女的感觉，倒是很符合主人的形象。

他摁亮屏幕，屏幕壁纸特别有意思，纯白色的背景底图上用简单的黑色线条画了一个穿着背带裙、扎着两个小辫的卡通小女孩儿，小女孩儿的身体左侧写着"每天清晨第一句"，右侧写着"先给自己打口气"，头顶还有个横批"我可以"。

程季恒没忍住笑了一下，低声自语："傻桃子。"

他用拇指触动屏幕，出现了开屏密码盘，输入0430，屏幕解锁。

他虽然是个浑蛋，但也讲规矩，不会窥探别人的隐私，哪怕是个傻桃子。所以在屏幕解锁之后，他并没有点击别的APP，直接点开了通话界面，拨通了季疏白的电话。

季疏白是程季恒的合作伙伴，也是程季恒为数不多的能信任的朋友。

程季恒的母亲姓吴，吴家与季家是世交，季疏白的父亲和程季恒的母亲是青梅竹马。

虽然季叔叔和程季恒的母亲最后各自成家，但自幼一起长大的情谊未变，在母亲死后，程季恒还颇受季家人的照顾。

程季恒和季疏白从小一起长大，知根知底，还一同去国外求学多年，毕业后一起回国开公司，二十多年的感情，不是兄弟胜似兄弟。

如果上战场，两个人绝对可以放心地把后背交给对方。

电话很快就接通了，季疏白的声音一如既往地慵懒散漫，语气客气又有距离感："不需要，谢谢。"

只要是陌生号码，季公子一律当成广告推销。

程季恒："是我。"

季疏白的音调突然升高："程季恒？"

程季恒："嗯。"

季疏白："我正准备去程家参加你的追悼会。"

程季恒："让你失望了。"

季疏白："我说真的。"

"……"

看来柏丽清比他想象得更心急。

程季恒直奔主题："程吴川死了吗？"

"还吊着一口气。"季疏白揶揄道，"你爸的命是真长，一时半会儿应该咽不了气。"

程季恒："柏丽清和程羽依呢？"

季疏白："在给你奔丧，估计下一步就要准备接手程氏集团了。"

程季恒："看来我要让她们失望了。"

季疏白："你现在在哪儿呢？"

"医院。"程季恒的目光扫到了身上搭着的白色被单上，上面印着几个红色的大字，他念了出来，"云山县人民医院。"

"中招了？"季疏白很快就反应过来了什么，"被卖了？"

程季恒神色阴沉，眸中泛起了寒霜。

他是在驱车回东辅的途中被袭击的，路经云山县西边的林松城时，忽然冲出来了一辆大卡车，把他连人带车从桥上撞了下去。

在车身砸进激荡的河水中的那一刻，他眼前猛然一黑，意识短暂地丧失了几秒钟。清醒过来后，他奋力从车中逃出，但因伤势过重，游了没多久便因体力不支昏了过去，幸好在昏迷之前抱住了一根木桩。

他还模模糊糊地记得自己中途清醒了一次，拼尽了最后一口气游向了岸边，上岸之后没走几步，就再次陷入了昏迷状态。

现在想想，他应该是顺着河水的流向漂浮到了云山县，身上的手机、钱包全被水流冲走了，上岸之后就遇到了傻桃子。

他确实是命大，先有树桩后有桃子，这俩条件缺少一个，他必死无疑。

为了监视程吴川，程季恒在程氏集团里安插了不少自己的势力，只等程吴川断气，回去接手集团。

程氏集团是程季恒的妈妈一手支撑起来的，程季恒绝对不能让它落入柏丽清母女的手中，更何况，他还要亲手送程吴川最后一程呢。

他这次回东辅，行程十分保密，仅有程氏集团中的个别眼线知道，柏丽清却知道了，还提前在他的必经之路上设下了埋伏，这说明他被手下的人出卖了。

季疏白："你现在回来吗？"

程季恒："我回去了，还怎么引蛇出洞？"

他只有"死"，才能让背叛他的人安心。

季疏白："我知道了，你安心养伤吧，这边的事我处理，等叛徒现身了，我会通知你的。"

程季恒："你可以去找白星梵。"

季疏白："你跟他联手了？"

程季恒："嗯。"

白家也是东辅的几大家族之一，实力不容小觑，白星梵是白家长孙，被白老爷子当继承人培养。

"行。"季疏白说，"需要我派人去照顾你吗？"

程季恒："不需要。"沉默片刻，他鬼使神差地补充了一句，"这儿有个小傻子愿意收留我。"

季疏白："这个电话是？"

"我借的。"程季恒道，"以后不要通过这个号码联系我，过几天我会再联系你。"

在接下来的一个星期里，陶桃不仅要照顾奶奶，还要照顾清醒后的程季恒。

那天程季恒把她的手机借走了，她还以为他是要给家人打电话，然而他的家人一直没有来医院看他，没有给他回过电话。程季恒也没有表现出什么焦虑、着急的情绪，有没有家人的关心对他而言好像无所谓。

陶桃特别奇怪，曾问过他一次："你跟你的家人联系上了吗？"

程季恒的回答是："我没有家人。"

说这句话的时候,他的语气和神色都平静到了极点,情绪也没有任何波澜,像是在阐述一件毫无争议的事实。

陶桃诧异不已,一个人怎么会没有家人呢?

虽然满心疑惑,但她没继续往下问。她觉得程季恒不像是在说谎话,至于他为什么没有家人,那是他的隐私,不能多问。

她曾悄悄地翻过手机上的通话记录,但什么都没有发现,显然,程季恒在把手机还给她之前就将通话记录删除了。

第二章
桃子，再见！

忙碌了一个星期，终于又到了周日，这天陶桃休息。

昨天晚上发了工资，她今天早上来到医院后的第一件事就是去一楼大厅缴费。

陶桃不消细算，就知道这是一笔巨额开销。

程季恒的忽然出现，可谓是令陶桃本就不富裕的生活雪上加霜，然而陶桃拿着银行卡去缴费窗口付钱的时候，被告知这周的账单已经被结清了，不仅是程季恒的住院费被结清了，连带着她奶奶的住院费也被结清了。

陶桃难以置信地看着坐在窗口里的工作人员，连发三问："你是不是看错了？什么时候交的？是谁来交的？"

工作人员查询了一下缴费记录："没错，确实结完了，但查不出来是谁交的钱，反正是昨晚清的账。"

陶桃满腹疑惑，到底是谁替她交了钱？

苏晏吗？

苏晏总是会在她捉襟见肘的时候替她垫付奶奶的医药费，没想到他这次竟然把程季恒的医药费也垫上了。

除了苏晏，陶桃也想不到别人了。

之前每次苏晏替她垫钱，她都一定会还钱给他，这次也一样。她知道苏晏是好心，是念及小时候的旧情，但她绝对不能占他的便宜。

她本想立即把钱还给他，却没找到他。

来到病房，奶奶还没睡醒，陶桃轻轻地将手上的饭盒放到床头柜上，换掉了花瓶里的那束旧雏菊，然后拎着另外一份早饭去了十七楼。

程季恒每天都醒得很早，无论陶桃几点来，看到的都是一个清醒的病号。

这人的身体底子好，伤势恢复得比医生预想的要快，现在已经能下地行走了，看样子过不了几天就能出院。

然而今天早上陶桃来到病房的时候，程季恒竟然还没起床。

病号躺在白床单上，身上盖着白被套，睡得特别安详，棱角分明的脸庞上眉宇舒展，神色平静，像极了被玉雕出来的"睡美人"。

陶桃走到病床旁边，将手中拎着的东西放到床头柜上。她的动作忽然一僵，因为她察觉到了一件不对劲的事情——没有呼吸声。

她屏息凝神地倾听，还是没有，连最微弱的那种都没有。

她的心忽然提了起来，她顿时有了一种不好的猜想。

一个星期以来，程季恒每天都早起，今天却一反常态——前几天的那股精神抖擞劲儿，该不会是回光返照吧？

毕竟他受过重伤。

陶桃被这个猜想吓坏了，深深地吸了一口气，紧张兮兮地伸出了微微颤抖的右手，将食指横在了他的鼻尖下。

他真的没气了！

陶桃惊呼一声，猛地收回手，惊恐万分地朝后退了两步，不知所措地盯着面前的"尸体"。

就在这时，"尸体"忽然睁开了眼睛，噌的一下从病床上坐了起来，一本正经地看着她，郑重其事地开口："欢迎来到阴间世界，现在开启闯关模式。"

陶桃愣了好几秒钟才意识到自己被耍了，登时气得不行，怒不可遏地瞪着程季恒："你有病吧？！"

程季恒不为所动，继续认真、专注地扮演游戏系统，相当有职业操守："你有幸被系统抽中，来到了阴间世界，你的任务是潜入地府救出你的心上人，闯关成功，你俩双宿双飞；闯关失败，双双被打入十八层地狱，永世不得相见。现在关卡已开启，摆在你面前的有两条路，第一条——忘川水路，第二条——彼岸花路，请选择。"

"……"

你非要一大早就来这么一出刺激的阴间项目吗？

陶桃被气笑了:"你是不是特别无聊?"

程季恒不是一个无聊的人,从来没跟人玩过这种幼稚的游戏,也从来没想过自己会干出这种无聊的事,但凡事皆有例外。

他就是不由自主地想捉弄这颗傻桃子。

她身上的那股傻乎乎的天真劲儿,让他捕捉到了乐趣。

面对陶桃的质问,程季恒置若罔闻,仍旧相当敬业地扮演游戏系统:"请在五秒钟内做出你的选择,超时即视为自动放弃闯关,即刻被打入十八层地狱。五、四、三……"

虽然特别无奈,但陶桃还是决定陪他玩一玩:"我选花路!"

程季恒:"彼岸花有剧毒,你没有防毒面具,被毒死了,闯关失败。"

???

陶桃不服气:"之前你也没说花有毒啊。"

程季恒:"你也没问啊。"

陶桃:"你这不是耍赖吗?"

程季恒:"行,看在你初次闯关不懂游戏规则的分儿上,我再给你一次机会,原地复活,请再次做出选择。"

陶桃这次有经验了,先问了一句:"怎么才能得到防毒面具?"

程季恒:"支付一百金币。"

陶桃心想:这游戏还需要氪金呢?花路太贵了,放弃。

陶桃重新做出了选择:"那我选水路。"

程季恒:"你没有船,被淹死了,闯关失败。"

"……"

我怀疑你在耍我,并且已经掌握了充足的证据。

陶桃气急败坏:"走花路你说我没有防毒面具,走水路你说我没有船,哪条路都行不通,还玩什么呀?我不玩了!"

程季恒:"不懂规则为什么不问系统?"

陶桃:"反正我不玩了!"

程季恒还没玩够呢,立即开始诱惑:"我再给你一次复活的机会,顺便赠送你一百金币。"

陶桃犹豫了。

纠结了几秒钟,她决定再次闯关:"船也需要钱吗?"

程季恒:"是的。"

陶桃:"多少钱一张船票?"

程季恒："私人游艇一千金币，木筏一百金币。选择木筏，游戏中途可以升级游艇。"

陶桃这回是真的长记性了，仔细追问："有什么区别？"

程季恒："肯定是越贵越好，忘川水里有食人鱼，游艇不会被食人鱼攻击，但是木筏会。"

陶桃："被攻击后我应该怎么办？"

程季恒："这是下一个关卡的问题。"

陶桃想了想，又问："我该怎么做才能赚到金币？可以现金充值吗？"

程季恒："不可以，只能用游戏的经验值兑换，兑换比例是一比一。"

陶桃："我现在的经验值是多少？金币有多少？"

"现在进入查询模式。"程季恒一板一眼地说道，"经验值0，金币100。"

陶桃不满意："我都死了那么多次了，经验值怎么还是零呢？"

程季恒无奈地回道："第一关你就死了那么多次，还好意思要经验值？"

"……"

陶桃竟无言以对。

陶桃愤愤不平地盯着程季恒看了一会儿，下定决心："我走水路，木筏。"

程季恒："恭喜你闯过了第一关，增加十个点的经验值。"

陶桃："才十点？不玩了！"

"……"

唉，女人。

程季恒："你可以选择存档，下次想玩了可以继续。"他又特意补充了一句，"存档是免费的。"

陶桃又心动了。挣扎了几秒钟，她不甘心地回道："那我存档。"

程季恒忍笑："系统已为您存档，期待您的归来。"

陶桃瞪着他，没好气地道："破游戏！"

程季恒一本正经地问道："不好玩吗？"

陶桃："哪儿好玩了？"

程季恒："我看你玩得挺投入的。"

陶桃放下狠话："我绝对不可能再去闯第二关，你死了这条心吧！"

程季恒相当镇定："你也可以通过其他方式赚取经验值。"

陶桃的耳朵竖了起来，她斜眼瞧着他。

程季恒言简意赅："讨好系统，系统可以赠送你经验值。"

陶桃这回终于明白了，这人搞出来这么复杂的一套阴间游戏，合着就是为了让她讨好他！

"你想得美！"她坚决不会讨好这个浑蛋。

程季恒叹了一口气，收敛起玩世不恭的神色，微微垂眸，神色黯然："别那么认真，就是跟你开个玩笑，以后说不定就没机会了。"

气氛忽然变得伤感了，陶桃有点儿茫然，又有点儿不安："什么意思？"

程季恒轻启薄唇，声音低沉："我要走了。"

他盘腿坐在病床上，左臂打着石膏，因为还未痊愈，俊朗的脸庞略显苍白。

陶桃惊讶不已地看着他："你要去哪儿呀？"

程季恒的双眸中浮现出了几分茫然："我也不知道自己该去哪儿，但我不想继续留下来拖累你。"

陶桃忽然特别心疼他，赶忙说道："你没有拖累我！你别胡思乱想了，现在你需要做的事情是好好养伤！"

程季恒神色认真："谢谢你的好意，我心领了，但是我不想成为你的负担。"

陶桃："你不是我的负担，真的不是！"

"我是。"程季恒十分坚决，"我不想欠你的人情，所以我用我仅剩的积蓄交了医药费，为了报答你，我把你奶奶的医药费也交了。"

昨天半夜季疏白来了一趟，给了他一张手机卡、一张银行卡——没钱寸步难行，装死也要装得体面。

既然要装死人给柏丽清看，就要装得彻底，自己的银行卡绝对不能动，所幸程季恒做好了万全准备，早就用季疏白的身份在银行开了个账户，存了一笔钱进去。

他是想赖着这颗桃子，看看她到底能有多傻，但也没浑蛋到让她给自己垫付医药费，更何况这点儿钱对他来说根本不算什么，但对桃子来说，绝对是巨大的经济压力。

困扰了陶桃一早上的疑惑终于水落石出，原来是程季恒替她交的钱，不是苏晏。

她忽然特别不好意思："你不用这样，我不要你的钱，我把钱还给你！"

程季恒摆了摆右手，微微一笑："不用，我也不需要钱了。"

陶桃顿时有了一种不好的猜想，不安地看着程季恒。

程季恒长叹一口气，眸光又暗淡了几分："我母亲早逝，父亲和后妈容不下我，创业失败无家可归，出了院也不知道该去哪里，没人关心也没人疼爱，活着还有什么意思呢？"

程季恒这句话里，除了"创业失败"和"活着没意思"是假的，其余全是真的。

他创业不仅没失败，反而相当成功。

至于活着有没有意思，以前他不清楚，反正遇到这颗傻桃子之后，有意思了。

他特别想知道，天真、善良的她，能有多大的容忍度。

他还想知道，她凭什么能活得这么天真？

还有，她到底能有多坚强？

常言道，久病床前无孝子，换了别人，早就放弃对老人的治疗了吧，她一个才二十岁的小姑娘，竟然硬生生地扛下来了。

如果把这个人世间比作一棵坏透了的果树，她就像是树上结出的一颗例外的美好果实。

他看不惯这种例外，又满心好奇，所以他想把这颗桃子从树上摘下来。

真假参半的话，往往比真话更能令人信服。

陶桃毫不怀疑程季恒说的话，加上他现在的模样像极了一个可怜、弱小又无助的小男孩儿，她的心狠狠地揪了起来，斩钉截铁地说道："不是的！这个世界上一定会有人爱你、疼你！就算是现在没有，以后也会有！"

程季恒神色平静，语气淡淡的："不会的。"

这句话，他说得很轻，令人听不出真假。

可能连他自己都不知道这是真话还是假话。

陶桃坚信天无绝人之路，目光坚定地看着程季恒，语气万分认真："会的！一定会的！总有一天会有一个人把你当成她的全世界！"

窗帘没拉开，窗外阳光明媚，浅蓝色的窗帘被映出了淡淡的蓝色光芒。

程季恒抬起了眼眸，目不转睛地看着被柔光笼罩着的姑娘："真的？"

陶桃重重地点头："嗯！"

程季恒自嘲地一笑："那也是以后的事情了，现在我还是无家可归，是一个被全世界抛弃的人，如何独自存活在这个世界上？"

陶桃有点儿着急了："你怎么是被全世界抛弃了呢？不是还有我吗？我

肯定不会放弃你！"

　　程季恒等的就是这句话："你不讨厌我吗？"

　　陶桃："我不讨厌你，我们是朋友！"

　　程季恒微微垂眸，抿唇沉默，将气氛和情绪拿捏得恰到好处，几秒钟后，他抬起双眸，目光中带着几分期待："你愿意收留我吗？"

　　陶桃不假思索："我愿意！"

　　她回答得实在是太快了，快到连程季恒都不知道该怎么往下接话了。

　　按照他之前的设想，陶桃绝对不会一口答应他的请求，毕竟他是个男人，还来路不明，正常人都会产生防备心理，更何况收留他之后还会多出一重生活负担，至少应该犹豫纠结一会儿吧？

　　没想到这个小傻子竟然想都不想就答应了他。

　　事态的发展完全出乎程季恒的意料。

　　虽然一切都在他的掌控之中，他却毫无成就感，反而有些挫败感，感觉自己是在欺负小孩儿。

　　小孩儿可能都没她这么傻，小孩儿还知道提防陌生人呢，她就没想过可能会有危险吗？

　　程季恒的心头忽然蹿起了一股无名火。

　　他对她的天真和善良嗤之以鼻，甚至有些恨铁不成钢。他特别想让她活得现实一点儿。

　　但计划不能被打乱，他强压下这股火气，摆出一副诧异中又带着点儿激动的表情："真的？"

　　陶桃点头："嗯！在你没想好下一步该怎么办之前，都可以住在我家。"

　　她简直是傻到家了。

　　她怎么随随便便就敢领男人回家？

　　如果不是他，换了别的男人，她是不是也会领回家？

　　程季恒忍无可忍，压着脾气问："你就不怕我是坏人？万一我对你图谋不轨呢？"

　　陶桃摇了摇头："不怕。"她很认真地说道，"你对我没有恶意。"

　　每个人的身上都带有一种无形的气场，是善是恶都可以通过一段时间的相处感知出来。

　　她之所以敢收留程季恒，就是因为确信季恒对她没有恶意。

　　退一万步来说，就算他想对她图谋不轨，那他是想图她什么呢？

　　图钱，她没有；图色，她觉得以程季恒的样貌和身材，不至于当流氓……

既然她的身上完全没有值得他图谋的东西，那她有什么好怕的？

最后，她补充了一句："你是有点儿浑蛋，但你不是个坏人。"

"我也不是个好人。"程季恒并没有被说服，继续质问，"万一我是个危险分子呢？万一我会连累你呢？"

陶桃觉得她和程季恒的角色好像反转了。

按理来说，这些问题应该由她提出，现在却是程季恒在质问她。

他好像一个在批评不知道预防危险的小孩儿的家长。

她有点儿不服气，理直气壮地说道："你要是真的想连累我，就不会把通话记录删了。"

程季恒没话说了，一言不发地看着她。

他可能低估了这颗桃子。

她是有点儿天真过头，却没丧失对人的判断能力，只不过判断得没那么准确而已。

他确实不会对她图谋不轨，对她也没有恶意，但这并不意味着他什么都不图。

如果他什么都不图的话，没必要这么麻烦地演戏，反正柏丽清已经认定他死了。

集团方面他也不担心，柏丽清想要掌控集团，必须经过董事会的投票，然而董事会中的大半股东当年是他母亲的支持者。他手中也掌控着母亲留给他的股权，白家更是程氏集团的大股东，而他早就得到了白老爷子的支持，所以根本不担心柏丽清会在短时间内扭转乾坤。

所有的一切，他早就安排好了，唯独被出卖是意外。他现在只需要安心养伤，等着叛徒自曝。

程季恒唯一担心的是——程吴川等不到自己回去就咽气了，那样的话就没意思了。

他现在之所以搞得这么麻烦，是为了赖在她的身边。

昨天季疏白临走前特意问了程季恒一句："你确定不需要人照顾你？"

程季恒不假思索："不需要。"

季疏白瞥了一眼程季恒打了石膏的左臂："身残志坚。"

"有个小傻子会收留我。"

季疏白听出来了程季恒语气中的恶作剧意味，轻叹一口气："你就不能放过人家吗？"

程季恒背靠床头，枕着右手，饶有兴致地说道："我只是想知道她到底能有多傻。"

季疏白无奈："我希望你能当个人。"

"我会的，我还会教她认清这个世界。"

季疏白离开之后，程季恒就开始策划怎么表演、说什么话，打动她，让她收留自己。

由于对方是一颗傻乎乎的桃子，所以程季恒不到五分钟就想好了全盘计划，顺便想了个阴间游戏逗她玩。

唯一的意外是——他没想到她会答应得这么快。

虽然她已经给出了解释，但程季恒还是不满意，继续提醒她："我虽然不是危险人物，但我出了车祸，身无分文，你就不怕我会成为你的负担吗？"

陶桃真的没有想那么多。

她只是想让他感受到这个世界的善意，给他一次重生的机会。

但他好像比她还要不放心。

可能轻生的人考虑的事情都多吧，不然也不会厌世了。

"你不要有那么多顾虑。"她宽慰道，"放心地在我家住下就行，我虽然没钱，但也不差你这一口饭。"

程季恒："万一我一直赖着不走呢？"

陶桃还真没想过这个问题，她能收留他一时，但能收留他一辈子吗？

不能，她也没那个能力。

她愣了一下，然后小声反问："你应该不会吧？"

她的声音和表情中全是小心翼翼，她生怕触及"轻生者"的敏感神经。

程季恒忍笑，正色道："当然不会，等我想好了下一步该怎么办，就会主动离开。你放心，我绝对不会拖累你。"

陶桃暗自舒了一口气，紧接着又觉得自己刚才的想法特别可耻，不由得有些愧疚，连忙解释道："我就是随便问问，你别放在心上。"

"我知道。"程季恒目光真挚地看着她，"真是谢谢你了，你又一次救了我的命。"

这"感激涕零"的口吻，陶桃都不好意思了："举手之劳，反正我家还有一个房间没人住，闲着也是闲着。"

程季恒忽然想到了什么，神情再次变得犹豫了："你领我回家，你喜欢的那个男生不会不高兴吧？"

苏晏怎么会在乎这个呢？

陶桃的心情忽然苦涩了起来，她微微垂下眼帘，目光略有些暗淡，闷闷地说道："不会的。"

程季恒一脸天真："如果他不高兴的话，你一定要告诉我，我会马上离开，不要因为我产生误会，影响你们两个人的感情。"

"也没什么感情。"陶桃的眼睛垂得更低了，她闷闷不乐地低头看向自己的脚尖，实话实说，"他不会喜欢我，我也配不上他。"

这句话要是从别人的嘴里说出来程季恒绝对毫无感触，但从傻桃子的嘴里说出来就不一样了。

他想知道，到底是什么样的男人，能让这颗桃子如此自卑。

"他很优秀吗？"他漫不经心地问。

陶桃重重地点头："嗯，特别厉害！东辅大学的高才生，本硕博连读！"

程季恒："学医的？"

陶桃："嗯。"

程季恒："现在在哪儿工作？"

陶桃："就在这家医院。"

程季恒："既然那么厉害，为什么不留在东辅？"

东辅是一线省会城市，经济发展迅速，各行各业人才济济，要是真的优秀，怎么可能会回到一个小县城工作？

陶桃解释道："因为他弟弟出意外去世了，他父母受了很大的打击，他就回家陪父母了。"

云山县人民医院还没有过那么高的学历的医生，所以苏晏一回来就成了主治医师。

程季恒问："你是听谁说的？是他亲口告诉你的？还是你听别人说的？"

他怀疑故事的真实度。

有些男人为了欺骗什么都不懂的小姑娘，博取她们的同情心，什么故事都编得出来，比如他自己。

但这颗桃子他要了，再傻也只能由他来欺负，别人不行。

陶桃："我不用听别人说，我们从小就认识。"她又补充了一句，"他爸和我爸曾经是同事。"

竟然还是个青梅竹马的故事，事情有点儿出乎程季恒的意料，但他并没有感觉棘手，反而觉得更有意思了。

他又问："他有女朋友吗？"

陶桃："现在没有。"

程季恒捕捉到了一个信息："以前有？还是刚分手？"

陶桃急切地回答："不是刚分手，分了好久了！"

你还着急了。

程季恒大概猜出了她为什么急，却明知故问："谈了挺多年吧？"

陶桃本就苦涩的心情更加苦涩了，她有点儿不高兴地嘟囔道："也没多少年。"

她不想回答，但程季恒偏要逼她回答："四年？五年？六年？"

陶桃又急了："哪有那么多年？才三年而已！而且都分了一年多了！"

"都三年了？"他故意把"才"换成了"都"，"为什么分手了？"

陶桃忽然特别生气，感觉这人就是故意的，瞪着他："我哪儿知道？！"

程季恒适当地收敛了一些："你别误会，我就是想帮你分析一下形势。"

陶桃半信半疑："你分析出来什么了吗？"

程季恒一本正经："我还有几个问题，彻底了解情况之后才能给出结论。"不给她拒绝的时间，他又问，"他只谈过这一个女朋友？"

他真的是哪壶不开提哪壶。

陶桃气得直咬牙："你怎么这么多问题呀？！"

显而易见，苏宴不止谈过一个女朋友。

程季恒相当满意这个答案，完全忽略了陶桃的愤怒，斩钉截铁地下结论："他是个情场老手。你呢？你谈过恋爱吗？"

虽然他用的是疑问句，但心里非常肯定，这颗桃子绝对没谈过恋爱，按照她的这种性格，上学的时候绝对是个不打架、不骂人、不早恋的好学生。

陶桃确实是没谈过恋爱，可是这话从程季恒的嘴里说出来，为什么这么令人感到羞耻？她感觉自己受到了嘲讽，脸颊不由自主地红了："你管得着吗？"

"我管不着，跟我没关系。"程季恒相当坦诚地说道，"没谈过恋爱又不是什么丢人的事，我也没谈过。"

他说的是实话。

围着他转的女人有很多，想倒贴他的女人更是前赴后继，他却从来没心动过，也从来没为女人心软过。

陶桃的神色中闪过了诧异，她微微启唇，却欲言又止，轻轻咬住了下唇，纠结不安地看着他。

程季恒被她的表情逗笑了："想说什么？"

陶桃更加不安了，纠结许久，还是问了出来："你真的是因为家规守身如玉吗？"

当然不是，他连家都没有，哪儿来的家规？

就算是有家规，程吴川那种烂到骨子里的人，也定不出来"守身如玉"这种清清白白的规矩。

他不找女人，是因为不信任女人，因为他从小就明白一个道理：女人的温柔刀最为致命。

这种东西可能会令他防不胜防，所以他干脆杜绝源头。

但是……他并不想对陶桃说实话，不然就没意思了。

"是啊。"他很严肃地看着她，不假思索地回道，"我虽然不受父亲疼爱，但他对我非常严苛，要求我与妻结发之前，必须守身如玉。"

他又是这句话。

陶桃一听到这句话就想到了之前的事。

她真不是故意看光他的，也无意摸他的身体。

看着程季恒严肃的表情，她越发不安，感觉自己好像逼着和尚破戒了。

"我真的不是故意的。"她很虔诚地道歉，"对不起！"

"没事，不知者无罪，而且你也是为了我好。"程季恒忍笑，严肃地叮嘱，"我不逼着你对我负责，别把这事说出去就行了。"

他用的是"不逼着"，而不是"不用"。

他的言外之意是：如果这件事被外人知道了，你就必须负责。

陶桃完全没明白这是个文字游戏，保证道："你放心吧，我绝对不会！"

但我会。

程季恒已经下定了决心，要"自毁清白"。

不过这个话题只是一个小插曲，结束之后，他言归正传："既然你的心上人是个情场老手，怎么会看不出来你喜欢他呢？难道是怕这层窗户纸捅破了之后连朋友都做不成？"

陶桃的呼吸一窒，她如石化般僵在原地，愣愣地看着程季恒。

是这样吗？苏晏能看出来？他不知道该怎么拒绝，所以一直装作不知道？

所以，她的喜欢给苏晏添麻烦了？

她不安，又无措，还有些难过。

虽然她不敢奢求太多，只要能默默地喜欢他就好，但哪个人的心中没有美好的幻想呢？

程季恒的话如同当头一棒，彻底打碎了她的幻想，不对，是痴心妄想。

程季恒将她的情绪变化尽收眼底，相当之满意，却带着歉意开口："抱歉，我只是随口一说，不一定准确，你别难过，我不想让你们两个人因为我的一句无心之言产生隔阂。"

又在医院里躺了将近一个星期，程季恒可以出院了。

他出院这天是周六。

陶桃只有周日休息，周六也被安排了满满一天的工作，晚上将近九点的时候才来到医院，接程季恒回家。

她来到十七楼的时候，程季恒正坐在走廊旁边的长椅上等她。

走廊上十分安静，椅子是蓝色的，天花板上的照明灯散发着洁白的光。

程季恒肤色白皙，棱角分明的五官仿若玉雕出来的，身上穿着陶桃给他买的衣服——浅灰色的短袖、黑色的休闲裤、白色的板鞋，虽然都是普普通通甚至有点儿廉价的衣服，但是穿在他的身上，偏偏多出了几分贵气。

不是衣服贵气，而是人贵气，衣装普通，却掩盖不了他身上的那股优雅矜贵，这种贵气是从骨子里散发出来的。

他像极了一位落难的贵公子。

听到脚步声后，程季恒扭头，循声望去，看到陶桃之后，原本冷漠的眼神忽然有了变化，眸光温和地朝她笑了一下。

那一刻陶桃忽然有点儿晃神，如见谪仙。

他的双眸十分黑亮，眼中仿佛蕴藏了星光，他那浅浅一笑，温如暖阳，直抵她心底。

"你终于来了。"他的左臂依旧打着石膏，但他起身时姿态从容优雅，"我等你很久了。"

如果她没听错的话，他的语气像是在撒娇，他在埋怨她来晚了？

陶桃累了一天，听到这话竟然没生气，反而觉得自己错了，自己应该早点儿来把他接走，不该大晚上的把他一个人留在医院里。

鬼使神差地，她还特意解释了一句："我真的按时下课了，但是有个学生的家长来问孩子的学习情况,所以就晚了一会儿。"

送孩子来辅导班的家长往往更"难缠"。因为学校是义务教育,送孩子来辅导班却需要家长自掏腰包,既然出了钱,就要看到成果。

"没关系,工作重要。"程季恒相当善解人意,没再追究此事,"我们走吧?"

"好。"陶桃补充了一句,"但我要先去看看奶奶。"每天无论忙到多晚,她都会在回家之前来一趟医院,和奶奶说句晚安。

虽然同在一个住院大楼,但程季恒还没见过陶桃的奶奶,他不假思索地说道:"我陪你去。"

"不用,太晚了。"陶桃解释道,"我奶奶就喜欢拉着人聊天儿,你要是现在去见她,今天晚上就别想睡觉了,你们俩都必须早点儿休息。"

一个是病号,一个是大病初愈,深夜畅谈?你们想都不要想!

程季恒相当听话:"行,你说让我什么时候见,我就什么时候见。"

陶桃总觉得这话听起来怪怪的,又说不上哪里奇怪。

小城市的人休息得都早,人民医院里早已没了白日的喧嚣。

整个住院部大楼安安静静的,空气中弥漫着消毒水的味道,颇有几分灵异恐怖的气氛。

电梯停在了七楼,两个人从电梯里走出去的时候,程季恒忽然对陶桃说了句:"今天晚上想继续闯关吗?"

"……"

容她考虑一下。

经过一个多星期的不懈努力,她终于从第一关闯到了第四关,经验值增加三十,金币增加一万个。

每通过一个关卡,只奖励十点经验值,陶桃对此相当不满意,但金币可以轻松赚取,这使她平衡了不少。

这一万个金币中,有百分之八十都是程季恒,不,是程季恒扮演的系统送给她的,剩下的百分之二十是她闯关打怪的过程中得到的奖励。

虽然她曾斩钉截铁地发誓,自己绝对不会通过"讨好系统"这种令人不齿的方式赚取金币,但事实证明——发誓这种事情只是说说而已。

既然有更简单的方式,她为什么要辛辛苦苦地赚取金币?

考虑了几秒钟后,陶桃先问了句:"有奖励吗?"

程季恒笑着回道:"你想玩游戏,还让系统给你奖励?"

陶桃理直气壮地说:"什么叫我想玩?明明是你想让我陪你玩!"

程季恒看明白了："没有奖励就不玩？"

陶桃："对！"

为了再一次体验到在游戏中捉弄傻桃子的乐趣，程季恒妥协了："行，奖励你一百金币。"

陶桃并不满意："才一百？"她的理想价位是一千。

程季恒轻轻挑眉："你什么都没干就奖励了你一百金币，还不满意？"

他深谙心理战术，懂得奖励要分情况，并且要适可而止，不然会给她造成一种奖励来得太容易的心理，她就不会珍惜，也不会再用心讨好他了。

既然是讨好系统，她就不能敷衍了事，必须认真讨好。

陶桃不服气："就你这破游戏，越往后玩氪金越多，第一关的时候坐游艇才一千金币，到了第三关就成了三千金币？"

程季恒："关卡等级越高，难度系数肯定也会越高。"

陶桃斜眼瞧着他："反正我也说不过你。"

程季恒："那你到底玩不玩？"

陶桃："第四关是什么？"

程季恒故意压低了嗓音，语气阴森："阴间医院。"

"……"

你没必要在医院里搞这种气氛吧？

走廊上幽静无人，头顶白光笼罩，冷气开得十足，陶桃莫名地打了个哆嗦。

说话间，两个人走到了拐角处，程季恒刚想说点儿什么逗她玩，这时前方不远处的某间病房的门忽然被打开，从里面走出来一位身穿白大褂的男医生。

程季恒压根儿没打算仔细看这人，却明显地感觉到了走在他身边的陶桃的脚步顿了一下。

就这一瞬，他就明白这位是谁了，眼中的笑意逐渐降温、凝固，如同一汪清泉变成了一片寒冰。

他微微眯起双眼，眼底浮现出一抹阴冷，其中又夹杂着几分快意。他现在的样子像是一匹寻觅许久终于察觉敌人踪迹的狼。

苏晏一从病房里走出来，就看到了陶桃，微微勾起唇角，朝她温和一笑。

陶桃忽然想到了小时候，他拿着作业本来她家补习功课。他坐在客厅的桌子上写作业，她趴在卧室门口偷偷地看着这位邻家大哥哥。

窗外阳光正好，洒入客厅，猝不及防间，大哥哥抬起了头，刚好与她对视。

那一刻，她害羞到了极点，大哥哥却没有对她流露出任何不耐烦的情绪，反而朝她温和一笑。

十几年来，他一直是那位温文尔雅的邻家大哥哥。

而她也一直是那位胆怯的小妹妹，只敢远远地偷偷看，不敢再往前走一步。

儿时的回忆一闪而过，陶桃也朝他笑了一下，笑容依旧很羞涩，与此同时，努力地克制着自己心中的激动。

自从那天听了程季恒的分析之后，她就开始害怕，害怕苏晏会看出她对他的喜欢。

她害怕自己的喜欢会变成苏晏的负担。

她害怕他们两个人最后连朋友都做不成。

她只是一粒想窥探星星的尘埃，只要能看到星星的光芒就好，不奢求能拥有星星。

她不由自主地放慢了脚步。

她想靠近他，又害怕靠近他。

程季恒配合她放慢了脚步，扭头看了她一眼，这颗桃子却毫无察觉。他的眼神冷了几分，他淡淡地收回自己的目光，面无表情地盯着对面的人看。

苏晏很快就走到了他们俩的面前，或者说，走到了陶桃的面前。

"今天怎么这么晚？"他记得她的最后一节课是七点四十结束，她平时不到八点半就来到医院了，而现在已经九点多了。

"有家长问我学生的情况。"陶桃看向程季恒，"我还把他接了下来，他今天出院。"她又跟苏晏介绍，"他就是程季恒。"

苏晏知道程季恒就是陶桃救下的那个年轻人，却一直没见过。

苏晏朝程季恒轻轻点了一下头，客气有礼地打招呼："你好。"又自我介绍道，"我是苏晏。"

程季恒言简意赅："你好。"

之后二人没再寒暄，苏晏对陶桃说道："奶奶在等你，不见到你，她不会睡觉。"

陶桃立即朝病房走了过去，然而走出了两三步后，忽然停下脚步，回头看着苏晏，但还不等她开口，苏晏就抢在她前面说了声："不客气。"

她想跟他说谢谢。

她很忙，没有办法时时刻刻照顾奶奶，苏晏如果不忙的话，就会替她照顾奶奶，如果她晚上回来得晚，他也会推迟自己的下班时间，替她陪着老太太。

她几乎每天都会跟他说谢谢，他已经习惯了，甚至能在她开口之前就推测出来她想说什么。

但是他不需要她道谢。

被抢了台词，陶桃先怔了一下，然后笑了。

苏晏也笑了。

只有程季恒没有笑意，眼中泛起了寒意。

他不喜欢这种被无视的感觉，像是被排除在了她的世界之外。

别人无视他无所谓，但这颗桃子，不行。

他不允许她的眼中有别人，这颗桃子，只能由他来摘。

陶桃小跑着去了病房，苏晏却没跟着去。

等她的身影消失后，他看向程季恒，很温和地询问："身体恢复得怎么样了？"

程季恒是个聪明人，知道苏晏为什么特意留下来和他单独相处——为了试探他的秉性，担心她会被骗。

程季恒也能感觉到，苏晏很关心陶桃，苏晏对她的感情，比陶桃自以为的深刻得多。

幸好这颗桃子傻，什么都感觉不出来。

程季恒善于伪装，他想伪装，苏晏绝对看不透他的本性。但现在，程季恒不想伪装。

他更想居高临下地碾压对手，想品味折磨对手的兴奋感。

"苏医生，我不喜欢浪费时间。"

程季恒的语气冰冷，神色中仅存的那一点儿伪装被彻底卸下，他暴露了自己的本性，高傲冷漠，张扬不羁，又带着慑人的邪气。

"所以，不要说废话。"

苏晏浑身一僵，惊诧地看着面前的这个年轻男人。

他的气场转变几乎只在一瞬之间，他现在表露出来的，才是他最真实的一面。

本能告诉苏晏，这个人很危险。

苏晏紧紧蹙起了眉头，目光锋利地盯着程季恒，声色冰冷地警告："离她远点儿。"

程季恒勾唇轻笑："你觉得可能吗？"

面对程季恒的挑衅，苏晏的脸色又冰冷了几分，眼神也越发锋利，仿若一把寒意森森的手术刀。

苏晏之前没见过程季恒，只听桃子描述过，在她的描述中，程季恒是一位无家可归、试图轻生的可怜的年轻人，性格温和、热情，容易亲近，却又带着几分敏感，这种敏感来自创业的失败、父母的抛弃。

苏晏并不认为桃子会骗自己，但是对方不一定不会欺骗桃子。

桃子刚大学毕业，进入社会不久，对人和事的判断力依旧保持着在象牙塔里的标准，很容易被欺骗、被蒙蔽，所以苏晏才会试探程季恒。

苏晏想过程季恒在自己的试探下原形毕露的情况，却没想过对方压根儿就没把自己放在眼里——还没来得及试探，程季恒就主动卸下了一切伪装，肆无忌惮地与苏晏针锋相对。

程季恒不只是嚣张，还狂妄，和桃子描述的那个温和亲切的年轻人截然不同。

显而易见，程季恒欺骗了桃子，并对她不怀好意。

"我绝对不会让你伤害她。"苏晏薄唇轻启，语气和目光一样冰冷决绝。

程季恒像是听到了笑话，轻蔑一笑："你是谁呀？"

程季恒这句话一语双关，既是在藐视苏晏，也是在质问苏晏——你是她什么人呀？

苏晏原本坚决的目光中闪过了一丝不自信，虽然转瞬即逝，但程季恒还是捕捉到了苏晏的神色中出现的仓皇，再次质问："你们俩是什么关系？"语调却极其轻缓，仿若一把故作迟钝的刀，一点点地凌迟着对手。

与此同时，程季恒在专心欣赏苏晏的表情，没错，是欣赏。

程季恒喜欢看到对手的情绪一点点地不受控。

这个问题像是致命一击，苏晏的目光中的不自信扩大了几分，他再也无法像刚才那样气势汹汹，因为缺少了底气。

他谁也不是，和她没有任何关系。

苏晏不由得攥紧了双拳，强忍着想痛揍程季恒的冲动，言简意赅地回答："朋友。"

"才是朋友。"程季恒轻轻挑眉，故意用上了"才"这个字，进一步打压苏晏的气势，又漫不经心地说道，"我跟她也是朋友，既然都是她的朋友，你有什么资格怀疑我会对她图谋不轨？还是说，你对她早就不怀好意了？"

怕我跟你抢？"

苏晏面色铁青，怒不可遏地瞪着程季恒："我没你卑鄙。"

程季恒这次是真的打心眼儿里瞧不起苏晏了，认真地对苏晏说了句实话："你比我坏得多。你早就看出来她喜欢你了，却一直假装不知道，你也喜欢她，却故意不说，因为你嫌弃她的出身，怕跟她在一起会被拖累。"

程季恒从来不会对敌人仁慈，对敌人的仁慈，就是对自己的残忍，所以这句话说得毫不留情，字字如刀，直捅苏晏的心。

其实程季恒并不喜欢这种一击毙命的方式，因为他喜欢折磨对手，而最好的折磨方式是凌迟——尽可能延长折磨敌人的时间，让敌人感受到无尽的痛苦。

但现在时间有限，傻桃子随时可能从病房里出来，程季恒来不及凌迟了，只能一击毙命。

苏晏的眼神中的不自信逐渐加深，他濒临崩溃，双拳也越攥越紧。

程季恒了然，自己的猜测并非全部属实，但也八九不离十。

苏晏深深地吸了一口气，死死地盯着程季恒，恼怒地道："我从来没有嫌弃过她！"

这是真的，他从来没有嫌弃过她的出身，但是……

程季恒冷笑，不屑至极："我的女人，还轮不到你来嫌弃。"

苏晏的神色在瞬间阴沉无比，他所剩无几的克制力在瞬间消失无踪，抬起右拳朝程季恒的脸颊挥了过去。

程季恒本可以躲过这一拳，但他没有躲，故意接下了这一拳，这一拳的力道极大，又夹杂着无尽的怒意。

程季恒的身体素质极好，虽然是大病初愈，但他好歹也是练了小十年MMA（Mixed Martial Arts，即综合格斗或综合武术）的人，还不至于被这一拳打倒。

但是他倒了。

用余光看到病房门被打开的那一刻，他忽然变得"弱不禁风"，踉跄着往后退了两步，身体如同断了线的风筝一般朝后倒了过去，重重地撞到了走廊的墙壁上，发出了一声闷响。

这一下撞得是真不轻，比苏晏打的那一拳还要有力度，程季恒眼前一黑，疼得五官扭曲，在心里嘀咕了一句："发挥过度了，下次要注意。"

陶桃走出病房的那一刻，刚好看到苏晏在打程季恒——苏晏一拳挥到了程季恒的脸上，直接把他打翻了。

他的后背狠狠地撞在了墙上,他面色扭曲苍白,看起来痛苦极了,左臂上还打着石膏,身体摇摇欲坠,随时可能会倒在地上。

陶桃大惊失色,迅速地朝程季恒跑过去,用力扶住了他的右臂,以免他摔倒,担忧不已地询问:"你没事吧?"

程季恒虚弱地喘了几口气,轻轻地摇了摇头,声音微弱:"我没事,你别怪苏医生,都是我不好,我惹他生气了。"

陶桃立即看向苏晏,目光中既有谴责也有质问。

你再生气也不至于打人吧?还把人打成这个样子?

他才刚刚出院呀,身体还没恢复好呢!

她虽然十分不满意苏晏的行为和态度,但还是忍住了吵架的冲动。

苏晏瞪大了眼睛看着"弱不禁风"的程季恒,神色中尽显诧异与错愕,震惊到一句话都说不出来。

愣了几秒钟后,苏晏才反应过来,程季恒是故意的,故意激怒自己,故意让自己对他大打出手,故意让桃子看到。

此时此刻的程季恒,身上没有了刚才那种高傲、冷漠、暴戾、桀骜的气场,眼神中也没了邪气,仅剩下被欺负后的可怜、弱小与无助。

程季恒再次虚弱地喘了两口气,抬眸看向对面的苏晏,眼神中满含歉意:"我不该那么说你,我向你道歉。"

陶桃微微蹙起了眉头,看着苏晏问:"他说你什么了?"

苏晏说不出口,一句话都说不出口。

苏晏能怎么说,说"程季恒洞悉了我的内心,看穿了我有多卑鄙"?还是说"我喜欢你,也知道你喜欢我,但我不告诉你,是因为我母亲看不起你"?

程季恒稳准狠地扼住了苏晏的致命点,令苏晏毫无反击之力。

苏晏哑口无言。

那一刻苏晏恨极了程季恒,又觉得自己活该。

也是在这一刻,苏晏看到程季恒朝自己笑了一下,笑容里带着邪气,又带着得意,这是强者碾压对手的笑容。

陶桃却没看到,她的注意力全在苏晏的身上,希望他能给她个解释。

但是苏晏给不了。

程季恒却能给,那个笑容在他的脸上停留了不到两秒钟就再次被虚弱与愧疚之情取代了。他满含歉意地看着陶桃,语气卑微:"苏医生是为你好,来试探我是不是好人。你也知道我这个人,认生又多疑,对陌生人的态度都不好，所以就特别不耐烦地对苏医生说了句'你是谁呀？'。"

陶桃忽然回想到程季恒从昏迷中清醒的那天对她的态度，也是抵触加多疑，还问她是谁派来的。

所以她觉得程季恒这话并不假，因为他一直是这种人，对陌生人的态度向来不好，只对苏晏说了句"你是谁呀？"还算是温柔的呢。

苏晏就因为这句话打了程季恒？是不是反应过度了？

陶桃的目光中的谴责之意更重了，虽然她喜欢苏晏，但不会因为喜欢而丢失了做人的原则。

更何况程季恒现在是她关照着的人，绝对不能让他受委屈，哪怕给他委屈受的人是苏晏。

如果苏晏不能给出一个合理的解释，那么苏晏就是错了！

陶桃不高兴地看着苏晏，质问道："你有什么想说的吗？"

苏晏无话可说，再次攥紧了双拳，薄唇紧抿，冷冷地盯着程季恒。

程季恒压根儿就没给他眼神，依旧看着陶桃，神色黯淡了下来："你别怪苏医生，要怪就怪我惹人讨厌吧，不然我父亲也不会只喜欢我继母生的孩子。"

陶桃的心被猛然一揪，又疼又酸，她有点儿担心他会再次产生厌世的情绪，忙不迭地安抚道："没有！你一点儿也不讨人厌！"

程季恒苦涩地一笑："我要是不惹人讨厌，苏医生为什么会打我呢？还是因为我太惹人嫌。"他叹了一口气，费力地站直身体，目光真挚地看着陶桃，"我知道你一直在帮我走出过去的阴影，但我觉得自己不能再留下来麻烦你了，我打扰你太久了，不想再影响你的生活，更不想让你和苏医生之间因为我而产生隔阂。"

言及此，他又对陶桃笑了一下，笑容中满含伤感，不舍地说道："桃子，再见。"

仅仅四个字，却饱含离愁别绪，陶桃的心尖狠狠一缩，像是被针扎了一下，眼眶都有点儿红了。

程季恒不再废话，从她的手中抽回自己的手臂，转身就走。

陶桃下意识地去追他，再次抱紧了他的手臂，急切地哀求："别走！"

程季恒明知道自己是在演戏给她看，在她挽留他的时候，心头却莫名一颤，脚步也跟着一顿，就像是有一股温柔又坚定的力量，叩响了他的心门。

他只是顿了那么一瞬而已，并没有停留，头也不回地朝电梯的方向走了过去，看似去意已决，却一直没甩开陶桃的手。

陶桃抱着他的胳膊追了一路，看起来像极了他的手臂挂件，还是个会说话的挂件，一边追一边好言相劝："你真的不用走，你没有打扰我，没有影响我的生活，你也不讨人厌，你不要把自己想得那么差劲，最起码我并不觉得你很差！"

程季恒一言不发，走到了电梯前，不得不从她的手中抽出自己的右手，摁亮了下楼键。

电梯一直停在七楼，门很快就打开了，程季恒走了进去，陶桃立即跟着他走了进去。

电梯里只有他们两个人，陶桃还在坚持不懈地开导程季恒："你不要胡思乱想，苏晏应该只是一时冲动，绝对没有针对你！"

你还替他说话呢？活该你被他耍得团团转。

程季恒的心里猛然生出一股无名火，但他很会掩饰自己的情绪，还善于伪装情绪，面不改色地摁下了一楼按钮，语气坚决地说道："你不用劝我了，我不会跟你回家。"接着又垂下了眼眸，凄然苦笑，"你放心吧，我不会怨恨苏医生，都是我自己不好，和苏医生没有关系。"

陶桃又急又心疼，生怕他轻生："你千万别胡思乱想，直接跟我回家就行！"

程季恒再次拒绝："不用。"

再一再二不再三，他计划的是，傻桃子再挽留他一次，他就松口。

陶桃急得直跺脚，都有点儿生气了："不去我家你准备去哪儿呀？"

程季恒刚要开口，正在缓缓闭合的电梯门忽然被一双白皙修长的手挡住了。

少顷，苏晏走进电梯，直勾勾地盯着程季恒，淡淡启唇："我向你道歉，不该打你。我家刚好有一套房子空着没人住，你要是不介意，可以去那里住。"

程季恒微微眯眼，一言不发地打量着苏晏。

他可能低估了对手的心理素质。

毕竟是当医生的人，心理素质怎么会差呢？苏晏为了达到最终目的，当然能做到不惜忍辱负重地向他道歉。

但这点儿小变故对他来说根本不算什么，反而让他觉得事情变得更有趣了。

程季恒承认自己是个不折不扣的浑蛋，但是他更讨厌那种明知道自己是浑蛋还要装作正义之士的人。

苏晏就是这类人。

看来苏医生还没玩够，程季恒决定再陪他玩一会儿，让苏医生彻底玩得开心，玩得尽兴。

"看来苏医生还是讨厌我，觉得我是个危险人物。"程季恒无奈又苦涩地一笑，扭头看向陶桃，"你也看到了吧？这种情况下，我怎么可能去你家？去了之后，你岂不是要天天和苏医生吵架？"他的语气十分真诚，甚至带上了几分"苦口婆心"，"我说过，我不想因为自己让你和苏医生之间产生嫌隙，你也不要再劝我了，我是不会去你家的。"

他闭口不言自己被打、受委屈的事。

他越是这样说，陶桃越觉得心疼、自责、愧疚，总觉得他是因为自己才受了委屈。

她只对程季恒说过自己有喜欢的人，却从来没对他说过那个人是谁。她知道，程季恒现在已经猜出那个人就是苏晏了。

他曾说过很多次，不想因为自己让她和她喜欢的人之间产生误会，现在他说到做到，宁可无家可归，也不想让她为难。

他在为了她委曲求全。

他能委屈自己，陶桃却不能让他平白无故地受委屈，更不能眼睁睁地看着他因为自己受委屈，她会良心不安的。

他已经够可怜了，她还要雪上加霜吗？

更何况，她曾答应过他，一定会带他回家，现在必须说到做到。

哪怕全世界都放弃了他，她也不能放弃他。

第一次，她对苏晏产生了抵触情绪。

虽然苏晏是为了她好，怕她被欺骗，但也不能打着为她好的名义欺负人呀！

她以前从来不会拒绝苏晏的建议或者要求，因为她总觉得苏晏一定是对的。但这次，她拒绝了，因为苏晏错了，他不该欺负程季恒。

她神色严肃地看着苏晏，语气坚决地说道："这是我和他之间的事情，和你没关系。"

苏晏浑身一僵，诧异又惊愕地看向陶桃。

气氛忽然陷入死一般的安静。

陶桃再次启唇："他是我救回来的人，我当然知道他是好是坏、可不可靠。我也知道你是担心我，但我跟他相处了整整半个月，你才跟他相处了十分钟,你说我们两个谁能更了解他?是你还是我?"

苏晏很想把刚才在七楼走廊里发生的事情和盘托出,一个细节都不放过地全部告诉她。可是他做不到,做不到当着她的面承认自己对她的喜欢,做不到亲口对她说出自己一直没有表白的原因。

欲言又止多次,苏晏最终还是选择了隐瞒真相,但这并不意味着他要放弃阻止程季恒。

程季恒这个人,性格乖戾,诡计多端,还善于伪装,是个危险人物。

无论如何,他都不能让他靠近她。

"我没有针对他,更没有怀疑他,我只是觉得,你们俩住在一起不方便。"苏晏尽量使自己的神色和语气放平和,"反正我那里还有一套空房子,他想住多久都可以。"

程季恒闻言轻叹了一口气,看向陶桃,微微摇头,再次苦笑:"算了吧桃子,我真的不想麻烦你了。我知道自己惹人讨厌,但我不想让你也讨厌我,所以别再管我了,就听苏医生的吧,离我远点儿。"

他越是这样说,陶桃要带他回家的态度反而越坚决。

她就是不想让他受委屈。

她还说过,哪怕全世界都放弃了他,她也不会放弃他。

答应过他的事情,她就必须做到。

不知不觉间,电梯到了一楼,叮的一声,电梯门随之打开。

陶桃抓住了程季恒的右手手腕,还抓得紧紧的,像是怕他会忽然逃跑似的。拉着程季恒往电梯外面走的同时,她又冷冰冰地对苏晏甩下一句:"你不要再说了,他不能一个人住,他的手还没好,需要人照顾。"

自始至终,程季恒都没有反抗,任凭陶桃拉扯,像个幼儿园小孩子似的乖乖地跟着她走出电梯,也没再回头看苏晏,没必要,对于手下败将,没必要给眼神。

苏晏没再阻拦,因为根本无法阻拦。

她根本不相信自己,只相信程季恒,就像着了魔,坚定不移地相信他。

程季恒完全把自己伪装成了一个无辜的受害者,又从未埋怨过任何人,每一句话都是为了她好,可谓是手段高明。

苏晏并不觉得陶桃傻,也不会觉得她不知好歹,因为换作是他的话,也会选择相信程季恒。

苏晏想不通,既然程季恒那么善于伪装,为什么偏要在自己的面前彻底卸下伪装,只是为了羞辱自己吗?

忽然间，苏晏想到了程季恒刚才说过的一句话："我的女人，还轮不到你来嫌弃。"

走出电梯后，陶桃一直没说话，拉着程季恒，径直朝住院部大门走去。

已经九点多了，无论是门里还是门外，都是一片安静。

陶桃一直没有回头，等两个人走出住院部之后，程季恒才问了她一句："你带我回家，苏医生……不会生气吧？"

他的语气中带着三分担忧、三分忐忑，还有四分因为给桃子惹来麻烦而产生的愧疚。

陶桃立即安抚道："不会的，你放心吧，苏晏没那么小气。"

程季恒轻叹一口气："我当然知道苏医生不是小气的人，我……"他顿了一下，似乎是在纠结，一秒钟后，才说道，"我看出来了你喜欢的人就是他，我怕苏医生误会我们的关系，万一他吃醋了呢？"

陶桃微微垂下眼皮："不会的。"她的语气中不由得带着点儿苦涩，"他不会吃醋的。"

程季恒不动声色地观察着她的表情："你怎么知道？我觉得苏医生挺关心你的呀，应该也对你有点儿喜欢吧？"

陶桃斩钉截铁："不可能，他绝对不会喜欢我。"

程季恒非常满意这个答案。

看来人太傻也不是绝对的坏事，最起码能规避掉苏晏那种道貌岸然的伪君子。

为了套出更多的信息，他顺着陶桃的话往下问道："你怎么这么确定？万一是你想多了呢？"

陶桃目光黯淡："因为我配不上他。"

程季恒蹙起了眉头，心里的那股无名火又蹿上来了。

苏晏到底哪儿好？

陶桃没有注意到程季恒微微泛冷的眼神，继续说道："他真的很优秀，从小到大每次考试都是年级第一，而且家境好，长得又帅，喜欢他的女孩儿有很多。"

程季恒不置可否，转而问道："喜欢你的男孩儿多吗？"

陶桃没想到他会问这个问题，忽然有点儿不好意思，脸颊微微泛红，小声回了句："也没有很多。"

程季恒不傻，他知道，一定很多。

长得好看的女孩儿，不乏追求者，更何况是她这种又好看又傻的，最能吸引男人的注意力。至今没被拐走，是因为她太傻了，心里只有苏晏。

程季恒的心口莫名一堵，神色有些黯淡，他不希望这颗傻桃子的心里有别人。

沉默少顷，他问："你就没想过跟他表白吗？"

陶桃的反应相当激烈："没有！不行！绝对不行！"

程季恒："为什么？"

陶桃垂下了眼帘："我还想跟他当朋友。"

她认定苏晏不喜欢她，所以很担心他知道了她对他的感情后会讨厌她，到时候她可能连和他当朋友的资格都没有了。

程季恒知道她是怎么想的，却并不打算告诉她真相，这辈子都不会。

他不会让苏晏得逞。

他要彻底把苏晏从她的心里抹去，不过不是现在，现在时机不对。他需要一劳永逸，所以要等待一个能够将苏晏"一击毙命"的机会。

他得沉得住气，等待合适的时机，在此之前，需要更多地了解对手。

"苏晏看起来确实挺有气质，说明父母培养得好。"程季恒先夸了一句，然后询问，"你和他从小就认识，他的父母也是初中老师吗？"

陶桃摇头："不是的，他爸爸是我们这里一个大药厂的董事长。"

云山虽然是个县，但经济比较发达，正在申请县级市。苏晏家里的药厂规模不小，绝对算是当地的龙头企业了。

陶桃又解释道："他爸爸原来和我爸爸是同事，都是初三化学组的，但是后来他爸爸辞职下海了。"

程季恒了然，苏晏的父亲属于半途发家，由普通的初中教师变成家财万贯的大老板。

所以这是苏晏瞧不起桃子的理由吗？嫌弃她家穷？

他有什么资格嫌弃她？

程季恒又问："苏晏的妈妈原来也是老师？"

陶桃再次摇头："不是，她原来在我们这里的纺织厂上班，后来苏晏的弟弟出生了，她就辞职在家照顾孩子。"她又轻叹了一口气，"去年他弟弟出意外去世了，他妈妈都快精神崩溃了，所以苏晏推掉了东辅医学院的工作，回来陪他妈妈。"

程季恒捕捉到了一个信息，故作不解地问："东辅医学院是不是特别难进？"

陶桃点头："简直是百里挑一！还必须是医学博士起步。"

程季恒:"苏晏就没后悔?"

陶桃犹豫了,不知道该不该说实话。

程季恒也不傻,一眼就看出来了:"他后悔了?"

陶桃立即替苏晏解释:"他没有后悔,只是遗憾!"

程季恒才不管那么多:"所以呢?他现在想回又回不去了?"

陶桃还在替苏晏解释:"也不是他想回去,是他妈妈逼着他回去,他妈妈觉得留在这里没前途。你不了解苏晏的妈妈,她真的……"她不想说苏晏妈妈的坏话,也没资格评价,但是绞尽脑汁地想了半天,也不知道该怎么用一个非贬义的词汇来形容苏晏的妈妈,最终只得委婉地说道,"因为他弟弟的去世,他妈妈受了很大的刺激,还自杀过几次,现在苏晏和他爸爸,几乎对她百依百顺,生怕再刺激到她。"

"哦。"

程季恒的问题问完了,该了解的也了解了——一个精神状态不好的强势母亲,一个被逼无奈的儿子。

苏晏或许真的没有瞧不起桃子,但是他妈妈会。他不想刺激精神状态不稳定的母亲,所以才会一直拖着桃子。

但程季恒不会给苏晏改过自新的机会。

第三章
我晚上去接你

　　说话间,两个人来到了停放自行车的区域,陶桃从包里拿出钥匙开锁,把车推了出来,程季恒自然地伸出右手去扶车把。

　　陶桃一愣:"你要干什么呀?"

　　程季恒不假思索地说:"带你回家啊。"

　　陶桃默默地看了一眼他打了石膏的左臂,脑补出了"车毁人亡"的画面。沉默片刻,她委婉地说道:"你才刚出院,身体应该还很虚,算了吧。"

　　程季恒相当自信:"哥当年上学的时候,大撒把带人都行,断一条胳膊根本没什么。"

　　"⋯⋯"

　　可是我还没活够。

　　陶桃不容置喙:"我不让你带我!"

　　程季恒:"你要带我?"

　　"⋯⋯"

　　我带得动你吗?

　　陶桃无奈地说道:"我们俩一起走回家。"

　　程季恒:"那多无聊啊。"

　　见他满眼失落,像极了没得到糖果的小朋友,陶桃立即说道:"我们可以边走边玩游戏!"

　　程季恒:"好的,可以,现在进入闯关模式,请做好准备。"

"……"

她为什么感觉自己进了他的圈套？

还不等陶桃抗议，程季恒就开启了游戏模式："主题——阴间医院，现在你站在医院门口，看到了一个左臂打着石膏的帅哥，你有两个选项——A.用一个金币邀请他一起闯关，B.讨好他并用一个金币邀请他一起闯关。"

"……"

我为什么非要浪费一个金币邀请你和我一起闯关？

陶桃满脸不忿，斜眼瞧他："我不要和你一起闯关！"

虽然一个金币的低廉价格也没能把自己推销出去，但程季恒还是很认真地看着她："接下来的旅途，你一定需要一个人帮你打辅助，确定不要和我一起吗？"

陶桃："……"

不就是玩个游戏吗，你干吗这么认真？

她十分无奈，最终还是浪费了一个金币，选择了与断臂帅哥同行。

虽然她对这个同行者并不是很满意，但是没办法，程季恒没有给她第三个选项，强行把自己塞给了她。

做出选择后，她依旧是一脸不服气。

程季恒微微蹙眉："很勉强吗？"

陶桃实话实说："感觉我这钱花得不值。"

"……"

程季恒感觉到了前所未有的憋屈。

他忍无可忍："你才花了一个金币就得到了我，到底哪儿不值？"

陶桃："你就应该是附赠的，还是系统赠送之前我还要考虑考虑接不接受的那种。"

程季恒："……"

毋庸置疑，他被这个傻桃子嫌弃得很彻底。

他深深地吸了一口气，压着脾气问："你最好能解释一下为什么这么嫌弃我，不然我会打击报复。"

看着身边人微微发青的脸色，陶桃相当有成就感，毕竟这是她第一次成功打击报复这位万恶的"系统"。

她强忍着笑意，非常无情地回答："嫌弃你不需要理由。"

程季恒一言不发地盯着她，几秒钟后，直接开启闯关模式："现在你和我站在医院门口，大门忽然从身后关上，与此同时，我们的面前冲出来了一群丧尸，你被吓得魂飞魄散，现在你有两个选择——A.求我救你，B.哭着求我救你。"

陶桃："……"

"系统"似乎越来越刁钻了。

她气得不行："你这就是打击报复！"

程季恒十分坦荡："是的，我是。"

陶桃："不玩了，卸载游戏！"

程季恒斜眼瞧她："你确定要放弃之前辛辛苦苦积攒下来的一万多金币？"

陶桃犹豫了。

程季恒见状给了她第三个选项："还有个隐藏选项，C.大喊三声'我离不开程季恒'。"

没有对比就没有更糟糕的选项，陶桃不假思索："我选A，我求你救我。"

程季恒："我拒绝了你，闯关失败，扣除一千金币。"

陶桃没想到失败来得如此猝不及防。

陶桃在夜风中愣了几秒，气急败坏地说道："我都求你了你还拒绝我？凭什么你拒绝了我我就闯关失败了？失败就失败，为什么还要扣金币？"

程季恒淡淡地、狠狠地说道："因为系统心情不好。"

"……"

陶桃明白了，这个游戏的本质，就是讨好万恶的"系统"。

陶桃没好气地瞪着程季恒，态度极其坚决："我要卸载游戏！"

程季恒："你没有卸载权，是系统选择了你，不是你选择了系统。"

陶桃咬着牙，面无表情地盯着程季恒，越看越想揍他。

程季恒轻轻挑眉头："现在还嫌弃我吗？回答正确可以原地复活并获得一千金币。"

陶桃不为五斗米折腰："嫌弃。"

程季恒咬了咬牙："再给你一次机会，回答正确可以直接升级到第五关并获得两千金币。"

五斗米不能折腰，十斗米可以，陶桃不假思索："不嫌弃，我一点儿也不嫌弃你！"

程季恒："真心的？"

陶桃信誓旦旦："发自肺腑的。"

程季恒虽然不知道真假,但这句话让他很满意。

"系统"的心情多云转晴,陶桃通关也顺利了不少。

夜风习习,小城静谧,他们俩边走边玩,没一会儿就走到了一座家属院的大门前。

陶桃停下了脚步,对程季恒说道:"我们家就在这个家属院里。"

程季恒闻言抬头,看向了家属院。

这座家属院十分老旧,依旧保留着二十世纪七八十年代的风格,进出口的大门还是漆红色的铁皮大门,右侧的那扇门上又开了一道窄窄的小门。

可能是因为时间晚了,此刻两扇大门紧闭,仅有那道小门开着。

大门右侧的方形水泥柱上挂着一块竖匾,上面刻着几个隽秀的毛笔字:十九中教职工家属院。在这几个字的右下角,用略小一些的字体书刻着题字人的名字。

虽然夜晚的光线不太好,但是程季恒的视力很好,他清楚地看到了那三个字——陶明朗。

他猜到了什么:"那是你爸写的字吗?"

陶桃点头:"嗯!"她的神色中带着骄傲,"这座家属院刚建好的时候,学校组织教职工进行书法比赛,我爸得了第一名。"

虽然这块木板已经在这里挂了很多年,上面的油漆早就开始斑驳脱落,但对陶桃而言,它历久弥新。

程季恒听出了她话语中的怀念之意,温声说道:"很厉害。"

陶桃看着那块木牌,目光中有着说不清道不明的情绪:"他一直很厉害,还有我妈,他们都很厉害。"随后她没再多言,推着自行车朝家属院里走去。

从小门走进去之后,程季恒才看到了这座家属院的全貌——

左手侧是家属楼,从前到后一共有六栋五层高的楼,一栋楼有四个单元。右手侧是自行车棚,浅蓝色的塑料雨棚下,不仅摆着自行车和电动车,还摆着不少旧家具和各种废品。

老旧、拥挤、凌乱,是他对这个家属院的最初印象。

他从来没住过这种房子,甚至从来都没踏入过这种地方,但就是在这种地方,长出了一颗最干净、最纯粹的水蜜桃。

上善若水,外柔内刚,不应该在一个刚满二十岁的女孩子的身上体现得淋漓尽致。

犹豫许久,他还是没忍住问了一句:"你父母是……怎么……离开的？"

这个问题十分敏感，他知道自己不该问，但他就是想不明白，她到底为什么这么傻。

她对待这个世界的方式与态度打破了他的认知。

陶桃没想到他会问这个问题，不由得愣了一下。程季恒见状立即说道："不方便说就算了。"

陶桃沉默少顷："也没什么不方便的，反正他们都走了好多年了。"她放慢了脚步，缓缓讲述，"那年暑假他们去山区支教，一场暴雨导致山体滑坡，校舍刚好建在山脚下，他们两个为了救学生被压在了坍塌的校舍中，两天后才被找到。"

最后那句话，她省略了"尸体"——两天后他们的尸体才被找到。

她不想用"尸体"两个字指代自己的父母。

"其实他们两个原本是可以逃出去的，因为职工宿舍不在山脚下，但是学生宿舍紧邻山脚，又是半夜，学生都在睡觉，如果没有人去疏散他们，所有学生都会死。"

危难来临之际，总要有人当逆行者，为了救援更多的人而负重前行。

她的父母选择了当逆行者，在危难来临之际，他们的第一反应是救学生。

程季恒终于明白了这颗桃子为什么会长成上善若水的人，因为她的父母就是这种人。

"那年你多大？"他问。

陶桃："刚上初一，十二岁。"

程季恒："你恨他们吗？"

陶桃咬了咬下唇，最终选择实话实说："恨过，我觉得他们为了别的孩子抛弃了我。"

程季恒完全能理解这种心理，毕竟这才是一个十二岁的孩子的正常心理。

陶桃继续说道："我到现在都记得我爸妈去支教前答应我回来后带我去西辅玩的事，结果最后回来的却是两个骨灰盒，我特别接受不了。哪怕他们俩被追封成了烈士，全世界的人都对他们俩歌功颂德，我还是恨他们。"

程季恒："后来为什么不恨了？"

陶桃："有一天，一位被救的学生和他的父母来了我家，代表被救的学生们给我和奶奶送了一件百衲衣。"

百衲衣，佛教圣物，用数块不同人穿过的衣料缝制而成，若为感恩而制，寓意功德无量，穿戴者必会逢凶化吉，福寿连绵。

"他们救了一百三十二个学生，那件百衲衣就是用这一百三十二个学生的衣料做的。你知道吗？那件百衲衣像极了一块破布，"说到这儿，陶桃忽然笑了一下，"但我拿到这件衣服的时候内心触动特别大，哭得特别惨。"

程季恒诧异又茫然地看着她，完全不理解为什么一件破衣服就化解了她内心所有的怨恨与委屈，一件破衣服，能换回你父母的命吗？

陶桃看向程季恒，继续说道："看到那件百衲衣的时候，我好像看到了那一百三十二个学生，看到了我爸妈冒着大雨冲进校舍救他们的画面，看到了那一百三十二个学生的父母，他们用两条命换来了一百三十二个家庭的团圆。生命这种东西虽然不能量化，但在特殊情况下，不得不做出牺牲，更何况他们是老师，那种情况下救学生是他们的使命。"

程季恒微微蹙起了眉头，神色不明，他说不清自己的心里是什么感受，反正不好受。

他一直认为这个世界是完全黑暗、肮脏不堪的。人性这种东西，也是卑劣到了极点，没有最坏，只有更坏。他曾目睹过人性到底有多卑劣，也曾亲身经历过人性的险恶，他的成长过程，似乎就是个亲眼认证这个世界有多阴暗的过程。

他拼尽全力，也只能做到不当一个坏人，绝对做不到当一个好人，也从来不相信这个世界上会存在真正的好人。

他活得相当现实，现实到不相信这个世界上存在真正的光明。

可以说，他的世界暗淡无光。

现在却有一双手，将他的世界撕开了一条裂缝，一道白光从那条窄窄的裂缝中投入了他的世界。

裂缝不算大，光线也很微弱，却十分刺目，因为他从未见过光。

陶桃的故事讲完了，他们俩也走到了家属院的尽头。

"我家就在这栋楼，第二个单元。"她一边把自行车推进车棚，一边对程季恒说道，"不高，三楼。"

老家属院里的公共设备不齐全，这栋楼前根本没有路灯。

程季恒盯着漆黑一片的道路看了一会儿，故作轻松地问了一句："楼道里有灯吗？"

陶桃弯腰锁车："没有，但是可以拿手机照明。"

程季恒犹豫许久，再也轻松不起来了，很严肃地说道："我怕黑。"

他没撒谎,他是真的怕黑,每天晚上必须开着灯睡觉。他独自一人居住时,每到夜幕降临,偌大的别墅里必定是灯火通明。

陶桃难以置信:"啊?"

程季恒觉得有些没面子,再次严肃认真地说道:"我只怕黑,除了黑,我什么都不怕。"

话音刚落,不知道哪户人家的狗叫了两声,那声音在寂静的夜里犹如狼嚎。

程季恒浑身一僵,盯着陶桃问:"你家养狗了吗?"

陶桃摇头:"没有。"

程季恒舒了一口气。

陶桃试探着问:"你还怕狗?"

程季恒并不想承认,不然打脸来得太快,但也无法否认,万一哪天她忽然抱回家一条狗就糟了,最后只能故作镇定地回答:"我只是觉得狗太吵了。"

陶桃已经知道了答案,但很给程季恒面子:"哦,你放心吧,我不养狗。"

程季恒:"嗯。"

陶桃把钥匙装进了包里:"走吧。"

程季恒却站着没动。

陶桃:"怎么了?"

程季恒:"太黑了,你要拉着我的手,不然我害怕。"

陶桃:"……"

虽然有那么一点儿无奈,但她还是拉住了他的右手,像是哄孩子一样询问:"现在可以走了吗?"

程季恒忍住了与她十指相扣的冲动,只是紧紧地握住了那只柔软的手:"可以了。"

陶桃无奈一笑,带着他朝前走。

程季恒扭头,盯着她看了一会儿,鬼使神差地问了句:"你不会松开我吧?"

陶桃语气坚定:"放心吧,不会。"

楼道比程季恒想象中的还要狭窄漆黑。

踏入单元楼的那一刻,他似乎又回到了六岁,楼梯下的杂物间逼仄得很,仅能放下一个狗笼,没有灯、全封闭的小空间内漆黑一片,黑暗吞噬了一切。

　　他被锁在狗笼里，无助地蜷曲在笼子的角落里，脚边放着一个圆形的狗盆，盆底仅残留着一层浅浅的清水。

　　狗笼外蹲着一条体形巨大的藏獒，它的呼吸声又长又粗。如果笼子里的他胆敢发出一丁点儿声响，那条藏獒就会发了疯似的冲着笼子咆哮，还会不停地撞击笼子，试图冲进笼子里攻击他。

　　如果它冲进来，他一定会被咬死，还会被它吃得连骨头都不剩。

　　但是他无处可逃，也无处可躲。

　　此刻的楼梯间，像极了那个封闭的杂物间，儿时的恐惧之感再度袭来，他无法再朝前走近一步，呼吸开始急促，浑身紧绷，下意识地抓紧了陶桃的手。

　　陶桃没想到他竟然会这么害怕，迅速打开了手机上的照明灯，柔声安抚道："没事的，不用怕，我在。"

　　手机照明的光线虽然微弱，但也足以劈开黑暗，驱散恐惧，程季恒高度紧张的情绪逐渐放松了下来，呼吸也缓缓趋于平稳。

　　陶桃关切地看向身边的人。他眉头紧锁，脸色极为苍白，额头上已经冒出了冷汗。

　　她不由得有些担心，极其温柔地安慰他："你别害怕，我会一直帮你开着灯，而且楼不高，很快就到了。"

　　程季恒双眸漆黑如深潭："嗯。"

　　陶桃牵着他的手，一边用手机照明，一边带着他往前走。

　　楼梯狭窄，过道和缓台处还堆放着不少乱七八糟的东西，看起来拥挤凌乱，根本容不下他们两个人并肩行走，只得陶桃走在前面带路，程季恒跟在她的身后。

　　每到转弯的时候，陶桃都会回一次头，看一眼程季恒。

　　两个人走到二楼与三楼之间的缓台的时候，陶桃又回了一次头，一分神就忽略了脚下，忽然被绊了一下，身体瞬间失去了平衡，毫无防备地朝前栽了过去。

　　程季恒及时握紧了她的手，用力一拉，将她向前栽倒的身体拉了回来。他的力气很大，陶桃直接撞在了他的身上。他很高，而且胸膛宽阔紧实，那一刻她感觉自己仿佛撞上了一堵人墙。

　　"小矮子。"

　　这是陶桃站稳之后听到的第一句话。

显而易见,他是在嘲笑她。

她没好气地回道:"我才不矮呢!"

"你多高?"程季恒本想伸手比画一下,但是他的左臂打着石膏,又不想松开紧握着她的右手,只好目测,"一米六?"

陶桃更气了:"我一米六六!"

程季恒:"哦,我一米八六。"

陶桃:"……"

我就不该理你。

瞪了他一眼,她转身就走。

程季恒笑了一下,紧跟在她的身后。

一层有三户,东户、中户、西户,陶桃家在西户。

到了家门口,陶桃要从包里拿钥匙开门,但是一只手拿着手机,一只手牵着程季恒,再没第三只手拿钥匙,她只好松开了程季恒的手,把手机递给他:"你先拿一下,我开门。"

掌心一空,心头似乎也空了一下,这种感觉很奇怪,对程季恒来说,可以算得上是前所未有,他却什么都没表现出来,一言不发地接过了手机。

陶桃拿出钥匙打开了防盗门,走进家门后的第一件事就是开灯,然后迅速侧身让开了门口的位置,语速极快地对程季恒说道:"快进来。"

仿佛黑夜是一头猛兽,正在追击着他,屋里的光亮是驱退猛兽的制胜法宝,只要他走进屋子,就不用再担心被追击。

程季恒却站着没动,愣愣地看着站在光里的姑娘。

姑娘身形纤细,穿着一条浅蓝色的背带裤,一件白色的短袖,领口和袖口处各有一道红边,看起来很有青春活力。她的皮肤白皙细腻,巴掌大的脸上泛着一抹淡粉色,像极了一颗水灵灵的水蜜桃。

她的眼睛是杏仁状的,眼神和她这个人一样干净清澈,又明亮无比,眼睛里似乎蕴藏着星光。

那一刻,程季恒有点儿晃神,怔了好几秒钟,才走进屋内。

陶桃关上了防盗门,还谨慎地反锁了,然后打开木质鞋柜,从里面拿出一双崭新的男式拖鞋,放到程季恒的脚边。

那是一双黑色的拖鞋,右脚的鞋面上还印着一只卡通米老鼠。

她可真幼稚。

这要是家里的管家给他买的拖鞋,必定会被他直接扔掉。

虽然内心很嫌弃,但程季恒还是乖乖地换上了这双米老鼠拖鞋,还很乖巧地说了句:"谢谢。"

"不客气。"陶桃又从鞋柜里拿出自己的拖鞋——一双黑底红面的酷炫的人字拖。

程季恒:"……"

没想到这颗傻桃子的内心里还住着一位狂野的少女。

陶桃每天到家最轻松的一刻,就是换拖鞋的时候。

陶桃迫不及待地脱掉脚上穿了一天的运动鞋,又迅速扯掉了白色的袜子,顺手把它们塞进鞋里,换上了人字拖。

她的脚踝细长,双脚小巧,趾甲晶莹饱满,火红色的人字拖更衬得她的双脚白皙玲珑。

换好鞋后,她领着程季恒走进了客厅。

这套房子虽然不大,却有三间卧室,厨房和卫生间在进门的右手边,左手边是鞋架,鞋架同侧有一间卧室,正对着大门的那个方位有两间卧室。

陶桃带着程季恒走到了与鞋架同侧的那间卧室的门口,先他一步走了进去,打开灯后才对程季恒说道:"你住这间屋子吧。"又解释了一句,"这间屋子原来是我爸妈住的,他们俩走了之后就再也没人住过。"

这间卧室是主卧,面积相对来说大一些,但也大不到哪儿去,一张双人床和一个衣柜就占据了大半的空间。

床上的枕套、床单、被罩全是崭新的,是陶桃昨天刚换上的。

程季恒走进房间后,先对她说了声:"谢谢。"

"不客气。"说完,她忽然想起了什么,"你等我一下。"然后快步走出卧室,转身去了自己的房间,再次回来的时候,手里多出了一盏夹式的床头台灯,台灯的外壳是粉色的。

她拿着台灯走到床头,把灯夹在床头板上:"这间屋子太久没人住了,没有台灯。"

他怕黑,晚上睡觉肯定要开灯,开大灯影响睡眠,所以她就把自己的床头灯拿了过来。

"这灯能调方向,你要是觉得光线太亮睡不着,可以把灯头扭过去。"说着,她还给程季恒示范了一下。

程季恒的注意力压根儿就没在灯上,他一直在看她:"嗯。"

搞定了台灯之后,陶桃又说道:"洗漱用品我也给你准备好了,就放在卫生间,衣柜里还有几件衣服,你可以换洗穿。"

程季恒的目光一直定格在她的身上。等她说完之后,他轻声问道:"你干吗对我这么好？"

这问题问的，陶桃都不知道该怎么回答了："也……没多好吧，都是些小事。"

程季恒轻轻挑眉："是吗？"

陶桃："不是吗？"

在她看来，这些确实都是微不足道的小事情，而且既然决定了收留他，总不能什么都不准备吧？

程季恒舒了一口气："那就好。"

"……"

他这是几个意思？

陶桃："有话直说！"

程季恒："我还以为你看上我了。"

陶桃不假思索："不会的，你放心吧！"

程季恒问："你晚上睡觉不梦游吧？"

陶桃："不啊，怎么了？"她忽然想到了一种可能性，"你不会还梦游吧？"

他怕黑怕狗又梦游，这……也太棘手了。

幸好程季恒摇了摇头："我当然不梦游，但是我怕你梦游，万一你不小心闯进了我的房间，我不就危险了吗？"

"……"

你的防范意识还真不是一般地强。

深深地吸了一口气，陶桃一字一顿地回答："你放心吧，我绝对没有梦游的毛病，也绝对不会在大半夜闯进你的房间！"

程季恒微微颔首，略含歉意地说道："抱歉，家教严苛，我必须守身如玉，咱们俩孤男寡女共处一室，我总是会有些担心。"

"……"

孤男寡女共处一室，你用的是什么虎狼之词？

陶桃无奈，信誓旦旦地对他保证："你放心，我绝对绝对对你没有非分之想！"

为表示态度坚定，她还一连用了两个"绝对"。

程季恒并不是很满意她的这种态度，却再次舒了一口气，面容也舒展开来："那我就安心了。"

陶桃也舒了一口气："现在我能去洗漱睡觉了吗？"

· 60 ·

程季恒:"可以。"

陶桃刚走出卧室，程季恒又问了她一句:"明天你要去医院吗?"

明天是周日，她唯一的休息日。

陶桃:"对啊，去照顾奶奶。"

程季恒:"我陪你去。"

陶桃:"不用，你在家休息就行。"

"我闲着也是闲着。"程季恒说道，"以后你上班的时候，我都会替你去照顾奶奶。"

陶桃态度坚决:"不用，真的不用!"

程季恒:"不然我怎么报答你?"

陶桃:"你不用报答我。"

程季恒置若罔闻:"以身相许吗?"

"我不需要!"

"那你就让我去。"

"……"

为了避免程季恒用"以身相许"这种方式报恩，陶桃只好答应他，但她还是坚持让他在家休息一天，等到周一再去。

无论是否休息，陶桃都起得很早，周日这天早上，六点钟的闹铃一响，她就睁开了眼睛。

本以为程季恒还在睡觉，然而当她洗漱完、打开卫生间的门时，程季恒的房门也打开了。

他也起床了。

陶桃不禁有些诧异:"你怎么起这么早?"

"觉少。"其实是因为睡得轻，他从来不会在陌生的环境中安然入睡，门外有任何小动静，都能将他从浅睡中唤醒。

但这并不是她的问题，而是他自己的问题，所以他没有说实话，言简意赅地回答了"觉少"两个字，就把这个话题岔过去了:"早安。"

"早安!"早起并不影响陶桃的活力，声音一如既往地清爽甜美，"我去做饭了，你洗漱吧。"

"嗯。"

走到厨房门口的时候，陶桃想到了什么，看着程季恒问:"你有什么特别讨厌的食物吗?"

程季恒笑着问:"你都给我做了半个月的饭了，现在才问这个问题是不是晚了？"

"那不一样。"陶桃理直气壮，"那时候你还在住院，只能吃清淡的，现在你可以吃点儿带油的东西了。"

清淡的食物不用放很多调料，食材也很简单，大部分人都能接受。

程季恒想了想，回道："不吃肥肉。"

陶桃："没了？"

程季恒："还有葱姜蒜和香菇。"

"……"

你不吃的还真是多。

陶桃忍不住吐槽："你怎么跟小孩儿一样爱挑食？"

程季恒眉头一挑："谁规定成年人不能挑食了？"

陶桃："……"

她特别无奈，拖长音调回道："知——道——了。"然后走进厨房。

程季恒笑了一下，去了卫生间。洗漱完从卫生间出来后，他也去了厨房。

陶桃刚把大米淘洗好，正在把锅往灶台上放，灶台前有一扇窗户。

夏季太阳升得早，明媚的阳光透过玻璃窗，毫无保留地照进了这间小厨房，将一切都笼罩在金色的光线中。

水蜜桃般的少女穿着一条粉色的睡裙，乌黑柔顺的长发被随意地盘在脑后，背影窈窕纤细，看起来既美好又温柔。

程季恒背靠门框，目光柔和地看着她，眉宇极为舒展，处于一种彻底放松的状态。

他已经许久没有这么轻松过了，甚至已经忘了上一次这么轻松是什么时候了。

把锅放好后，陶桃开了火，然后开始切菜。可能是觉得气氛太过安静，也可能是觉得太无聊了，她主动和程季恒说起了话："医生说你胳膊上的石膏要再等两个星期才能拆掉。"

程季恒："嗯。"

陶桃："我今天晚上买几个猪蹄回来，炖汤喝。"

程季恒："嗯。"

就不能多说几个字吗？陶桃微微蹙起了眉头，扭过脸看着他："你为什么不问问为什么？"

程季恒很配合："为什么？"

· 62 ·

陶桃:"因为吃什么补什么。"

程季恒:"嗯。"

"……"

这是要把天儿聊死吧?

陶桃有些生气,没再搭理他,专心致志地切土豆。

程季恒注意到她切菜时下刀的力气比刚才大了不少,剁得菜板咚咚响,似乎是在通过这种方式发泄情绪,感到有些莫名其妙,问道:"我怎么你了?"

陶桃头也不回:"别理我,我现在不想说话。"

谁让你刚才对我爱搭不理?

程季恒:"……"

原来他只听别人说过女人是一种特别奇怪的生物,她们生气的原因千奇百怪,男人压根儿捉摸不透,想要哄她们消气,最好的方法就是认错,没有底线和原则地认错,哪怕这不是男人的错,男人也要认,不然休想获得原谅。

在今天之前,他从来没遇到过这种情况,因为他从来没找过女人。现在遇到了,他也不打算另辟蹊径,以免节外生枝,选择乖乖认错:"我跟你道歉。"

陶桃不为所动:"你道什么歉?你又没错!"

程季恒:"……"

看来道歉也不管用。

他确实不知道自己错哪儿了,回想了无数遍刚才的对话,自己总共说了六个字,三个"嗯"和一句"为什么",这句"为什么"还是顺着她的话说出来的,他想破脑袋也想不出来自己到底哪儿错了。

不会是他话太少惹她生气了吧?那也太没天理了!

但是现在摆在他面前的只有两条路:第一,继续认错;第二,据理力争。

认真考虑了一下,他决定选一,因为二的风险太大——就算他从来没找过女人,也知道不能和女人讲道理,不然就相当于自寻死路。

"都是我的错,求你原谅我。"他第二次道歉时态度比上一次卑微许多。

陶桃微微扭头,板着脸瞧了他一眼,感觉他道歉的态度确实非常诚恳,姑且决定原谅他。但是她绝对不会直接说出"我原谅你了"或者"我接受你的道歉"这种话,不然就好像是在逼着他认错一样,所以用了另外一种方式接受他的道歉："你想不想吃煎鸡蛋？"

程季恒舒了一口气——终于不生气了。与此同时，他忽然意识到一件非常奇怪的事情：在面对这颗傻桃子的时候，他不仅毫无防备，而且耐心都被放大了无数倍。

以前从来没有人能让他变成这样。

"你到底吃不吃煎鸡蛋？"一直没得到答复，陶桃又问了一遍。

有了前车之鉴，程季恒这回不假思索，脱口而出："吃，只要是你做的我都吃。"

算你识相——陶桃满意地勾起了唇角，她的眼神中还隐隐地闪着几分得意。

程季恒看出来了，忍着笑意，叹了口气："你就欺负我吧。"

陶桃瞪着他："谁欺负你了？"她看起来理直气壮，其实有些心虚。

从小到大，她从来不会欺负人，也不会无理取闹。尤其是父母去世了之后，她好像一夜之间长大了，尽数收敛了自己的小脾气和小性子，在所有人面前都会表现出一副懂事知理的样子，绝对不会任性妄为，哪怕是面对自己的亲奶奶。

因为她觉得自己没资格任性，所以就逼着自己懂事。

但不知道为什么，在面对程季恒的时候，她总是会在不经意间露出自己的"狐狸尾巴"。

可是，她绝对不能承认自己在欺负他。

"我可没欺负你！"她继续理直气壮地说。

程季恒不依不饶："你这么凶，还说没有欺负我？"

陶桃："我说没有就没有！"她简单粗暴地下了逐客令，"你能不能不要在厨房里待着？影响我做饭！"

程季恒："我站在门口也影响你吗？"

陶桃毫不留情："影响心情。"

程季恒："……"

他又一次被这颗傻桃子嫌弃了。

长叹了一口气，他说道："我看明白了，你就是想欺负我，没有理由。"

是的，没有理由，就是想欺负，但是陶桃没再搭理他，切完土豆丝之后，开始切胡萝卜丝。

程季恒看她不理自己了，又开始没话找话："你准备做什么饭？"

陶桃言简意赅："土豆饼。"

· 64 ·

程季恒："还有呢？"

陶桃："米粥。"

程季恒："听起来不错。"

陶桃没理他，专心切菜。

程季恒无奈地说："你就不能多跟我说两句话吗？"

陶桃："你刚才不也是这么跟我说话的吗？"

程季恒："……"

她真是因为他话少生气了？这还有没有天理了？

他立即解释："我没有故意不理你，我——"刚解释到一半，就被她打断了。

"你能不能少说两句？让我安静一会儿行吗？"

"……"

他说得少她生气，说得多她也生气。

行，我闭嘴，从现在起你休想再听见我说一句话。

程季恒从来没有这么憋屈过，要是别人敢这么对他，早被他收拾老实了，却唯独拿这颗傻桃子没办法。

她在他的人生中，开拓出了一个又一个例外。

程季恒噤声后，陶桃也没主动搭理他，心无旁骛地做饭，而且没了程季恒的干扰后，她做饭的速度都加快了。

切好土豆丝和胡萝卜丝后，她从橱柜里拿出了一个不锈钢盆，将刚才切好的菜丝放了进去，又将之前准备好的面糊倒了进去，最后又打进去一个鸡蛋，加盐和胡椒粉，用筷子将盆里的食材搅匀。

陶桃开火，加热平底锅，倒油，再倒入搅拌好的面糊，小火慢煎，没过多久，厨房里就飘满了香味儿。

将最先煎好的两张土豆饼从锅里夹出来后，陶桃没再往锅里放面糊，而是看向了程季恒："你要不要尝一尝？"说着，她还从筷筒里拿出了一双筷子。

程季恒一言不发地朝她走了过去，接过筷子，夹起一张饼，对着吹了两下，尝了一口。

"好吃吗？"陶桃满脸期待地看着他。

虽然程季恒刚才已经下定决心不会再多说一个字，但面对她的这种目光，决心瞬间分崩离析："好吃。"

陶桃笑了，程季恒一下就捕捉到了她眼神中的狡黠。

那一刻他明白了，这颗桃子是故意的。

原来她早就看出来了他在跟她赌气。

他果然不能小瞧女人的第六感。

程季恒无奈地叹了一口气，说道："我一直以为你是个老实人。"

"我本来就是。"陶桃一脸得意，重新拿起了不锈钢盆和小勺，继续往锅里放面糊。

程季恒没动，依旧立在她的身边。

锅里散发着滚滚热气，姑娘白皙的额头上已经冒出了细密的汗珠，原本白中透粉的脸颊也变成了白里透红。

她周围的一切都很老旧——使用了多年的抽油烟机发出巨大的噪声，却排不出去多少油烟；灶台和橱柜已经在常年的烟熏火燎下泛起了焦黄色，哪怕平时经常擦拭，也无法抹去岁月留下的痕迹。

这实在不算是一个幽雅的环境，甚至有些糟糕，程季恒却忽然很享受现在的感觉。

他享受站在她身边的感觉，享受这种人间烟火气，享受最简单的生活，这也是他从未体验过的生活。

陶桃忽然问了他一句："你不热吗？"

程季恒回神："还行。"

"你还是去客厅等着吧。"陶桃迅速地将煎好的饼夹入盘子中，"这儿太热了。"

程季恒不想走，如果是晚上，他还能用怕黑这个理由，但是大白天，他该用什么理由留下来？

思考了好几秒钟，他才找到了一个"正当"理由："我想跟你学做饭。"

陶桃诧异地看了他一眼——这人在这儿站了大半天，就是为了偷师？

程季恒面不改色："我以后不想点外卖了。"

陶桃并没有怀疑："好吧。"

程季恒趁热打铁："以后你做饭，能不能都让我站在你旁边？"

他这学习态度还挺好，陶桃被逗笑了："行。"

程季恒谦卑有礼："谢谢。"

陶桃："不客气。"

吃完早饭，陶桃就去了医院，家里只剩下程季恒一个人。

他独居多年，早就习惯了孤独，但陶桃离开后，他竟然开始觉得无聊了。

之所以决定留在云山县，是因为感觉这颗傻桃子好玩，傻桃子不在身边，他的乐趣不见了。

一通电话打破了家里的安静氛围，手机铃声是从他的房间传出来的。

程季恒是在住院期间准备的这个手机和手机号码，用来和季疏白保持联系，听到手机铃声的那一刻，程季恒的思绪瞬间被拉回了东辅。

云山县的一切对他来说都是生命中的插曲，包括那颗傻桃子，东辅的生活才是真正属于他的生活。

现实和梦境，他分得很清。

接通电话后，他开门见山地问："有情况了？"

季疏白也不喜欢说废话，直奔主题："赵秦有问题。"

赵秦是程季恒的助理，沉默少言，会察言观色，办事干脆利落，每次程季恒交代任务，赵秦都能圆满完成。

程季恒虽然也怀疑过赵秦，但没想到真的是他。

不过就算是他，程季恒也不会觉得失望或者悲愤，毕竟人性这种东西压根儿就不可靠。程季恒很少会将信任全部交出，哪怕赵秦真的背叛了自己，也只是有点儿意外而已。

不过该了解的情况他还是要了解："他有什么不对的地方？"

季疏白："上周赵秦在东海湾买了两栋别墅，三天前又买了一辆保时捷卡宴。"

东海湾的别墅，最小的一栋也价值千万，赵秦只是一个助理，待遇再好也不该这么有钱。

程季恒："还有吗？"

季疏白："暂时只有这么多情况，但我们绝对有理由怀疑他，后续我也会一直派人盯着他。"

"嗯。"程季恒又问："程吴川呢？"

季疏白："放心吧，没死。"

程季恒顿时愉快了不少，人没死就行，这老家伙要是在他回去之前死了，他会遗憾一辈子的。

程季恒可不想失去折磨程吴川的机会。

季疏白："你那边怎么样？"

程季恒言简意赅："挺好。"

季疏白："真有人收留你了？"

程季恒："我说过，有个小傻子愿意收留我。"

季疏白忽然特别好奇:"男的女的?"

这没什么好隐瞒的,程季恒刚要实话实说,但话到嘴边,却不受控制地变成了:"跟你没关系。"

季疏白很了解程季恒——他在逃避问题,所以他已经知道答案了:"你不会——"他向来慵懒的语气中带上了十足十的诧异。

程季恒斩钉截铁地打断了他的话:"不可能。"

他和那颗傻桃子在一起的时候是挺轻松,也很享受,但这只是消遣而已,算是偷得浮生半日闲。他不可能一直清闲下去,迟早会离开云山。

他也不可能带着她回东辅,她活得太天真,他们俩根本不是一个世界的人。

他更不可能爱上任何人,爱情这种东西听起来太美好,而他根本不相信世界上存在真正美好的东西。

结论就是他根本不可能爱上一颗傻桃子。

又是新的一周,又是一个周一,纵然活力四射如陶桃,也难抵周一的折磨与摧残。

六点钟的闹铃响起的那一刻,她万念俱灰,艰难地将眼睛睁开了一条缝,伸出胳膊摸到了放在枕边的手机,关掉了闹钟,纠结了一秒钟,再次把眼睛闭上,心里想着:再睡五分钟就起床,就五分钟。

然而五分钟过后,她没起。

又一个五分钟过去,她依旧沉睡着。

最后她是被越来越大的敲门声吵醒的,敲门声中还夹杂着程季恒的喊声:"桃子,起床了。"

睁开眼睛的那一刻,陶桃整个人一激灵,猛地从床上坐了起来,同时拿起手机看时间,已经七点了!

她本来只想睡五分钟,最后却睡了一个小时。

她在心里大喊:完了完了。

敲门声还在持续,她先喊了一声:"起来啦!"然后火急火燎地穿衣服,脑子里面已经乱成了一锅粥,完全不知道该怎么安排这剩下的一个小时。

她要做早饭,要去给奶奶送饭,还要去辅导班上课。

医院和辅导班在不同的方向,就算是买了早餐去医院,她也来不及。

她后悔多睡那"五分钟"了。

换好衣服后,她急急匆匆地离开了卧室,打开房门的那一刻,愣住了——客厅的茶几上已经摆好了早餐。

程季恒坐在茶几后的沙发上,穿着一件白色的短袖,整个人看起来干净俊朗。看到她之后,他温声催促了一句:"快去洗漱,然后吃饭。"

客厅的窗帘已经被拉开了,阳光投入室内,客厅里一片明亮。

那一刻,陶桃莫名有些晃神,像是回到了上小学的时候,那个时候她的爸爸妈妈还在。

爸爸是班主任,所以每天早上六点就去学校了,盯班级早读。

妈妈不是班主任,所以可以晚点上班。

小时候,她总是喜欢赖床。

小学八点上课,妈妈每天早晨七点准时喊她起床,她每次都会赖在被窝里不起,一直赖到妈妈发脾气,才会不情不愿地起床。她洗漱完,就快七点半了,妈妈和奶奶早就坐在茶几边等她吃饭了。吃饭的时候,妈妈总是会唠叨她:"天天早上这么磨叽,你上了初中之后怎么办?"

那个时候她会理直气壮地跟妈妈顶嘴:"我就让爸爸喊我起床,我和爸爸一起去学校!"

妈妈:"就你这干什么都慢吞吞的样子,不拖你爸的后腿就不错了!"

被打击到了,她会气呼呼地鼓起腮帮子,这时奶奶就会打圆场:"好了好了,快吃饭吧,再晚一会儿你们俩都迟到了。"

妈妈会无奈地看她一眼,叹一口气,催促道:"快吃饭!"

她也见好就收,乖乖地吃早饭。

小时候,她总是心心念念地盼望着长大,以为长大后就不用上学了,就可以无忧无虑地赖床了,就可以不用听妈妈的唠叨了。

长大后才发现,小时候的一切于现在的她而言都是奢侈的。现在的她,哪怕是放弃自己最宝贵的生命,也换不来妈妈的一句唠叨。

爸爸妈妈的离开,令她一夜之间变成了大人,她再也没有赖床的资格了。

奶奶住院后,更是没有人会喊她起床、做好早饭等着她来吃。

程季恒让她体会到了一种久违的被人照顾着的感觉。

人根本不可能完全独立地在人世间行走,再坚强的人也需要被关心和照顾,哪怕只是一点点。

忽然间,陶桃特别感动。

洗漱完,她搬了个板凳,坐到了程季恒的对面。

茶几上的早餐非常丰盛，有包子、油条、糖糕、茶叶蛋，还有两碗热气腾腾的豆浆。

陶桃都看呆了："你不是不会做饭吗？"

程季恒十分坦诚："我下楼买的。"

他六点多就醒了，起床后发现她还没起床，不舍得把她喊醒，但又考虑到她一会儿还要上班，不吃早饭不行，所以就下楼买饭了。

楼梯间有窗户，白天有阳光照进来，不似晚上那么封闭黑暗，但依旧拥挤凌乱。

下楼的时候，程季恒简直无法理解自己的行为。他这辈子都没有伺候过人，更别说一大早去给女人买饭了。

但现在他确实是这么干了，还心甘情愿。

家属院门口有个早餐店，一大早早餐店门前就排起了长队。

顶着初升的朝阳，他夹在一群老头儿老太太中间，排了十多分钟才买到早饭。

老头儿老太太还特别喜欢聊天儿。

排队的时候，他前前后后全是爱聊天儿的老年人。

排在他前面的是个老头儿，排在他后面的是位老太太，最可怕的是，这两位还认识，一直在隔着他聊天儿。

两位老年人都有点儿耳背，尤其是那位老大爷，和老太太对话时，嗓门儿堪比洪钟。

为了避免自己的耳朵被震聋，程季恒决定和身后的那位老太太换个位，让那位老大爷可以近距离地和这位老太太聊天儿，从而降低他说话的嗓音。

老太太忽然往前移动一位，特别高兴，笑呵呵地看着他："谢谢你呀小伙子。"

程季恒淡淡地说道："不客气。"

老太太忽然注意到了他的胳膊："哎哟，你这只胳膊怎么了？骨折啦？"

程季恒并不想跟这位老太太多聊，言简意赅地回道："嗯。"

老太太："都这样了你还出来买饭呢？你是自己住吗？"

聊天儿话题似乎无休无止，程季恒有些不耐烦，但又不能怎么样，毕竟对方是个上了年纪的老人，他只能回答："不是。"

老太太："你们家那口子怎么不下来呢？"

程季恒莫名地对这个话题产生了兴趣，开始和这位老太太愉快地聊天儿:"她还没睡醒呢。"

"哎哟,你是个好男人哟,知道疼媳妇。"老太太开始和那位老大爷感慨,"手都成这样了还来给媳妇买饭呢。我们家那口子一辈子都没给我买过饭,更别说做饭了!"

"现在的年轻人,都知道疼媳妇了。"老大爷回话时,嗓音依旧洪亮如钟,但是程季恒不觉得心烦了,甚至觉得面前的这两位老人有点儿可爱。

炸油条的大油锅就摆在队伍前的不远处,晨风时不时会吹来一股夹杂着油条味儿的热浪,四周的环境十分嘈杂。

程季恒曾经十分讨厌这种环境。他不喜欢嘈杂凌乱,喜欢安静。

但此时此刻,他有点儿喜欢这种环境了,因为这里有人间烟火气。只有有家的人,才有资格体会人间烟火气。

自从母亲死后,他就没有家了。

他却在云山县体会到了两次人间烟火气,这是第二次,第一次是和那颗傻桃子一起在厨房,每次都和她有关。

那位卖油条的老师傅听到了他刚才和那位老太太的对话,在他买油条的时候,奇怪地问了他一句:"你是住在教职工家属院吗?"

程季恒点头:"嗯。"

老师傅猜测:"刚搬来?刚结婚?"

程季恒:"刚搬来。"

他故意忽略了第二个问题,老师傅自动理解为他刚结婚:"哦哦,怪不得我以前没见过你。"

为了祝福他"婚姻"美满,老师傅还多送了他两根油条、两个糖糕,寓意"十全十美"。

把早饭买回来后,他感觉一次性塑料袋包装不好看,于是去厨房换了碗、盘,从而给陶桃造成了一种这些东西全是他自己做的的假象。

但他承认了这些东西不是自己做的。

不过陶桃还是很感动:"谢谢你。"

感谢他让她重新体会到了被人照顾的感觉。

"不客气。"程季恒说,"我还多买了一碗八宝粥,已经装到了保温饭盒里,你吃完饭直接去上班就行,我替你去医院照顾奶奶。"

陶桃怔住了,又是会心一击。

这种感觉就像是,她的肩头原本压了千斤巨石,但是在猝不及防间,程季恒替她分担了一大半。

喊她起床，准备早饭，照顾奶奶，这些只是生活中的小事，可她的生活就是由这一件件小事组成的。

上一秒她还在担心上班会迟到，下一秒问题就被解决了。

他替她解决了后顾之忧。

她上一次体会到这种无忧无虑的感觉，还是父母在世的时候。

一时间，陶桃竟不知道该说些什么好了，欲言又止了好几次，最终只能再次重复刚才的三个字："谢谢你。"

程季恒置若罔闻，催促道："快吃饭，不然一会儿你该迟到了。"

"哦。"陶桃乖乖地拿起了筷子，本来想去夹个包子吃，但在筷尖即将触碰到包子的时候，忽然问了句，"这是什么馅儿的包子？"

程季恒："他们家一共有六种馅儿，我一样买了一个。"

陶桃："我不吃韭菜。"

如果换了别人，她一定不会挑三拣四，哪怕是拿到了韭菜馅儿的包子，也会忍着吃下去。毕竟人家连早饭都给她准备好了，她若挑三拣四，就太没礼貌了。

但不知道为什么，在程季恒面前她就敢这样。

程季恒挑眉，笑着问："你怎么跟小孩儿一样爱挑食？"这是她昨天早上对他说的话，现在他原封不动地还回去了。

陶桃理直气壮地瞪着他："谁规定的成年人不能挑食？"她也原封不动地把这句话还给了他。

程季恒："……"

男人永远不要和女人顶嘴。

六个包子长得一样，他本想把包子一个个全部掰开，避免她吃到韭菜馅儿的，准备伸手的时候才意识到自己现在是个断臂青年。

叹了一口气，他说道："你随便吃吧，咬到韭菜馅儿的直接扔了。"

陶桃："那不浪费粮食吗？"

程季恒忽然发现自己面对这颗傻桃子的时候，脾气前所未有地好，换了别人，他早就不伺候了，不对，他根本就不可能伺候别人。

但是这颗傻桃子，竟然令他一次又一次地降低了自己的原则和底线。

他现在不仅没有生气，还特别卑微地回了句："你扔给我行了吧？我吃。"

陶桃："我都咬过了还让你吃，那多不好意思呀。"

程季恒："……"

可我并没有在你的脸上看出不好意思。"

陶桃没忍住笑了一下，程季恒又在她的笑容中捕捉到了狡黠。

这回她没用筷子，直接用手拿了一个包子，从中间掰开，露出了里面的馅儿——雪菜的。

"你放心吧，我双手健全，可以用手掰。"

"……"

是，对，我双手不健全。

显而易见，他又被这颗桃子欺负了。

程季恒长长地叹了一口气："吃饭吧行吗？累了。"

他用的是"累了"，不是"饿了"，直接把陶桃逗笑了，还是开怀大笑："哈哈哈哈哈哈……"

她已经很长时间没有这么无忧无虑地笑过了。

成年人的世界并不纯粹，踏入社会之后，她就戴上了一副面具，这副面具遮挡着她的喜怒哀乐，拘束着她的一言一行。

在程季恒面前，她摘下了这副面具。

她可以肆意妄为，可以开怀大笑。

程季恒被她的笑容感染了，也跟着笑了，笑容中又带着点儿无奈，像是在面对一个调皮的小女孩儿："好好吃饭行不行？"

陶桃也闹够了："行。"

吃饭的时候，陶桃的胃口格外好，她一口气吃了两个包子、一个鸡蛋和半根油条——一整根油条是由两小根拧成的，半根指的是其中一小根。

她只吃了半根油条，另外的半根实在吃不下了，给了程季恒。

程少爷又一次降低了自己的原则和底线，吃了这颗傻桃子硬塞来的剩饭。

吃完早饭差不多七点半，随后两个人一起出了门，陶桃去上班，程季恒去医院。

分别前，陶桃先推着自行车送程季恒去了公交站。

医院距离这个家属院有三站路。

两个人刚走到公交站，3路公交车就来了，陶桃忙不迭地叮嘱："记好了是三站，在县人民医院站下，你千万别坐过了。"

这已经是她不知道第多少遍叮嘱他了，就好像他是个第一次独自坐公交车的小孩儿。

程季恒叹了一口气："我今年二十三岁了，不是三岁。"

陶桃终于意识到自己可能有点儿大惊小怪了，有点儿不好意思："那你路上小心。"

"该小心的是你，骑车注意安全。"公交车缓缓停到了站台，程季恒最后甩给她一句，"别想我想到撞车了。"

话音还没落，他就蹿上了车，根本不给陶桃打他的机会。

陶桃扶着自行车站在站台上，气呼呼地瞪着公交车里的程季恒。

这辆3路公交车上的人不是很多。

程季恒投完币后，往车里走，找了个靠窗的位置坐下来，打开车窗，目不转睛地看着窗外的姑娘。

窗外阳光明媚，姑娘穿着浅蓝色的休闲衬衫和牛仔裤，额头白皙光洁，脸颊微微透粉，脖颈修长，双腿纤细笔直。

陶桃盯着他看了几秒钟，没忍住又说了一遍："三站，到县人民医院。"

程季恒强忍着直接关上车窗的冲动："我知道。"

这三个字，他说得有一点儿咬牙切齿了。

陶桃莫名被戳中了笑点，又笑了。

公交车缓缓启动，她朝他招了招手："拜拜。"

"拜拜。"程季恒迟迟没有关车窗，公交车驶离公交站台的那一刻，他迅速地把窗户开到最大，探出上半身，冲她喊道："我晚上去接你。"

陶桃本想回答"不用"，但是公交车没给她机会。

她也一直没走，直到公交车在远方的道路上化为一个小黑点，她才骑着自行车朝相反的方向奔去。

公交车很快就到了县人民医院那一站，程季恒拎着东西下车。

第四章
我不是外人

无论什么时间,人民医院都是人来人往,门诊楼和住院部的电梯前永远排满了人。

程季恒讨厌低效,而且七楼不算高,他便果断放弃了电梯,选择楼梯。和他一起爬楼梯的还有几个小护士。

那几个小护士刚好走在了他的前面,限制了他的速度,他本来想让她们几个让一下,然而在他准备开口的前一刻,其中一位小护士忽然对另外几人说了句:"你们知道吗,苏晏他妈昨天晚上又来找他了,在办公室里大吵大闹。"

"我的天呀,这疯婆子就不能放过她儿子吗?"

"她这次又吵什么呢?"

最先开口的那位小护士不屑地笑了:"还能是什么事?那疯婆子唯利是图得很。"

"又是因为'长公主'?"

"谁让'长公主'她爸是咱们院长呢,院长手里可是有推荐去东辅医学院的名额。苏晏家虽然条件好,但东辅医学院可不是光看家里条件就能进的。"

"我觉得苏医生好像不排斥'长公主'呀,'长公主'每次来找他,他的态度都挺好。"

"他对谁态度不好?他对谁态度都好,对桃子的态度更好。"

"我又想起来一件事,那个疯婆子之前有一次在苏医生的办公室里发疯。她怀疑苏医生喜欢桃子,逼着苏医生发誓绝对不会和桃子在一起,不然就自杀。"

七楼到了,那几位小护士从安全通道口走了出去,程季恒跟在她们的身后离开了楼梯间。

陶桃奶奶的病房在楼梯间东侧,0736病房。

还不到八点。程季恒听陶桃说过,老太太最近比较嗜睡,现在可能还没起床,所以推门时,他尽量将自己的动作放轻,以免打扰病人休息。

病房里面的窗帘没拉开,光线暗淡。

病房里一共有三张床位,靠窗的那张床上住着一位老大爷,老大爷已经睡醒了,睁大了眼睛盯着天花板,听到开门的声音后,只是眼珠朝门口的方向转了一下,身体上的其余部位没动。

程季恒从陶桃那里得知,这位老大爷瘫痪在床多年,儿女工作忙,每天在医院照顾他的只有一位护工。

此时此刻,护工躺在折叠床上睡得正酣。

这幅画面,让程季恒想起了他的爸爸——程吴川。

两个月前,程吴川忽然在家昏倒,被紧急送到医院后,查出了脑肿瘤,肿瘤压迫运动中枢,导致他全身瘫痪。

对于程季恒来说,这是一个喜忧参半的消息。

喜的是,程吴川罪有应得,忧的是,他失去了让程吴川多受几年活罪的机会。

程吴川不应该死得这么早,这种人应该生不如死地活着。

但不是一点儿好消息也没有,由于那颗肿瘤的位置比较特殊,手术的成功率几乎为零,所以程吴川基本没有被治愈的可能,只能躺在床上等死。

医生给程吴川"定下的死期"是五个月后。

程季恒希望程吴川不要中途出意外,一定要坚持到自己回东辅。

程季恒的母亲死前也是瘫痪在床,程吴川用特殊的方式"送"了她最后一程。

他永远忘不了母亲临死前的那个眼神。

程吴川不仅毁了程季恒的母亲的一生,也亲手扼杀了程季恒的天真与善良。

所以,他也要用自己的方式,亲手"送"程吴川最后一程,不然实在是对不起程吴川多年的"养育之恩"。

"你是小程吗？"

一声呼唤，打断了程季恒的回忆。

他瞬间回神，看向自己的右手侧。

病床上躺着一位白发苍苍的老太太。

可能是生病的原因，老太太满面倦容，神色却无比慈祥，目光中带着和善的笑意，像极了慈悲的观音。

程季恒又陷入了回忆，想到了自己的奶奶。

母亲死后，他一直跟着奶奶生活。奶奶去世后，他出国留学，那年他十五岁。

其实他并不喜欢这个老太太，因为她总是无底线地包容、原谅她的那个烂到骨子里的儿子。而且，若不是这个老太太刻意隐瞒了一些事情，他妈妈当初也不会嫁到程家。

总而言之，程家没有一个好人。

但不得不承认，是在这个老太太的保护下，他才能顺顺利利地长大，不然他早被柏丽清弄死了。

所以，他虽然不喜欢这个老太太，但不恨她。

这个老太太，大概是除了他妈妈以外，他唯一会怀念的人。

对了，这个三观时正时邪的老太太，也长着一张慈悲的观音脸。

可能是从陶桃奶奶的身上看到了自己奶奶的身影，程季恒莫名感受到了一股亲切感。

这也是他第一次在陌生人身上生出亲切感。

其实他曾经打算在这位素未谋面的老太太面前装成乖巧懂事的孩子，按照这样的形象，他对这个老太太说的第一句话应该是："奶奶好，我是程季恒。"

但就是因为这几分亲切感，让他决定不蒙骗这位老太太了，他卸去了伪装，用自己最真实的一面面对陶桃的奶奶："是，我是程季恒。"

说话的时候，他看到了床头贴着的患者名字：周寒梅。

"桃子昨天跟我说你今天会来，"周寒梅的神色和语气依旧亲切慈祥，"没想到你来得这么早。"

"我也没想到你会醒得这么早。"程季恒以前就是这么跟他奶奶说话的，简单、直接。

随后，他朝床头柜走去，将手里的袋子放到柜子上，一边拿保温饭盒一边说道："我给你带了八宝粥。"

他奶奶当初生病住院的时候，天天吵着要喝八宝粥，糖尿病严重，还偏要喝加糖的，理由还特别"充分"："我都快死了，还不能尝尝甜头吗？"

他当时的回答是："放心吧，就你这种老太太，阎王爷不会这么早收你的。"

"所以你就是不让我喝？"

"我是不让你吃糖。"

"等我死了，你会后悔的，后悔没有让我在死前吃一口糖。"

"我不会。"

"你会想我的。"

"我不会。"

"哼，你最好说到做到，不然我看不起你。"

"我一定会说到做到。"

他最后确实说到做到了，不后悔，也不会想她，因为他不能被这个刁蛮的老太太看不起。

打开保温饭盒的时候，他不受控制地对陶桃的奶奶说了句："我没加糖。"

周寒梅并没有觉得程季恒的态度不好。她能感觉到这个小伙子对她的关心，他只是说话直接了点儿，所以神色和语气一如既往地亲切和蔼："我不能吃糖，我有糖尿病。"

果然老太太都是别人家的好。

看看人家的奶奶多懂事。

程季恒轻叹了一口气，夸奖了一句："你很听话，非常不错，继续保持。"

周寒梅被逗笑了，但也是真的开心，开心自己被表扬了。

人年纪越大就越像小孩儿，渴望得到认可和表扬。

"我已经好多年没吃糖了。"老太太的语气中还带了几分自豪。

程季恒也被逗笑了，又夸了一句："很棒。"

他本想将保温饭盒里的粥倒进小碗里，但是手不方便，正发愁的时候，周寒梅说了句："我还没打针呢，可以自己来，你坐下休息吧。"

说着，她伸出双手，从他的手中接过了保温饭盒。

程季恒也没客气，毕竟这事他真的完不成，所以也不逞强。随后他弯下腰，用右手将靠在床头柜上的折叠桌拿起来，放到病房中间的空床上，打开支撑桌板的四条架子腿后，摆到了陶桃奶奶的面前。

老太太将倒好的粥放到折叠桌上，程季恒将袋子里的筷子、勺、包子拿出来，摆到了老太太的面前。

老太太吃饭的时候，他坐到了那张空床的床边。

坐下没多久，身后忽然传来一个女人的声音，语气中满含惊讶："你是谁呀？"

程季恒回头，淡淡地看了一眼那位刚刚起床的中年女护工，言简意赅："程季恒。"

这位护工阿姨烫了一头短鬈发，还把头发染成了棕红色，膀大腰圆，嗓音特别洪亮："程季恒是谁？"

周寒梅笑着解释道："我们家桃子的朋友。"

护工阿姨再次瞪大了眼睛，两眼放光："男朋友吗？"

周寒梅摇头："不是，就是普通朋友。"

护工："哦哦哦。"这三声"哦"一声比一声音调高，紧接着说道，"我还以为你们桃子不想和苏医生好了呢。"

程季恒面无表情地听着她们二人的对话，听到"苏医生"这三个字时，眼神中划过了鄙夷和不屑。

周寒梅露出尴尬的笑容："我们桃子和苏医生也是普通朋友。"

护工斩钉截铁地说："不可能，他们俩之间绝对不普通，看对方的眼神都不一样。"

周寒梅抿起了唇角，却是在苦笑，语气中也透露着苦涩："你别乱说，我们桃子和苏医生真的只是普通朋友。"

虽然嘴上这么说，但两个孩子是不是互相喜欢，她真的看不出来吗？

她只是看得太明白罢了。

她是想过把桃子托付给苏晏，但是她太了解苏晏他妈妈的为人了，那个女人根本看不上桃子。桃子的性格又太软，如果真的跟了苏晏，只会受他们家人的欺负。

所以苏晏绝对不是桃子可以依靠的人。

说白了，就是陶家条件不好，配不上苏家。

这时，程季恒忽然开口："桃子很好。"他目光坚定地看着陶桃的奶奶，语气中却带着点儿对苏晏的不屑，"苏晏也只配跟她当普通朋友。"

周寒梅一愣，诧异地盯着程季恒看了几秒钟，忽然笑了，连连点头："对，你说得没错，我们桃子很好。"她又解释了一句，"苏医生也很好，只是他们两个只适合当朋友。"

她的话音刚落，病房的门忽然被推开了。

苏晏身穿着白大褂，走进了病房。

说曹操，曹操就到。刚才还在议论人家，现在苏晏忽然出现，屋子里的人不免有点儿尴尬，除了程季恒。他还朝苏晏笑了一下，笑容真挚到了极点，看起来相当友善："早呀，苏医生。"

苏晏没想到程季恒会在，神色瞬间沉了下去："你怎么来了？"

程季恒："我来照顾奶奶呀。"

他只说"照顾奶奶"，却没说谁的奶奶，听起来像是照顾自己的奶奶，而且说这话的时候，语气里还透着"理所应当"，好像他和桃子是一家人。

最后，他还笑呵呵地对周寒梅说了句："是吧奶奶？"

周寒梅点头，对苏晏解释道："是，他确实是来照顾我的，不是外人。"

程季恒看着苏晏，满脸天真，眼神中却尽显张狂与桀骜，再次重申："我不是外人。"

但你是外人——苏晏从他的眼神中读出了言外之意，双拳不由自主地紧握，但极力克制再给他一拳的冲动。

程季恒完全不给他反击的机会："您马上就要查房了吧？您先去忙吧，这里交给我就行。"

他这话可谓是相当体贴。

经程季恒提醒，周寒梅也想到了早上查房的事，赶忙催促道："无病呀，你赶紧去忙吧，别管我了。"

苏晏眉头紧蹙，忽然生出了一股深深的无力感。

他真的成了外人。

程季恒这个人，诡计多端，又善于伪装，很容易就能取得他人的信任，三言两句，就能把他踢出局。

他很想撕破他的伪装，却束手无策。

深深地吸了一口气，苏晏无奈地对周寒梅说道："查完房我再来看您。"说完，他转身就走。

其实距离查房还有一段时间，但他实在不想多看程季恒一眼，眼不见心不烦。

苏晏离开时似乎将病房内的喧嚣也带走了。

那位护工阿姨终于舍得起床了。她虽然起得晚，但绝对是一名称职的护工，起床后做的第一件事就是给那位瘫痪在床的老大爷换尿袋，然后手脚麻利地给他翻身、擦身体。

做完这一系列工作后,她才去洗漱,然后拎起放在墙边的暖水壶,去水房打水。

墙角处还剩下一个暖水壶,不锈钢材质,瓶盖上贴着一张粉色的卡通桃子的贴纸,瓶身上用黑色油漆笔写着"0736 周寒梅"这几个字,字迹娟秀,程季恒一看就知道是谁写的。

陶桃奶奶已经吃完了早饭,程季恒本想去给她倒杯水,然而拎起暖水壶后才发现里面是空的,于是对老太太说了句:"我去接点儿水。"然后就拎着暖水壶离开了病房。

0736病房在这层楼的东侧,水房却在西侧。

程季恒拎着暖水壶横跨了整层楼,才找到水房。

水房不大,里面只有一台饮水机。

此时来接热水的人不多,排在程季恒前面的只有那位护工阿姨。

他走进水房的时候,护工阿姨刚接完水,正准备回去。她临走前好心地提醒了程季恒一句:"现在里面没热水了,你等那个指示灯变绿了再接。"

现在指示灯还是红的,程季恒只好等着,然而还没等到绿灯亮,倒是先等来了苏晏。

苏晏手里拿着一个深蓝色的水杯。

看到程季恒后,他的脸色瞬间阴沉了下来,他本想直接转身离开,结果差点儿和一位正往水房里冲的姑娘撞个满怀。

姑娘二十岁出头的模样,红唇黑发,身材高挑,穿着白衬衫和深灰色西服短裤,看起来楚楚可人。

见到苏晏之后,她的眼睛瞬间就亮了,她惊喜不已,说道:"你怎么在这儿?我找你大半天了。"

苏晏微微蹙起了眉头:"有事?"

"当然有,没事找你干吗?"姑娘打开包,从里面拿出两张电影票,不由分说地塞到苏晏的白大褂的左兜里,"请你看电影,新上映的《终极源头》,这周日下午四点的场,万达影院,不见不散。"

她这分明是告知,不是邀请,而且说完之后转身就走,根本不给苏晏拒绝的机会。

苏晏十分无奈,从兜里拿出那两张电影票,长叹了一口气。

指示灯由红变绿,程季恒将暖水壶放到水龙头下面,同时哂笑着开口:"'长公主'?"

苏晏转身,面色铁青地盯着他。

程季恒冷笑，看向苏晏的眼神中尽显不屑："你想去东辅医学院，但是桃子帮不了你，归根结底，你还是嫌弃她的家境不好。"

苏晏直视程季恒的眼睛，一字一顿地说道："我从来没有嫌弃过她。"

程季恒："但是你妈妈嫌弃她，你也拒绝不了'长公主'抛来的橄榄枝。"

他的话字字如刀，直戳苏晏的内心。

苏晏瞬间失了底气。

程季恒像是一个能够看透人心的魔鬼，每次都能一眼将他看穿。

他再一次感受到了程季恒的可怕之处。

苏晏的精神彻底被击溃了，他薄唇紧抿，面色苍白不已。程季恒很欣赏他现在的表情，因为对手的情绪瞬间崩溃会让他兴奋。

他还喜欢折磨对手，所以很少会将敌人一刀毙命，而是将手中的刀一寸一寸地推入敌人的心脏。

所以，他并没有这么放过苏晏，再次启唇，漫不经心地说道："你想借院长的权力去东辅医学院，又想持续享受桃子对你的爱慕和仰望，天下哪有这么好的事啊？苏晏，你可真坏。"

苏晏的呼吸开始急促，当医生所具备的良好的心理素质与克制力在顷刻间崩塌，他怒视着程季恒，咬牙切齿地质问："你有什么资格说我坏？"

程季恒不以为意："我确实不是什么好人，我也敢承认自己不是好人，你呢？你敢承认吗？"

苏晏不知该如何回答，眉头紧紧地锁着。

程季恒替他回答："你不敢。所以，我是明着坏，你是暗着阴，这一比，我比你坦荡多了。"还有后半句话，他没说完——

那颗傻桃子是眼瞎了，才会看上你，但我一定会帮她治好这个毛病。

水接好了，他不慌不忙地关上水龙头，盖上壶盖，指尖轻轻触摸着贴在上面的卡通桃子贴纸。

最后，他朝苏晏微微颔首，谦和一笑："我先走了。"

他身材修长，五官俊俏，肤色白皙，身穿白色T恤，整个人看起来干净得过分。水房里的窗户透亮，他站在阳光下，恍若天神降临。

上一秒他还是个残酷无情的魔鬼，下一秒竟变成了平易近人的天神。

苏晏彻底被他打败了，看向他的眼神中甚至带着哀求之意："你放过她行吗？"

程季恒这个人，强大又可怕，桃子根本不是他的对手。

他会在不知不觉中将桃子吞噬,而桃子根本察觉不到。

苏晏现在别无他求,只想让他放过桃子。

程季恒眸光冷淡,不为所动:"你觉得自己有资格对我说这句话吗?"

这颗桃子,是他的。他们俩之间的事情,用不着别人指手画脚。

最后,他语气冰冷地警告苏晏:"以后离她远点儿。"

几分钟后,他回到了病房,陶桃的奶奶已经再次睡着了。

护工在给老大爷按摩。

他给老太太倒了一杯热水,放在床头柜上凉着。随后,他拿出手机,订了两张周日下午两点的电影票。

晚上七点多,他离开医院,去接傻桃子下班。

时值暑假,周一是陶桃一周中最忙的时候。上午八点开始上课,到晚上八点才下课,有时要是有学生没有做完随堂练习或者有学生在下课后还有问题要问她,她八点也下不了课。

一节课的时长是一百分钟,分上、下两节,上半节课讲课,下半节课则留给学生做随堂练习,她随堂辅导。

八点钟到了,下课铃声响起,陶桃喊了声:"把卷子交了就可以下课了。"

讲台下的学生们应声而动,开始收拾书包,没过多久,就结伴离开了教室。路经讲台的时候,他们会把随堂答的卷子交给陶桃,顺便对她说一声:"老师再见。"

她会温柔地回一句:"嗯,再见,回家路上小心点儿。"

但有极个别比较调皮的学生,从来不喊"老师再见",而是喊"桃子再见",就比如那位自从开课以来一直主动坐在班级最后一排的染着一头黄头发的男同学。

陶桃教的是初二的数学课,班里的学生都是十四五岁的年纪,正值青春发育期,这位黄头发男同学的身高可谓是"一骑绝尘",才十四岁就长到了一米八,比大部分高中生还要高。

这个男生不仅个头儿高,打扮得潮,长得帅,说话办事还挺嚣张,带着一股"唯我独尊"的范儿,标标准准的校园小霸王,却相当讨同龄小女生的喜欢。

最让陶桃感到头痛的是——这个男生不爱学习。

他每次来上课,都坐在最后一排,上课时也不认真听讲,一直低头玩手机。

由于课外辅导机构和学校不同，没有那么多校规校纪，学生上课玩手机也不会被罚，所以这位黄头发男同学玩手机玩得肆无忌惮，老师讲课的时候玩，老师让写随堂作业的时候还玩，从上课一直玩到下课。

　　显而易见，他来辅导班上课根本不是出于自愿，完全是被家长逼着来的。

　　规劝多次无果，按理说陶桃本可以不再管他，但出于责任感，还是每节课都规劝他好好听课，不要玩手机。那个男生每次的回答都是："好的老师，我一定好好听课。"

　　回答完之后，他还会继续玩手机，这种我行我素的态度就是标标准准的"你说得很对，但我不听"。

　　陶桃对他可以说是相当地无可奈何。

　　这个男生还特别皮，班里面别的同学都喊陶桃"陶老师"，只有他"特立独行"地喊"桃子"。

　　陶桃跟他说过很多遍，让他喊"陶老师"，他每次的回答都是："好的，下次一定改。"

　　然而到了下次，他依旧喊"桃子"。

　　这个男生是个典型的刺儿头型学生，估计在学校里也是个通报批评满天飞，让班主任天天发愁的主儿。

　　下课之后，学生们陆续离开了教室。陶桃站在讲台后面收拾教材，不经意间一抬头，发现其他学生已经走了，只剩下那位刺儿头男生依旧"坚守"在"岗位"上。

　　平时这主儿可是第一个冲出教室的人，让他多在教室里待一秒钟都不可能，今天怎么这么反常？

　　陶桃不由得有些奇怪："旬展，你怎么还不回家？"

　　旬展目不转睛地盯着手机，头也不抬地回答："打完这一局就走。"

　　陶桃："……"

　　叹了一口气，她没再理他，开始打扫教室。

　　等她打扫完教室，旬展才结束了一局游戏。

　　陶桃将扫把放到门后，催促道："别玩了，赶快回家吧。"

　　"好的老师，现在就回！"

　　他态度一如既往地良好，行为一如既往地我行我素，收拾完了东西也不回家，反而背着书包走到了讲台旁，开始和老师闲聊："桃子，你一天要上几节课啊？"

陶桃无奈："喊老师！"

旬展喷了一声："上课的时候，咱俩是师生关系，我喊你老师，但现在下课了，咱俩就是朋友，我喊你桃子怎么了？"

陶桃："上课的时候你也没喊过我老师！"

旬展："我就喜欢喊你桃子，桃子桃子桃——

"啊！"

话还没说完，后脑勺儿就狠狠地挨了一巴掌，他怒气冲冲地回头，看到了一个左臂打着石膏的年轻男人。

这个男人长得不是一般的帅，还比他高出不少，单从身高上就把他碾压了，更别说气场了，简直是大佬和小弟的区别。

程季恒神色冷漠："桃子也是你能喊的？"

旬展瞬间就认定这位是老师的男朋友，但就算是老师的男朋友也不能这么对他！

他在学校里也是个一呼百应的校霸，天天被人一口一个"展哥"地捧着，早就被捧成了大爷，自我感觉相当良好，哪受得了这种碾压？自尊心严重受挫，他瞬间就炸了："你——"

没等他骂完，程季恒又照着他的后脑勺儿拍了一巴掌。

陶桃又急又惊，唯恐他再打自己的学生，立即挡在了旬展身前，瞪着程季恒发出严肃警告："不许再打他了！"

程季恒："我是在教育他。"

陶桃气急败坏："那也不能动手呀！"

程季恒："你看看他那样，不动手行吗？"

旬展："……"

这一刻，旬展忽然有了一种在家的感觉，面前不是老师和老师的男朋友，而是他父母——一模一样的对话，一模一样的动作，简直是对身心的双重折磨。

他深深地吸了一口气，怒不可遏地看着程季恒，咬牙切齿地说："有种你就打死老子，今天打不死老子，老子明天就弄死你。"

这句话，他不敢对他爹说，还不敢对别人说？

他本以为老师的男朋友会暴怒，结果这人竟然笑了，看样子还是被他这句话逗笑了，想忍都忍不住的那种。

程季恒确实是被他逗笑了，因为他在这孩子的身上看到了自己初中时的影子。

· 85 ·

那个时候他也是学校里的一位风云人物，走到哪儿都有一群小弟，打起架来更是死不要命，整个学校没人敢惹他，加上他上的是私立中学，他奶奶是校董会的最大股东，所以连校长都要忌惮他三分。

当时他觉得自己就是"天王老子"，看到这小子以后才发现，当初的自己真是傻到了极点。

旬展觉得自己受到了极大的侮辱——你不怕我就算了，还笑？

旬展恼羞成怒："你笑什么？"

程季恒突然就不想跟他计较了："回家吧，我不揍你了。"

旬展："你——"

剩下的半句话，被程季恒的一个眼神堵了回去。

人与人对峙的时候，拼的就是个气场，谁的气场强大，谁就赢了。

程季恒的气场不只是强大，还有威慑力，不是那种不怒自威的浩然正气，而是令人心悸的邪气——阴森，慑人。

程季恒仅一个眼神，就让旬展害怕了。

但是青春期的男生都好面子，哪怕是害怕了，旬展也不会直接承认。

他咽不下这口气。

舔了舔因紧张而发干的双唇，他果断转移了目标，对陶桃说道："桃……桃……陶老师，你这男朋友不行，看这样肯定是个家暴男，以后不光会打老婆，还会打孩子，趁早分手吧。"

旬展这回长记性了，不喊"桃子"了，终于喊了老师。

说完，他拔腿就跑，跑到教室门口的时候，又回头冲程季恒喊了句："我们陶老师这么漂亮，跟你谈恋爱简直是鲜花插在了牛粪上！"

喊完，他继续狂奔，如一阵风一样消失在了走廊的尽头。

陶桃："……"

程季恒："……"

这已经不是熊孩子了，这是"狗崽子"。

程季恒深深地吸了一口气，强忍着把这臭小子追回来揍一顿的冲动，态度坚决地看着陶桃，语气极其认真："我从来不打女人，更不可能家暴。"

陶桃切了一声，走到讲台后，一边收拾东西一边回道："你可能不打女人，但你一定打孩子。"

程季恒："女孩儿我肯定不打。"

陶桃猛地抬头，气呼呼地瞪着他："男孩儿你也不能打呀，你看你刚刚都把旬展打成什么样了？！你都要把他打傻了！"

程季恒无奈："我就轻轻拍了他两下，怎么可能把他打傻？他可能本来就傻。"顿了一下，他补充道，"他看起来确实不怎么聪明。"

陶桃："去你的，不许这么说我的学生！"

程季恒："他喊你桃子你也不生气？"

陶桃一边收拾东西一边回道："这有什么好生气的？喊我桃子的人多了去了。"

"哦。"程季恒顿了一下，忽然开口，"桃子。"

陶桃没好气地回道："谁让你喊了？"其实她并不是真的不允许他喊她桃子，就是在赌气，气他打自己的学生。

程季恒一点儿也不后悔打了那个臭小子，眉毛一挑，神色中尽是得意："我就喜欢喊你桃子，桃子桃子桃子！"

这是那个臭小子刚才说过的话，但是他还没说完，就被程季恒"打"断了。现在程季恒说这话的时候，没人打断他，所以他嘚嘚瑟瑟、顺顺利利地喊完了三声"桃子"。

陶桃腮帮子都鼓起来了，一脸不服气。

程季恒不乐意了："别人都能喊，就我不能喊？"

陶桃："不能，就不让你喊！"

程季恒故意气她："我就喊，桃子桃子桃子！"

陶桃："无赖！"

程季恒："我好心好意来接你下班，你竟然说我无赖！有没有天理了？"

陶桃收拾好了东西，背上包，满不在乎地说道："我也没让你来接我下班。"

呵，我还治不了你这颗傻桃子了？

程季恒轻叹一口气："真没良心，亏我还给你带了礼物。"说完，他转身就走。

陶桃一愣，立即去追程季恒，一路小跑挡在了他面前，双眼放光地看着他："什么礼物？"

怎么跟小孩儿似的？

程季恒忍住笑，板着脸说："我反悔了，不送了。"

陶桃拧起了眉头："你怎么这么小心眼儿呀？"

程季恒："我就是小心眼儿。"

他越是这样，陶桃越好奇是什么礼物，都有点儿着急了："到底是什么礼物？"

程季恒："以后让我喊你桃子吗？"

陶桃犹豫了一下，看在礼物的分儿上，决定暂时不跟他赌气了。

"好吧，我让你喊。"

其实她的语气中还是有那么一点儿不情不愿，但程季恒也不跟她计较那么多了，从兜里拿出两张电影票——万达影院，《终极源头》，这周日下午两点。

陶桃看到电影票上的信息后，既诧异又惊喜："竟然是《终极源头》！什么时候拍电影了？"

程季恒完全没想到她竟然是这种反应，也挺意外："这是小说改编的？"

陶桃点头："嗯，我上高中的时候特别火的一本科幻悬疑小说。"犹豫了一下，她补充道，"这本书还是苏晏送给我的，在我过十六岁生日的时候。"

她初中跳了两级，十六岁的时候已经读高三了。

"他还在书的扉页上给我写了生日祝福。"

她从来没有跟别人讲过有关自己和苏晏的故事，因为害羞，害羞到难以启齿，也害怕被人看出来她喜欢苏晏，害怕被人说她癞蛤蟆想吃天鹅肉，害怕被嘲笑痴心妄想。她却敢和程季恒说，也只敢和程季恒说，因为她信任程季恒，知道他绝对不会嘲笑她。

话匣子一打开，就有点儿关不上了，少女在心头藏了许多年的秘密，终于有了宣泄口。她的声音很轻，也很柔，像是一股娇羞的春风：

"他的字特别好看，我还用拓写纸描摹过呢，但我怎么学都学不像。我到现在还留着那本书，就放在我的床头柜上，时不时还会看一遍。"

程季恒能感觉出来，这本书对陶桃有重要的意义，可以说是她对苏晏的感情的一种寄托。再想想今天苏晏收到"长公主"的电影票时的反应，就知道他很可能早就把这事给忘了，或者是他当初只是随便送了她一件东西，这件随随便便的东西却被陶桃当成了弥足珍贵的礼物。

确实是一颗傻到不能再傻的桃子。

无论是为人处世还是对待感情，她都傻到家了。

从小到大，程季恒最看不上的就是这种小傻子。

不过没关系，他会帮她看透这个万恶的世界。

她对这本书的重视程度也有助于他实施计划，他不禁说道："那可太好了!"

陶桃:"什么意思?"

程季恒一脸真挚:"既然你和苏医生都看过这本书,那你们俩看电影的时候肯定会有特别多的共同语言。"

陶桃茫然不已:"不是你要请我看电影吗?"

程季恒:"是我要请你和苏医生看,这两张票是我给你俩买的,你去请苏医生看电影吧。"说着,他把票递给了陶桃。

陶桃没接,反而如触了电似的迅速把双手背到了身后,果断地拒绝:"我不要!"

这反应完全在程季恒的预料之中,但他表现出了一副困惑的表情:"为什么不要?你不想和苏医生一起看电影吗?"

想,但是她没那个勇气去请他看电影。

陶桃咬住了下唇,纠结了一会儿,终于承认:"我不敢。"

程季恒明知故问:"不敢干什么?"

陶桃:"不敢去请他,被他拒绝了我怎么办?"

程季恒:"拒绝就拒绝呗,不就是请他看场电影吗?又不是什么见不得人的事。"

陶桃小声说道:"那我也不敢……好尴尬呀。"

程季恒继续"好心"开导:"有什么尴尬的?到时候你就说是为了感谢他平时帮你照顾奶奶。"

"不行,我做不到。"陶桃实话实说,看向程季恒的眼神中已经流露出了哀求,"你别让我请他看电影了,我求求你了!"

她要是有那个勇气,早就去跟苏晏表白了。

程季恒早就料到了她不敢,所以才会一直劝她,但是再一再二不再三,劝到一定程度就不能继续劝了,万一把她劝好了,她真的去请苏晏看电影就糟糕了。

"要不这样吧,"程季恒很贴心地帮她出主意,"我替你去请他。就说这两张电影票是我抽奖抽到的,但我不喜欢看电影,所以想让他陪你看,这样就算是被他拒绝了,你也不尴尬。"

听起来似乎很完美。

陶桃有点儿动摇了。

程季恒看出了她的犹豫,极其"诚挚"地提出建议:"我觉得,你应该主动一次,毕竟喜欢了他那么多年,为什么不给自己一个机会?"

陶桃的脸颊红了，她紧张又不解地看着程季恒："什么意思？"

程季恒开始认真分析："苏医生现在也没有女朋友，如果他同意了和你一起看电影，就说明他对你也有点儿意思。"

陶桃疑惑不解："为什么？"

程季恒："因为他送过你这部电影的原著小说，还认真写过祝福，他看到这部电影的名字后肯定能想起来你们俩以前的事情，所以如果他愿意陪你看这部电影，就说明你有机会。"

陶桃觉得程季恒分析得有道理，可是……

"那如果……他拒绝了呢？"她忐忑不安地问。

"要是别的电影就算了，如果他拒绝了这部……"程季恒语气淡然，说的话却很冷酷，"那你就放弃吧，他根本不会喜欢你。"

陶桃将这部电影的原著小说视为她和苏晏之间唯一的纽带，听了程季恒的话后，她垂下双眸，沉默了。

她更不想请苏晏看电影了，更害怕被他拒绝了。

虽然她心里清楚苏晏根本不会喜欢自己，可并不想被判处"死刑"，还想靠着一丝丝不切实际的幻想来维持自己心底的这份感情。

只要苏晏不拒绝她，她就能一直默默地喜欢他，如果苏晏明确地拒绝了她，她就再也没有喜欢他的勇气了。

程季恒能猜出来她心里是怎么想的，忽然发问："你多大了？"

陶桃："二十岁。"

程季恒："苏晏多大了？"

陶桃："二十五岁。"

程季恒："他也老大不小了，马上就要成家立业了，如果有一天他和别人结婚了，你该怎么办？"

陶桃浑身一僵——她从来没想过这种可能性。

程季恒："如果他结婚了，你还会继续喜欢他吗？"

陶桃猛然摇头。

不会，绝对不会，这是道德底线问题，她不可以喜欢别的女人的丈夫。

程季恒抓住了她的弱点——善良与坚守原则，走出了最后一步棋："所以你还不如早点儿弄清楚苏医生对你的态度，如果你们俩互相喜欢，就早点儿在一起，如果他不喜欢你，你就别再喜欢他了，否则不仅会给他添麻烦，还会耽误你的时间。"

最后，他又说了一句："你喜欢了他那么多年，是时候给自己一个结果了。"

陶桃一直低着头，沉默着，思考着程季恒的话。

程季恒没逼她立即做出决定，而是耐心等待她的选择。

许久后，陶桃做出了决定。

她决定为自己争取一次——请苏晏看电影。

但她还是没有勇气亲自去找苏晏，怕被他当面拒绝，只好拜托程季恒替她去。

电影是周日下午两点的，陶桃不知道程季恒什么时候去找苏晏，但也没追着他问情况，因为害怕听到被苏晏拒绝的消息。

如果是别的电影，她或许不会这么在意他的态度，但是《终极源头》这部电影对她来说有着特殊意义。

那年她读高三，正在备战高考。某个周日的下午，她去新华书店买资料，刚好碰到了苏晏。

苏晏领着他弟弟来书店买书。

那个时候，《终极源头》这本书可谓是红遍大江南北，新华书店专门在一楼设置了一个大展台来推销这本书。

那天下午，展台如同一座小岛，被人潮包围。

她对科幻小说没什么兴趣，当时并不想买这本书。她要去的是二楼的学习资料区，上电梯的时候，从上向下扫视，无意间在人群中看到了苏晏和他弟弟。

那一刻，她内心既惊喜又激动。

自从苏晏去东辅读大学之后，她每年能见到他的次数简直是屈指可数。

扶梯很快就把她送到了二楼，但她并没有去买资料，几乎就没在二楼停留，从向上走的扶梯上来之后，立即踩上了向下走的扶梯，迅速返回了一楼，奋不顾身地加入展台周围的人潮。

她精心策划了一场"偶遇"，不知不觉地接近苏晏。

苏晏终于看到了她。

"桃子？"

她故作惊讶地回头："苏无病？"

可能是许久没有听别人喊过他的这个小名了，苏晏不禁笑弯了眼："嗯，是我。"

他的五官十分俊秀，尤其是那双眼睛，笑起来弯弯的，令人如沐春风。

陶桃很喜欢看他笑。只要他一对她笑，她就会情不自禁地勾起唇角："你什么时候回来的？"

苏晏："昨天，学校放五一假。"

"哦。"陶桃开始没话找话，"你来书店干什么？"

苏晏正欲开口，却被他弟弟苏裕抢了先："来书店还能干什么？当然是买书啊，蠢货！"

苏裕比她小几岁，正在读初中。

他和陶桃说话的时候，语气相当不善，看向陶桃的眼神中也充斥着鄙夷和厌恶。

他是真的在骂她，不是在开玩笑。

陶桃瞬间不知所措。

苏晏脸色一变，看向弟弟的眼神中带上了怒意，严肃命令道："跟她道歉。"

苏裕不服气："我凭什么——"

他的话还没说完，就被他哥打断了。

苏晏的语气更加严肃："我让你跟她道歉。"

他的声音也比刚才高出不少，吸引了周围不少人的目光。

陶桃赶忙说道："没关系的。"

苏裕瞪了她一眼，本来想骂一句"少装好人了"，但能感觉到哥哥是真的生气了。

他最怕的人，就是他哥。

虽然他并不想向陶桃道歉，但是犹豫了一会儿，他最终还是选择了道歉："对不起。"

这声对不起，他说得不情不愿，声音还特别小，毫无诚意可言。

苏晏本想让他重新道歉，陶桃却抢先一步说道："没事。"她也能感觉到苏裕很不喜欢自己。虽然很想再跟苏晏说几句话，但为了避免再和苏裕起冲突，她决定赶紧离开，以免再给苏晏添麻烦。

她故作从容地朝苏晏挥了挥手："我还要去楼上买资料，先走了，拜拜。"说完，她就像一条泥鳅似的钻出了人群，头也不回地上了二楼。

双脚踏上二楼地面的那一刻，她长舒了一口气，紧接着，一股巨大的失落感席卷了胸腔。

她只是想跟苏晏多说几句话而已，下次见面，还不知道是什么时候。

吸了吸微微发酸的鼻子，她蔫头耷脑地朝学习资料区走去，选好了要买的资料，下楼结账。

然而令她没想到的是，苏晏竟然在结账区等她。

苏裕也在，依然是一脸不服气。

看到她之后，苏晏朝她走了过来，主动接过了她手上的资料："我刚好也要结账，一起吧。"

她赶忙把自己的资料夺过来："不用！我自己来！"

苏晏神色温和："我送你，以后好好学习，别让我失望。"

"别让我失望"这五个字成功地动摇了她的决心，鬼使神差地，她主动把资料交了出去。

苏晏温声叮嘱："等我一会儿。"随后排队结账，再次回来的时候，他手上不仅拿着她的资料，还多出了一本《终极源头》。

那是一本黑色封皮的书，上面印着浩瀚星空。

"给你。"

陶桃接过他递过来的书和资料，盯着那本《终极源头》的封皮看了几秒钟，再次鬼使神差地开口，"你能……给我写个生日祝福吗？"

苏晏有些诧异："你今天过生日？"

陶桃点头。

今天是四月三十日，她的生日。

苏晏毫不犹豫："好，我去买支笔。"随后他返回结账处，在那里买了一支黑色签字笔，回来后，接过她递给他的《终极源头》，打开封皮，正准备在扉页落笔的时候，忽然想到了什么，"你今年是不是读高三了？"

陶桃再次点头："嗯。"

苏晏："想去读哪所大学？"

陶桃不假思索："东辅大学。"因为他在东辅大学。

苏晏再次笑弯了眼："好，我在东辅大学等你。"说完，他低下头，落笔写下对她的生日祝福。

祝她前程似锦，祝她金榜题名，祝她一帆风顺，祝她心想事成。

写完之后，他随手将那支签字笔夹到了封皮上，把书还给她。

陶桃脸颊微微发烫："谢谢你。"

苏晏："不客气。"

她紧紧地抱着书，怔怔地看着他，还想说些什么，然而站在不远处的苏裕忽然冲她喊了一句："你有完没完了？东西都给你买了，能不能赶紧走？我哥一会儿还要去火车站接女朋友呢！"

"女朋友"这三个字如同一枚刺针,直接刺中了她的心脏。

陶桃感觉心口处传来了一阵剧痛。

已经冲到嘴边的话瞬间被吞回去,她低下脑袋,匆匆说了句:"拜拜。"随即落荒而逃。

苏晏蹙起了眉头,看向弟弟的眼神中带着谴责的意味。

苏裕朝苏晏走了过来,不高兴地耷拉着脸:"你瞪我干什么?我说得不对?"

苏晏无奈地叹了一口气:"你为什么一直针对她?"

苏裕一脸鄙夷:"我就是不喜欢她,咱妈说她就是个有妈生没妈养的。"

苏晏面色铁青,冷声警告:"以后别再让我听见你说这种话。"

苏裕很怕他哥,但还是不服气:"你干吗对她那么好?她是你的谁呀?"

苏晏:"她是陶老师的女儿。陶老师对我很好,以前爸爸创业很忙,妈妈只顾着照顾你,没人管我,陶老师就会让我去他家,给我辅导功课,师母还会给我做饭吃。"

苏裕:"切,这有什么的,咱妈说那个姓陶的当初对你好就是想以后攀咱们家高枝儿。"

苏晏长叹了一口气,感觉和他弟弟根本说不通。

苏裕斜眼瞧着他哥:"你不可能看不出来陶桃喜欢你吧?"

苏晏无奈:"能不能把你的嘴闭上?"

苏裕盯着他哥看了一会儿,忽然五官皱成一团,难以置信:"你不会喜欢她吧?不会吧不会吧?她是长得好看,但是她家都快穷得揭不开锅了,低保户你知道吗?你要是真的喜欢她,咱妈能气得上吊!"

苏晏:"你少胡说八道!"

苏裕:"可是你的好几个女朋友都和她长得好像。"

苏晏深深吸了一口气:"你要是再胡说八道,就别想让我给你买最新款的游戏机。"

这话比任何威胁都好用,苏裕立即闭上了嘴,还伸出手在嘴边比画了个拉拉链的动作。

但这些都是陶桃离开之后发生的事情,她并不知道。

那天她从新华书店离开之后,在小城里漫无目的地逛荡了好长时间才回家。

到家后,她没有写作业,而是翻开了那本写有苏晏的祝福的《终极源头》，熬了个通宵把它看完了。

他随手送她的那支黑色签字笔，她也一直留着。

高考结束后，她第一志愿填报了东辅大学的临床医学专业，和苏晏一样。

东辅大学的临床医学专业，全国排名第一。

她考进了东辅大学，但没能进入临床医学专业——因差了三分，被调剂到化学专业。

录取结果出来的那一刻，她有些失望，不过很快就打起了精神，虽然和苏晏不是一个专业，但是起码在同一所学校。

然而开学后她才知道，东辅大学有两个校区，新生在老校区，到了大二才会搬到新校区。

等她搬到新校区之后，苏晏却不在那里了——他申请了国际交换生的名额，赴美留学了。

她跟他同校，却从未真正地同过校。

在她的整个青春里，她默默地爱慕着他，不停地追逐着他的脚步，只希望能够一直仰望星光，不被他抛下。

但是青春有限。

程季恒的话点醒了她，她不可能一辈子默默地喜欢着他。

这颗星星，迟早会成为某个女人的专属。

她不能觊觎别人的星星。

而且，喜欢了他这么多年，她总要为自己争取一次。

她是个很胆小的人，即便攒足了勇气，也不敢直接表白，只能让程季恒替她传达心意。

《终极源头》这本书对她来说意义重大，是她整个青春的感情寄托。

所以，这场电影，是她所有的希望。她将自己的感情孤注一掷，全部抵押在了这次的电影邀约上。

她希望他答应她的邀请，又觉得自己是在痴心妄想。

她一遍遍地告诫自己：不要再做白日梦了，苏晏不会喜欢你的；又无法自控地异想天开：万一他有点儿喜欢你呢？

陶桃觉得，暗恋一个人，就像是走进了一座迷宫，内心的喜欢就像是脚下的路，虽然明知自己选的这条路不一定对，但是偏要往前走，因为心里总有一个声音：万一呢？万一他也喜欢我呢？

除非很明确地被拒绝，否则她永远走不出这迷宫。

她在等着自己被拒绝，也在期待着万分之一的惊喜。

然而等了整整一个星期，程季恒也没给她消息。

这一周，她每天都过得紧张不安，像是在等待审判。

到了周六，程季恒还是没给她答复。她等不下去了，决定主动询问。

这天晚上，两个人从医院回到家，刚关上家门，她就忍不住问了一句："你去找苏晏了吗？"

程季恒正准备换拖鞋，听到她的问题后，动作明显一僵，随后低下了头，眉头微蹙，薄唇紧抿，看起来十分为难。

纵使他一言不发，陶桃也知道了答案，满心的期待瞬间凝固。

那一刻，她忽然特别害怕，想退缩，想失忆，想当成什么都没发生过——要是没有请苏晏看电影就好了，那样的话，他就不会拒绝她，她也有理由继续暗恋他。

但事情已经发生了，她没有机会重新开始，而且事到临头，也没有转身的余地了。

她不能一直活在对他的暗恋里，总要面对现实。

愣怔许久，她终于重新攒足勇气："你是不是……早就去找过他了？"

程季恒无声地点头。

陶桃失神地看着他，嗓音微微发颤："他……拒绝了是吗？"

程季恒不置可否，立即安慰："你别难过，也别胡思乱想，苏医生他……他……他肯定是因为太忙了，所以没时间看电影。"

他没有明确给出答案，但这个回答已经表明了苏晏的态度。

是的，他拒绝了。

陶桃虽然已经做好了被拒绝的准备，但是真正面对这个结果的时候，还是无法承受，甚至有些不知所措。

她喜欢了他那么多年，这种喜欢甚至已经成了一种习惯。

现在他拒绝了她的邀请，等于拒绝了她的喜欢，以后她该怎么办？她要放弃吗？可是他占据了她的整个青春呀！

陶桃瞬间就红了眼眶，眼泪止不住地往外冒，心里空荡荡的，像是失去了一枚重要的定心的砝码。

她哭得很伤心。

但程季恒的目的不是让她为苏晏伤心，而是让她彻底对苏晏死心。

他用右手捧住她的脸颊，用拇指轻轻地揩去她的眼泪，声音温柔而坚定："别哭了，他不陪你去，我陪你去。"

周日，电影院里人山人海，还很嘈杂，尤其是下午，人多得堪比早七点的菜市场，加之正值暑假，各种大片云集，观影群众更是比平时多出好几倍。

影院大厅里弥漫着浓郁的爆米花香味儿，陶桃百无聊赖地趴在电梯旁边的玻璃护栏上，等着去自动售票机取电影票的程季恒。

她的眼眶还有些红，眼皮也微微泛肿。

昨天晚上，她躲在被窝里哭了好久，伤心难过，又茫然无措，不知道自己应该怎么处理这份感情。

她要继续喜欢苏晏吗？苏晏根本不喜欢她，还明确地拒绝了她。

所以，她应该放弃吗？

可是她喜欢了他这么多年，怎么可能说放弃就放弃？

她对他的喜欢，已经成为一种习惯，不可能轻易戒掉。

其实她今天根本不想来看这场电影，因为这部电影会让她想到自己被苏晏拒绝的事情，所以她很抵触。

她今天只想老老实实地在医院陪奶奶，顺便让自己冷静冷静，而且今天苏晏轮休，不在医院，所以医院是她最好的避风港，但是架不住程季恒的软磨硬泡，奶奶也跟着程季恒一起劝她来看电影，无奈之下，只好跟着程季恒来了电影院。

自动取票机前排队的人很多，程季恒让她在这里等一会儿，她就按照要求一动不动地趴在护栏上等他，心里依旧乱糟糟的，对什么都提不起兴趣。

程季恒回来的时候，看到的是一颗毫无生气的桃子，像是被霜打了一样。

从今早起床开始，她就一直这样。

他轻叹了一口气，走到她身边，将手里拎着的挎包造型的卡通爆米花桶挂到她的脖子上。

那是一个米白色的宇航服造型的爆米花桶，是《终极源头》的周边产品，两侧各系了一条银色的带子，看起来既可爱又充满童趣，很受小朋友们的欢迎。

程季恒："请你吃爆米花。"

陶桃低头看了一眼挂在胸前的爆米花桶，又拿起来研究了一会儿，然后一脸疑惑地看着程季恒："怎么打开？"

程季恒被她这副既沮丧又茫然的表情逗笑了，伸出右手打开了"宇航服"背后的"水箱"，藏在里面的爆米花终于露了出来。

一股甜腻的香味儿扑面而来。

陶桃从里面拿出一颗爆米花塞进了嘴里，然后举着爆米花桶问程季恒："你吃吗？"

程季恒不喜欢吃甜食，轻轻地摇了摇头。

"哦。"陶桃也不吃了，没胃口，直接把桶盖扣上了。

这时广播里响起了提示音，距离两点整的《终极源头》开场还有十分钟，广播提醒观影群众准时入场。

检票口瞬间就被人群堵死了。

程季恒并不着急进场："等会儿再进吧，现在人多。"

陶桃："好。"她的声音有气无力，显然她现在对什么都提不起兴趣。

程季恒："别瞎想了，苏医生肯定是因为有别的事情才会拒绝你的邀请。"

陶桃知道他是在开导她，但她有自知之明："你不用安慰我了，我自己想想就想开了。"

程季恒心想：你能想开才怪。

程季恒的真正目的并不是安慰她，或者说，他会安慰她，但不是现在。

她现在还没对苏晏死心。

他的目的是让她彻底对苏晏死心。

"苏医生很优秀，你也很优秀，你没有配不上他。"他的语气十分真挚，"你现在应该振作起来，好好准备明年的招教考试，考到东辅的学校去。"

陶桃读大学时就考了教师资格证，本打算继续读研，就没准备招教考试。奶奶突发重病，她不得不放弃保研的资格，回到云山照顾奶奶，一边工作一边准备明年的招教考试。

"我没想过去东辅。"陶桃实话实说，"奶奶在哪儿我在哪儿。"

她坚信奶奶的病一定会好。

程季恒："我还以为你一定会去东辅。"

陶桃抬起了眼皮，蔫蔫地问："为什么？"

程季恒："因为苏医生明年肯定会去东辅医学院。"

陶桃终于打起了一点儿精神："你怎么知道？"

程季恒："县级人民医院的院长手里不是都有推荐医生去上级医院的名额吗？"

陶桃:"真的吗?"

程季恒:"真的,就像是高中校长向大学推荐优秀学生一样。苏医生那么优秀,要是没有特殊情况,他肯定会被推荐。"

陶桃捕捉到了一个重要信息:"什么是特殊情况?"

"走后门。"程季恒漫不经心地启唇:"要是院长任人唯亲的话,苏医生可能就危险了,除非苏医生和院长的关系更好。"

陶桃不假思索:"苏无病才不会干这种事呢。"

程季恒:"你怎么知道?"

陶桃:"因为他这个人比较……比较……"比较了半天,她也没想出来一个合适的词形容苏晏的性格。

程季恒:"比较清高?"

陶桃摇头:"不是清高,应该说是……自信吧,他是一个很爱惜自己的羽毛的人,尤其是在自己的专业领域。他刚毕业的时候就有机会凭自己的真才实学进东辅医学院,现在肯定不屑于走后门,这对他来说是一种羞辱。"

程季恒:"万一他变了呢?"

陶桃再次摇头:"不可能!绝对不可能!苏无病绝对不是那种急功近利的人。"

人都会变,程季恒很明白这个道理,但是显而易见,这颗傻桃子不明白。

不过没关系,他今天一定会教会她这个道理。

苏晏就是他最好的教学素材。

第五章
这颗桃子他要了

距离电影开场还有两分钟的时候,他们俩才进场。检票的时候,工作人员给他们发了3D眼镜。

六天前,陶桃还对这场电影充满期待,但是现在她对这场电影没有任何期待。

他们俩的座位在影厅的正中间,是最佳观影位置。

陶桃本打算电影一开场就闭上眼睛睡觉,然而当影厅内的灯光尽数关闭的那一刻,她忽然想到了什么,立即转头看向程季恒。

他紧紧地蹙着眉头,神色紧张,看起来十分不安,像是在竭力抵抗什么。

陶桃迅速握住了他的右手,担忧不已地说道:"我们出去吧。"

程季恒竭力控制着自己内心的恐惧:"没事。"

陶桃:"你不害怕吗?"

怕。

电影院环境封闭、光线黑暗,像极了那个拥挤、窄小的杂货间,很容易就能勾起他的童年阴影。但是今天这场电影,他必须看完,哪怕是忽然从屏幕里冲出来一条藏獒,他也要咬着牙看完。

他必须让她彻彻底底地对苏晏死心。

深深地吸了一口气,他迅速调整好情绪,眼含期待地看着她:"我只是想看一场电影,我从来没有在电影院里看过电影。"

这是实话，他以前从来没有进过电影院，这是第一次。

这是他第一次用手机买票，第一次用自动售票机取票，第一次买爆米花，第一次接受检票，第一次主动朝黑暗又封闭的空间走去，第一次直面自己内心的恐惧。

他做这一切，都是为了一颗傻桃子。

他觉得自己可能是疯了，但是又停不下来。

陶桃不禁有些诧异，没想到程季恒竟然从来没有来过电影院，虽然怕黑的人很多，但是怕到连电影院都不敢进，就有些奇怪了。

他以前是经历过什么可怕的事情吗？

看着他满含期待的目光，陶桃不由得有些心软："你真的可以吗？"

程季恒："你陪着我就可以。"

陶桃犹豫了一下，最后还是答应了他："好吧，不过你不要逞强，如果真的坚持不下去了，我们就出去。"

程季恒乖乖点头："好。"他又补充道，"在离开电影院之前，你不能松开我的手。"

他看起来是真的很害怕，陶桃做出保证："放心吧，我一定不会松开你。"

此时正片前的广告已经播完了，大屏幕上出现了中国电影史上最厉害的那条小金龙，小金龙飞跃屏幕一周，最终定格在了屏幕的正中央，标志着电影正式开始。

原本一片嘈杂的影厅瞬间安静了下来，观众立马就进入了观影状态，在座所有人的目光都聚焦在了前方的大屏幕上，除了陶桃。

陶桃依旧对这部电影毫无兴趣，甚至没戴3D眼镜，垂着眼皮，怔怔地坐在那儿。

忽然间，被她握在掌心里的那只手毫无预兆地朝上翻起，反将她的手握在了掌心里。

他的手比她的手大出许多，他轻松一握，就把她的小手整个包了起来。

陶桃猛然抬头，诧异地看着程季恒。

程季恒表情严肃，理由正当："屏幕黑了，我怕你松开我。"

电影一开场就是一群人被困在废弃的空间站的画面，光线确实非常暗淡，有几个镜头还是全黑的。

陶桃并没有怀疑他说的话，但是——

"你为什么不戴眼镜？"她奇怪地问。

程季恒："你也没戴。"

陶桃："我不想看。"

程季恒："那我戴眼镜也没用。"

陶桃不解："这两者之间有什么必然联系吗？"

程季恒："当然有，我没看过原著，肯定看不懂电影，遇到看不懂的地方只能问你，但是你又不看，问你你也不知道演到哪儿了，所以问了也没用，到最后我还是看不懂。"

陶桃："……"

这真是一条严谨的逻辑链条，毫无瑕疵。

程季恒轻叹了一口气："这可是我第一次进电影院看电影。"

他可真是会磨人！

陶桃十分无奈："我看，我看还不行吗？"

程季恒："随便你。"

"……"

你还端起架子来了！

陶桃长叹了一口气，戴上3D眼镜，原本模糊一片的大屏幕瞬间变得清晰了。

为了不打扰邻座，他们俩说话时将上半身凑近对方，并尽量压低音量。戴好眼镜之后，陶桃扭头看向程季恒。

程季恒也在看她。

3D眼镜是黑色的，完全遮挡住了姑娘那双好看的眼睛，眼镜上方的额头白皙光洁，眼镜下方的鼻子精致笔挺，在屏幕发出的亮光的映衬下，她的红唇更显娇艳。

她的唇很好看，红润饱满，唇线清晰，如同一颗诱人的樱桃。

他想：那唇应该是……甜的吧。

程季恒忽然有了一种想去尝一尝的冲动。

"你为什么还不戴眼镜？"陶桃微微蹙起了眉头，挡在3D眼镜后的眼睛里充满了疑惑。

"现在就戴。"程季恒淡淡地说道，随后坐直身体，戴上眼镜。

他面色如常，看不出任何情绪变化，内心却地动山摇，仿佛正在经历一场浩劫。

他觉得自己疯了，竟然想去吻这颗傻桃子。

整场电影，可以用索然无味这四个字来形容。原著很精彩，而电影仅呈现出了原著内容的十分之一不到，剩下的十分之九的内容，是编剧后加进去的，因此纵使读过无数遍原著，陶桃依旧看不懂这部片子。

她强撑着眼皮，尽量不让自己睡着，然而这部电影就跟 3D 版的催眠曲一样，让人想不犯困都难。

影厅里有至少三分之一的观众睡着了，还有一部分观众提前离场了，剩下的观众中有一部分和陶桃一样，坚持在看，却看得昏昏欲睡，还有一部分压根儿没看，而是在低头玩手机，可见这部电影十分失败。

陶桃之所以强撑着没走人，完全是因为程季恒没走，别人看得索然无味，他却看得津津有味。

电影结束的时候，陶桃没忍住问了他一句："好看吗？"

程季恒："不好看。"

"……"

那你还看得那么投入？

陶桃："可我怎么觉得你看得很开心？"

程季恒："可能是因为这是我第一次在电影院看电影吧。"

他的神色十分真挚，还带着几分孩童般的天真，看起来人畜无害到了极点。

陶桃毫不怀疑他说的话，甚至有点儿同情他。

此时影厅内的灯光已经亮起，观众开始离场。程季恒取下 3D 眼镜之后，再次握住了陶桃的手。

陶桃无奈地看着他："灯已经亮了。"

程季恒神色认真地发问："万一忽然灭了呢？"

陶桃斩钉截铁："不会的。"

程季恒："我不信，万一你骗我呢？我以前又没来过电影院。"

陶桃："……"

程季恒又装出一副天真的样子："刚才不是说好了吗？离开电影院之前你都要拉着我的手。"

他的语气中还带着一丝委屈和一丝埋怨。

长得丑的人撒娇是天塌地陷，长得好看的人撒娇是春光明媚，而程季恒这种长得特别好看的人，撒起娇来，可谓是春和景明、风月无边。

陶桃有点儿心软了。

而且他好像真的是在担心灯会忽然关闭。

犹豫了一下，她答应了他的要求："好吧，不过离开电影院之后必须松开。"

程季恒乖乖点头:"好的。"

从影厅到影院出口,陶桃一直拉着程季恒的手。

出口和检票口紧挨着,两侧的人流如同两道对向的水流,一道乌泱泱地往里冲,一道源源不断地往外走,唯一的区别是,过检票口需要排队。

检票口前的队伍很长,一直排到大厅中央。

陶桃刚走到大厅,就顿住了脚步。

她看到了苏晏。

苏晏和一个女生在一起,两个人有说有笑地并肩站在检票队伍的最末端。

陶桃也认识那个女生,是崔萌,她们俩上高中的时候在同一个年级,但是不同班。

那一刻她忽然明白了,苏晏拒绝她,不只是因为不喜欢她,还因为要和崔萌一起看电影。

紧接着,她想起一件事——崔萌她爸是县人民医院的院长。

院长手里有推荐医生去上级医院的名额,这是她刚从程季恒那里得知的消息。

陶桃的心里似乎有什么东西崩塌了,起初只是一道裂痕,逐渐地,裂痕越扩越大,最后彻底分崩离析。

程季恒确信苏晏今天一定会答应"长公主"的邀请,所以他在看到苏晏的时候,一点儿也不惊讶,却一直没说话,等陶桃自己发现之后,这才故作惊讶地开口道:"那不是苏医生吗?他旁边是谁呀?"

陶桃没作声,整个人如同失了魂一样愣在那里。

苏晏似乎感知到了什么,朝前方不远处看了一眼,正对上了陶桃的视线,神色顿时一僵。

他没想到她今天也会来看电影。

紧接着,他看到了站在她身边的程季恒。

对视的那一刻,陶桃迅速低下了头,回避了苏晏的目光,随后加快脚步,用力拉着程季恒的手,快速离开了电影院。直到踩上商场一楼的地面,她才放慢脚步。此时,她脸色苍白,呼吸急促,像是刚刚结束了一场大逃亡。

她脑海中一直不停地回放着苏晏和崔萌站在一起的画面,心头一片混乱,神色越发茫然呆滞。

这还是她认识的那个苏晏吗?

他完全可以通过自己的实力去东辅医学院,为什么非要接近崔萌呢?

是因为真的喜欢崔萌吧,除了这个可能,她实在是为他找不到任何借口了。

程季恒一直没开口,默默地观察着她的神色,等他们俩走出商场大门的时候,他才问了句:"你认识那个女生吗?"

陶桃迟疑了一瞬,最终点了点头:"嗯。"

认识就更好了,他不用多说什么了,接下来,推波助澜就好。

程季恒微微蹙起眉头,急切又满含歉意地说道:"对不起,我真的不知道苏医生有女朋友了。如果知道他今天会带女朋友来看电影,我绝对不会擅作主张买电影票,都是我不好,你要是生气的话,就冲我撒气吧。"

陶桃不生气,也不崩溃,内心平静到连她自己都觉得奇怪——她刚才明明很崩溃。

她内心起伏最大的那一刻,就是看到苏晏和崔萌在一起的那个瞬间。

那一瞬间,她的信念崩塌了。

她忽然发现,她喜欢的那个苏晏,只是自己幻想中的苏晏。

她喜欢了苏晏这么多年,却从来没有和他单独相处过一天,她和他认识了十几年,却还没有和仅仅相处了二十天的程季恒熟悉。

她敢在程季恒面前肆意妄为、放声大笑,却从不敢在苏晏面前这么做。她在苏晏面前会紧张,会局促不安,是因为她根本不了解苏晏,苏晏也不了解她。

她喜欢的苏晏也许只是自己幻想中的完美男人,她对他的那份感情看起来坚定不移,实则不堪一击,被现实轻轻一碰就幻灭了。

她本以为习惯很难改,没想到改掉竟然只是一瞬间的事情。

她瞬间崩溃,瞬间清醒,又瞬间平静。

不过,她还是有点儿难过,不对,是特别难过。她也说不清自己为什么难过,反正就是难过。

喜欢了一个人那么多年,本以为自己痴心一片,现在才发现自己就是个活在幻想里的傻子。

她心里难受极了,像是被针扎了,又酸又疼,视线也模糊了,哭得泣不成声。

就在这时,她的肩忽然被一只手臂环住了。

她猝不及防地被程季恒抱在了怀里。

虽然他只用了一只手,但是将她抱得很紧。

"别哭了,我会一直陪着你。"

程季恒的声音很轻、很柔,语气却十分坚定。

其实他原本没打算抱她,但是看到了追过来的苏晏,将她抱在怀里,是他的应对之策。

然而将这颗傻桃子抱进怀里的那一刻,他的心忽然乱了。

她身形单薄,身体柔软,因为哭泣,身体还在微微颤抖,他的心也跟着发颤。

那一刻,他甚至想把她揉进自己的身体。

这颗桃子,他要了,谁都别想抢走。

陶桃并没有推开程季恒,也推不开程季恒。她现在只想找个地方痛痛快快地大哭一场,而程季恒给她提供了这样一个地方——他的怀抱。

他不会嫌弃她,也容许她肆意妄为。

苏晏定在了门内,隔着一道透明的玻璃门,看着门外相拥在一起的两个人,没有勇气再朝外走一步。

此时,窗外阳光正好,这场景像极了四年前的那一幕。

女孩儿抱着一本书,害羞地看着他,询问他能不能给她写个生日祝福。

后来女孩儿也是像今天一样慌慌张张地跑走了。

看到女孩儿跑出去之后,他抬手擦了擦眼泪。

那一刻他真的很想追出去,把她抱进怀里。

但是他没有。

在面对女孩儿的时候,他总是有很多顾虑,又有恃无恐。

他总以为她会一直跟随他的脚步,以为她跑走之后还会跑回来,所以才会把她晾在一边,先处理他自认为更重要的事情。

他却从没想过,她会跑进别人的怀里。

两周时间匆匆而过,转眼又到了一个新的月份。

八月酷暑,陶桃终于迎来了十天的高温假,程季恒左臂上的石膏也终于可以拆了。

周一上午七点多,陶桃就领着程季恒来到了县人民医院的骨科门诊部。他们俩先挂了号,然后坐在大厅的椅子上等医生上班。

八点整,医生开始叫号。

程季恒是三号,很快就喊到了他。

陶桃听到广播提示音后轻声催促道:"五号诊室,你赶快去吧。"

程季恒坐着没动:"你不陪我去?"

陶桃:"我在这儿等你。"

广播提示音再次响起——又喊了一遍程季恒的名字,但他还是没动:"不行,你必须陪我去。"

陶桃无奈:"你怎么跟小孩儿似的,看个医生还要我陪你去?"

程季恒:"我害怕。"

陶桃:"……"我怎么感觉你是在耍无赖?

程季恒像煞有介事:"你知道怎么拆石膏吗?用铁锤子敲!医生要是技术不好,直接就把刚长好的骨头敲断了。"

画面感太强了,陶桃不由得心头一惊:"真的吗?"

程季恒:"不然呢?"

陶桃实话实说:"我还以为是用锯子锯。"

"锯不好也会锯到胳膊,所以我很害怕,"程季恒理直气壮,"你必须陪着我。"

陶桃不清楚他到底是真害怕还是假害怕,但她清楚一点:今天她要是不陪着他,他就不会进诊室。

广播提示音第三次响起。

陶桃叹了一口气,从椅子上起身:"走吧,我陪你去。"

程季恒这才起身。

陶桃之前没见过拆石膏的过程,所以信了程季恒的话,真以为是拿铁锤子敲,结果医生看完程季恒的手臂的情况后,并没有拿锤子,而是接了一盆温水,让程季恒把手臂泡进去。

泡了几分钟后,石膏变软,医生拿出一把医用小锯子,开始锯石膏,没有锯断,而是留下薄薄的一层。最后医生拿起小剪刀,把剩下的这一层剪断,然后用手把石膏拿下来。

在拆石膏的整个过程中,医生相当温柔,并没有出现程季恒所描述的那种暴力拆石膏的情况。

医生拆完石膏后,陶桃狐疑地看了程季恒一眼,清清楚楚地捕捉到了他脸上的那抹得意的笑容。

那一刻她终于明白了——自己被耍了。

但是当着医生的面她又不能跟他算账,只好先忍着,等着秋后算账。

石膏被拆掉并不等于伤势痊愈,医生让程季恒再去拍个片子确定一下情况。

在医生开拍片子的缴费单的时候，陶桃板起了脸，没好气地盯着程季恒。

程季恒一脸无辜："我又怎么你了？"

单是看他这装可怜的模样，陶桃就来气，忍无可忍："你就是个可恶的骗子。"

她本以为程季恒会"负隅顽抗"一会儿，没想到这人竟然直接承认了："好吧，我跟你道歉，我骗了你。"

这下倒搞得陶桃不知道该怎么接话了。

然而程季恒的下一句话是："早上出门的时候你问我胳膊疼不疼，我说不疼，其实我骗你了，疼，特别疼，特别特别疼。"

陶桃："……"

我就知道你没这么容易屈服。

这时，那位中年男医生一边开单子一边头也不抬地说道："你这都一个多月了，可能会疼，但不至于特别疼，更不至于特别特别疼，不要信口雌黄。"

程季恒："……"

医生毫不留情地拆穿了他的谎言，陶桃看着程季恒一脸吃瘪的表情，瞬间被逗笑了："哈哈哈哈哈……"

医生将开好的单子递给陶桃："你先去缴费，然后带着你老公去拍片子，拍完之后拿着片子回来找我。"

陶桃："……"

我带着谁？我老公？

陶桃忽然就笑不出来了。

通过他们俩的相处模式和对话内容，这位医生断定他们俩是两口子，不然不可能早上一起出门，而且现在的年轻小夫妻，就喜欢吵吵闹闹，打是亲骂是爱嘛。

陶桃刚要解释，程季恒却抢在她之前开口："好的，知道了，谢谢医生。"

医生早在开单子的时候就用电脑喊了下一位患者的号，程季恒的话音刚落，诊室的门就被推开了。一辆轮椅被推了进来，上面坐着一位双手双腿都打着石膏的病号，那人的脖子上还戴着颈椎固定器，情况看起来相当严重。

陶桃本来还想澄清一下"老公"的事，但见这个病号的伤势如此严重，不好意思浪费医生的时间，赶紧拉着程季恒走了。

两个人离开诊室之后，陶桃甩开了程季恒的手腕，瞪了他一眼，转身就走。

程季恒快步追了上去，与她并肩而行，扭头看着她："又生气了？"

陶桃没搭理他，甚至没给他一个眼神。

程季恒："真生气了？"

陶桃："非常生气！"

陶桃气得脸都红了，神色中尽显愤懑。

程季恒忍笑："我跟你道歉，对不起。"

陶桃瞟了他一眼："毫无诚意。"

程季恒很配合："那你说，怎么做才算是有诚意？"

陶桃斜眼瞧他："刷碗。"

"什么？"程季恒怀疑自己的耳朵出了问题，"你让我干什么？"

陶桃："刷碗，以后每天都刷碗。"

程季恒："……"

从小到大，没人敢跟他提这种要求，他也从没干过给别人刷碗的事。

深深地吸了一口气，他问："我要是不刷呢？"

陶桃："那我就再也不理你了！"

她的表情和语气都认真、严肃极了，但在程季恒看来，这就是小学生吵架式的威胁。

这种威胁对他来说比挠痒痒还轻，根本不管用。

若是别人跟他提这种要求，他早就让对方滚蛋了，但凡事皆有例外，面对这颗傻桃子的时候，他的原则和底线会一次又一次地降低，连心智都跟着降低了。

总而言之，他竟然被威胁到了。

内心经历了一番挣扎后，程少爷妥协了："好，我刷碗。"

陶桃依旧拧着眉，看起来还是不高兴，并挫败地叹了一口气。

程季恒："我都答应你了，你还生气？"

陶桃："我要知道你答应得这么痛快，就让你连地也扫了。"

程季恒："……"

陶桃盯着他看了几秒钟："要不你把地也扫了吧？"

程季恒："你这是得寸进尺。"

陶桃："反正你的手已经好了，总要为家里做点儿贡献吧？"

"为家里做点儿贡献"这几个字莫名地打动了程季恒，他几乎没有思考就答应了她："行。"

"那拖地……"

"也可以。"

陶桃："……"这也太好商量了吧？

程季恒神色认真，语气严肃："我不是被你威胁到了才答应的，只是觉得既然咱们住在一起，就需要共同经营生活，所以我才会答应你的要求。"

他这话与其说是对傻桃子说的，倒不如说是在安慰自己。

陶桃想了想，觉得他这话说得有道理，就是听起来怪怪的。

程季恒："还生气吗？"

陶桃："暂时不生气了。"

只是暂时？程季恒无奈一笑："你就欺负我吧。"

陶桃白了他一眼："谁欺负你了？"言必，扭头就走。

每层楼都有分诊台，陶桃可以直接在分诊台缴费。骨科门诊在二楼，放射科在一楼，陶桃想了想，去了一楼的总收费处。

陶桃帮程季恒缴完拍片子的费用后，又拿出了奶奶的就诊卡，想着顺便把奶奶这周的住院费交了。

窗口内的工作人员查询完就诊卡信息后，却告诉她住院费已经交完了，并且卡里还剩一万块钱押金。

已经是第三次出现这种情况了，陶桃直接看向程季恒："又是你交的钱？"

程季恒微微蹙起了眉头，认真回想了一下，然后回答："我忘了。"

瞧他这副表情，好像是真的失忆了。

但陶桃已经知道答案了，叹了一口气："你真的不用替我交钱，我有钱。"虽然她的钱不多，勉强够给奶奶交医药费，但她不想让别人替她交钱。

她知道程季恒是好心，但她不想占他的便宜。

而且非亲非故的，她怎么好意思让人家替她交那么多钱？

程季恒不置可否，直接拿起工作人员放回台子上的就诊卡，催促陶桃："边走边说，后面还有人等着缴费呢，不要占着窗口。"

道德绑架很管用，陶桃立即往旁边挪了一步，程季恒顺势抓住她的手腕，带她走出了队伍。

陶桃并没有就此作罢，在去放射科的路上，她认真地对程季恒说道："以后不要替我交钱了，我自己可以，一会儿我就把钱还给你。"

程季恒顿住脚步，表情严肃地说道："你要是把钱还给我，我明天就走人，从此之后咱们俩互不相欠。"

陶桃："……"

你是在威胁我吗？

程季恒："你不想让我替你交钱，是因为不想占我便宜，我也同样不想占你便宜，我一个大男人不能一直在你家白吃白住吧？"

陶桃急忙说道："你不是白吃白住，你是我的客人，是我邀请你去我家住的。"

程季恒目光无比真挚，语气无比真诚："我知道你是好心收留我、照顾我，但我不能一味索取，不懂付出。我这个人没什么用，还很惹人讨厌，你是唯一一个不讨厌我，还把我当朋友的人，所以我也把你当朋友，我身上的钱不多，但这是我的心意，希望你能收下，不要拒绝，不然我真的不好意思继续住在你家了，怕你把我当成麻烦。"

程季恒既动之以情，又晓之以理，成功地用这番话把自己塑造成了一个可怜的角色。

陶桃心疼得不行，斩钉截铁地说道："你一点儿也不惹人讨厌！我一点儿也不讨厌你，更不会把你当成麻烦！"

程季恒认真发问："真的吗？"

陶桃重重地点头："真的！"

程季恒："那你就不要再跟我提钱的事。"

陶桃："可是你也没钱呀，你真的不用这样！"

程季恒一本正经："我还没想好下一步该怎么办，拿着钱也没用，还不如先帮你解决燃眉之急。如果你坚持要把钱还给我，就说明你把我当外人，那我只好离开。"

陶桃又急又无奈。她不想占程季恒的便宜，此时却不得不接受他的好意，否则他会胡思乱想，他可是曾经起过轻生念头的人。

想了想，她选择了一个折中的办法："要不这样吧，这钱就当你借给我的，以后你需要钱的时候，我再还给你，我一定还给你！"

其实这点儿钱对程季恒来说根本不算什么。

从小到大，他最不缺的就是钱。

如果他不答应，这颗傻桃子一定会坚持现在就把钱还给他，所以他只

111

好点头:"行。"

陶桃舒了一口气,可心里还是有点儿过意不去,刚才还跟他闹脾气呢,现在又欠了他这么大个人情,越想越不好意思。

其实她每次跟程季恒闹完脾气之后都会有点儿愧疚。

按理说,程季恒是她的客人,她不应该在他面前任性,但她就是控制不住自己,因为他从来不会跟她生气,也不会嫌弃她。

他会无底线地包容她。

自从父母去世后,她就再也没有任性过。因为她知道自己没有任性的资格,必须懂事,必须乖巧,必须逼着自己变成大人。

但是面对程季恒的时候,她似乎又变成了小孩儿,可以肆无忌惮,可以做最真实的自己。

在和他相处的过程中,她隐藏了多年的"狐狸尾巴"在一点点地暴露出来。

她看了他一眼,小声问了句:"你今天晚上想吃什么?"

程季恒知道,这颗傻桃子是心里愧疚了,准备讨好他。

但他并没有直接回答问题,而是面带痛苦地捧住自己的左臂:"我的胳膊忽然有点儿疼。"

陶桃一惊:"怎么忽然开始疼了呢?"她有点儿担心了,连声说道,"走走走,现在就去拍片子。"

程季恒站着没动:"你能给我揉揉吗?"

他摆出了一副可怜巴巴的表情,语气中带着三分哀求,三分撒娇,四分柔弱。

长得好看的人装可怜,总是能达到事半功倍的效果,更别说程季恒这种长得格外好看的了。

他面如冠玉,眸如朗星,皮肤白皙,整个人看起来超凡脱俗,此时再配上那副可怜、无助的表情,让人狠不下心拒绝他的请求。

陶桃瞬间就明白男人们为什么抵抗不了白莲花了,不是不愿意抵抗,也不是看不出来,而是在装瞎。

虽然她看出程季恒是装的了,但根本没有抵抗力,于是选择了——装瞎。

"好吧,把你的胳膊给我。"为了减轻自己内心的负罪感,她下意识地说了一句所有男人面对白莲花时都会说的话,"仅此一次,下不为例。"

只糊涂一次而已,可以原谅。

程季恒乖乖点头:"好的。"然后把左臂伸了过去。

陶桃用左手托住他的胳膊,询问道:"哪儿疼?"

程季恒:"手腕疼。"

陶桃将自己的右手搭在他的手腕上,动作又轻又柔地给他揉手腕。

他的手很好看,修长白皙,骨节分明,腕部线条也很流畅,是标标准准的"漫画手"。

陶桃虽然不是手控,但也欣赏他的手,毕竟没有人会不喜欢美好的事物。

她低着头给他揉了一会儿,轻声问道:"还疼吗?"

程季恒:"不是特别疼了,但还是有点儿疼,可能再揉一会儿就不疼了吧。"

陶桃抵抗住了这波"蛊惑",松开了他的手:"不揉了,去拍片子。"

她的手小巧精致,白皙细腻,柔若无骨。她松手的那一瞬间,程季恒的心还跟着空了一下,他轻叹了一口气:"好吧。"又补充了句,"回家再揉。"

陶桃毫不留情:"没有下次了!"

陶桃被程季恒"蛊惑"了一次,绝对不能被"蛊惑"第二次!

程季恒置若罔闻:"走吧,去拍片子。"

放射科在大厅的东侧,此时前来拍片子的人不少,程季恒前面排了有四五个人,两个人只好先坐在走廊的蓝色长椅上等着。

陶桃拿出手机看了一眼时间,已经八点半了,奶奶应该已经醒了。

程季恒猜出她在想什么了:"你先去看奶奶吧,不用管我了。"

陶桃想走,但又不放心:"你真的可以?"

程季恒被逗笑了:"我又不是三岁小孩儿,还不能自己拍个片子?"

陶桃:"拍完之后还要拿着片子去找医生。"

真把他当三岁小孩儿了?程季恒无奈:"我知道。"又催促道,"赶紧走吧,奶奶还没吃饭呢,我看完医生就去找你。"

陶桃确实有点儿着急:"那行吧,我先走了,你别忘了去找医生。"

程季恒叹了一口气:"知道了,忘不了。"

陶桃终于从椅子上站了起来:"那我走了。"

她刚准备迈步,程季恒忽然说了句:"我想吃红烧肉。"

这是他对"你今天晚上想吃什么?"这个讨好型问题的回答。

陶桃哭笑不得:"你不是不吃肥肉吗?"

程季恒："但我吃瘦肉。"

陶桃笑道："知道了！"

程季恒："行了，你可以走了。"

陶桃白了他一眼，转身离开。

住院部大楼就在门诊大楼后面，走过去用不了几分钟，但是等电梯要等很长时间。陶桃看了一眼四部电梯前的长队，果断选择了爬楼梯。

然而她刚推开楼梯间的大门，就差点儿和里面的一个人撞个满怀。

那人穿着白大褂，身材修长挺拔，陶桃的视线才到他的胸口。

她站稳之后抬头一看，那人竟然是苏晏。

现在面对苏晏，她已经没有了当初的那种紧张和羞赧的感觉。

她对苏晏多年的暗恋就好比是一团乱七八糟的线，缠成了死结，结没解开之前，剪不断，理还乱。然而一旦找准了能够解开死结的那条最重要的线，打开死结，她就豁然开朗了。

前几天，她确实很难过，毕竟喜欢了他那么多年，虽然死了心，但并不是说放下就能放下。好在她最近很忙，不但每天都要面对各种各样调皮捣蛋的学生和迫切需要看到孩子成绩进步的家长，还要照顾奶奶，脑子被生活琐事填满了，就没时间去想糟心的感情问题了。

不知不觉间，她就把苏晏放下了。

真实的生活才是最重要的，陪她应对琐事的那个人，也不是苏晏。

她轻轻点了一下头，算是打了招呼，然后绕过苏晏，头也不回地走上了楼梯。

陶桃来到病房的时候，奶奶还没睡醒。

最近一段时间，奶奶的身体状况越来越不好了。她的饭量越来越小，睡眠时间越来越长，即便是在清醒的状态下，精神也很虚弱，奶奶整个人看起来越发瘦小、苍老。

陶桃每天早上来到病房的第一件事，就是喊奶奶起床。

她很害怕奶奶睡着之后就再也醒不过来了。

那位常年瘫痪在床的老大爷的护工都醒了，正在给老大爷做按摩。陶桃走到了奶奶的床边，弯下腰，轻声喊道："奶奶。"

接连喊了好几声，老太太才缓缓睁开眼睛，一双浑浊的眼睛里尽是茫然。

许久后，老太太才认出眼前的人，声音微弱，语气却不失慈爱地喊了一声："桃子。"

陶桃舒了一口气，像是哄小孩儿似的对老太太说道："快起床啦，您该吃早饭了。"

老太太意识到今天自己又睡过头了，哑着嗓子问了一声："几点了？"

"快九点了。"陶桃动作麻利地把病床的上半部分摇了起来，又扶着老太太起身，帮她调整好姿势，让她背靠着枕头，温声说道，"我去接水，洗完脸我们就吃饭。"

随后她从床下拿出脸盆，去了卫生间。

端着一盆温水回来后，陶桃先给奶奶梳了梳头，然后动作仔细又轻柔地给老人洗脸，最后让她戴上假牙，开始给她喂饭。

老太太的消化功能也大不如前，她现在只能吃清淡好消化的，因此每天还要输一袋营养液补充身体能量。

陶桃今天带了红豆粥，老太太刚喝了两口，忽然想到了什么："小程呢？怎么没看见小程？"

陶桃回道："他今天拆石膏。拆完之后医生让他再去拍张片子，他拍完就来了。"

"哦。"老太太关切地问道，"他的胳膊恢复得怎么样啊？"

陶桃："我觉得没什么事。"

老太太："你又不是医生，你觉得没事有什么用？要医生觉得没事才行。"

陶桃哭笑不得："您就放心吧，他肯定没事！"其实她也有点儿担心，但为了不让奶奶担心，她只能这么说。

老太太："没事也要好好养着，伤筋动骨要一百天呢，他这才一个多月。刚好你这几天放假，晚上早点儿回去，给他炖点儿骨头汤喝。"

陶桃心里有点儿不平衡了："您对他怎么这么好呀？比对我还好呢！"

"胡说！"老太太故作生气地瞪了她一眼，"我对他好，还不是想让他对你好？"

陶桃一怔，脸颊忽然有点儿发烫，红着脸反驳道："您说什么呢？"

"我说的都是你该关心的事。"程季恒不在，老太太终于可以单独和孙女说点儿体己话了，"小程这孩子，其实挺不错的，不管是对你还是对我，都可以说是尽心尽力了，我觉得他对你是有一份心意的，你要是也喜欢他……"

陶桃又急又羞地打断了老太太的话："奶奶！您别乱说话！"

老太太也急了："你听我把话说完！"

陶桃无奈地叹了一口气。

老太太继续说道:"你要是也喜欢他,跟他处一处也行,毕竟你都二十岁了,也该谈恋爱了,我二十岁的时候已经结婚了。"

陶桃:"我才二十岁,您就催着我结婚?您就这么嫌弃我?"

老太太叹了一口气:"不是嫌弃你,是放不下你,我陪不了你多久了。"

她知道自己不该说这种话,但是不得不说,因为有些事情,她们祖孙俩无力改变,只能面对。

她能感觉到自己的时间不多了,在这个世界上,她唯一放不下的人,就是自己的孙女。

孙女命苦,早早就没了父母,和她这个老太婆相依为命,她哪天要是撒手人寰了,孙女就无依无靠了。

陶桃最害怕的就是这个话题。在这个世界上,她只有奶奶这一个亲人了。她害怕面对生离死别,更不敢想象没有奶奶的日子。

她没有勇气面对这件事,只想逃避现实。

听了奶奶的话后,陶桃的眼眶瞬间就红了,鼻子也跟着酸了,她强忍着泪水,齉着鼻子说道:"您又说什么呢?"

老太太的心里也是一阵酸楚,她不想让孙女难受,可该说的话,她必须说完:"生死有命,我能活多久是有定数的,我不怕死,只怕我死了之后,没人照顾你。"

在别人的眼里,孙女乖巧懂事,坚强勇敢,但是在她的眼里,孙女一直是个小孩子。

而且一个刚满二十岁的姑娘,再坚强能坚强到哪儿去?

女孩儿坚强是好事,但是坚强过了头,就是坏事——说明她经受了太多太多的磨砺。

她不想让孙女变成太坚强的人。

她想让孙女和别人家的姑娘一样,永远被人疼爱。

"我想过把你托付给无病,但是无病并不适合你,而且你们俩最近好像……没有以前那么好了。"老太太能感觉到他们俩之间出了问题,问题的源头好像在自己的孙女这边,孙女好像没有以前那么喜欢无病了。

孙女以前看到无病的时候,会激动、娇羞、紧张,现在却没有这些反应了。

不过这样也好,不属于自己的人不能惦记,她能放下无病更好。

"后来小程出现了,我觉得小程更适合你。"老太太此时很虚弱,却继续语重心长地说道,"你的性子太软了,他比较硬气,会保护你。我想找个人保护你,这样我也走得安心了。"

陶桃的眼泪彻底决堤了,她哭着说道:"您别说了行吗?说这些干什么呀?"

一看孙女哭了,老太太的心也跟着软了:"好了,好了,不说了,我不说了。"

陶桃的眼泪还在止不住地流。

陶桃很害怕,不想让奶奶离开。奶奶要是走了,她就成孤儿了。

陶桃想让奶奶的身体越来越好,想让奶奶康复如初,可是她无能为力,她努力赚钱给奶奶治病,但是奶奶的身体还是越来越虚弱。

陶桃不想面对现实,一点儿也不想。

老人就是看不得孩子哭,老太太又着急又愧疚,眼眶也跟着红了:"桃子,不哭了啊,以后我都不说了,你要是再哭,我这个老婆子也要跟着哭了。"

为了不让奶奶难受,陶桃强忍住心里的那股难受劲儿,把手里端着的碗放到了床头柜上,抽了一张纸巾,给自己擦眼泪。

这时,病房的门被推开了,程季恒回来了,手里还拎着装着片子的袋子。

他一进门就看到傻桃子在擦眼泪,她的眼眶和鼻尖都红红的,那样子十分令人心疼。他立即走到她身边:"你怎么了?"

陶桃吸了吸鼻子,闷闷地说道:"没事。"

这也不像是没事的样子,程季恒不相信她的话,想再问问到底是怎么回事,老太太却抢在他之前开了口:"你的胳膊怎么样了?"

程季恒明白老太太是不想让他继续问了,很配合地回答:"没什么事了。"

老太太舒了一口气,放心地说道:"那就行。"

陶桃调整了一下情绪,扔掉手里的纸团,再次端起粥碗,继续给奶奶喂饭。

老人最近胃口不太好,吃了小半碗就摆了摆手,不吃了,也吃不下了。

看着奶奶日渐消瘦的脸庞,陶桃的眼眶又红了,为了避免自己再当着奶奶的面哭出来,她迅速拿着碗和勺子从凳子上起身,低头说道:"我去洗碗。"

程季恒的目光一直落在她的身上,他微微蹙眉,眼神中流露着担忧。

他没见过这样的傻桃子。

她一向是坚强的,百折不挠,外柔内刚。

但是今天,她像是变成了玻璃做的人,脆弱极了。

"你去爬过云山吗?"

老太太的话,突然打断了他的思绪。

程季恒回神,轻轻摇头:"没有。"

老太太笑着说道:"云山很有名,山顶还有个云中寺,许愿很灵验,常年香火不断。你要是想去拜拜的话,今天就让桃子带你去,顺便让她散散心,她好不容易才放个假。"

程季恒从来不烧香拜佛,也压根儿不信神佛,但还是答应了老人:"行。"

陶桃在卫生间待了好一会儿才出来,出来的时候,眼眶和鼻尖比刚才更红了,眼皮还微微发肿。

奶奶跟她商量带程季恒去云山玩的事。她本来不想去,只想在医院陪奶奶,但是她忽然想到在云中寺烧香许愿很灵验,瞬间改了主意:"好。"

云山是当地的著名景点,海拔八百多米,巍峨挺拔,因山顶常年云雾缭绕,恍若仙境,故名云山。

云山所在的县城也因此得名云山县。

云山距离县城不远,只有五公里,但是从县人民医院出发,没有直达的公交车,他们需要先坐一趟公交车到当地的火车站,再转坐云山旅游专线大巴。

陶桃带着程季恒来到云山时,已经十点半了。

时值暑假,来云山旅游的人很多,景区大门口的停车场上停满了大大小小的私家车和来自全国各地的旅游大巴车。

他们排了好长时间的队才买到票。

景区大门距离云山还有一段距离,步行需要将近十分钟的时间,不过游客可以选择坐十块钱一位的电动游览车,这样既能节省时间又能节省体力。

大部分游客会选择坐缆车。

但有少部分人会选择步行,这部分人中的一大半人是为了去云中寺烧香拜佛,步行更显虔诚。

还有更虔诚的朝拜者,从进入景区大门就开始三步一拜,九步一叩,一直拜叩到云中寺门前。

陶桃很想三步一拜九步一叩,但是她今天不只是来烧香拜佛的,还是带着程季恒来玩的,不能逼着他跟自己一起三步一拜九步一叩。

"你要坐缆车吗?"走进大门之后,陶桃先询问了程季恒的意见。

"都行。"

陶桃："那我们走路？"

程季恒："行。"

从景区大门往云山走的时候，陶桃一直没说话，整个人闷闷不乐、心事重重的。

程季恒大概猜出了原因。

来到山脚下，他们有两种上山的方案：坐缆车或者徒步。

陶桃依旧是先询问程季恒："你要坐缆车吗？"

程季恒没有直接回答："你呢？"

坐缆车去拜佛不虔诚，去拜佛必须徒步，这是传统，陶桃肯定是选择步行的。

"我不坐缆车。"但她担心程季恒会因为她的关系放弃坐缆车，又迅速补充了一句，"不用管我，你要是想坐缆车就去坐吧，我们可以暂时分开，到时候山顶见。"

因为这一路上他已经看到好几个行三拜九叩之礼上山的人了，所以他知道她想干什么。

在他眼里，这种人就是自欺欺人的"傻子"，这些拜叩行为，是这些人在安抚自己，只不过是想让自己心里舒服点儿而已。

在他看来，这世上本没有神佛，是人类的欲望太多，才造出了神佛。

他的母亲在世时也经常烧香拜佛，而且很虔诚，每逢初一十五，必定会去东辅当地有名的大佛寺烧香拜佛，还经常布施香火，供大佛寺博施济众。

但她信奉了多年的佛祖，并没有保佑她。

她最后的结局，比那些杀人放火的坏人还惨，更可笑的是，她死了，程吴川这种人还活着。

所以，程季恒压根儿就不信神佛。他觉得根本不存在什么佛海无边、慈悲为怀。

但他知道，这颗傻桃子，一定信神佛。

按照他对她的了解，只要他们俩一分开，她必定会加入这支三拜九叩的队伍。

她已经这么傻了，没必要更傻了，再傻下去，就真的没救了。

轻叹了一口气，他说道："我不坐缆车，和你一起走上山。"

"那好吧。"陶桃的语气中带着点儿失望，倒不是不想和程季恒一起走，而是若和他一起走，她就没办法和别人一样拜叩了。

她想求佛祖保佑奶奶身体健康，这是她唯一的愿望，也是她最大的奢求，所以她想用最虔诚的心去拜叩佛祖，希望佛祖能够听到她的祈祷。

云山很高，有些地方还很陡峭，需要手脚并用，徒步上山相当耗费体力，而且今天的气温还很高，刚爬到半山腰，陶桃就累得不行了，满头大汗、脸颊通红，还气喘吁吁。

半山腰处有个凉亭，她本来没想歇脚，甚至已经走过去了，但忽然想到程季恒的身体情况——虽然已经过去一个多月了，但他还没痊愈，所以她又停下了脚步。

"要不我们歇一会儿吧。"她转头看向程季恒。

然而程季恒依旧是身姿笔挺、气定神闲，除了额头上冒出了一层薄薄的汗珠，丝毫不见疲惫感，就连呼吸都和平时一样缓和平稳。

"你不累吗？"陶桃难以置信。

程季恒当然不累，一点儿也不累。他想，这才多高的山？

他玩了小十年 MMA，平时还有健身的习惯，体能不是一般地好，这段距离对他来说根本不算什么，一口气爬到山顶根本不是问题。

但这颗桃子好像已经累坏了。

于是他不假思索地回答："累了，需要休息。"

陶桃："……"

可我好像并没有看出来你累了。

程季恒又一次捂住自己的左臂，微微蹙眉："主要是胳膊疼。"他很认真地说道，"今天医生看了片子，说我需要多休息，不能做剧烈运动。"

陶桃并不怀疑他的话，忽然有点儿后悔让他徒步上山了，觉得自己应该带他坐缆车的，急忙说道："你快去亭子里休息一会儿吧。"她忽然看到旁边有个小卖部，立即朝那边跑了过去，"我去给你买瓶水。"

程季恒站着没动，一直在等她。

陶桃拿着两瓶矿泉水从小卖部出来后，看到他依旧站在太阳底下，立即朝他走了过去："你怎么没去亭子里？"

程季恒："我在等你。"顿了一下，他又说道，"我想让你给我揉揉手。"

他如此乖巧、懂事又听话，再配上他那副人畜无害的表情，相当惹人爱怜。

这一瞬，陶桃又明白了男人们面对白莲花时的感受，就四个字——欲罢不能。

算了，这世间的诱惑太多，她偶尔糊涂一次，也没什么。

陶桃再次选择了装瞎："坐下之后再给你揉吧。"

程季恒："好的。"

亭子不大，但是里面一圈儿都能坐人。

陶桃和程季恒走进凉亭的时候，有一家三口也在里面休息。

两个人坐下之后，陶桃拧开一瓶水递给程季恒："喝点儿水。"

程季恒没接，而是伸出了自己的左臂："先揉胳膊。"

他可真是会磨人。

陶桃长叹了一口气，把水瓶放到一边，拖住他的手，斜眼瞧他："还是手腕疼？"

程季恒面不改色心不跳地点头："嗯。"

陶桃忽然有点儿想笑，强压下想要翘起的唇角，开始给他揉手。

她的动作一如既往地轻柔。

程季恒微微垂眸，温柔地看着她，嘴角不自觉地上扬。

亭子里很安静，也很清凉，气氛十分静谧。

忽然间，一声清脆的童音打破了这份静谧。

"我不想爬了，我累啦！"

坐在他们俩对面的那个小女孩儿正在和她爸爸妈妈撒娇。

"我好累好累呀！"

陶桃闻声抬起了头，看向对面的一家三口。

小姑娘五六岁的模样，穿着一件粉色的运动体恤，蓝色的休闲牛仔短裤，还有一双白色的运动鞋，小胳膊小腿藕节似的白嫩圆润，十分可爱。

此时此刻，她正坐在爸爸的腿上，嘟着小嘴巴撒娇："我想让你抱着我爬山。"

妈妈故意板起了脸："你在学校老师怎么教的？自己的事情自己做！"

小女孩儿："可是人家好累好累好累呀！"随后又抱紧了爸爸，"求求你了嘛，抱抱我！"

面对女儿的撒娇，爸爸完全没有抵抗力："行，爸爸抱你上山。"

妈妈瞪着爸爸："山这么陡，你怎么抱她？不危险吗？"

爸爸："背着。"说完，他将女儿放在地上，然后从凳子上站起来，蹲在女儿面前，拍了拍自己的肩膀，"来，跳上来。"

小姑娘开心地耶了一声，立即跳上爸爸宽阔结实的后背，抱住爸爸的脖子。

爸爸背着女儿，稳稳地从地上站起来，看了身边的妻子一眼："走吧，再不走就吃不上午饭了。"

妈妈一边收拾东西一边唠叨："还不是怪你？谁让你这么惯着她的？她

说停你就停,才走了几步路,这都歇了几次了?"

爸爸也没反驳,憨笑了一下。

陶桃目送着这一家三口离开凉亭,眼神中满含羡慕,甚至有点儿嫉妒。

她想到了自己的爸爸妈妈,想到了自己小时候。

小时候,爸爸妈妈经常带她来爬云山,她爬累了,走不动了,爸爸也会背着她上山。

后来,她的爸爸妈妈离开了她。

现在,奶奶也要离开她了。

爸爸妈妈要是没有离开她就好了,她现在就什么都不怕了。

陶桃的眼眶忽然就红了。

刚才的场景,如同压垮骆驼的最后一根稻草。

猝不及防间,她崩溃了,内心激荡得如同飓风下的大海。她泪崩了,呜咽着说道:"我觉得不公平。为什么别人都有爸爸妈妈,只有我没有?我都已经没有爸爸妈妈了,为什么奶奶也要离开我?"

因为这个世界本来就不公平,程季恒从小就明白这个道理。

不过他能理解她此时的这种心情,毕竟成年人的崩溃,很多时候只在一瞬间。

压力积攒了太多,任何一件微不足道的小事都可能成为压垮骆驼的最后一根稻草。

她承受了太多的压力和挫折,一直在逼着自己坚强,但是人的承受能力有限,总有一天她会崩溃。

这和刚极必断是一个道理。

这个小傻子,如果能看透这个世界的丑恶,其实是好事。

程季恒觉得自己没必要安慰她,也没打算安慰她,却不受控制地开了口:"我也没有爸爸妈妈。"像是被人下了蛊,他又鬼使神差地说了第二句,"我妈妈活着的时候,喊我程小熊,后来她死了,就再也没人这么喊我了。"

陶桃从来没有听他讲过他小时候的事情,不由得愣住了,泪眼汪汪地看着他。

第六章
就四个字，欲罢不能

程季恒知道自己该闭嘴了，也在心里拼命地命令自己闭嘴，可是行为不受控制，埋藏在心底十几年的回忆顷刻之间破土而出："我爸叫程吴川，其实他原本不叫程吴川，叫程百川。我妈妈姓吴，叫吴蔓之，他为了追我妈妈，把自己的名字都给改了，深情吧？"

陶桃点头，将自己的名字都改成心爱之人的姓氏，绝对算是深情了。

程季恒笑了一下，眼神中却没有笑意，只有令人不寒而栗的冷意："他追了我妈妈好久，后来我妈妈终于答应了他的求婚。然而结婚之后我妈妈才发现，程吴川早就在外面养了个女人，那个女人还给他生了孩子。"

那是个女孩儿，叫程羽依，比程季恒大两岁，是程季恒的"好姐姐"。

那个给程吴川生女儿的女人叫柏丽清，是个护士。

母亲出车祸后瘫痪在床，程吴川把柏丽清安排到了她的病榻前。

母亲出车祸那年，程季恒才六岁。

那天是六一儿童节，也是程季恒这辈子过的最后一个六一儿童节。

儿童节那天，幼儿园放假，程季恒不用去上学，但他也没有睡懒觉，因为他兴奋得睡不着——妈妈答应那天带他去动物园玩，不过要等到下午，因为上午她要去公司开会。

早饭是火腿鸡蛋炒饭、现磨豆浆和炒青菜，是妈妈做的。

只要不忙，每顿饭妈妈都会亲自下厨，但忙起来，她就会接连好几天不在家，每天在家陪伴程季恒的只有阿姨。

"妈妈，爸爸今天会回家吗？"程季恒握着小勺，刚吃了一口炒饭，小嘴巴油乎乎的，满眼期待地看着妈妈。

程季恒已经好久没有见到爸爸了，希望爸爸今天能够回家，一家三口一起去动物园。

妈妈正在夹菜的动作一顿，不过她很快就恢复了从容的模样，将青菜夹到程季恒的小碗里，温和地说道："爸爸应该是陪不了我们了，他需要工作，需要赚钱，赚到钱了才能给你买玩具。"

程季恒很失望，长长地叹了一口气，闷闷不乐地说道："为什么你可以在家陪我，爸爸就不可以？你不是也要赚钱吗？"

小的时候，程季恒很不理解爸爸为什么那么忙，忙到可以连家都不回。后来程季恒才知道，他这个日理万机的"好爸爸"，忙的不是工作，是女人。

除了柏丽清，他还有好多女人。

程吴川是个标标准准的纨绔子弟，不学无术，游手好闲。吴蔓之则是大家闺秀，知书达理，精明能干，她之所以会嫁给程吴川，完全是因为她瞎了眼。

吴家和程家并无交际，所以吴蔓之根本不知道程吴川的秉性如何，而且整个吴家早在她上高中的时候就举家移民到了国外。她毕业后回国参加朋友的婚礼，在那场婚礼上认识了程吴川。吴蔓之嫁给程吴川之前，也没有家人帮她打听程吴川的过去和程家的背景，好心提醒她的人，只有季疏白的父亲。

吴家和季家是世交，程季恒的母亲吴蔓之和季疏白的父亲季渊自幼一起长大，两家人曾经想过撮合他们两个，达到亲上加亲的效果，奈何他们俩之间只有兄妹情，没有儿女情。

感情的事情勉强不得，两家人只好作罢。

在程季恒的母亲答应程吴川的求婚之后，季疏白的父亲曾苦口婆心地劝诫她，千万不要被程吴川的虚情假意蒙蔽了，但她没有听劝。

吴蔓之天真地以为自己可以令程吴川浪子回头，而且这个男人为了自己连名字都改了，怎么会辜负她呢？

两个人婚后也确实甜蜜过一段时间，但只有一年。

一年后，程季恒出生了，程吴川开始原形毕露。

程吴川先是不停地和吴蔓之吵架，后是偶尔夜不归宿，最后干脆连家都不回了。

程吴川在外面走马灯似的换女人。

吴蔓之的心在一点点变冷,最后让她彻底死心的原因是,她发现程吴川在外面还有个孩子。

结婚之前,没人告诉过吴蔓之这件事,程家把这件事隐瞒得太好了,或者说是程季恒的奶奶把这件事藏得太好了。

这个老太太,似乎有着通天的本事。

程吴川当初之所以会坚持不懈地追求吴蔓之,不是因为爱,而是因为不敢忤逆这个老太太的命令。

这个精于算计的老太太,早就看透了她的那个烂到骨子里的儿子,知道他是个废物,也早就意识到程家的未来根本指望不上他,他必须娶一个精明能干的女人回家才行。

程季恒的爷爷倒是个顶天立地的人物,在他爷爷掌权的那些年,程家的地位与日俱增,程氏集团也是他爷爷一手打造的。

但人无完人,老爷子生了个一无是处的儿子,更可惜的是,老爷子走得早。

老爷子在程吴川还不到十八岁的时候就去世了,之后程季恒的奶奶接手了程氏集团。刚开始的时候,她还能勉强支撑下去,但是随着年纪的增大,她越发心有余而力不足。

程氏集团开始走下坡路。

这时她意识到,自己需要一个接班人了。

于是这个老太太把算盘打到了程季恒的妈妈身上。

当吴蔓之终于看透程吴川的秉性,下定决心离婚的时候,老太太出现了。老太太用自己手中所持有的全部程氏集团的股权,换取吴蔓之不离婚的决定。

程氏集团最大的股东是白家,白家占有百分之二十六的股权——当年程老爷子创业,白家是最大的投资人。老太太是第二大股东,手中掌握着程氏集团百分之二十五的股权。老太太许诺可以先给吴蔓之百分之十五的股权,再联手白家让吴蔓之坐稳董事长的位置,使其成为程氏集团的新任掌权人,剩下的百分之十的股权,会在她死后留给孙子,也就是程季恒。

老太太的条件只有一个——吴蔓之不离婚。

也是在这时吴蔓之才意识到,她的婚姻是一场彻头彻尾的骗局,她的婆婆是猎人,她是猎人相中的猎物。

吴蔓之毫无防备地掉进了猎人事先挖好的陷阱。

吴蔓之的婆婆要让吴蔓之一生为程家服务。

吴蔓之很愤怒,也很痛苦,但最后还是没有拒绝这场交易,因为她考虑到了年幼的儿子。

当时老太太还对吴蔓之说了一句话:"你也可以带着孩子出国,但你走之后,我一定会去找柏丽清。那个女人的野心不是一般的大,她早就想进程家的门了,我一直没同意,因为我看不上她那下贱劲儿,但如果你走了,我只能去找她。我会让她名正言顺地取代你,还会让她替我接手程氏集团,她生的那个野丫头也会取代你的儿子得到本应该属于他的一切,你的儿子会成为不被承认的野孩子,你可要想清楚。"

老太太的这番话成功地点燃了吴蔓之的满腔不甘与怨恨。

吴蔓之怨恨程吴川,怨恨柏丽清,怨恨她的这个毫无人性的婆婆,那一刻,她想把他们全部杀死。

但吴蔓之是一位母亲,为母则刚,任何一位母亲都不会允许自己的孩子的利益被侵犯。

最后,程季恒的母亲,为了程季恒的未来,心甘情愿地跳进了这个火坑。

这个老太太利用一位母亲对儿子的爱,轻松地达到了自己的目的。

这个老太太可以说是程季恒见过的最阴险狡诈的人,为了达到自己的目的,可以不择手段。但她也不是一点儿良心也没有,她在临死前把这些事情全部告诉了程季恒,不然他一辈子都不会理解他妈妈的选择。

不过这个老太太千算万算也没有算到吴蔓之会出车祸。

那年的六一儿童节,是程季恒和妈妈一起度过的最后一个六一儿童节。

吃完早饭,妈妈让程季恒去练一个小时的书法。

妈妈对程季恒很温柔,也很严格。程季恒的一天被划分成无数个时段,每小时会有不同的学习任务,书法、英语、绘画、击剑……即便是假期,他也只能获得很短暂的休息时间。

小时候程季恒不明白妈妈为什么要对他那么严格,长大后才知道,她是怕他变成和程吴川一样的废物。

后来程季恒的奶奶也是这样,甚至比他妈妈还要严格。

这两个女人,都很害怕程季恒变成第二个程吴川。

其实那天程季恒很不想练字,一心想着去动物园玩,但是妈妈说去动物园是好好练字的奖励,所以他只好乖乖地去练字。

书房在二楼,平时程季恒练字的时候,妈妈如果在家就一定会亲自监督他，如果不在家，她就会让阿姨监督他。

但是那天程季恒练字的时候，身边一个人都没有，阿姨去买菜了，妈妈不知道去了哪里。

程季恒一个人乖乖地练了一会儿字，忽然有点儿口渴，于是从凳子上跳了下来，噔噔噔地跑去一楼的厨房。

阿姨不在厨房，但是妈妈在。

她在打电话，没有发现他。

妈妈打电话的时候，平日语气中的温柔不见了，取而代之的是愤怒："今天是儿童节，我不管你有什么理由，必须回家陪我儿子过节！"

程季恒猜到了，妈妈在和爸爸打电话。

"你真的有空？"似乎是被爸爸鲜有的配合惊讶到了，妈妈有些难以置信，"那你准备什么时候回家？"

不知道爸爸说了什么，妈妈仔细地听着，然后回道："行，下午我带着孩子——什么？为什么不能带他？"听完爸爸的回复后，妈妈叹了一口气，"好，我开完会就去找你，然后我们一起回家吃午饭，下午陪小熊去动物园。"

似乎是不愿意再和爸爸多说一句话，说完这番话后，妈妈直接挂了电话，然后才发现站在厨房门口的程季恒。

"你怎么来厨房了？"面对儿子的时候，她又变回了温柔慈爱的模样。

程季恒没有回答问题，而是满含期待地看着妈妈："爸爸今天是不是要回家？"

妈妈笑了："是，今天下午我和爸爸一起带你去动物园。"

程季恒永远也忘不了母亲的那个笑容，那笑容中带着她对儿子的爱，也带着几分成就感，因为她终于能够满足儿子想见爸爸的愿望了。

不过当时的程季恒看不懂那个笑容，只觉得妈妈笑得很好看。程季恒也很开心，因为自己终于可以见到爸爸了。

阿姨回到家后，妈妈就出发去公司了。临出门之前，妈妈叮嘱程季恒要乖乖听话，不许闹人。

程季恒答应了妈妈，但是很不想让她离开，又不知道该用什么理由让她留下来。

程季恒用手扯住妈妈的衣角，绞尽脑汁，开始没话找话："妈妈，你为什么要叫我程小熊？"

妈妈没有着急离开，而是耐心地回答了他的问题，语气十分温柔，眼神中尽是慈爱："因为在你出生之前，妈妈给你准备了两条小被子，一条被子上面印着小鲸鱼，另外一条上面印着小熊。你出生之后，不喜欢盖印着小鲸鱼的被子，一给你盖上你就会哭，只有给你盖印着小熊的被子你才会乖乖睡觉。"最后，妈妈补充了一句，"你很喜欢那条小被子。"

程季恒好奇地问道："如果我喜欢那条印着小鲸鱼的被子，我是不是就该叫程小鲸鱼了？"

妈妈被他逗笑了："程小鲸鱼太长了，我应该会叫你程小鱼。"

程季恒歪着脑袋想了想："我还是觉得程小熊好听。"

妈妈表示赞同："我也这么觉得。"

程季恒还是不想让妈妈离开，继续没话找话，但是妈妈的时间很紧迫，不能再陪他了。最后，妈妈抱了他一下，离开了家。

那个拥抱很平常，和平时妈妈给他的拥抱没什么不一样。

但那是他得到的来自母亲的最后一个拥抱。

妈妈离开后，程季恒继续练琴。十点钟，英语家教来了，他开始上英语课，一直上到十二点。

程季恒记得妈妈那天早上给爸爸打电话的时候，说他们两个中午会一起回家吃午饭，然后带他去动物园。

但是中午的时候他们俩没有回家，程季恒给妈妈打电话，妈妈没有接。

程季恒让阿姨打，阿姨却哄他，让他好好吃饭，还一直安抚他说妈妈很快就回家了。

然而程季恒一直等到下午，妈妈也没回家。

程季恒一直在等妈妈和爸爸回家，带他去动物园，可是妈妈和爸爸一直没回家。

那天下午阿姨也和平常不一样，没有督促程季恒学习，而是放任他在客厅看动画片。如果是平时，他一定会很开心，但那天是六一儿童节，他只想去动物园。

程季恒不停地去找阿姨，问妈妈什么时候回家。

阿姨的表现很不自然，她一直待在厨房里，神色焦虑，手里紧紧地拿着手机，似乎在等待什么消息。

每次程季恒来询问，阿姨的回答都是："应该快了，你先去看动画片吧。"

然而一直等到晚上，爸爸妈妈也没回家，程季恒很失望，失望到号啕大哭。

后来，奶奶来了。

程季恒哭着问奶奶，妈妈去哪儿了。

奶奶神色沉痛，仿佛朝夕之间老了十岁。

这个老太太，没有像阿姨一样把六岁的程季恒当成小孩儿，没有对他隐瞒真相，没有维护他理想中的童话世界，而是直截了当地告诉他："你妈妈出车祸了，非常严重。"

孩子的心灵很脆弱，况且妈妈是程季恒唯一的依靠。那一刻，他害怕极了，哭得更厉害了："我妈妈死了吗？"

奶奶深深地吸了一口气："没有，但她很可能再也醒不了了。"

车祸没有夺去母亲的生命，却夺去了她的自由。

母亲变成了植物人，不知道什么时候才能清醒，或许永远也无法清醒。

那间处处都是白色的私人病房，像极了一个封闭的大箱子。母亲被关进了箱子里，不知今夕何夕，不知身处何地。

吴蔓之是程氏集团的现任掌权人，忽然成了植物人，令所有人方寸大乱。

程氏集团的市值在一夜之间蒸发了好几十个亿。

奶奶不得不重新出山，稳固大局。

那段时间，陪在程季恒身边照顾他的，只有阿姨。

程季恒有一个小本子，上面整齐地画着小太阳，一颗太阳代表一天。从妈妈睡着的第一天起，他就用小太阳记录时间。

每攒够七颗小太阳，阿姨就会带程季恒去一次医院，看望妈妈。

阿姨还说，等程季恒攒够了一千颗小太阳，妈妈就会醒了。

但是程季恒的小太阳，只攒了六十三颗。

周末，幼儿园放假，阿姨带程季恒去医院看妈妈。

那天的天气很好，天空是老师讲过的那种阳光明媚、万里无云的样子。

病房里很安静，只有呼吸机的运作声，程季恒推开病房的门后，嗒嗒嗒地跑了进去，兴奋地对躺在病床上的妈妈喊道："妈妈，我来看你啦！"

妈妈没有任何回应，甚至没有睁开眼睛。

不过程季恒并不难过，因为阿姨说了，妈妈可以听到他的声音，只不过没有办法睁开眼睛，没有办法和他说话而已。阿姨还说，他要多跟妈妈说说话，这样妈妈会醒得快一些。所以他每次来，都会跟妈妈说很多话。

这次也一样，程季恒准备了好多好多话和妈妈说。

他跑到妈妈的病床边，扒着病床的边沿，伸长脖子看妈妈，像只兴奋的小鸟似的，叽叽喳喳地说道："妈妈，书法老师昨天表扬我了，还奖励了我小礼物，因为我参加比赛得了一等奖，等你醒了，我写给你看。

"我幼儿园毕业了你知道吗？你应该知道的，因为我上上上次来的时候跟你说过了，阿姨说，再开学我就上学前班了。

"妈妈，我不想上击剑课了，一点儿意思也没有。我想学跆拳道，因为季疏白学了跆拳道，我怕我不学以后打架就打不过他了，但是阿姨说要问问奶奶才行。不过奶奶最近好忙啊，我也好长时间没有见到她了。

"唉，你们都不在我身边……"

程季恒不停地跟妈妈说话，并且很坚定地认为，自己只要多跟妈妈说一句话，妈妈就会早醒来一天。

没过多久，阿姨忽然接到一通电话，是医院停车场的保安打来的，说一位新手司机倒车入库的时候把刹车踩成了油门，不小心撞了他们的车，需要有人下去处理。

阿姨只好先让程季恒自己待一会儿，叮嘱他不要乱跑之后，离开了病房。

彼时病房里只剩下程季恒和妈妈。

程季恒又跟妈妈说了几句话，但依旧没有效果，妈妈毫无反应。

病房里安静得像是被摁下了暂停键，程季恒忽然好难过。

他好希望妈妈醒过来："妈妈，你什么时候才能醒过来呀，我好想你呀……"

不知不觉间，他的声音已经带着哭腔。

他真的好想妈妈。

每次外出，看到别的小朋友有爸爸妈妈的陪伴，程季恒都羡慕极了，只有他既没有爸爸，也没有妈妈。

六岁的程季恒还不懂这个世界的不公平，当时只觉得很委屈、很难过，只是希望自己和别的小朋友一样——有爸爸妈妈的陪伴。

妈妈依旧双目紧闭，程季恒低下头，抬起手臂擦了擦自己的眼泪。

然而，程季恒在抬起头时，发现妈妈的眼睛湿了，一滴眼泪从她的眼角滑了下来。

程季恒知道妈妈听到了他的话，那一刻他欣喜若狂，不停地喊着："妈妈，妈妈，妈妈……"

或许是他的呼喊声太过热切,或许是妈妈太想见到他,最后,妈妈真的睁开了眼睛。

程季恒开心极了,想立即和全世界分享这个好消息,然而忽然从外面的房间传来了开门和对话的声音。

这是一间套房,病房外还有一间客厅。

"你今天怎么舍得来了?"这是一个女人的声音,语气肆无忌惮,又带着一股媚劲儿。

"我这不是想你了嘛!"这是他爸爸的声音。

"哟,我还以为你是想你老婆了。"

"就她那半死不活的样儿,我会想她?"

"她可是你儿子的妈,你妈可是把他们母子俩当宝贝,对他俩比对你还好呢。"

"要不是那个老太婆拦着,我早就把他们俩赶出去了。"爸爸又说了一句,"我最喜欢的还是你和依依。"

当时的程季恒虽然只有六岁,但已经能听出来这番对话中不寻常的意味。

那一刻他不知所措,紧张不安地看向妈妈。

妈妈的眼珠转向左下方,他顺着妈妈的视线看向她的左手。

她全身上下只有眼珠子和手指能动,她用左手食指指向正对着病床的柜子。

程季恒明白了,妈妈是让他躲进柜子里。

他立即照做。

钻进柜子后,程季恒刚把柜门关好,病房的门就被推开了。

透过门缝,他看到了爸爸和平时负责照顾妈妈的那个护士。

那个护士叫柏丽清。

柏丽清穿着一条紧身的粉色护士裙,完全没有一位护士该有的庄重模样,举手投足间尽是轻浮。

他们两个的动作十分亲密,程吴川搂着柏丽清,将手搭在她的腰上,进门后还狠狠地在她的屁股上拧了一下。

柏丽清瞋了他一眼:"昨晚还没够吗?"

程吴川毫无廉耻地回答:"当然不够。"

妈妈睁大了眼睛瞪着他们两个,眼神中尽是愤怒与厌恶,似乎这两个人的出现,玷污了这间洁白的病房。

"你老婆竟然醒了？"柏丽清震惊不已。

程吴川一样震惊："天啊，还真是！"

程吴川转身就要离开，柏丽清却拉住了他："你去哪儿？"

程吴川："去喊医生啊！"

柏丽清瞪大了眼睛看着他，训斥道："你疯了吗？喊医生干什么？把她治好吗？"

程吴川似乎明白了她的意思，瞬间面无血色，神色中划过了惶恐，颤抖着唇问："你……你想干什么？"

柏丽清面无表情，语气阴冷："我可提醒你，她要是好了，你永远都别想成为集团董事长。还有，你可别忘了她到底是怎么出的车祸。你上次没弄死她，现在又要救她，不怕把她救活了之后被她报复吗？"

程吴川蹙起了眉头，开始犹豫。

柏丽清轻启红唇，神色冷酷："你想想看，吴蔓之已经成这样了，老太婆也没把集团的掌控权给你。这说明只要吴蔓之一天不死，老太婆就一天不会死心，只有吴蔓之死了，你才有机会。"

程吴川动摇了，却依旧没松口。

柏丽清冷笑："怎么？舍不得了？"

程吴川："不是！我是担心，万……万一被人发现了怎么办？"

柏丽清伸手撩了一下耳畔的碎发，语调轻缓，漫不经心地说道："简单，你儿子今天不是该来看他妈了吗？要是真被人发现了，你就说是他不小心把氧气管拔掉了。"

程吴川紧紧蹙着眉头，还是没有下定决心。

柏丽清的语气冰冷狠毒："这可是你最后的机会了，现在病房里没有别人，只有我们两个，等会儿要是来人了，你可就再也没机会了，这辈子你都别想当上董事长了。"

当董事长的诱惑力盖过了杀人的怯懦感，程吴川深深地吸了一口气，终于下定决心，径直朝病床上的妻子走过去。

程吴川刚要伸手去拔氧气管，柏丽清及时提醒了他："你别直接上手，会留下指纹。"

程吴川正在往外伸的手一顿，他继而转向床头柜，抽了一张卫生纸，垫在手心里，然后毫不犹豫地拔掉了吴蔓之鼻端的氧气管。

那时程季恒才六岁，还不知道这根管子是做什么用的，也不知道什么是谋杀，却能清清楚楚地感受到病房内的死寂与压抑。

空气似乎凝固了，程季恒屏住呼吸，不安又惶恐地透过柜门的缝隙往外看。

妈妈也在看他，或者说，妈妈一直在看他。

柜门的缝隙很窄，但妈妈的目光很有穿透力。

程季恒读懂了那个目光，是命令——命令他不许出去。

但是随着时间的流逝，妈妈的脸开始变红、变紫，额头上逐渐鼓起了青筋。

妈妈看起来很痛苦，但目光依旧坚定。

病房里十分安静，程吴川和柏丽清谁都没有说话，一动不动地站在妈妈的病床边，眼睁睁地看着她遭受痛苦。

妈妈的眼珠开始向上翻，程季恒忽然明白了，妈妈要永远离开他了，因为程吴川拿走了那根透明的皮管子。

程吴川要杀了妈妈。

那一刻，程季恒懂了什么是谋杀。

程季恒不想让妈妈离开，不想失去妈妈，想阻止这一切，于是不顾一切地推开柜门，从柜子里冲了出去。

程吴川和柏丽清都没想到程季恒一直藏在柜子里。

程季恒从柜子里冲出来后，直奔程吴川，想去抢程吴川手中的氧气管，想把管子重新给妈妈戴上。然而还不等程季恒跑到程吴川的身边，柏丽清就突然扑到了程季恒的脚边，一把抱住程季恒。柏丽清用一只手禁锢着程季恒的上半身和手臂，控制住他小小的身体，用另一只手紧紧地捂住他的嘴，不让他发出任何声音。

程季恒不停地反抗、挣扎，奈何当时的他太弱小了，所有的挣扎和反抗如同蚍蜉撼树。

妈妈也没想到程季恒会忽然冲出来，神情瞬间变得更加痛苦，挣扎着想从床上爬起来，但是身体毫无反应。

程吴川面无表情地站在吴蔓之的病床边，眼睁睁地看着她的生命流逝。

其间，程季恒想大喊大叫、大哭大吼，想喊人来救妈妈，但是没用，柏丽清捂着他的嘴，他只能眼睁睁地看着妈妈的身体一点点地变僵变硬。

那个时候，程季恒觉得时间忽然变慢了，像是经过了几百年。

妈妈走的时候，双目赤红、可怕地暴凸着，那是死不瞑目。

程季恒永远不会忘记母亲临死前的眼神，那个眼神就像一把刀，扎进了他的心脏。

他或许不该从柜子里冲出来，那样母亲就不会走得那么痛苦。

但是那一刻，程季恒只是想拼尽全力去救自己的妈妈。

直到现在程季恒都不清楚自己当时做错了没有，不过他很清楚一点——是程吴川和柏丽清害死了他的妈妈。

程季恒不会放过他们。

相较于柏丽清，程季恒更恨的人，是程吴川。

程吴川不仅亲手毁了程季恒的母亲的一生，还亲手杀了她。

所以，母亲生前所承受的所有痛苦，程季恒一定会加倍奉还给程吴川。

在程季恒看来，程吴川这辈子干的唯一一件好事，就是在母亲死后，用手给她合上了双眼，还了她一个体面。

母亲断气之后，柏丽清依旧死死地禁锢着程季恒的身体，同时命令程吴川："你过来控制着他，我去拿行李箱。"

程吴川一脸茫然："你……你又要干什么？"

柏丽清恨铁不成钢："我还能干什么？当然是帮你收拾烂摊子！他要是一直待在这里，等会儿被人发现了，你就死定了！"为了强调事态的严重性，她补充了一句，"他看见你杀人了！"

程吴川站着没动，惶恐不安地看着柏丽清："你……你要带他去哪里？"

柏丽清看透了程吴川的想法，冷笑着回道："放心吧，我不会动你的宝贝儿子，等一切都结束了，我就会把他还给你。"

程吴川舒了一口气，又连忙解释道："我不是舍不得他，我只喜欢咱们的依依，但是我妈把他当宝贝，有他在我才能和我妈交代，不然我妈肯定饶不了我。你也知道那个老太太有多铁石心肠，他要是出事了，咱俩都得完蛋！"

柏丽清没时间听他废话，气急败坏地说道："别废话了，还不快过来？！"

程吴川立即按照柏丽清说的做。

当程吴川走到程季恒面前的时候，柏丽清终于松开了程季恒。在程吴川伸出手准备捂程季恒的嘴的时候，程季恒张大了嘴巴，一口咬住程吴川的食指。

当时仅有六岁的程季恒，用尽了全身的力气去咬程吴川。程吴川杀了他的妈妈,他要为妈妈报仇。

奈何当时的程季恒太小了,纵使拼尽了全力也不能把程吴川怎么样。

程吴川摁住程季恒的脑袋,用力抽回自己的手,继而狠狠地给了程季恒一巴掌,红着眼咒骂道:"小杂种!"

程吴川那一巴掌扇得很用力,程季恒的耳朵被打得嗡嗡响,程季恒却毫不在乎。彼时,程季恒只能感觉到仇恨,扯着嗓子大喊:"你杀了我妈妈!我要杀了你!我一定要杀了你!"

程吴川很害怕别人听到程季恒的喊声,惊慌失措地捂住程季恒的嘴,同时用膝盖压住程季恒的肚子,把程季恒死死地压在地上。

程季恒觉得自己的骨头都快被压碎了,但无论怎么挣扎反抗,都无法挣脱程吴川。

"看好他,别再让他乱喊了!"叮嘱过后,柏丽清急匆匆地离开了病房。

没过多久,柏丽清就回来了,手里还拎着一个大大的行李箱。

柏丽清让程吴川控制着程季恒的身体,先用纱布堵住了程季恒的嘴,又用纱布捆住了程季恒的手脚,最后和程吴川一起将程季恒塞进了行李箱。

整个过程中,程季恒一直拼命地挣扎反抗,但是毫无用处。他号啕大喊,但是那团纱布堵住了他的嘴,过滤了他的声音,最后喊出来的只是含混不清的声音。

程季恒甚至没有来得及看上母亲最后一眼,就被柏丽清带走了。

行李箱里的空间有限,柏丽清和程吴川只能将程季恒蜷曲着塞进去。

在那个漆黑、封闭、狭小的空间里,程季恒只能感觉到自己在被柏丽清拉着走。他努力发出声音,想让别人注意到,却收效甚微。

后来行李箱被搬进了轿车的后备厢,柏丽清把程季恒带回了家。

在那里,程季恒第一次见到了程羽依。

程羽依养了一条藏獒,那是程吴川送她的生日礼物。

柏丽清把程季恒关进了狗笼里,狗笼放在楼梯下的杂物间里。

那个杂物间封闭、窄小,没有灯,只有门开着的时候,才会有些许光亮照入。

比程季恒大两岁的程羽依耀武扬威地站在狗笼前,居高临下地看着他:"你就是程季恒?"

程季恒没有说话,抱着膝盖蜷曲在狗笼的一角,满含戒备与敌意地盯着她。

程羽依冷笑:"我妈妈说你妈妈是个不要脸的坏女人,你妈妈抢走了我爸爸,我才应该是程家大小姐,你就是个狗杂种。"

病房里的场景还历历在目,或许正是因为目睹了母亲的死亡,彼时的程季恒失去了孩子独有的争强好胜的特性。

程季恒没和程羽依辩论,也没和她争吵,甚至没有维护母亲,因为他心里清楚——没用。

但是程季恒眼神中的敌意逐渐转化为了恨意。

程季恒的沉默激怒了程羽依,她说道:"你是哑巴吗?为什么不跟我说话?再不跟我说话,我就放狗咬你!"

那条藏獒很配合程羽依,她的话音刚落,它就冲着笼子里的程季恒狂吠了起来。

藏獒的叫声十分恐怖,如同狮吼。

程季恒确信,如果程羽依打开狗笼,这条藏獒一定会冲进来把他撕成碎片。

程羽依捕捉到了他神色中划过的惊恐,得意一笑:"哈,原来你怕狗啊,那就让它好好陪着你吧。"她微微弯下腰,轻轻地拍着藏獒的脑袋,"巧克力,他归你了,你要看好他,要是他不听话,你就咬他。"

最后,程羽依得意又高傲地看了程季恒一眼,离开了杂物间,并关上了门。

光源被切断,程季恒被黑暗吞噬了。那条体形庞大的藏獒在黑暗中蹲守着,它的呼吸声又粗又长,只要笼子里的他发出一丁点儿声响,它就会爆发出一阵恐怖的叫声。

程季恒被关了整整三天。

柏丽清把程季恒当狗一样囚禁着,让他喝清水、吃狗粮,让他吃喝拉撒全在笼子里。

但程季恒没有碰那碗狗粮。他是人,不是狗!

程季恒不会向杀死妈妈的人屈服。

程季恒只是喝水,饿了就喝水。

到了第四天,奶奶来了。

那时程季恒正在发高烧,整个人昏昏沉沉的,恍惚间又听到了那条藏獒的叫声,但那次的叫声和之前的不一样——持续了很久。

程季恒迷迷糊糊地睁开了眼睛。

砰的一声，杂物间的门被人一脚踹开了。那条藏獒备战已久，一跃而起扑了出去，紧接着门外传来了一声沉重的闷响，像是棍子狠狠敲击某个重物发出的声音，下一秒就传来了程羽依撕心裂肺的喊叫声："巧克力！"

她的喊叫，换来的是一通乱棍挥舞。

那条藏獒在棍下呜咽。

"季恒！"奶奶冲进了杂物间，看到了被关在笼子里的程季恒。

那一刻，这个老太太被吓坏了，手忙脚乱地把程季恒从笼子里抱出来，同时不停地喊他的名字，想要确认他是否还活着。

头很疼，身体很冷，程季恒艰难地睁开了眼睛。

奶奶长舒了一口气，紧接着她脸上的惊恐全部转化为了愤怒。

被奶奶抱出杂物间后，程季恒才看到三个壮汉在围殴那条藏獒。

他们是奶奶带来的保镖。

这三个人手中的钢棍子的上端都带着锋利的钢刺，那条藏獒被打得浑身是血，倒在血泊中一动不动。

程羽依还在撕心裂肺地喊叫着。

柏丽清面色苍白地站在程羽依的身边，一脸惊恐地看着那个老太太。

"好你个柏丽清！"奶奶咬牙切齿，眼神中是滔天的怒意。

柏丽清神色慌张："我……我也是为了吴川啊，你也知道他做了什么事情吧？这件事情不能让别人知道，所以我才把程季恒带回来。"

柏丽清以为自己手里掌握着程吴川的杀妻罪行就能威胁到老太太。

但是这个老太太最讨厌被威胁。

"打死了就停下吧。"老太太命令那三个保镖住手，然后把程季恒交给了其中一个保镖，又命令另外一个保镖，"给我摁住她。"

柏丽清瞬间面无血色，还没来得及逃跑，就被那个虎背熊腰的保镖摁在了地上。

"妈妈！"程羽依开始尖叫，冲到老太太身边，对老太太拳打脚踢，"你个老不死的！放开我妈妈！"

老太太冷笑，眼神阴沉地盯着程羽依："老不死的？你妈把你教得可真好啊！我今天就让你知道知道我这个老不死的老太婆的厉害！"老太太命令第三个保镖，"给我把这个小杂种拉走！"

那个保镖应声而动，程羽依像一只小鸡崽似的被他拎走了。

老太太弯腰捡起保镖扔在地上的钢棍，棍子上还沾着那条藏獒的血，一步步地朝柏丽清走了过去。

柏丽清浑身发抖，神色中充满了恐惧，挣扎无果后，开始痛哭流涕，哀求老太太："我错了，我错了，您饶了我吧，我再也不敢了，我错了——啊！"

老太太抬手就是一棍子，狠狠地打在柏丽清身上。

棍子上的钢刺狠狠地扎进了柏丽清的皮肉里，她身上穿的那件白色睡衣当即染上了殷红的血迹。

老太太抬起棍子的时候，还溅出了几滴血。

老太太仅仅一棍就把柏丽清打得动弹不得。彼时，柏丽清脸色惨白，额头上冒出了一层虚汗。

程羽依再次惊恐地大叫："妈妈！妈妈！"她想冲到她妈妈那边去，但是保镖死死地摁着她的肩头，使她动弹不得。

老太太并没有就此放过柏丽清，打了一棍又一棍，直到把柏丽清打得浑身是血才收手。

随后，老太太居高临下地看着伏在地上奄奄一息的柏丽清，眼神轻蔑得如同在看一条死狗："以后你要是再敢动我孙子，我就杀了你和你生的那个小杂种。"

柏丽清气息奄奄，却攥紧了双拳。

老太太捕捉到了这个细节，为了彻底震慑柏丽清，又抬起了手臂，不过这次不是打向柏丽清，而是打向程羽依。

不过可能是看在程羽依是自己的孙女的分儿上，老太太并没有用尽全力，但是将钢棍朝她的脸上扫了过去，钢刺直接刺破了程羽依稚嫩的脸颊。

程羽依的右脸瞬间血肉模糊，她开始惨叫……

程羽依右脸上的那道疤痕又长又深，直到她成年，依旧残留在她的脸上。

柏丽清彻底被震慑到了，也开始惨叫，开始撕心裂肺地哭喊求饶："我错了，我真的知道错了，我错了，我再也不敢了，我求您了，您放过她吧。她还小呢，才八岁，是您的孙女啊！"

老太太冷笑："我孙子才六岁，你放过他了吗？"

柏丽清屈起了膝盖，做出跪地的姿势，不停地用额头撞击地面："我错了，我错了，我错了……"

老太太没再理会她，扔下了手中的钢棍，从保镖的手中接过了程季恒，抱着他离开了柏丽清的家。

后来，奶奶带程季恒去了医院。

程季恒高烧不退，陷入了昏迷状态，奶奶一直守在他的床边。三天之后，他才退了烧。

当时病房里只有程季恒和奶奶，清醒之后，他说的第一句话是："程吴川杀了我妈妈。"

结果，老太太狠狠地扇了程季恒一记耳光。

"再让我听见你说谎话，我就打死你。"奶奶神色冷漠，如同一块毫无人性的铁板。

程季恒的眼眶湿了，因为愤怒和怨恨，他的呼吸开始急促，他攥紧了拳头，强忍着眼泪，并不屈服："程吴川杀了我妈妈！"

奶奶又给了他一记耳光，这次打得比上次更狠。

程季恒怒不可遏地瞪着奶奶，声音比刚才更大了一些，几乎是用尽了全身的力量在怒吼："程吴川杀了我妈妈！我恨他，我要给我妈妈报仇！"

这回奶奶没再给他耳光，她的眼神让人捉摸不透："你想动我儿子，必须先过我这关。"

程季恒气得浑身颤抖，看向奶奶的目光中充满了恨意。

"还有，如果你真想报仇，就必须让自己变得强大。你现在这样，怎么给你妈妈报仇？如果不是我去救你，你早就被柏丽清弄死了。所以，你报仇的前提是不被她弄死，好好活着，平安长大。长大后，你变得强大了，才能给你妈妈报仇。明白了吗？"

程季恒永远忘不了那个老太太对他说这番话时的语气和神态——冷漠，坚毅，又带着期许。

虽然当时程季恒只有六岁，但他听懂了这番话的含义。

他现在不能给妈妈报仇，因为他还小，小到柏丽清一个手指头就能把他捏死，所以他需要留着命长大，变得强大，这样才能给妈妈报仇。

听完奶奶的这番话，程季恒就哭了，积蓄了许多天的泪水如决堤的洪水般汹涌而下。他号啕大哭后，终于流露出了一个孩子该有的脆弱："我想我妈妈……"

奶奶握住了程季恒的小手，轻叹了一口气：

"我也想我妈妈了，但我妈妈已经走了几十年了。

"别哭了，你会习惯没有妈妈的日子。

"奶奶会一直陪着你，会握着你的小手，陪你长大。"

但是这个老太太只陪了程季恒九年,在他十五岁那年,这个老太太去找她妈妈了。

老太太临死之前问了程季恒一个问题:"看在我把你养到这么大的分儿上,以后能放过你爸爸吗?"

程季恒摇头:"你没有那么大的面子。"

老太太沉默了许久,最后长叹了一口气,换了个问题:"那我让你好好活着,这个面子总可以给吧?"

程季恒答应了她:"可以。"

老太太去世后,程吴川如愿接手了程氏集团,成了新任董事长,也是从那时起,程家每况愈下。

程季恒按照奶奶生前的要求出国留学,六年后才回来。

他回来的目的只有一个——让程吴川付出应有的代价。

程季恒从没想过自己会把这些事情讲给别人听,更没有想过对方会是一颗傻桃子,在给她讲述自己的童年经历的时候,他不停地在心里警告自己该闭嘴了,可是他无法控制自己。

她的那双眼睛像是有魔力,能够不停地诱惑他继续讲下去。

不过他省略了很多细节,也改动了一些细节,不然"身无分文、无家可归"的人设就要崩了。

听完程季恒的故事后,陶桃除了心疼还是心疼。

刚才她还觉得世界不公平,认为自己是全世界最惨的人,现在她明白了,世界上比她还惨的人多了去了,程季恒就是其中之一。

她真的很心疼他。

他所经历过的那些事情,任何一件放在她的身上,她都承受不起。

怪不得他那么怕黑,那么怕狗。

"一切都会好起来的。"她目光坚定地看着他,语气严肃,"最起码你现在还活着,还好好地活着,只要活着就会有希望。我奶奶经常说先苦后甜,你已经把苦尝完了,余下的人生一定会很甜!"

陶桃这番积极向上、充满正能量的话,并不在程季恒的预料之内。

你刚才还崩溃大哭,埋怨世界不公平呢,现在又说上先苦后甜了?

你这么快就被治愈了?

意外之余,程季恒又开始好奇:这颗傻桃子,到底有多大的承受能力?

她是不是永远不会被现实打倒？

看他一直没有说话，陶桃以为他依旧沉浸在过去的悲伤回忆中，立即换了话题："歇够了吧？我们继续往上爬吧？"说着，她从凳子上站了起来，顺手拿起矿泉水瓶递给他，"先喝点儿水吧。"

程季恒接过瓶子，刚要动手拧瓶盖，忽然想到什么，又把瓶子还了回去："手疼，拧不开。"

程季恒这语气，可怜弱小又无助；这表情，乖巧娇弱惹人怜。

白莲花气息扑面而来，陶桃毫无抵抗力，立即接过矿泉水瓶，把盖子给他拧开了。

他接过瓶子，谦卑有礼："谢谢。"

陶桃积极回应："不客气！"

喝完水后，二人离开了凉亭，刚走回山道上，就听见有人喊："桃……桃……陶老师！"

闻声看去，陶桃不由得一惊："旬展！"

程季恒也认出了这小子。某次程季恒去接傻桃子下班的时候，刚巧看到这小子在欺负桃子，于是程季恒就教育了他一下，教育得不过分，只不过是在他的后脑勺儿上轻轻地拍了两巴掌而已。

旬展先看到了陶桃，下意识想喊"桃子"，结果刚喊出一个"桃"字，就看到了陶老师的暴力男友。

程季恒那两巴掌，差点儿把旬展扇出脑震荡。

时隔半个月，那两巴掌的余力仍在，旬展及时改口，把已经冒到嘴边的"子"字硬改成了"陶老师"。

陶桃看到旬展十分惊喜，看到他身边站着的那个小女生时，惊喜变成了惊讶和八卦。

那个女生十分漂亮，和旬展手拉着手。

"陶老师，你们刚才在干什么？休息吗？"旬展问。

陶桃点头："嗯，他的手不太舒服。"

旬展："那你这男朋友的体力也不太行啊！这才走了几步路就要休息了？"说着，他蹲到身旁的女生面前，"来，上来，哥背你。"

陶桃脸红了，刚要解释男朋友的事情，结果程季恒忽然背对着她屈膝弯腰，拍了拍自己的肩膀，命令她："上来。"

"……"

你不必这么"要强"吧？

陶桃："不用了，我自己可以——"

陶桃的话还没说完，就被程季恒打断了。他催促道："快点儿上来。"

陶桃："你的手不疼了吗？"

程季恒："好了。"

"……"

手疼不疼果然只在你的一念之间。

程季恒："你要是不上来我今天就不走了。"

陶桃无奈到了极点，不好意思让他背自己上山，又拗不过他，只好叹了一口气，趴到他的背上，环住他的脖子。

程季恒抱住她的双腿，毫不费力地将她从地上背了起来，抬头看了一眼早就背着女生跑到前面的旬展，胸有成竹地对她说道："不用慌，咱们马上就能超过他。"

我不慌，我真的不慌。程季恒信誓旦旦："我今天一定让你赢！"

陶桃忽然被逗得伏在他的肩头哈哈大笑。

姑娘的笑声很好听，如同清脆的银铃。

程季恒被她的笑声感染了，不由得勾起了唇角，微微转过头，挑眉看着她："你还不信？哥当年在校队当先锋的时候带球越人一把手，现在带人越人也不在话下。"

陶桃笑着回道："我信，我特别信！"

程季恒："抱紧了啊，马上出发。"

陶桃立即抱紧了他的脖子。

程季恒抱紧了姑娘的双腿，背着她朝山顶冲去。

程季恒的速度很快，背着人也不影响他前进的步伐，没过多久就超越了旬展。但是在经过旬展身侧的时候，程季恒没有多看这孩子一眼，而是带着笑意问陶桃："我厉害不厉害？"

此时阳光正好，照映在他白皙俊朗的脸庞上，他笑得像个大男孩儿，额角闪烁着晶莹的汗水。

陶桃的心尖忽然颤了一下，虽然只是轻轻一颤，她却觉得那种感觉如春藤绕树，妙不可言。

除了爸爸，从来没有人背过她上山，她还以为这辈子都不会有了，但是现在，又有了。

这一刻，她好想将时间定格。

或许是因为天气炎热，她的脸颊忽然开始微微发烫，手臂却不由自主地抱紧了他。

沉默片刻，她很小声地问："你能……把我背到山顶吗？"

程季恒脚步不停，语气坚定："我本来就打算把你背到山顶。"

云山顶端是云中寺，红墙黛瓦，古韵十足，香火旺盛。

踏入云中寺的大门，首先映入眼帘的是一棵盘根错节、枝叶繁茂的大树，树干和树枝上挂着无数个红线圈，每个线圈上都系着一个小小的银质锁形挂件。

这些红线圈有的新有的旧，密密麻麻地几乎覆盖了整棵大树的下半部分。

陶桃和程季恒走进云中寺的时候，刚好碰到一对年轻男女并肩跪在地上，双手合十地对着这棵大树膜拜，两个人认真虔诚的表情如出一辙。

程季恒从未见过这种树。

他记得寺庙门口一般是菩提树或榕树，但这棵树看起来既不像菩提树，也不像榕树。

"这是什么树？"他好奇地问陶桃。

"菩提。"陶桃补充道，"两棵菩提。"

程季恒看向那棵树的根部，才发现这是一株连理枝，一树双根，两棵树的树干紧密缠绕在一起，形成了一棵大树。

程季恒又想到那对虔诚的男女，忽然明白了什么："姻缘树？"

"是姻缘树，但我们当地人叫它月老树。"陶桃解释道，"我们当地有个习俗，夫妻结婚前一定要来云中寺拜月老树，还要在月老树上系结发扣，传说只有在月老树上系了结发扣，月老才会承认这段姻缘，不然不算数。"

程季恒既不信神佛，也不信传说。在他看来，这些全是忽悠人的，但他心里清楚这颗傻桃子一定信，就没打破她的美好幻想，顺着她的话问道："那些红线圈就是结发扣？"

陶桃点头，继续解释道："在我们这儿，男女结婚前会各剪掉一缕头发，然后用红线把这两缕头发缠在一起，编成一个环形的扣结，这个扣就是结发扣，象征着两个人结发为夫妻。把结发扣挂到月老树上之前，夫妻俩还要找人打个同心锁，把同心锁系在结发扣上，意思就是把两个人锁在一起了，永远不分开。你看树上挂着的那些同心锁，每一把锁上都刻着夫妻两个人的名字。"

她说这些话时，语气很温柔，眼神中又带着几分憧憬。

每一个少女心中都有一份关于爱情和婚姻的美好期待，就像是儿时幻想自己是童话里的公主的那种期待。

陶桃也一样。

她觉得能和相爱的人一起把属于他们两个人的结发扣挂在这棵树上，是一件很浪漫的事情。

程季恒闻言抬头，仔细看了一下那些挂在树上的小银锁，还真是每个锁上面都刻着两个人的名字。

但他并不相信区区一个小银锁就能锁住两个人的一辈子。

世人把爱情这种东西描绘得太美好了，但只有傻子才会相信世界上存在真正美好的东西。

他妈妈当初就是因为相信了爱情，才嫁给了程吴川那个人渣。

他不信把名字刻在银锁上的这些人，没有后悔的。

但他并没有把这些话说出口，因为他不想扫了那颗傻桃子的兴致。

他从她的眼神中读出了憧憬。

他不信的事情，她全信。

她全心全意地信任着这个世界，用最大的努力热爱着这个世界。无论这个世界怎么打击她，她都不会被打垮，哪怕是崩溃大哭，她也会很快擦干眼泪，再次拾起热情，继续爱这个世界。

程季恒不明白她为什么会这么傻。他最看不上的就是这种上善若水的小傻子，有时候真的很想把她从高高的枝头摘下，扔到地上，让她好好看看这个世界有多肮脏。

可是他又克制不住地想去维护她的这份天真和傻气。

她总是能在他的人生中开拓出一个又一个例外。

轻叹了一口气，他顺着她的话问道："这庙里能刻字吗？"其实他根本不关心这个问题，但是这颗傻桃子似乎很关心有关这棵树的一切。

这棵树在她心中，象征着神明。

陶桃用力点头："当然可以！不光能刻字，还能做结发扣，专业提供一条龙服务！"

这副兴致勃勃的样子把程季恒逗笑了，他故意逗她："了解得这么清楚？你才多大就想嫁人了？"

陶桃脸红了，又羞又气地反驳道："我才没有呢，都是听我奶奶说的！"

程季恒眉头一挑，话锋忽然一转："不过你今年已经二十岁了，可以嫁人了，合理又合法。"

陶桃的心跳猛然漏了一拍，脸更红了，她没好气地瞪了他一眼："跟你有什么关系？"然后转身就走。

程季恒笑了一下，快步跟上去。

虽然已经快中午十二点了，但是寺庙里的香客依旧很多。

有些香客自己带了香，有些则是去庙门旁的服务台买香。

陶桃去了服务台，正准备买香的时候，忽然想到了什么，转头看向程季恒："你要烧香吗？"

程季恒摇头："不烧。"

陶桃："在这里烧香很灵的！"

程季恒只好把话说明白点儿："我不信佛。"

陶桃一愣："那你信什么？"

程季恒的语气淡淡的："什么都不信，我只信我自己。"

他没有信仰，是因为不信任信仰。

陶桃只觉得他是个无神论者，就没再问他买香的事。买了三支香后，她朝正殿前的铜香炉走了过去。

程季恒紧跟在她身后。

铜香炉的一角竖着一根红色的蜡烛，供香客点香。

此时点香的人很多，陶桃站在队伍后面排了好一会儿才到蜡烛前。就在陶桃伸手点香的时候，忽然从对面伸过来一炷香，那炷香的主人不小心把红蜡烛碰倒了，火苗连带着蜡油尽数砸到了陶桃的手背上。

"啊！"灼烧感来得猝不及防，疼得她直接甩掉了手里的香。

程季恒原本在人群外站着，听到她的喊声后一头扎进人群，横冲直撞地来到她的身边。

陶桃白嫩的手背上被烫出了一片水泡，程季恒的心瞬间提了起来，他下意识地揽住她的肩，用另一只手捏住她的手腕，强势地护着她离开人群，带着她快速朝卫生间跑去。

来到洗手台前，他打开水龙头，却不敢把水流开得太大，担心水流的冲击力会弄疼她，所以谨慎地将水龙头拧到了一个合适的角度，然后握着她的手腕，缓缓地将她的手背移到水流下。

寺庙里用的是山泉水，清爽冷冽，灼烧感瞬间被冲掉不少，疼痛感也减轻不少，陶桃紧拧着的眉也伴随着涓涓细流舒展开来。

程季恒的脸依旧紧绷着，他心疼地看着她："还疼不疼了？"

陶桃没那么娇气，摇了摇头："不疼了。"

程季恒舒了一口气，但是很快又把脸绷紧了，这回不是紧张担忧，而是生气："你就不能小心点儿吗？烧个香也能把自己的手烧成这样！"

陶桃知道程季恒是为她好，是因为她的手被烧伤了才生气。但不知道为什么，那一刻她忽然特别委屈，还是憋不住的那种委屈，因为他太凶了。

陶桃上一次产生这种感觉，还是她父母在世的时候。有时候她不小心或者意外伤到了自己，爸爸和妈妈也会这么生气。

那个时候她有恃无恐，哪怕心里清楚爸爸妈妈是因为爱她才生气，还是会委屈地流眼泪，抱怨他们太凶了。但爸爸妈妈去世了之后，她连委屈的资格都没有了，有人关心她就不错了，她哪还敢委屈啊？

但是她在程季恒面前就敢，也只在程季恒面前敢。

她的眼眶瞬间就红了，她却绷紧了嘴巴，强忍着不让自己哭出来。

程季恒蒙了，顷刻间气势全无，手足无措地问："你……你哭什么呀？"

他不问这句话还好，这一问，陶桃再也憋不住了，直接哭了出来，呜咽着说道："你凶我干什么呀？我又不知道那根蜡烛会倒。"

程季恒吓得连话都说不全了，甚至开始结巴："我……我……我……我……我没有凶你……"

他越是卑微，陶桃就越嚣张，不是故意嚣张，是不由自主地嚣张，有种……欺负老实人的感觉。

"你就是凶我了！"

"……"

这一刻程季恒特别无奈，要是换了别人，敢这么不识好歹，他早把那人收拾老实了。

但不知道为什么，面对这颗傻桃子的时候，他竟然毫无招架之力，甚至真的觉得自己刚才太凶了。

最终，他选择道歉，语气非常卑微："对不起，我不该凶你。"

陶桃没搭理他，抽抽搭搭地吸鼻子。

程季恒小心翼翼地打量着她的脸色，语气坚决地保证："别哭了，我以后再也不凶你了，我发誓。"

其实已经没有眼泪了，但陶桃还是抬起手背给自己擦了擦"眼泪"——她小时候就是这么对付她妈妈的。

然后她关上水龙头，一言不发地从他手中抽回自己的手，转身就走。

程季恒叹了一口气，无奈地跟在她身后。

陶桃又去了服务台，重新买了三支香。

她没有忘记今天来云山的目的。

铜香炉前依旧排着很长的队，周围依旧围满了人，程季恒这回不放心让她自己去点香了，两个人还没走到香炉那儿，他就朝她伸出了手："把香给我，我去给你点。"

陶桃还在赌气："我自己可以。"

程季恒用上了命令的口吻："快点儿给我。"

陶桃瞟了他一眼，预感自己这回无法反抗，然后乖乖地把香给了他。

排在点香队伍中的时候，程季恒再一次认定自己今天绝对是疯了，不然不可能一次又一次地干出这种连他自己都无法理解的事。

和这颗傻桃子在一起的时候，他就像被人下了蛊——完全变成了另外一个人，变得连自己都不认识了。

点完香后，他把香还给了陶桃。

陶桃拿着香走到大殿前，恭敬虔诚地举着香，依次朝四方朝拜。

陶桃向佛祖许愿，希望奶奶的身体赶快好起来，希望奶奶平安健康，希望奶奶还能陪自己很久很久。

烧完香，陶桃带着程季恒在寺庙里逛了一圈，然后二人就下山了。

下山的时候他们俩坐的缆车。

空车转到他们俩面前的时候，陶桃先上了车，程季恒紧随其后。

工作人员关上缆车的门后，封闭的空间里只有他们两个人。

缆车缓缓驶出中转站，四周的视野逐渐开阔，下方是郁郁葱葱的峡谷，上方是一望无际的蓝天，四周还飘荡着朵朵白云，两个人仿若置身仙境。

陶桃有点儿恐高，但又深深地被窗外的迷人景色吸引着，就在她僵着身体却努力伸着脖子朝外看的时候，程季恒忽然说了一句："一会儿去买点儿药。"

陶桃没反应过来："买什么药？"回头看向程季恒之后她才发现，他的目光一直落在她的右手手背上。

虽然已经过去有一会儿了，但那片被燎出来的水泡依旧没有消，再被周围细腻白嫩的皮肤一衬托，看起来好像更严重了。

但陶桃并没有觉得很严重——只不过是被烫了一下而已："不用买药

吧，过几天自己就好了。"

程季恒不置可否，抬眸看着她问："疼不疼？"

陶桃没有那么娇弱，只要不是钻心的那种疼，她都能忍，刚要回答"不疼了"，却对上了他满是担忧的目光。

那一刻，她觉得手忽然开始疼了，冒到嘴边的话瞬间就变成了："疼……"

程季恒蹙起了眉头，现在手边什么药都没有，他也不知道怎么才能让她不疼，就有点儿着急了，语气也急切了起来："下山之后就带你去医院。"

陶桃怔怔地看着程季恒，脑子里忽然闪现出了一段被尘封了多年的记忆。

她小时候，有一次不小心打翻了暖水壶，手被烫到了。抹完药之后，她依旧号啕大哭，于是爸爸就把小小的她抱到了腿上，一边轻轻地给她吹手，一边柔声细语地安慰她。

但是自从爸爸妈妈去世之后，她就再也没有得到过这种待遇了。

那一瞬间她就像中了邪，鬼使神差地开口："你能……给我吹吹吗？"

说这话的时候，她能感觉到自己的心跳在加快。

缆车内的空气似乎凝固了，她感觉自己的呼吸也开始变得不顺畅。

那一秒钟似乎很漫长，漫长得像是过了一个世纪，她以为他会拒绝，刚准备说"我自己来也行"，程季恒却在此时抓住了她的手腕，轻轻抬起她的手。

他微微低头，轻轻地吹着她手背上的伤口，俊朗的眉宇间蕴藏着化不开的温柔。

他控制着力度，吐出的气息很柔软，陶桃都觉得有点儿痒了，不只手背痒，心也有点儿痒，像是有一只手在撩拨她的心弦。

缆车内有空调，很是凉爽，陶桃却觉得气温似乎在升高，因为她的脸颊发烫，耳畔回荡着的全是自己的心跳声。

缆车下行到山腰的时候，她才意识到自己在发疯，立即抽回了自己的手，内心惊慌不安，表面却强装镇定，垂眸回避他的目光："好了，谢谢。"

程季恒依然看着她，语气淡淡的："不客气。"

他们俩从山上下来的时候已经下午三点多了，时间紧迫，陶桃本想赶快回家做饭，因为晚上还要给奶奶送饭——奶奶中午打营养液，只有早晚需要给奶奶准备饭菜。程季恒没同意,他先带着陶桃去了距离景区最近的医院处理了她手背上的烫伤,然后才陪她回家。

他们俩从景区回家也需要先坐大巴再倒公交车。

陶桃带着程季恒提前一站下了车,因为那一站附近有个农贸市场,她要先买点儿菜。

陶桃记得早上奶奶叮嘱过,要多炖骨头汤给程季恒喝,这样他的手臂会恢复得快一些。所以她先去了肉摊,买了两斤排骨,又买了一斤带皮五花肉——她也记得程季恒想吃红烧肉的事情。

买完肉,她又在中间卖菜的摊位前转了几圈,买了一斤青菜、几根胡萝卜、两根玉米和两截莲藕。

程季恒一直紧跟在她身边。摊主将称好的菜递过来后,他顺手就接住了,好像帮她提菜这种事他已经干了好多年一样。

买完菜后,他们俩步行回家。

到家之后,陶桃从程季恒的手里接过菜,去了厨房,准备做晚饭。

程季恒换好鞋后也去了厨房,刚好看到她拿出洗菜盆,立即说了句:"你别动了,我洗。"

陶桃这才想到自己的手上还包着纱布,但又想到程季恒手臂上的石膏也是今天刚拆,迟疑地问了句:"你的手行吗?"

程季恒:"肯定比你的强。"

陶桃:"……"

她只好把洗菜的任务交给了他。

在他洗菜的时候,她站在砧板前,拿着刀切肉,耳旁充斥着哗啦啦的流水声。

厨房很小,刚刚容得下他们两个人,外面的气温很高,厨房里更是闷热,但陶桃一点儿也不觉得热,反而有种神清气爽的感觉。

耳畔的流水声像是欢快的音乐,她心旷神怡,还情不自禁地勾起了唇角。

她又想到了自己小时候。

每逢假期,爸爸妈妈不用工作,也会像她和程季恒现在一样,一起挤在这间小小的厨房里给家人做饭,不过一般是妈妈洗菜,爸爸负责切菜做饭。

那个时候,他们俩会一边做饭,一边讨论学校里或家里的事情,那个场景很平常,但是很温馨。

爸爸妈妈做饭的时候，陶桃不是待在自己的房间里写作业，就是和奶奶一起待在客厅里看电视。

在她的记忆里，最幸福的事情就是她一边看电视一边等爸爸妈妈喊她吃饭。

此时此刻，她竟然又有了那种久违的幸福感。

只不过和她记忆里的场景相比，现在厨房里缺少了点儿说话声，所以她决定说点儿什么。

想了想，她问了一句："你是哪里的人？"

她从来没有问过他这个问题。

他虽然讲述了自己的过去，却从来没有提过自己是哪里的人。

程季恒正在洗菜的手一顿，不过他很快就恢复了正常，不假思索地回道："西辅。"

他不想把东辅和云山的生活混在一起，所以想以西辅为挡板，把它们隔开。

东辅的生活才是真正属于他的生活，他在云山经历的一切只是一段插曲而已，包括这颗傻桃子。

陶桃并没有怀疑他说的话，略微惊讶地看着他："你竟然是西辅人！"

程季恒笑着问："怎么了？不像吗？"

"不是不像，只是我没想到而已。"陶桃解释道，"我一直很想去西辅。"

程季恒："为什么？"

因为那年父母在去山区支教前，曾答应她，回来后带她去西辅玩。

但是他们再也没有回来。

不过没关系，她现在长大了，可以自己去了。

"因为我爸妈曾经说过，西辅是一座很美丽的城市。"因为不想提起伤心事，所以她没有跟程季恒说得那么详细，"在我小时候，我爸经常说'你要好好学习，以后去西辅吧，西辅很漂亮，努力考西辅大学，到时候爸爸妈妈就陪你去西辅'。"

她模仿爸爸的语调说话，逗笑了程季恒："你为什么没有去？"

陶桃犹豫了一下，最后选择说实话："因为苏晏在东辅大学。"

在她的整个青春期，她一直追随苏晏的脚步。

虽然这段暗恋无疾而终，但她不得不承认，她确实因为这段暗恋变得更加优秀了。

她现在虽然不喜欢苏晏了，但并不讨厌他。而且放下了幻想和执念后，有些事情她也能理智面对了："其实我并没有觉得喜欢他是一件很浪费时间的事情，我也不后悔喜欢了他那么多年。人在青春期都会有迷茫的阶段，度过青春期之后会变成什么样的人，关键在于青春期的目标是什么，有些人的目标是考上好大学，有些人则没有目标。那个时候，我的目标就是苏晏。"

　　她没有父母，进入青春期之后，也没有人引导她该怎样成为一个独立自强的人。那个时候的她就像航行在一片无边无际的大海之中，分不清东西南北，苏晏是她唯一能看得到的目标，所以她奋力追赶他。

　　幸好，苏晏是一个很优秀的人，她也因追赶他而变得优秀，如果苏晏是一个不求上进的人，她可能会变成一摊烂泥。

第七章
他刚才是亲了她吗？

程季恒微微垂下眼帘，掩盖从眼睛里流露出的情绪。

不知道为什么，他心里不舒服。

明知她只是个过客，是个小傻子，但她一提起苏晏，程季恒就不舒服。

程季恒也清楚自己和她不是一个世界的人，可他就是不希望她的世界里有别的男人，尤其是苏晏。

他深深地吸了一口气，故作镇定地问："现在呢？"

陶桃："什么现在？"

程季恒："现在你的目标还是他吗？"

陶桃摇了摇头："不是了。"

程季恒追问："那是谁？"

陶桃："没有目标了，也不需要目标了，都长这么大了，我还不清楚自己想成为什么样的人吗？"

程季恒忽然意识到，苏晏是于她有特殊意义的人，无论她心里是否还有苏晏，苏晏在她的生命中留下的痕迹都是无法抹掉的。

程季恒既然不能将苏晏从她的世界里删除，那就更新覆盖吧。

苏晏在她的生命中留下了无法抹掉的痕迹，程季恒就要给她留下更深的痕迹。

程季恒要成为对她最重要的人。

"你知道我是什么样的人吗？"他问。

陶桃想了想："我觉得你挺好的。"

程季恒很认真地对她说道："我是个坏人，特别坏的那种。"

陶桃以为他在开玩笑，笑着问："能有多坏？"

程季恒没说话，忽然俯身低头，在她的脸颊上亲了一下："就这么坏。"

陶桃浑身一僵，脸颊像是被火燎了，瞬间变得通红滚烫，愣愣地看着程季恒。

他刚才是亲了她吗？

程季恒垂眸瞧着眼前的姑娘，目光中带着温柔，看似随意地说了句："以后你别想苏晏了，跟了我吧。"

整整一个晚上，陶桃都辗转难眠，只要一闭上眼睛，脑子里就会浮现出程季恒在厨房里亲她的画面，无论怎么克制，这个画面都挥之不去，好像深深地刻在了她的脑海里。

他竟然亲了她，那只是一个轻轻的吻，却使她心跳加速，彻夜难眠。

他的那句"以后你别想苏晏了，跟了我吧"是表白，还是一句玩笑话？

陶桃当时脑子里一片空白，完全不知道该怎么回应他，甚至忘了该怎么呼吸。

她那时只觉得厨房里的温度越来越高，自己像是被放在蒸笼里蒸的螃蟹，周身越来越烫，脸颊更是烫得像要沸腾。

不消多想，她的脸当时一定比被蒸熟了的螃蟹还红。

程季恒看向她的目光中带着期待，也带着紧张。

他在等待她的回答。

但陶桃并没有回答他，因为不知道该怎么回答，脑子乱，心比脑子还乱，当时心里仿佛有一面大鼓，还有一只木槌在不停地敲击鼓面，敲得她头昏脑涨、不知所措。

上学的时候也收到过不少男生的表白，可是她没有一次像这次这样不知所措。

而且之前从来没有男生在表白之前亲她，程季恒是第一个。

以前收到男生的表白，她会干脆利落地拒绝那些男生，可是这次，她竟然不知道该怎么拒绝，当时甚至忘了还有拒绝这个选项。

她蒙了，匆忙低下了头，机械、僵硬地说了句："我先做饭，一会儿还要给奶奶送饭。"

程季恒叹了一口气，看起来好像很失望。但他没放弃，语气温柔却很坚定地对她说道："我会一直等你。"

她感觉到自己的脸已经热到了耳根，没再说话，低着头，一言不发地切菜。

之后她没再跟他说一句话，切好菜后，开始做饭。他一直站在她的身边打下手，时不时地给她递个东西。

自从他在她家里住下之后，他们俩几乎每天这样一起做饭。刚开始的时候，她嫌他多余，觉得他待在厨房占地方，会影响她发挥厨艺。但是随着时间的推移，她慢慢习惯了做饭时身边有他，而且配合的次数多了，他们俩也越来越默契了——现在她做饭的时候几乎不用开口，仅是一个眼神或者一个动作他就知道该怎么做。

她焖了米饭，做了一道红烧肉，煲了一个莲藕玉米排骨汤，又炒了一个青菜胡萝卜。

她知道他不吃肥肉，所以在菜市场买肉的时候专门挑了一块偏瘦的。

吃饭的时候，她也没有跟他说话。匆匆吃完饭，她就去了医院，给奶奶送饭。

这回他没有陪她去医院，可能是想让她一个人冷静冷静。

她确实需要一个人冷静冷静，脑子里乱糟糟的，像是有人在里面放了一把火。奶奶都看出来她魂不守舍了，还问她怎么了，她只能回答没事。

她在医院待到九点多还没回家。

最后，程季恒还是来了医院，把她接回了家。

在回家的路上，她一直低着头，一路保持沉默。他也没有逼着她说话，只是寸步不离地跟着她。

在他没有出现在她的生活中之前，晚上独自一人回家的时候，她会有点儿害怕。

小城的夜晚很寂静，晚上八点半之后马路上几乎就没什么人了，她很怕在半路遇到坏人，包里随时装着防身用的小刀和防狼喷雾。

但是自从他出现之后，她就再也没害怕过。

他每天都会接她下班，晚上陪她一起回家。

或许奶奶说得没错，她太软了，而他很硬气。跟他在一起的时候，她总是很有安全感。

她不得不承认，自己已经有点儿习惯有他在身边的日子了。

但她还是不知道该怎么处理这份来得如此突然的感情。

回到家后她就把自己关进了卧室里，因为她不知道该怎么面对他。

她缩在被窝里，静静地听着门外的动静，直到他洗漱完，回到卧室，她才跑出去洗澡。

她再次钻进被窝里的时候，已经快十一点了。平时这个时候她早就困了，可这天晚上她怎么都睡不着，闭上眼睛就会想到程季恒和那个亲吻。

她辗转反侧，直到天蒙蒙亮，才迷迷糊糊地睡着了。

程季恒也没睡着，枕着胳膊盯着天花板，内心一片烦躁。

对于这颗傻桃子，他胸有成竹，完全有把握让她爱上自己。

但是他不明白自己为什么要这么做。

他以前从来没有主动招惹过任何女人，更别说花心思用手段让女人爱上自己了。他觉得这种行为就是在浪费时间，这颗傻桃子却又一次成功地让他破例了。

面对她，他就无法自控。

他当初之所以赖在她身边不走，只是因为她傻得可爱，能让自己轻松而已。

一开始，他只是把她当作消遣的工具。

她的世界干净得像一张白纸，她天真又善良，他以前明明最瞧不上这种没有心机的小傻子，现在却想独占她的全世界。

他觉得自己疯了，不然不可能干出这种连他自己都无法理解的事。

这天晚上他睡得很晚，不过第二天依旧起得很早，习惯使然，生物钟会在六点半左右将他唤醒。

起床之后，他先去洗漱，然后下楼买早饭，买好早饭，摆到客厅的茶几上，将碗筷准备齐全，再去喊她起床。这是他近一个月来每天早上起床后的固定流程。

今早他喊了她两遍，卧室里都没有回应。

不消多想，这颗傻桃子肯定是一晚上没睡，天亮了才睡着。

好在她最近休假，不早起也没关系，他也想让她多睡一会儿，就没继续喊她起床。

吃完早饭，他拎着给老太太准备的早饭，独自去了医院。

早晨，医院的人流量堪比地铁站，程季恒依旧没有选择电梯，直接走进了安全通道，爬楼梯上了七楼。

和以往的每一个早晨一样，0736病房里的窗帘没有拉开，光线昏暗，住在病房里的三个人中，只有那位瘫痪在床的老大爷醒了，护工和陶桃的奶奶还在睡着。

程季恒推门走进病房的时候，老大爷朝他转了一下眼珠子，算是和他打了招呼。

他朝那位老大爷微微点头，算是回礼。

病房里很安静，为了不打破这种静谧的氛围，他放轻了脚步，走到床头柜前，轻轻地将手里拎着的饭盒放到上面。

老太太还在沉睡，他准备去接一壶热水，转身的时候，余光扫过老太太的脸颊。

他僵住了脚步，瞬间将目光聚焦在病床上。

老太太眉头紧锁，面色极其苍白，双唇微微泛青。

程季恒不假思索，一把抓住老太太的右手，探她的脉搏，同时大声喊道："奶奶！奶奶！"

老太太没有任何反应。

老太太的脉搏极其微弱，若有若无。

程季恒立即摁下床头的呼叫按钮。护士很快就来到了病房，还不等她开口，程季恒就言简意赅地对她说明了老人的情况："病人昏迷了，需要抢救，喊你们苏医生过来。"

语气中虽然带着紧张与担忧，但他没有失去理智，说话很有条理。

他的最后一句，是命令，强硬的命令。

他的声音不大，却带着一股无形的压迫感。

护士二话不说就跑去找苏医生。

苏晏刚好今天值班，没过多久就和那位护士一起出现了。

走进病房后，苏晏先看到了程季恒，不过并未理会他，径直走到病床边去看老太太的情况，迅速给她做了一套最基础的检查。

情况不容乐观，苏晏的眉头越蹙越紧，检查结束，苏晏果断开口："通知家属，准备手术。"

苏晏的话既是对那位护士说的，也是对程季恒说的。

护士立即跑出病房，去向上级报备，准备手术相关事宜。

程季恒明白术业有专攻的道理，此时此刻，苏晏才是权威，很配合地说道："我马上通知桃子。"程季恒紧接着补充了一句，"如果你不是这里最好的医生，就换最好的医生来做手术，用上最好的设备和药物，花多少钱都无所谓，我要的是手术成功。"

相较于程季恒，在医学领域，苏晏确实是权威，也能时刻保持冷静和理智。听了程季恒的话，苏晏实话实说："我无法向你保证手术一定会成功。"

程季恒："那你就尽力而为。"

苏晏神色严肃地保证："我会的。"

最后,程季恒说道："手术开销问题直接找我,我解决,不要告诉桃子。"

苏晏的神色中不由得划过了诧异,他本打算自己帮桃子垫上这笔钱,而且他一直以为程季恒只是一个游手好闲的穷光蛋。

苏晏:这场手术,按程季恒的要求来做,至少需要二十万。他去哪儿弄这么多钱?去偷去抢吗?

虽然苏晏并不关心程季恒准备用什么手段弄钱,但担心程季恒连累桃子,当即质问道:"你打算怎么解决?"

程季恒知道苏晏是怎么想的,冷冷地回道:"你现在最该关心的不是我从哪里弄钱,而是怎么救活老太太。"

不到五分钟,那位跑出病房的护士就带着两位助理医师回来了。

老太太很快就被推进了手术室。

站在手术室外,程季恒踌躇许久,才鼓足勇气拨通陶桃的手机。

在电话接通的那一刻,他的脑子里忽然冒出一个连他自己都倍感震惊的想法:如果奶奶真的没了,他就把这颗傻桃子带回东辅,养她一辈子。

陶桃在今早天蒙蒙亮的时候才睡着,睡得很沉,还做了奇奇怪怪的梦,梦里全是程季恒。

陶桃梦见程季恒背自己爬山,梦见他给自己吹手,梦见他扮演系统陪自己玩游戏,还梦见他们两个一起站在月老树前,在树枝上系上了结发扣……

她完全沉浸在了梦境里,像一条鱼沉浸在了水里。

突然,手机铃声响起,梦被打断,那一刻,她还有点儿意犹未尽,眼皮像是被胶水粘住了,无论如何也睁不开。

她闭着眼,将手伸出被窝,胡乱地在枕边摸索着,摸到手机后拿到眼前,挣扎着将眼睛睁开一条缝。

看到来电显示,她瞬间清醒——是程季恒打来的电话。

她忽然感到特别羞耻,还有些心虚,因为刚才他还在她的梦里,而且在梦里,他们很亲密。

她感觉自己在梦里占了他的便宜,脸颊不由得开始发烫。

她深深地吸了一口气,平复了一下紊乱的思绪,然后才按下接听键,努力使自己的声音保持镇定："喂？"

程季恒也在努力使自己保持镇定，然而紧蹙的眉头暴露了他内心的紧张与不安。

奶奶是她唯一的亲人，他不知道该怎么开口向她通知噩耗。

手术室外的走廊很安静，空气中弥漫着消毒水的味道，他紧紧地攥着手机，深深地吸了一口气，先问了一句："刚睡醒？"

他没有直接告诉她老太太被送进手术室抢救的事，因为他知道这颗傻桃子知道了一定会瞬间崩溃。而且她现在一个人在家，他不想让她担心害怕，所以尽量让自己的语气保持自然。

陶桃回答："嗯，醒了。"

程季恒另外一只手紧紧攥拳，语气却依旧自然镇定："睡醒了就来医院吧，奶奶需要你，尽量快点儿。"

陶桃轻声回道："好，我现在就起——"话说到一半，她忽然觉得哪里不对劲——程季恒从来不催她去医院，在此之前一次都没有，她心口一紧，猛地从床上坐起来，声调高了几分，语气中尽显慌乱与担忧，"奶奶怎么了？"

走廊里的空气似乎凝固了，程季恒的呼吸猛然一室，他怔忪了两秒后，强作镇定地回道："身体有点儿不舒服，不过应该没什么大事，苏医生在给她做检查。"

陶桃下意识地屏住了呼吸，预感程季恒在骗她——奶奶的病情一定很严重，不然他不会给她打电话，也不会催她去医院。

像是头上悬了一把随时会落下的刀，她开始害怕，开始不安，声音也开始发颤："我……我现在就去医院。"

"嗯。"程季恒不放心地叮嘱，"路上小心点儿！"

教职工家属院附近不好打车，公交车又太慢，这颗傻桃子一定会骑车来医院，他害怕她在来医院的路上出事，所以不敢直接告诉她真相。

其实他很想回家接她，但他必须留在手术室外，随时准备着应对突发状况。

陶桃已经顾不上那么多了，直接挂了电话，匆匆换上衣服，连脸都没洗就冲出了家门。

她真的很害怕，害怕到不知所措。

或者说，自从奶奶生病住院后，她每天都很害怕，害怕奶奶会离开她，只不过她一直在压抑这种害怕的感觉而已。

此时此刻,她心中积攒了许久的情绪彻底爆发了。

父母去世后,奶奶就成了她在这个世界上唯一的亲人,是她最后的依靠。她从来不敢想,如果奶奶也离开她了,她该怎么办。

她不想成为孤儿,也害怕成为孤儿。

她不想一个人孤零零地活在这个世界上。

她想要爸爸妈妈,想要奶奶。

还没走出单元楼,陶桃就泪流满面了。她极力压制着内心那股巨大的惶恐感,才没让自己崩溃。

马路上汽车川流不息,在去医院的路上,她完全忘记了程季恒的叮嘱,将自行车骑得飞快,还闯了好几次红灯,其中一次差点儿被一辆轿车给撞了,幸亏那个司机及时踩了刹车,不然后果不堪设想。

到了医院后,她匆匆地把车停到自行车棚,一路狂奔去了住院部大楼。

电梯门前依旧是乌泱泱的一群人,陶桃毫不犹豫地选择了楼梯,两级并作一级,一口气冲上七楼。

她冲到七楼的时候,脸色已经开始泛白,呼吸极其急促,喉咙里也泛起了血腥味儿,心脏更是憋得像要爆炸。

然而奶奶不在病房,程季恒也不在。

那位护工正在给瘫痪在床的老大爷做按摩,听到脚步声后,回头看了一眼,见到来人是陶桃,当即用力地拍了一下自己的大腿:"哎呀,你怎么才来呀?!"

陶桃惊慌失措:"我奶奶呢?"

护工急切地说道:"正在抢救呢,手术室在十楼,你赶紧去吧!"

"抢救"两个字如同一把尖刀,直接捅进了陶桃的心脏,她感觉眼前猛然一黑,继而转身就跑。

陶桃跑到手术室门口的时候,程季恒正要给她打电话。看到她,他不由得有些惊讶——他没想到她会来得这么快。

陶桃径直朝程季恒冲了过去,惊恐不安地看着他,气喘吁吁地问道:"奶奶……奶奶呢?"

看着她苍白不已的脸色和充满惶恐的目光,程季恒竟然感觉到了心疼,就像有一根针扎在了他的心头。

他已经很久没有心疼过谁了。

这回他没有隐瞒她,实话实说:"还在抢救。"为了安抚她的情绪,他补充道,"苏医生主刀,你不是最信任苏医生吗?他可是云山县人民医院最好的医生，奶奶一定不会有事的。"

为了安抚这颗傻桃子，他竟然把苏晏捧上了天，自己都觉得不可思议。

然而这些安抚的话对陶桃来说并没有什么用。

她相信苏晏，可是更害怕失去奶奶。

心中那座围堵恐惧的大坝决了堤，恐惧感如洪水猛兽般吞噬着她的心。

她的视线瞬间就模糊了，她开始崩溃大哭。

程季恒能明显地感觉到，此时此刻，这颗傻桃子身上那股惯有的坚强与不屈的劲头不见了。

此刻，她又变成了一个脆弱、敏感的小女孩儿。

他的心更疼了，这是母亲走后他再也没有体验过的感受。

他总以为自己的心早就硬透了，自己不可能再对任何人施以感情，但是面对这颗傻桃子的时候，他的心莫名地变柔软了。

像是有一只手，无声无息地从他那颗坚硬无比的心脏的表面抠下了一片鳞片，他还没有察觉，心就开始疼了。

忽然，他有了一股想要保护她一辈子的冲动。

这是个不好的预兆，他极力克制着这股冲动，但是毫无用处，行为不受理智的控制。他还没意识到自己在干什么，双臂已经朝她伸了出去，用力把她拥进自己的怀里。

他想当她的铠甲，为她遮风挡雨，呵护她一生。

在他的怀里，她不需要坚强勇敢，可以永远做天真又带点儿傻气的小女孩儿。

"别怕，还有我。"他一手揽着她的腰，一手覆在她的脑后，让她的脸颊紧贴自己的心口。他低头看着怀里的姑娘，目光温柔又坚定，起誓般说道，"我会一直陪着你，这辈子都不会离开你。"

他不知道这种话自己是怎么说出口的，但就是不受控制地这么说了。

被恐惧笼罩着的人，就像是乘坐着一叶轻舟漂浮在一望无际的大海上，黑云压境，海上波涛汹涌。乘坐小舟的人，最害怕的是自己唯一的栖身之处随时可能被巨浪打翻，自己不是葬身鱼腹就是葬身大海；最期待的是有人救自己，将自己从孤独与恐惧中拯救出来。

没有人想孤零零地活着或者死去，除非在这世上再无羁绊。

对陶桃来说，程季恒就是那个救她的人。

他的怀抱很安全，周围没有风浪，在他的怀里，她消除了孤独感和恐惧感，得到了暂时的安宁。

他还说，会一辈子陪着她。

她不由自主地抱紧他的腰，躲进他的怀里。

如果真的能让她躲一辈子就好了，那样她就不用面对现实了。

能将时间静止也行，那样她就永远也不会得知从手术室里传出来的消息。

虽然她奢望最终传出来的是好消息，可是更害怕是坏消息。

她又想到了父母去世的噩耗传来的那一刻，她是多么无助——像是被忽然摁在了断头台上，她还没反应过来是怎么回事，锋利的刀便落下了，巨大的痛苦传遍全身，令她眼前发黑、意识全无。

当时，是奶奶给了她勇气和依靠。

那个时候，奶奶所承受的痛苦只会比陶桃多不会比陶桃少，但是奶奶硬是收起了全部的悲痛，将不知所措的陶桃抱进怀里，温柔又坚定地对陶桃说："别怕，你还有奶奶呢，奶奶不会离开你，会一直陪着你，看着你长大，看着你嫁人。"

然而她刚刚长大，还没嫁人呢，奶奶就病倒了。

上小学之前，陶桃晚上都是跟着奶奶睡觉。

小时候陶桃晚上做了噩梦，从梦中惊醒，吓得哇哇大哭，奶奶会将小小的她抱进怀里，轻轻地拍着她的后背，温声细语地安抚她。

奶奶信神拜佛，身上总是有一股淡淡的香味儿。

那股香味儿令她安心，她很快就会重新入睡。

父母去世后，为了供陶桃上学，奶奶去玩具加工厂当过廉价劳动力，给玩具打包，一小时才七块钱，从早干到晚，一天也只能挣几十块钱。

奶奶还当过清洁工；大街小巷地捡垃圾、卖废品；晚上在路边摆地摊儿……

她就像个铁打的老太太，为了抚养孙女，几乎吃下了世界上所有的苦。

陶桃还记得自己收到东辅大学的录取通知书的那一天，奶奶激动得整整一个晚上没睡着觉。第二天天还没亮，奶奶就出门去云山还愿了。

在陶桃高考前的那一段时间，奶奶天天去云中寺烧香。

在前半生，奶奶将自己最好的年华奉献给了儿女；到了该颐养天年的时候，奶奶又将自己的全部精力用在了孙女身上。

陶桃最害怕的就是这辈子没有办法报答奶奶的养育之恩。

手术室外的走廊幽长、寂静，天花板上的灯散发着清冷的光，空气中弥漫着淡淡的消毒水的味道。

不知道是因为害怕还是因为冷，陶桃浑身发抖，白嫩的胳膊上起了一层鸡皮疙瘩。她紧紧地抱着程季恒，贪婪地索取着他身上的温度。

程季恒也一直抱着她，并耐心地安抚她，语气极其温和。

他没想到自己竟有这么温柔的一面。

像是过了一个世纪那样漫长，手术室门上的红灯灭了，空气瞬间凝固了，陶桃有了一种窒息感。

她僵硬地离开程季恒的怀抱，怔怔地盯着手术室的门。

淡蓝色的门缓缓打开，苏晏从手术室里走了出来。

天花板上的冷白光打在苏晏的脸上，映出了他神色中难掩的疲惫以及……悲伤。

苏晏做过无数台手术，每一次都是与死神赛跑。起初，他的内心会有波澜，跑赢了，他会开心，会自豪；跑输了，他会难过，会陷入自我怀疑。但是时间长了，他也就麻木了，虽然他还是会努力地与死神赛跑，想要赢过死神，但已经没有了胜负心。

赢了，他会恭喜病人挺过了这一关；输了，他会安抚家属。他已经学会不将手术失败归咎于自己。

唯有这次，他很悲伤。

纵使他拼尽全力，也没能救回她的奶奶。

他觉得自己很没用，什么都为她做不了，甚至不能为她救回唯一的亲人。

他也不知道该怎么和她开口。

告知家属手术结果，是他的职责，他已经可以从容地面对病人家属的所有反应。

唯有这一次，他做不到。

他从小和她相识，很清楚奶奶对她的意义。

他欲言又止多次，最终哑着嗓子对她说了声："对不起。"

这声对不起里，包含了太多的情绪。

陶桃僵在了原地，一颗心瞬间跌至谷底。

陶桃想到了自己昨晚离开医院的时候，奶奶轻声跟她说了句："桃子，再见。"顿了一下，奶奶又对她说了句，"好好照顾自己。"还对程季恒说了句，"替我照顾好她。"

当时陶桃并未多想，和以往的每一个晚上一样，挥手跟奶奶说了声："放心吧，我能照顾好自己。"还说了句，"我明天再来看您。"

奶奶没有说话,只是笑了一下,她明明笑得很慈祥,眼底却蕴藏着化不开的悲伤。

或许,那个时候奶奶就有了预感——以后再也见不到陶桃了。

那棵一直呵护着陶桃的大树倒下了。

陶桃眼前一黑,只觉得天崩地裂。

一阵巨浪袭来,把她的船掀翻了。

冰冷的海水将她吞没,她的鼻腔里灌满了海水,强烈的窒息感导致她连哭都哭不出来。

就在她快要溺死在波涛汹涌的海水中的时候,程季恒忽然捧住了她的脸颊。

"看着我!"他语气坚决,声音铿锵有力,逼着她正视自己的目光,"看着我!"

陶桃像是被打了一针强心剂,涣散的目光逐渐重新聚焦。

程季恒直视她的双眸,一字一句地说道:"别害怕,无论发生什么,我都会一直陪着你,这辈子都不会离开你。"

陶桃的视线再次模糊,她又一次躲进他的怀里,开始放声大哭。

奶奶走得很突然,陶桃毫无准备。崩溃大哭过后,陶桃不得不收拾心情,拼命忍下所有伤痛,开始为奶奶料理后事。

程季恒一直陪在她身边,很多事情也是他在帮她处理。

如果没有他,她一定会手忙脚乱不知所措。

医院确认病患死亡后,病患的遗体会直接被拉去殡仪馆。

殡仪馆内设有灵堂。

陶桃为奶奶擦干净身体、换上寿衣后,和程季恒一起跟随灵车将奶奶的遗体护送到殡仪馆。奶奶的遗体暂时被放进灵堂后的水晶棺内,三天后火化。

按照云山的规矩,在这三天期间,陶桃需要为奶奶守灵。

殡仪馆内也有专门出售丧葬用品的超市,安置好奶奶的遗体后,陶桃和程季恒一同去了一趟丧葬超市,买花圈、灵位牌、骨灰盒等丧葬用品。

按照规矩,为死者守灵的时候,晚辈必须披麻戴孝,具体指的是穿戴孝服。

孝服的制作流程很简单:裁七尺白麻布,在中央剪个圆洞,套在头上;然后剪裁一条细白布,系在腰间;最后剪裁一截白布,折成帽子的样子,戴在头上。

一个人差不多需要八尺左右的白麻布，陶桃没有兄弟姐妹，奶奶也没有兄弟姐妹，所以工作人员问她剪裁多少的时候，她回答："我一个人的量就够了。"

工作人员正准备裁布，程季恒忽然说了句："两个人的，还有我。"

陶桃一怔，诧异不已地看着他。

程季恒的语气很温柔，却很坚定："我说过，我会一直陪着你。"

不知怎的，那一刻陶桃的心忽然狠狠地颤了一下。

下一秒，她的眼圈又红了，眼泪不争气地往外流。

程季恒无奈一笑，伸出双手捧住她的脸颊，用拇指轻轻地为她揩去眼泪："怎么又哭了？先不哭了，歇一会儿再哭，不然多累呀。"

眼泪依旧止不住地往外流，她却忍不住想笑。

幸好，她身边还有程季恒。

如果没有他，她一定会陷入绝望。

是他的陪伴与呵护给了她一线生机。

裁好孝布，他们俩拎着买好的东西返回了灵堂。

布置好灵堂后，陶桃开始给奶奶生前的亲朋好友挨个儿打电话报丧。

爷爷和奶奶都不是云山本地人，当年是逃荒来到云山的，所以他们家在云山几乎没有什么亲戚。陶桃主要是给奶奶生前的好友打电话，有他们家的邻居，有奶奶当年在玩具厂打工时认识的朋友，有奶奶早年在纺织厂当女工时认识的同事，还有云山寺的了空住持。

奶奶生前很喜欢听了空住持讲经，陶桃也跟奶奶去听过几次。了空住持讲经通俗易懂，又生动形象，还风趣幽默，确实很有吸引力。

云山县信佛的中老年人多半喜欢听了空住持讲经。

陶桃是中午打的电话，到了下午，吊丧的朋友陆陆续续地赶来。

按照规矩，每来一位长辈，陶桃就要向其下跪磕一个头还礼，这是小辈必须遵守的礼节。

她从来没打算让程季恒陪自己下跪，然而在第一位前来吊丧的长辈出现，她屈身跪下的那一刻，程季恒竟然陪她跪了下来。

那一刻，陶桃再次感到震惊与诧异。

她愣愣地看着身边的男人。

程季恒也扭头看向她，给了她一个温暖的笑容。

他既然答应了会一直陪着她，就一定会信守承诺。

陶桃读懂了那个眼神，刹那间，她的眼圈又不自觉地红了。

来者是一位老太太。

陶桃认识这位老太太，她是奶奶在玩具厂工作时认识的朋友，两个人的关系不错，以前还经常一块儿去云山烧香。

这位老太太也认识陶桃。走进灵堂前，她满心伤感，走进灵堂后，她忽然惊讶万分："桃子，你什么时候结婚了？"

这位老太太出现后，程季恒陪陶桃下跪磕头，身上也穿戴着孝服，所以老太太想都没想就认定这位帅小伙儿是陶桃的奶奶的孙女婿——只有孙女婿才会和孙女一起穿戴孝服。

陶桃十分赧然，不知道该怎么解释。她不知所措地看了程季恒一眼，这才发现他好像压根儿就没打算解释。犹豫了一下，她也决定不解释了，反正也解释不清，于是模棱两可地回了句："奶奶病了，我最近也很忙。"

这位老太太便下意识地把这句话理解成了：因为忙所以没来得及告诉大家我结婚了。

这位老太太还恍然大悟地点了点头："哦，这样啊。"又长叹了一口气，惋惜地说道，"才办了喜事又办丧事，唉……老天爷可真是会捉弄人。"

陶桃越发赧然，脸颊也开始发烫。

之后，又陆续来了好几位奶奶生前的朋友，他们有些人认识陶桃，有些人不认识，那些认识陶桃的人，无一例外地把程季恒当成了陶桃的新婚丈夫，走进灵堂后的第一句话几乎全是："桃子，你什么时候结婚了？"

刚开始的时候，陶桃特别不好意思，但是后来竟然习惯了。

傍晚五六点钟的时候，了空住持来了，还带了两个小徒弟。

师徒三人站在老太太的遗体前，一同念了一遍《地藏经》，虔诚地为死者超度。

陶桃本想磕头回礼，但是出家人慈悲为怀不图回报，了空住持坚持不让，陶桃只好双手合十，弯腰作揖，回了了空住持一个佛家礼仪。

了空住持走后，没有新的吊唁者前来，灵堂内再次恢复了清冷，仅剩下陶桃和程季恒两个人。

忙了一天，陶桃心力交瘁。按照规矩，晚辈应该跪着守灵，但她实在是太累了，无论如何也跪不住了，就坐在凳子上歇了一会儿。

程季恒看得出她很疲惫，屈膝蹲在她的面前，握住她的双手，柔声问道："想吃什么？我去给你买。"

殡仪馆内的服务齐全，丧葬超市旁边就是个食堂，食堂上面还有招待所，是供守灵人休息的。

他不提吃饭还好，一提起吃饭这件事，陶桃瞬间就觉得饿得不行——从早上到现在，她粒米未进。

守丧是守丧，吃饭是吃饭，这两者并不冲突，况且斯人已逝，活着的人还是要继续努力地活下去，陶桃低头看着程季恒，小声说道："我想和你一起去。"

她不想和他分开，一秒钟都不想。

只有他在身边，她才不会陷入孤独的绝境。

所以她的语气中不由自主地带着几分依恋和哀求。

"好，我们一起去。"程季恒语气温和，又带着万般包容。

陶桃舒了一口气，思忖片刻，很认真地对他说了句："谢谢。"

谢谢你这么包容我体谅我，谢谢你一直陪在我身边。

程季恒故意逗他："一家人不用说两家话。"

陶桃的脸瞬间就红了，她瞪了他一眼："去你的！"

程季恒挑眉："你又不认账了？我现在已经被贴上了'已婚男人'的标签，以后都没有女人敢要我了，你得对我负责。"

陶桃的脸更红了，她害羞得不行，小声反驳："又不是我给你贴的。"

程季恒："不是你贴的你也要负责。"

陶桃："我要是不想负责呢？"

程季恒："你必须负责。"

陶桃没好气："你这是'强买强卖'！"

程季恒理直气壮："你早就把我看光了摸遍了，现在想赖账？"

陶桃理亏，也说不过他，干脆直接换了话题："我饿了，我要吃饭。"

程季恒叹了一口气，从地上站起来，依旧拉着她的手："走，带你去吃饭。"

陶桃没有松开他的手，从凳子上站了起来。

他们两个刚走到灵堂门口，就碰到了苏晏和他的父母。

苏晏和他的父亲皆身着一袭黑色西装，穿戴严肃，一看就是来吊唁的。

苏晏的妈妈虽然也穿了一身黑色衣服，那衣服却十分华丽，还化了很浓的妆，那副盛气凌人的模样，不像是来吊唁的，反倒像是来参加什么慈善晚宴的。

陶桃看到有长辈来，下意识地要下跪磕头。就在她准备屈膝的那一瞬间，程季恒忽然抓住她的胳膊，强行阻止了她下跪的动作。

陶桃诧异不解地看着他。

程季恒温声道:"腿疼就别跪了。"

陶桃的腿并没有特别疼,但是她明白了程季恒的言外之意——不许跪。

虽然她不明白程季恒为什么要这样做,但还是遵从了他的意思。

苏晏的妈妈见她没跪,当即定在灵堂门口,没再往里走一步。

苏晏的妈妈的两只耳朵上挂着祖母绿耳环,脖子上戴了一条翡翠观音吊坠,右手无名指上戴着一枚蛋面祖母绿翡翠戒指,胳膊上挎了一个LV(路易威登,法国奢侈品品牌)的经典款手提包,她将左手搭在右手背上,昂首挺胸地站着,眼神中透着轻蔑,看起来相当趾高气扬。

见气氛有些尴尬,苏晏的爸爸立即说道:"不跪也没事,身体第一位,保重身体才是最重要的。"

程季恒面无表情:"多谢理解,您往里请。"

苏晏没管他妈妈,率先走进了灵堂,跪在蒲团上,对着老太太的遗像和灵位磕了一个头。

苏晏的爸爸拉住妻子的胳膊,半是命令半是哀求:"走吧,咱们也进去。"

苏晏的妈妈瞥了丈夫一眼,不情不愿地踏进了灵堂。

她相当不情愿,像是自己屈尊降贵了一样,在场的其他人都能感受到她的不情愿。

除此之外,陶桃感到愤怒和屈辱。

这里是奶奶的灵堂,不是苏晏的妈妈耀武扬威的地方!

陶桃下跪磕头,是为了感激那些真心实意来吊唁的长辈,不是因为自己低贱。

苏晏的妈妈显然不是真心来吊唁的,她只是单纯地想让陶桃下跪。

那一刻,陶桃忽然特别感激程季恒——幸好他阻拦了自己,没让自己下跪。

苏晏对着老太太的灵位磕完头之后,从蒲团上站起来,走到陶桃面前,沉声道:"节哀顺变。"

陶桃很真诚地回答:"谢谢。"忽然,她又想到一件事,再次跟他道谢,"谢谢你帮我垫了手术费,我会还你钱的!我一定会还你钱!"

奶奶的突然离世令陶桃猝不及防,所以陶桃今天一整天都很慌乱,直到刚才了空住持带着徒弟们离开,她才想起来手术费的事情。

今天上午陶桃跟随灵车离开医院的时候,没有人拦着她,也没人催她缴费，说明已经有人替她把钱结清了。

陶桃清楚手术费一定是一笔不小的数目，而且下意识地认为帮她垫这笔钱的是苏晏。

苏晏下意识地看向程季恒，刚要解释不是自己出的钱，程季恒却抢在苏晏之前说道："谢谢苏医生了。"

苏晏一怔，神色中划过深深的震惊与诧异。

苏晏瞬间产生诸多疑问：程季恒为什么不愿意承认那笔钱是他出的？按照程季恒的性格和手段，这种时候他不是应该邀功吗？怎么会把功劳拱手让给我？还有，他到底是从哪里弄来的那么多钱？

手术费加上其他乱七八糟的费用，一共二十一万六千元，账单一出，程季恒当场就结清了，并且是一次性结清的。

当时苏晏就有一种预感：程季恒这个人，不光是心机和手段深不可测，估计连背景都深不可测。

现在苏晏确定了，程季恒向桃子提供的信息全是假的。

程季恒为什么要这么做？只为了赖在她身边？

还不等苏晏从诧异中回神，苏晏的妈妈忽然问了程季恒一句："你怎么也披麻戴孝了？你和桃子是什么关系？你俩结婚了吗？"

陶桃瞬间屏住了呼吸，脸颊又开始发烫，偷偷地看了程季恒一眼。

今天来吊唁的人，都问了陶桃这个问题，不过没人问过程季恒，陶桃不知道程季恒会怎么回答。

她紧张又羞怯，却有点儿期待。

程季恒面不改色，相当认真地回答："我是她丈夫。"

陶桃羞得不行，脸更红了，赶忙低下了头。

苏晏将她的举动尽收眼底，眸光瞬间暗了下来，垂在身体两侧的手不由自主地紧握，因为力度过大，指甲深深地嵌进了肉里。

苏晏现在感觉不到手心传来的痛感，只能感觉到心口的钝痛。

苏晏的妈妈的神色中却划过了喜色，她放下心来："哎哟，什么时候的事呀？桃子你结婚怎么也不通知我们一声呀？"

这是她走进灵堂之后，第一次表现出平易近人的态度。

苏晏的爸爸也说道："就是，你结婚这么大的事怎么也不通知我们一声？"

事已至此，陶桃也不想解释了，和此前无数次被询问时的答复一样："太忙了。"

苏晏的妈妈看了苏晏一眼，志得意满地勾起唇角，用一种"大发慈悲"的口吻对陶桃说道："无病帮你垫的那笔钱不用还了，算是我们家送你们的结婚红包。"

按照传统，奶奶的遗体在第三天火化。

那天上午，陶桃目送奶奶的遗体进火化炉。她很清楚这是自己这辈子和奶奶见的最后一面了，不舍和伤痛使她再次情绪崩溃，无法自控地号啕大哭。如果不是程季恒一直紧紧地抱着她，她一定会瘫在地上。

头七那天，在程季恒的陪伴下，陶桃抱着奶奶的骨灰盒去了云山陵园，将奶奶与去世多年的爷爷合葬。

至此，她算是真正和奶奶永别了。

虽然很难过，但是斯人已逝，活着的人还是要继续生活，好在她现在不是孤身一人，还有程季恒陪着她。

如果没有他，她一定会沉浸在失去奶奶的伤痛中永远也走不出来，甚至有可能做出什么过激的事情。

陶桃最害怕的不是面对死亡，而是忍受孤独与绝望。造成孤独与绝望的原因有很多，对陶桃来说，奶奶的死亡就是她孤独与绝望的根源。

是程季恒带着她走出了孤独与绝望，他的陪伴给了她力量，让她勇敢面对现实，让她感受到这世上还有人关心和在乎她。

因为有了他，她才有了重新振作起来的勇气。而且奶奶一定不想看到她一蹶不振的样子，所以她必须好好活着，不能辜负奶奶多年的养育之恩。

安葬好奶奶的第二天，她就回到了工作岗位。

其实高温小长假两天前就结束了，但因为要处理丧事，她向辅导机构请了两天的假，这两天是其他老师替她上课。

大部分学生的暑假还未结束，再次开课后，她每天的课程依旧被排得很满，现在除了初二的数学课，她还要辅导初三的化学课。

其实她现在已经没有那么大的经济压力了，但还是想多赚点儿钱，尽快把欠苏晏的手术费还上。

虽然苏晏的妈妈说这笔钱不用还了，但她还是不想欠苏家的钱。

陶桃不是傻子，能感受到苏晏的妈妈对自己的轻蔑。苏晏的妈妈说不用陶桃还钱的时候，虽然言语上是在表达对陶桃"新婚"的恭喜，语气中却充满了施舍的意味。

陶桃才不接受她的施舍。

依旧是早上八点开始上课，但是陶桃现在已经不定闹钟了，每天早上七点十分，程季恒会准时来敲她的房门，喊她起床。

现在她也不准备早饭了，因为程季恒会帮她准备好，她洗漱完就可以直接吃饭了。

在程季恒出现在她的生命中之前，她的生活像是堆满了石头的罐子——琐碎又沉重，她每天都十分忙碌。

自从他出现之后，她的生活似乎轻松了许多，他将那些沉甸甸的石头分担走了大半。

吃完早饭，陶桃就准备去上班了。

在她换鞋的时候，程季恒突然走到门口，和她一起换鞋："我送你去上班。"

在奶奶没有过世前，他们俩也会一起出门，只不过不走一条路——她去上班，他去医院帮她照顾奶奶。

现在奶奶去世了，他不用再去医院了，但陶桃不想让他来回跑。上班而已，她自己完全可以的，便不假思索地回道："不用，我自己去就行了。"

程季恒的神色相当认真，他像是在阐述一件十分重要的事情："不行，我必须送你上班。"

陶桃一怔："为什么？"

程季恒一本正经："我现在靠你养着，所以必须为你做点儿什么，不然哪天你不喜欢我了，把我赶出去怎么办？我不就成'弃夫'了吗？"

"……"

陶桃忽然被逗得哈哈大笑："'弃夫'？这是什么新鲜词汇？"

她笑起来眼睛弯弯的，像月牙，眼眸黑亮，眼底藏着星光。

程季恒目不转睛地看着眼前的姑娘，没忍住抬起手臂，在她脑袋上宠溺地揉了一下。

换好鞋后，二人出门。

程季恒骑着自行车带陶桃去上班。

夏季的阳光强烈又刺目，虽然还不到八点，但外面已经热透了。

陶桃却一点儿也不觉得热，只是觉得很幸福，像是回到了无忧无虑的小时候。

上小学的时候，妈妈每天都会骑着自行车送陶桃去学校。

但爸爸妈妈去世之后，陶桃就再也没有享受过这种幸福了。

上中学的时候，陶桃也是骑自行车上下学。每天晚上放学之后，她都能在学校门口看到一起回家的小情侣。这些小情侣一离开学校就挣脱了所有束缚,像是孙悟空离开了五指山,不再担心被老师抓包,有些情侣会共同骑一辆自行车回家——男生带着女生,女生侧坐在后座,紧紧地搂着男生的腰——就像她和程季恒现在这样。

那个时候,她看到这些成双入对的小情侣,其实有点儿羡慕。她也想有个男生骑车送她回家,但是人选只有一个苏晏,可那也只是幻想,从来没有实现过。

大学期间,她没骑过自行车,因为东辅大学的面积颇广。学校覆盖了整整一座青山,里面还有一片湖泊,风景美如画,地势却起伏不平,在校园里骑自行车,等于找罪受。

她不后悔在自己的整个青春期都喜欢苏晏,但有一点儿遗憾,遗憾自己没有谈一场青涩的恋爱,没有找一个男朋友骑自行车送自己回家。

不过她的这些遗憾,现在似乎在被程季恒一点点地弥补上。

他背着她爬了云山,和她一起坐了索道缆车,还正骑车载着她。

陶桃现在的心情如天上的朝阳,明媚又绚烂,她不由自主地勾起了唇角,忽然有很多话想对程季恒说,于是扭脸仰头,看向他的后脑勺儿:"我上高中的时候,身边同学的年龄都比我大,所以他们都把我当小孩儿。有一次上晚自习的时候……不对,应该说是晚自习第一节课下课后,我拿着杯子去水房接水,但是我们那层楼没水了,就准备去四楼接水。东边的那条楼梯人太多,我就打算走西边那条人少的楼梯,结果刚转进楼梯间就看到我们班有一对情侣在接吻!"

虽然时隔多年,但她说话时语气中依旧带着震惊与诧异,仿佛那一幕重新出现在了眼前。

程季恒被她的语气逗笑了:"然后呢?"

陶桃:"当时我特别尴尬,觉得自己出现得特别不合时宜,但是他们俩表现得特别淡定,那个男生还笑着跟他女朋友说'来了个小孩儿',然后又对我说了句,'小朋友,你可不能去老师那儿告状啊'。"

她将那个男生当时的那种吊儿郎当的语气学得惟妙惟肖。

程季恒忍俊不禁,故意逗她:"你去找老师告状了吗?"

陶桃没好气:"我那个时候都十三岁了,又不是三岁,还能真的去找老师告状?"她继续说道,"晚上放学的时候,我又在学校门口看到了他们两个,男生骑着自行车,准备送他女朋友回家。我本来想当作什么都没看到直接骑车走人,结果那个男生竟然又喊住了我,跟我说'小朋友,长大后也要也找个男朋友送你回家啊',那个时候我觉得他特别讨厌。"

程季恒笑着问:"现在呢?不讨厌了?"

陶桃实话实说:"现在我后悔没有早点儿听他的话。"

程季恒听出来了她的言外之意,漫不经心地问:"后悔自己没早恋?"

"什么叫早恋?我不喜欢早恋这个词。"陶桃很认真地说道,"我觉得在情窦初开的年纪谈一场青涩的校园恋爱是一件很美好的事情。"

程季恒认同她的观点,但不支持:"在校园恋爱这种事情中,女孩儿受到的影响比男孩儿大,她遇到了一个好男孩儿还行,但如果遇到了不好的,很容易堕落。"最后,他又斩钉截铁地总结道,"所以我以后如果有了女儿,决不允许她早恋。"

陶桃也斩钉截铁:"我允许。"她又信心满满地补充道,"我还会帮她把关,如果那个男生不好,我肯定不同意他们俩交往;但如果这个男生还不错,我愿意帮我女儿向'敌对势力'隐瞒恋情。"

不知为何,程季恒的内心深处忽然生出了一股难掩的焦虑与担忧,沉默片刻,他问了句:"你觉得,苏晏怎么样?"

陶桃:"挺好的呀,就是不太好追。"

程季恒:"如果,我说如果啊,如果你女儿以后和苏晏这样的人早恋了,你……"

陶桃不假思索:"我同意!我双手赞成!"

程季恒:"……"

这一刻,他彻底断绝了以后生女儿的念头——省得操心。

他也不假思索:"我觉得你适合生儿子。"

陶桃没听出来他的言外之意:"为什么?"

程季恒无比真挚地回答:"因为你一定能教育出一位非常优秀的男生,这样的话,这个世界上就会多一位幸福的女人。"

陶桃觉得他说得有道理,但不接受:"可是我只想生女儿。"

程季恒试探性地问:"如果你老公……不想要女儿呢?"他又特意解释了一句,"不是重男轻女,是因为他觉得生女儿的话,需要担心的地方太多了,比如和坏男生早恋。"

陶桃看着他的后脑勺儿,加重语气:"那我就换个老公!"

程季恒:"……"

两个人边聊边骑车,不知不觉间,程季恒就把陶桃送到了辅导机构门口。

程季恒将自行车停到路边，陶桃从后座上跳了下来，朝程季恒挥了挥手："我先走啦，拜拜。"

程季恒："我中午来给你送饭。"

陶桃瞬间收回了已经迈出的左脚，目瞪口呆地看着他："你自己做饭吗？"

程季恒点头："对，想吃什么随便点。"

"……"

可我并不相信你这种连醋和料酒都分不清楚的人的厨艺。

虽然不想打击他的积极性，但人总是要学会拒绝，她非常委婉地说道："不用了，我跟同事约好了……"

不等她把话说完，程季恒忽然叹了一口气，微微垂眸，神色黯然，语调低沉，带着苦涩："我只是想为你做一些力所能及的事情，如果你嫌弃我的话，没有关系，直接说就好，我不会难过的。"

他嘴上说着不难过，却摆出了一副难过得要死的样子。在明媚的阳光的映衬下，他的肤色更显白皙，俊朗的眉宇间是淡淡的忧伤，他似乎受到了极大的打击与伤害。

一副人畜无害的嘴脸，一种可怜弱小又无助的语气，陶桃只觉得一股浓郁的白莲花气息扑面而来。

陶桃再一次深刻理解了男人面对白莲花时的感受——身不由己。

"我不嫌弃你！"她不再犹豫，斩钉截铁，态度积极，"我想吃你做的饭！"

程季恒抬眸，满眼期待地看着她："真的吗？"

陶桃重重点头："真的！"

程季恒："你想吃什么？"

陶桃："都行，只要是你做的我都喜欢吃！"

程季恒目光真挚："谢谢你这么信任我。"

陶桃："不客气，应该的。"

程季恒达到了目的，终于肯放她走了："你快去上课吧，我去买菜。"

"好的，拜拜。"陶桃转身之前叮嘱了一句，"路上小心点儿。"

这颗傻桃子总是把他当三岁小孩儿，程季恒无奈一笑："知道了。"

目送她进了辅导机构所在的大楼，他才骑车离开，先去了一趟农贸市场，然后才回家。

进了家门，他先换上那双印着卡通米老鼠的黑色拖鞋，然后拎着购物袋去了厨房。

他刚把菜洗好,手机忽然响了,是季疏白打来的电话。

看到来电显示的那一刻,程季恒紧紧地蹙起了眉头,思绪瞬间回到了东辅,可云山似乎不像以前那么好剥离了。

他自以为能将云山和东辅分得很清,但现在忽然发现,它们在不知不觉间混在一起了。

曾经的他,能瞬间将云山的一切抛之脑后,现在却做不到了。

他像是被什么羁绊住了。

许久后,程季恒才接通电话。

"在忙吗?"季疏白的语气一如既往地慵懒。

程季恒一听他这语调,就知道东辅那边暂时稳定,不由得舒了一口气:"有话直说,别耽误我做饭。"

"你在干什么?"季公子语气中的慵懒不见了,取而代之的是震惊与错愕。

程季恒的语气依旧淡定:"做饭。"

他从来没有做过饭,这是第一次,还是为了一颗傻桃子,这种行为简直像是疯了,连他自己都无法理解。但他就是想这么做,想尽可能地去照顾她。

面对这颗傻桃子的时候,他总是能做出许多奇怪的事情。

他也知道自己没必要把这件事告诉季疏白,可就是想说,像是想炫耀什么。

电话那边的季疏白沉默许久,严肃认真地启唇:"如果你没钱了,可以直接告诉我,不用去干这种'杀人越货'的勾当。"

程季恒也很认真地回道:"你误会了,我现在寄人篱下,必须得讨好那颗傻桃子。"他为自己的怪异行为找了个"合理"的借口,"不然她就该把我赶出去了。"

季疏白:"所以,你现在是在吃软饭吗?"

程季恒:"我已经吃了一个多月了。"他顿了一下,接着补充了一句,"很好吃。有机会的话,你也可以试试。"

季疏白:"……"

程季恒:"你还有别的事吗?"

季疏白:"我想让你当个人。"

程季恒:"我会的。"

季疏白叹了一口气,不得不提醒:"你就没想过,你走了之后,她会不会难过吗?"

程季恒怔住了——他从来没想过这个问题。

季疏白又问:"你敢把她带回东辅吗?"他用的是"敢"而不是"想"。

程季恒的脑海中瞬间闪过了答案——不敢。

在东辅的事情被彻底解决之前,他根本不敢带她回去,不敢让柏丽清发现她的存在。

紧接着,他忽然意识到,自己有了软肋。

即便柏丽清是杀害他母亲的帮凶,还曾将他塞进过行李箱,把他关进过狗笼,他也从来没害怕过柏丽清。

他只是恨她。

但现在他竟然有点儿怕她了。

怕她发现这颗傻桃子。

虽然电话那边的人一直在沉默,但季疏白已经知道答案了:"那你就别对她那么好。"

程季恒的心忽然很慌乱,他像是被季疏白戳中了死穴。他下意识地想隐藏自己的死穴,所以勒令自己冷静下来,镇定自若地说道:"你想多了,我只是心血来潮想做顿饭。"顿了一下,他又斩钉截铁地补充道,"我一点儿都不在乎她,她就是个解闷的工具。"

季疏白很了解程季恒,如果程季恒真的不在乎那个女人,绝对不可能解释这么多。

程季恒是在乎极了那个女人。

第八章
她现在离不开他

挂断电话后，程季恒依旧烦躁不安，内心混乱得像是刚刚经历了一场海啸。

他不明白自己为什么会因为一颗傻桃子而害怕柏丽清。

他只是把这颗傻桃子当解闷的工具而已，柏丽清发现了这颗傻桃子又能怎么样？顶多就是少了点儿乐子，按理说这根本无法威胁到他。

但实际情况并非如此，他竟然怕得要死。

这个小傻子根本不是柏丽清的对手。他太清楚柏丽清的手段了，如果这颗傻桃子落到了柏丽清的手里，柏丽清一定会想方设法地折磨她。

他绝对不能让柏丽清知道这颗傻桃子的存在，死都不能。

紧接着，他又想到了季疏白刚才说的那句"那你就别对她那么好"。

可他就是克制不住地想对她好，尤其是在她的奶奶去世了之后。

只要一想到这个小傻子没有了家人，在这个世界上孤苦无依，他就心疼得不行，不由自主地想去当她的依靠，保护她，不让她再受任何伤害。

他从来没有这么心疼过谁，这颗傻桃子是唯一的例外。

可以这么说，只要遇到和她有关的事，他就会变得不理智。

他甚至已经将东辅和云山混淆在一起了，也分不清什么是现实，什么是幻境。

季疏白的提醒令程季恒逐渐找回理智，程季恒终于意识到自己必须立即停止这种例外，重新划分现实与幻境。

他不应该对一颗用来解闷的傻桃子这么上心，和她划清界限，对他们两个来说都有好处。

他首先应该停下的，就是为她做饭的行为。

程季恒毫不犹豫地开始清理砧板上的食材。

他找了一个大袋子，把这些东西全部扔了进去，就在他准备将袋子扔进垃圾桶里的时候，手机忽然振动了一下。

手机屏幕应声而亮，同时弹出微信消息提醒——

傻桃子："你中午准备做什么饭？我都有点儿饿了。"跟在这句话后面的，是一个萌萌兔的"期待脸"表情包。

现在是九点四十五分，她刚下第一节课。

看到消息的那一刻，程季恒动作一顿，眉头瞬间紧蹙了起来，神色中尽显犹豫与纠结。

如果他不去给她送饭的话，这小傻子一定会失望吧？

他内心深处又开始了一场博弈，是理智与情感的博弈。

他不想让她失望。

许久后，理智妥协了，他重新将袋子放到砧板上，同时在心里自我安慰：一顿饭而已，不算什么，反正也没有第二次了，就当是逗她玩了。

他在心里保证：自己做完这顿饭后，就跟她划清界限，这是第一次给她做饭，也是最后一次。

叹了一口气，他又把塞进袋子里的食材一一拿出来：鸡腿肉、土豆、香菇、青辣椒和一些调料。他准备给她做黄焖鸡。

其实他根本不会做饭，这些食材全是照着在网上搜的菜谱买的。

洗好菜后，他开始按照菜谱上的步骤一步步地操作。

首先是切菜，他先切的是土豆。

这段时间，他总是站在这颗傻桃子身边看她做饭。无论肉还是菜，她总是能三下五除二就切好，想切成丝就切成丝，想切成片就切成片，看起来简单极了，于是给他造成了一种切菜很容易的错觉——不过是用刀把菜切开，似乎没什么技术含量。

然而当亲自动手去切菜的时候他才发现，眼睛和脑子学会了并不代表手也学会了。

左手摁着的土豆和右手握着的刀，似乎都有自己的脾气，压根儿不听他的使唤。

活了二十三年，他第一次感觉到自己的双手是如此笨拙。

他好不容易切好了土豆，接下来切香菇。

按照菜谱，他需要把香菇切成薄薄的小片。

他觉得香菇比土豆软得多，又没那么圆，可以安安稳稳地放在砧板上，应该很好切，但是事实并非如此——香菇太软，又带着点儿韧劲儿，下刀的时候需要用巧劲儿，不能用蛮力，不然根本切不动，而且切香菇片需要万分谨慎，应该把手指肚内收，用指关节顶着刀背，以防切到手，很考验经验和刀工。

程季恒完全没有任何做饭经验，上去第一刀先把香菇一分为二，第二刀就切到了自己的手——刀刃歪斜，深深地划过中指指肚，血瞬间就冒了出来，染红了香菇和砧板。

不过他并未把这点儿小伤放在心上，只是感觉麻烦，还要重新洗砧板。

叹了一口气，他放下手中的刀，打开水龙头冲了一下手，又回到客厅找了个创可贴把伤口包了起来，以防血流到砧板上。

回到厨房后，他将那半个沾了血的香菇扔了，重新清理好刀和砧板，继续切。不过这回他长经验了，切菜的时候无师自通地收回了指肚，用指节顶着刀背，用两只手同时控制着菜刀的方向和下刀的力度。

五个小香菇，他切了大半个小时。

他切好香菇后，开始切青辣椒。刚才洗青辣椒的时候，他没有看到菜谱上的提醒——青辣椒去籽，一直到切菜这一步才注意到。

这是个新人菜谱，上面还附带了给青辣椒去籽的详细步骤：将青辣椒的根部往里面摁一下，再连根拔出来就行了，辣椒籽会全部附着在根茎上。

程季恒试了一下，发现自己没有那么高超的技术，于是选择用手抠。

用手抠也没什么不好的，就是有点儿费手，尤其是青辣椒的籽太小，他一不留神辣椒籽就从创可贴的缝隙里钻了进去。

被刀切的那一下，他是真的不怎么疼，但是伤口被辣椒籽这么一沾，是真的很疼。

而且这个辣椒还特别辣，把他的眼睛都熏红了。

他切完青辣椒后，切菜的程序终于结束了。

程季恒不由得长舒了一口气。

接下来该正式做饭了，幸好他这段时间一直站在傻桃子身边看她做饭，知道做饭前要先开煤气阀，不然连火都不会开。

第一步是炸土豆，第二步是炒鸡块。

鸡腿肉买回来的时候就已经切好了，并且他在切菜前就已经将鸡腿肉腌上了。

按照菜谱上的方法，鸡腿炒到差不多的时候，按顺序加入葱、姜、蒜、料酒、老抽、生抽等调料，而实际情况是，程季恒压根儿分不清生抽、老抽、料酒这些调料。幸好瓶身上都贴有标签，所以他按照菜谱提前把这些调料倒进了一个小碗里，到时候可以直接拿起碗往锅里倒。

之后的步骤就简单得多了，最后一步是转小火慢炖，在等待的期间，程季恒开始淘米、焖米饭。

焖米饭是最简单的，他只需要根据菜谱把米和水按照一定的比例放进电饭煲，然后摁下按钮，剩下的事情，交给电饭煲就好。

大约二十分钟之后，锅里的鸡块开始散发出浓郁诱人的香气，程季恒隔着透明锅盖朝锅里看了一眼，感觉还挺像那么回事，并且越看越自豪，控制不住地拿出手机拍了张照片给陶桃发了过去："哥厉不厉害？"

发完之后，他就一直盯着手机，紧张地等着陶桃回复。

消息发送的时间是十点半，等了十五分钟，在她第二节课的上半节下课的时候，他才收到回复——

傻桃子："超级厉害！"后面还跟了一个萌萌兔的"棒棒哒！"表情包。

那一刻程季恒心满意足地勾起了唇角，感觉自己刚才的努力值了，眼角眉梢间尽是骄傲与得意，像极了一个考了一百分后得到表扬的小男孩儿。

不过他并未得意忘形，到了四十分钟，按照菜谱上的要求，开大火收汁，最后加入青辣椒，又焖了几分钟。

掀开锅盖的那一刻，一股诱人的香味儿扑面而来，锅里的黄焖鸡的颜色也特别好看，不管好不好吃，反正色和香起码是达标了。

随后程季恒拿起筷子从锅里夹了一块鸡块尝了尝，内心只有一个想法：哇，真好吃，我太牛了！

他觉得自己还挺有做饭天赋。

这个时候米饭也焖好了，程季恒看了一眼时间，还有半小时傻桃子就下课了，赶紧把饭和菜装进了早就准备好的保温饭盒里，迅速出门。

他到辅导班的时候，陶桃还没下课。于是他就站在教室外的走廊上等了她一会儿。

这个辅导机构的规模不算小，占据了一整层写字楼。教室一间挨一间，布置得和学校里的教室一般无二，靠近走廊的那面墙上还开了玻璃窗，很有学习氛围。

程季恒差不多等了十分钟，下课铃打响，原本安静的楼层瞬间变得喧哗热闹起来。一两分钟后，教室门接连开启，朝气蓬勃的学生们陆陆续续地背着书包从里面走出来。

程季恒站在陶桃上课的那间教室的前门外，门被打开后，首先走出来的是两个女生。

这两个女生看到他后脚步齐刷刷地一顿，同时回头冲着站在讲台上的陶桃喊道："陶老师，你男朋友来了！"

其中一个观察得比较仔细的女生补充了一句："来给你送饭了！"

这两个女生是一对好朋友，原本都是晚上六点的课，但是高温假过后，其中一个女生晚上六点又有了别的课，于是就把数学课调到了上午。另外一个女生为了陪伴小姐妹，也把课调到了上午。

以前程季恒总是晚上来接陶桃下班，所以这两个女生都认识他。她们俩从一开始就认定这位帅哥哥是陶老师的男朋友。她们觉得只有这么帅的男人才配得上她们的陶老师。

但是上午十点这个班的学生还从来不知道陶老师有男朋友，现在被这两个女生一广播，教室里瞬间沸腾了起来，学生们齐刷刷地挤到窗户口和前门口，好奇地打量着程季恒。

程季恒不闪不躲，大大方方地让他们看，目光越过这些学生的头顶，看向站在讲台上的陶桃。

陶桃完全没想到会出现这种情况，既尴尬又害羞，压根儿不敢看程季恒，一直低头看向讲台桌面，假装在收拾东西，表现得倒是从容不迫，可是红到耳根的脸颊出卖了她的内心。

好奇心得到满足后，学生们就陆续离开了教室。等最后一名学生走出教室后，程季恒走了进来。

陶桃还在假装收拾东西。明明只有两本教案和两沓卷子，她却收拾出了手忙脚乱的样子。

程季恒走到她身边，温声道："吃饭吧。"

陶桃依旧红着脸低着头，小声说道："好。"

她害羞的样子，看起来又甜又软，很想让人上去咬一口，程季恒忍不住想欺负她，明知故问："你在害羞吗？"

陶桃的脸更烫了，她死不承认："我没有！"

你明明就是有。

程季恒"好心安慰"："别多想，咱俩都是已婚关系了，这点儿小事根本不用害羞。"

陶桃又羞又气:"你别胡说八道!"

程季恒挑眉:"你是不是想赖账?我的身体已经被你看光摸遍了,你现在竟然想抛弃我?"

陶桃的脸红得都快滴血了,可他说的是事实,她无法抵赖,于是果断转移了话题:"我饿了,我要吃饭。"

程季恒没再逗她,询问道:"在哪儿吃?"

"在教室里就行。"这间教室就是陶桃的办公室,平时上课、批卷、改作业、吃饭、休息全在这里。

她走到课桌后排,把窗户开了个小缝,然后将倒数第二排的凳子转过来,拍了拍倒数第一排的那张靠着窗的桌子,对程季恒道:"咱们在这儿吃。"

程季恒拎着装饭盒的袋子走了过去,将袋子放在桌子上,然后从里面拎出饭盒和碗筷。

这时陶桃才注意到他的左手中指上包着创可贴,创可贴的表面还渗出了一片淡红色的血迹。

显然,他的伤口很深。

那一刻,她的手也跟着疼了一下,她问道:"你切到手了?"

"没什么事。"程季恒压根儿就没把这点儿小伤当回事。

陶桃不信:"都渗出来血了,还没事呢?"

程季恒低头看了一眼,发现还真是,可这明明是自己出门前才换的创可贴。

陶桃想起来自己的包里还放着备用创可贴,立即朝讲台走去,把包拿了过来,从里面翻出创可贴后,用一种命令的口吻对程季恒说道:"把手给我。"

程季恒觉得她完全没必要这么担心,一个小伤口而已,但是看着她严肃中又带着点儿心疼的目光,不假思索地选择乖乖照做。

陶桃轻轻地撕开包在他手指上的创可贴,那道深深的伤口瞬间暴露在了她的眼前,并且他的指腹上染得全是血。

她的眉头瞬间就蹙了起来,她心疼又担心:"要不要去医院看看呀?"

程季恒严肃认真:"你知道医生会说什么吗?"

陶桃:"什么?"

程季恒:"再晚两天过来就好了。"

陶桃："……"

我以前怎么没发现，你竟然还有这么坚强的一面呢？

白莲花学会坚强了，是好事，但她还是有点儿心疼："是不是特别疼？"

疼是真的，只要是个正常人，被刀划了一下都会觉得疼，但这点儿小伤痛对程季恒来说根本不算什么，完全可以忍受。

但是，他不打算说实话，不然就没意思了。

他微微蹙起眉头，抿了抿唇，语气真挚地说道："不疼，真的不疼，你不用担心我。"

可你明明摆出了一副很疼的表情啊。

陶桃认定他很疼，只不过是在假装坚强。

程季恒："真的不用担心，包上创可贴就好了。"

陶桃立即揭开创可贴的包装，重新给他包创可贴，动作又轻又柔，生怕弄疼他。

包好创可贴之后，她也不让他动手了，自己盛饭。

打开保温饭盒的那一瞬间，一股香味儿扑鼻而来，装在里面的黄焖鸡看起来十分美味诱人。

陶桃完全没想到程季恒还有这手艺呢，不由得一惊："哇！"

程季恒的眉梢瞬间扬了起来："我厉害吧？"

他现在的样子，像极了一个求表扬的小男孩儿。陶桃忍笑，重重点头，认真地说道："厉害！特别厉害！"

程季恒得意地勾起了唇角。

盛好米饭后，两个人开饭。陶桃刚夹了一块鸡肉送进嘴里，坐在她对面的程季恒就迫不及待地问："好吃吗？"

他的眼中满含期待，他就差把"快点儿夸我"这几个字写在脸上了。

陶桃相当配合，再次点头，斩钉截铁："特别好吃！比外面卖的还好吃！"

程季恒彻底满意了，内心相当自豪，嘴上却十分谦虚："也没有特别好吃，还有一定的进步空间。"

陶桃忍无可忍，直接笑出了声："哈哈哈……"

和程季恒在一起的时候，她总是这么开心。

他可以让她变得无忧无虑，可以让她开怀大笑。

如果把苏晏比作指引她前行的月亮，那么程季恒就是光芒万丈的太阳，既照亮了她的生活，又温暖了她的生活。

月亮很美，但不适合她。

她需要的是太阳。

看她笑得那么开心，程季恒也不由自主地勾起了唇角。

他很喜欢看她笑，也愿意逗她开心。

她一笑，他就有一种得偿所愿的感觉。

但是他必须停止这种不理智的行为，逼着自己变得理智——她只是个解闷的工具，自己不用这么上心。

他收起了眼底的笑意，故意用了一种满不在乎的语气："珍惜吧，就这一顿了，没有第二顿了。"

陶桃不解："为什么？"

程季恒："因为我只能给我老婆做饭吃，今天就是先拿你当小白鼠。"

他的语气忽然变得很冷漠，他像是在和她划清界限。

陶桃怔住了，呆愣愣地看着他。

程季恒原本没打算现在就和她划清界限，既然话赶话说到这儿了，就"借题发挥"吧。

既然他决定了做完这顿饭就停止对她的所有关心与在意，就快刀斩乱麻吧。

他不喜欢拖沓。

更何况，只是一个解闷的工具而已，他也没必要拖沓。

他努力使自己保持一副冷漠的表情，语气中又带上了几分嘲弄："你不会真的以为我会陪你一辈子吧？"

陶桃呼吸一窒，神色中逐渐浮出茫然与惊慌。

她真的以为他会陪她一辈子。

程季恒清楚地看到了她眼神中透露出的惶恐，她现在像极了一只忽然受到惊吓的兔子。

他的心开始疼，像是有一把刀在一点点地捅入他的心脏，他疼得难以忍受，不由自主地攥紧了垂在身体两侧的拳头，拼命保持冷漠的神色："看来有些话一定要说清楚了。那个时候，你奶奶过世，我觉得你很可怜，怕你想不开，所以才会跟你说会陪你一辈子，我只是同情你而已，但没想到你认真了。你是傻子吗？我跟你才认识了几天，怎么可能会陪你一辈子？这种话你竟然也信。"

他的话很伤人，像是带着刺，每一个字都刺伤了陶桃的心脏。

她的眼眶红了，既委屈又不知所措。

他刚才还好好的，现在怎么忽然变成这样了？

他现在表现出来的态度，好像他很讨厌她。

程季恒的心更疼了，攥成拳的手开始不由自主地发抖，他逼着自己不去理会内心的不忍，哂笑道："你不会喜欢我吧？"

陶桃在他的眼中看出了不屑和嘲弄，心头忽然泛起了一阵强烈的苦涩和酸楚。

是啊，她喜欢他。

她以为他也喜欢她，以为他永远也不会离开自己，以为他会成为自己永远的依靠。

但现在她明白了，只有她自己这么以为而已。

是她自作多情了。

眼睛不仅泛酸，还疼，她立即垂下了眼帘。

那一刻程季恒清清楚楚地看到了有两滴泪从她的眼中落了下来，像是两根刺一样扎在了他的心头。

他不想让她哭，但必须跟她划清界限。

她太傻了，他不能带她回东辅，最起码不能在彻底解决柏丽清之前带她回去，甚至不能让柏丽清发现她的存在。

所以他现在必须分清东辅和云山，必须分清现实和幻境。

他轻笑了一下，看起来满不在乎，身体往后一仰，靠在椅背上，冷冷地说道："我不喜欢你，也不可能喜欢你这种小傻子。"顿了一下，他决然地补充了一句，"我明天就走了。"

他没有骗她，他真的是这么决定的。

既然要划清界限，他就没必要再赖着她了。

更何况，她只是一个解闷的工具，他没必要优柔寡断。

但如果真的不优柔寡断，他应该今天就走，在给她做这顿饭之前就走，走得毅然决然无声无息，而不是在给她做好一顿饭后，特意跟她说一声。

对陶桃来说，他要离开的消息，比之前他说的任何一句话带来的冲击都大。

那一刻她既震惊又错愕，大脑一片空白，猛然抬起眼眸，呆呆地望着程季恒。

她以为，他说的不会陪她一辈子是指以后，没想到他明天就要走。

她接受不了。

她不想变成一个人，她害怕被抛弃。

在他将她抱在怀里，对她说出"别怕，还有我"的那一刻，她就无法自拔地爱上了他。

她现在离不开他。

"你能……能不走吗？"她泪眼婆娑地看着他，眼神中充满了哀求，声音也哽咽了，"求求你了。"

像是有一只手臂在勒他的脖子，程季恒感觉自己快喘不上气了，像是要窒息，回避了她的目光，毫不留情："不能。"深深地吸了一口气，他补充了一句，"我不想再看到你了，我讨厌你这种自作多情的小傻子。"

言必，他起身从凳子上站起来，将她的自行车钥匙扔在桌子上："明天我会把家门钥匙还给你。"说完这句话，他最后看了她一眼，转身离开了。

那个钥匙链上还挂着一颗小桃子吊坠。

钥匙链被扔到桌面上后，小桃子不停地来回滚动，看起来可爱极了。

陶桃盯着那颗小桃子，眼泪不停地往下落。

她心里清楚，他再也不会来接她下班了。

一直到走出辅导机构所在的写字楼的大门，程季恒都没有回过一次头。他是在逼着自己不回头。

那颗傻桃子一定在哭，如果回头看她一眼，他一定会心疼，一定会重新回到她身边。

但是他不能回去，必须和她划清界限。

他所处的那个世界的水太深了，他不能把她牵扯进来。

正午时分的阳光强烈又刺目，晒得他头晕目眩。

离开她之后，程季恒也不知道自己要去哪儿，顶着烈日，漫无目的地在云山的街头乱逛。

在此之前，除了母亲死亡的时候，他从来没有这么不知所措过。

他计划着明天就回东辅，但一想到要离开那颗傻桃子就心烦意乱。

也是在这时，他第一次意识到了一件事情——他不想离开她。

许久之后，他才后知后觉地感觉到左手手心内一片濡湿，摊开手一看，才发现伤口崩了——刚才跟她说话的时候，他一直紧紧地攥着拳头。此时，血不仅浸透了她刚才给他包上的创可贴，更染红了他的整片手心。

身边刚好有个垃圾桶，他直接把创可贴撕了下来，扔进了垃圾桶里。

他不需要那颗傻桃子给他的一切关心，一点儿也不需要。

她只是解闷的工具而已，离开了她，他照样能活得好好的。

他不停地命令自己不去想那颗傻桃子，但是内心根本不受控制，她就像是扎根在了他的心里。

他越逼着自己不去想，反而想得越厉害，整个人就像失了魂一样。

他在外面逛到太阳快要落山才回家。

他还给自己找了一个回家的借口——收拾东西。

其实根本没什么好收拾的，顶多就是几件破衣服，回东辅后他也不会穿。

可他还是回去了，装模作样地收拾出来了一个行李袋，然后等她回家。

他也不清楚自己为什么不直接走人，毕竟该说的话都说完了，直接走人才是最合理的。

他做不到，还是想再看看她。

这辈子的蠢事，仿佛他全在今天干完了。

他从六点就开始等她回家，然而一直等到九点半也没把她等回来。

八点下课，按理说她八点半就应该到家了，最晚也不会超过九点。

时间一超过九点，他就开始着急了，目不转睛地盯着挂在墙上的表盘，眉头紧锁，心里急得像是着了火，甚至有了一种度秒如年的感觉。

随着时间的推移，他越发紧张、不安、担心……他从来没有这么担心过一个人，担心到胡思乱想。

这么晚了，她不会在路上出什么事吧？

她是不是遇到危险了？

她会不会想不开去干傻事了？

这些担忧就像是积聚在火山内的能量，能量值到达顶点，火山爆发了——程季恒再也坐不住了，直接冲出了家门。

楼道里很黑，但是对黑暗的恐惧感抵不过对她的担心，他甚至连手电筒都没开，三级并作一级地冲下了楼梯，内心只有一个想法：一定要找到她。

然而他刚冲出家属院大门，就看到了她……和苏晏。

苏晏把她送回了家。

根据他对这颗傻桃子的了解，他确信她一定不会主动去找苏晏，只能是苏晏去找的她。

苏晏还喜欢她。

程季恒一走，苏晏就一定会取而代之，会代替程季恒陪在她身边。

那样挺好的，最起码那颗傻桃子不会孤单了。

但是，程季恒接受不了那颗傻桃子和别的男人在一起。

那顿午饭，陶桃基本没有吃。程季恒走后，她一个人坐在教室里哭了好长时间，眼睛都哭肿了，心里难过又委屈，不明白他的态度为什么会变化那么大，早上还好好的，现在他却忽然变得这么讨厌她。

他说她是一个自作多情的小傻子，还说永远不会喜欢上她这种人。

所以，他是不是从来没有喜欢过她？他对她的关心与呵护，其实全是出于同情？他只是觉得她可怜？

可她真的很喜欢他，想让他一直留在自己身边。

但是他不会再陪着她了，还说以后再也不想看见她了，明天就会离开。

一想到这里，陶桃就难受得不行，眼睛一阵阵地泛酸，眼泪止不住地往外流。

她害怕被抛弃，不想让他走。

整整一个下午，她的心情都很沮丧，但她还要上课，还要工作，她不能把自己的情绪发泄在这帮学生身上。

所以她只能极力调动情绪，努力使自己保持镇定与冷静，强忍着内心的慌乱上完了下午的三节课。

最后一节课下课，已经是晚上八点了。

有几个学生随堂练没有写完，她又陪着他们留了一会儿。等这几个学生走后，她开始打扫教室，离开的时候已经快八点半了。

一走出辅导机构所在的写字楼的大门，她就看到了苏晏，脚步不由得一顿，意外又惊讶："你怎么来了？"

苏晏身穿干净的白衬衫配西服裤，少了几分身穿白大褂时的严肃，多出了几分温文尔雅，语气也是一如既往地温和："刚好路过这里，想到你在这里上班，就停下来等了你一会儿。"

其实他根本就不顺路，这只不过是他的借口而已。

他只是想来见她一面。

自从她的奶奶去世之后，他就再也不能天天见到她了。他们两个的工作和生活也没有任何交集，如果他不创造机会，他俩再见面很可能就是很久以后的事情了。

这几天，他总是很想她。

陶桃并没有想那么多，毕竟自己现在也不喜欢他了，只是下意识地觉得他一定是有事情才会来找她。

"有什么事情吗？"她好奇地问道。

再次面对陶桃，苏晏忽然很紧张。他已经很长时间没有在女孩子面前这么紧张过了。

"没什么事。"他努力使自己保持从容，语气平静地回道："最近工作太忙了，你奶奶去世后我一直没有来看过你，今天刚好有时间，就来了。"

陶桃明白了，苏晏是特意来看望她的，很感动，也很感激："谢谢你呀。"又斩钉截铁地补充了一句，"放心吧，我最近过得很好。"

她说得很肯定，但苏晏看到了她微微发肿的眼圈。他犹豫了一下，没忍住问了句："只有你自己？"

陶桃知道苏晏在问程季恒去哪儿了，心头忽然泛起一阵酸楚。她不想回答这个问题，只是简单地嗯了一声。

苏晏还是察觉到了什么。她是一个会把所有事情都写在脸上的姑娘，他能清楚地捕捉到她情绪中的低落。

苏晏很想知道发生了什么，想知道她是不是被欺负了，但能感觉出来她对这个话题的抵触，考虑了一下，没有追问，而是说道："现在有时间吗？"

陶桃奇怪地看着他："怎么啦？"

苏晏："请你吃饭。"

陶桃不知道苏晏为什么忽然要请她吃饭。她现在也没有吃饭的心情，于是委婉地拒绝道："改天吧，我今天第一天上班，回去还有很多工作要做。"

苏晏有些失望，但也没勉强："行。"可他不想这么快就和她分开，又快速说了句，"我送你回家？"

陶桃沉默片刻，略有些尴尬地说道："我骑自行车来的。"

苏晏没有放弃："可以把自行车搬到车上。"

陶桃不禁有些诧异，感觉今天的苏晏有点儿奇怪。

她和他认识了这么多年，他从来没有如此执着过。

她忽然想起了以前，自己还喜欢他的时候。

那时她每次遇到他，都会千方百计地吸引他的注意力，为了和他多待一会儿，会搜肠刮肚地和他多说几句话。但他总是特别忙，不是有事情要去做，就是有人要去陪，说不了几句话就会离开。

那时，她总是期盼能在他不忙的时候与他相遇，那样就能和他多说几句话了。

现在他终于不忙了,她却没了那份期待。

如果你早一点儿来就好了,我一定会很开心。

轻叹了一口气,陶桃回道:"不用了,太麻烦了。"

苏晏依旧没有放弃,面不改色地看着她,固执地回道:"不麻烦,一点儿也不麻烦。"

陶桃无奈地看着苏晏,感觉现在的他像极了那种油盐不进的叛逆少年——平时最让人放心的优等生忽然变成了叛逆少年,实在令人猝不及防。

她束手无策,只好答应了他:"好吧。"

苏晏舒了一口气:"等我一会儿,我去开车。"

陶桃的自行车停放在写字楼旁划分出的公用停车区,开了锁后,她推着自行车来到路边,等着苏晏回来。

没过多久,她的面前缓缓停下了一辆白色的迈巴赫。

苏晏开门下车,准备帮她搬自行车。

陶桃看了看白色轿车的后备厢,又看了看自己的自行车,迟疑地问道:"放得下吗?"

苏晏:"直接放车里。"他打开驾驶室后面的那扇车门。

陶桃明白了,他是要把她的自行车直接放在后排的车座上。她不想弄脏他的车,也不想弄坏他的车座,下意识地握紧了车把,慌忙回道:"我还是自己回家吧,太麻烦了。"

苏晏还是那个回答:"不麻烦。"

说着,他将自行车从她的手中接了过来,然后搬起来塞进了车里。

陶桃越发不知所措。

她从来没见过这么固执的苏晏。

把自行车摆放好之后,苏晏关上车门,转身对她说道:"上车。"

陶桃只好照做,但是上车之后,她一直没有说话,目不转睛地盯着车窗外。

苏晏也没有说话,他紧紧地抿着薄唇,看似在专心开车。

一时间,车里的气氛有些僵硬,像是被冻上了。

直到陶桃看到了路边的东辅银行,这种僵硬的气氛才终于被打破。

银行使她想到了那笔手术费,犹豫再三,她终于鼓起勇气说道:"那笔钱,我能……分期还给你吗?"

她很不好意思,声音很小,脸颊又红又烫,甚至没脸去看他的神色,下巴都快埋到胸口了。她真的没能力一次性拿出那么多钱。

苏晏一怔，一时间竟不知道该怎么回答她的问题。

那不是他出的钱，他也不想白捡一个功劳和人情。但是苏晏现在弄不清楚程季恒的动机，不清楚隐瞒真相对她来说到底是好是坏。

犹豫片刻，苏晏模棱两可地回道："不用还我钱。"

陶桃并不想占苏晏这么大的便宜，然而在她正要开口拒绝苏晏的好意的时候，苏晏忽然问了她一句："你就没有怀疑过他的身份吗？"

这个问题问得太突然了，陶桃反应了一会儿才反应过来苏晏说的是程季恒。

一想到程季恒她就很难过，声音也变得沉闷了："怀疑什么？"

苏晏直言不讳："怀疑他在骗你，他告诉你的信息很可能全是假的。"

陶桃不解："他为什么要骗我？"

苏晏犹豫了一下，还是把自己的猜测说了出来："他很可能是为了赖在你身边，才编造出自己身无分文无家可归的谎言。"

陶桃笑了一下，既是被这个猜测逗笑的，也是在苦笑，语气中带着苦涩："他明天就要走了。"

苏晏心头一惊，诧异不已。

程季恒竟然要走了？

他就这样走了？

陶桃："他在我家住了一个多月，我也没吃什么亏。奶奶活着的时候，他还会每天去医院帮我照顾奶奶，如果他真的是在骗我，我实在是想不出来他骗我的目的，为了体检劳动人民的穷苦生活吗？"

她的语气有些沮丧，最后那句"为了体检劳动人民的穷苦生活吗？"却莫名地搞笑。

苏晏没忍住笑了一下。

他第一次发现，她是个很有意思的姑娘。

之前，在他面前，她总是很拘束，最近才不那么拘束了。或者说，在程季恒出现之后，她就没有那么拘束了。

比起之前的那个面对他时小心翼翼的姑娘，现在的她更有吸引力。

陶桃不知道他为什么要笑，扭头看着他："你笑什么？我说得不对吗？"

"你说得很对。"苏晏实话实说。

如果程季恒明天就会走人，那么苏晏确实找不到程季恒欺骗她的理由。

陶桃叹了一口气，没再说话，车里的气氛再次冷下来。

苏晏的心却没有静下来：程季恒明天就会离开，她又会变成孤身一人。

苏晏想陪着她，想一直陪着她。

之前的许多年，面对她时，他一直在迟疑、犹豫。他也喜欢她，只是一直在权衡利弊。

这次，他不想再犹豫了。

他完全可以凭借自己的实力去东辅医学院，可以安抚好母亲，还可以带她去东辅，照顾她一生一世。

鼓足勇气后，他打破了车里的沉默气氛："你想去青海玩吗？如果你想，我可以带你去。"说话时，他不由自主地握紧了方向盘，力气很大，手上的骨节根根泛白。

他从来没有这么紧张过。

过往的几段恋情，他也从未主动过，全是女方向他表白。

他交往过的女孩儿也都是乖巧、懂事、柔弱的类型，像颗桃子。

陶桃浑身一僵，呆呆地看着苏晏。

他这是什么意思？

苏晏深深地吸了一口气，一字一句地说道："我想陪你一辈子。"

陶桃如遭雷击般惊愕，僵在座椅上，脑子里一片空白。

她已经震惊到无法思考了，苏晏竟然说要陪她一辈子。

苏晏很期待她的答复，但他也知道自己的表白太过突然，一定会令她十分不知所措，所以也没有逼着她立即给出答复。

之后，在回家的这一路上，陶桃一直是满心惊慌，埋着头，尽量降低自己的存在感，甚至连呼吸都变得微弱了。

她不知道该怎么回应苏晏的表白，甚至不知道该怎么面对苏晏。

如果在她还喜欢他的时候，他忽然对她表白，她一定会很惊喜，会开心到热泪盈眶，会激动到尖叫。但是现在她只有震惊与错愕，震惊过后，又多出了几分苦涩。

他竟然喜欢她？

他从什么时候开始喜欢她的？

他为什么不早点儿告诉她呢？

如果他早点儿告诉她，现在的一切都会不一样了吧？

苏晏将车停到了家属院门口，还没等他将车停稳，陶桃就解开了安全带。

下车后，陶桃迅速打开后排车门，不等苏晏动手，她就已经将自己的自行车搬了下来。

"谢谢你。"她一直低着头,不敢看苏晏的眼睛,语速极快地说道,"我要回家了。"说完,她推着自行车就走,然而刚一转过身,就看到了程季恒。

在看到她和苏晏的那一瞬间,程季恒神色黯然。

理智告诉他,现在最好不要过去,既然决定了要划清界限,就不要再干涉她的生活。

如果苏晏真的愿意陪着她,也是件好事,最起码她不用再害怕孤独了。

但是程季恒做不到,理智操控不了他的内心。

内心岩浆翻涌,热气腾腾,他像是一座即将爆发的火山。

他很生气,生她的气,气她这么晚了还和苏晏在一起,但是更生自己的气,气自己竟然放不下一颗傻桃子。

她不就是一个解闷的工具吗,有什么好在乎的?

可他就是在乎。

他根本控制不了自己的行为,径直朝她走了过去,走到她身边后,伸手扶住车把,将自行车从她手里接了过来,旁若无人似的问道:"都这么晚了,你怎么才回来?"

陶桃奇怪又不安地看着他。

他现在的态度,和之前一模一样,却和中午截然不同,而且他好像还有点儿生气,是因为看到她和苏晏在一起吗?

她不确定。

抿了抿唇,她小声回道:"有几个学生随堂练没做完,我陪他们多留了一会儿。"

"嗯。"程季恒面色平静,让人根本看不出他在想什么,"回家吧。"

陶桃:"好。"

就在他们两个准备离开的时候,苏晏忽然对陶桃说了句:"我等着你的答案。"

陶桃脚步一顿,回头看向苏晏,欲言又止了好几次,最终却什么也没说出口,因为程季恒在旁边。

她想直接拒绝苏晏,但又不想让他难堪。

她决定到家之后就给苏晏发微信拒绝他。

程季恒一直在看她,想知道苏晏跟她说了什么。

与苏晏分开之后,他们两个谁都没有说话,陶桃低着头走路,程季恒一言不发地推着自行车。

陶桃是不知道该说什么。程季恒是不知道该怎么开口。

苏晏跟她说了什么，跟自己一点儿关系都没有，可程季恒就是想知道。

锁好车后，该往楼道里走了，陶桃小声问了他一句："需要我拉着你吗？"

楼道里很黑，他恐惧黑暗，以前他们俩晚上回家上楼梯的时候，她都会拉着他的手。

程季恒不置可否，沉默片刻，忽然问了句："他刚跟你说什么了？"

这句话他脱口而出，像是没过脑子。

程季恒忍不了了，必须知道苏晏跟她说什么了。

陶桃愣了一下，没想到他竟然会问这个问题，下意识地想隐瞒真相。因为她预感他会生气，所以她不敢说实话。

虽然她也不知道他为什么会生气，反正他也不喜欢她，但就是有着强烈的预感。

但一时半会儿她又编不出来一段合理的谎话，就想糊弄过去："也没什么，就是……就是……就是点儿小事，嗯，小事！"

她根本不会撒谎，程季恒一眼就看出来了她在敷衍他。

她越是隐瞒，他就越想知道，不假思索地追问："到底是什么事？"

陶桃确实不会撒谎，面对他的质问，忽然有些不知所措，像极了一个犯了错后被当场抓包的小孩儿。

程季恒："说话。"

他的声音很轻，一点儿也不凶，甚至带着几分温柔，他像是在诱哄她，语气中却带着命令的意味。

他是在命令她，温柔地命令她。

陶桃预感他铁了心要打破砂锅问到底，如果自己今天不坦白，他一定不会善罢甘休。

陶桃还是有点儿担心程季恒会生气，可是转念一想，苏晏喜欢她又不是什么见不得人的事，没什么不能说的，况且程季恒明天就要走了，自己又何必在乎这么多呢？

说不定她的担心也是多余的，又是她在自作多情。

最后，她决定说实话："他问我想不想去青海。"

程季恒强作镇定："然后呢？"

陶桃直视他的眼睛："如果我想的话，他愿意带我去。"

程季恒再次攥紧了双拳，拼命压制着心头的惶恐与焦虑，漫不经心地启唇："你想跟他一起去吗？"

陶桃本想直接回答"不想",话到嘴边了却改了主意。

因为她察觉到了程季恒的不安。

那一刻,她的内心忽然生出了一点儿"邪恶"的小心思,她想知道他到底在不在意她,所以不想说实话了,迅速地把已经冒到嘴边的"不想"改成了:"和你没关系。"顿了一下,她补充道,"反正你明天就要走了。"

程季恒完全没想到她会这么说,心头猛然冒出一股无名火,可神色平静至极,平静到有些冷漠。

他点了点头,冷笑着回道:"行,你说得对,反正我明天就要走了,没了我,你还能去找苏晏,没了苏晏,你还能去找别人!"

他脸色铁青,没再多看她一眼,直接走进了漆黑无比的楼道里。

陶桃僵在了原地,像被人打了一巴掌似的,紧接着,她的眼眶红了,眼泪瞬间涌了出来。她委屈到了极点。

到家之后,程季恒把自己关在了卧室里,甚至忘了开灯。

他觉得自己的理智与克制力全都濒临极限,已经快控制不了自己了。

内心似有一座即将爆发的火山,因为不知道火山爆发后会发生什么,所以他才会拼了命地阻止火山爆发。

或者说,他知道会发生什么,只是不愿意承认现实。

他没开灯,房间里十分黑暗,唯一的光源是月光。

月光清冷,他的内心却一片混乱,躁动不安,他需要冷静。

房间里没有空调,很热,他走到窗户边,打开窗户,深深地吸了一口气,将肺部灌满,又用力地吐了出来,将肺部榨干。

还是很热,他想抽烟,特别想。

他已经一个多月没抽烟了,准确地说,是来到云山后,就没再抽过。

他一直在装乖给她看。

他抽烟并不上瘾,现在却忽然犯了烟瘾,急需一支烟来恢复冷静,不然就会克制不住地想那颗傻桃子。

程季恒很确定,自己走了之后,苏晏一定会来找她。

她喜欢过他很多年,虽然现在已经断了念想,但谁能保证她不会再次喜欢上他?

最后,程季恒得出了一个结论:她会和苏晏在一起,她一定会和苏晏在一起。

一想到这儿,他就惶恐难安,心脏像是被一只手狠狠地攥住了,随时会被捏碎。

他接受不了这种结局，死都接受不了。

程季恒不想让她和苏晏在一起，甚至不想回东辅了，想留在她身边，死死地守着她，不给任何人可乘之机。

他还能感觉到，自己的呼吸很热，身体里像是有一股火，燎得他燥热难耐。

他从来没有这么暴躁过。

做了几组深呼吸后，他稍微找回了点儿理智。

理智告诉他，不能继续在这里待下去了，再待下去，他会死。

然而就在他准备走人的时候，房间外忽然传来了开门声，是她回家了。

陶桃打开家门后才发现家里没开灯，关上防盗门的同时，迅速摁下墙壁上的开关，灯却没亮。

这是一座老家属院，夏天居民用电量大的时候，经常停电。

意识到停电的那一刻，陶桃不假思索地朝他的房间冲了过去，紧张又担忧地喊着他的名字："程季恒。"打开房门后，她迅速地朝他跑了过去，一把抱住他，语气轻柔又坚定地安抚道："别怕，我在呢，我会陪着你。"

在她进来之前，程季恒根本就没意识到自己身处黑暗，甚至没有丝毫恐惧感。

在她扑进自己怀里的那一刻，他浑身一僵，脑子里一直紧绷着的理智的弦忽然断了，断得彻底。

他低头看着怀里的姑娘。

陶桃也正仰着头看他，眼神中充满了关切与担忧。

她见过他身处黑暗的样子，知道他有多害怕，所以很担心。

借着窗外的月光，程季恒看到她的眼眶还是红的，一定是刚才在楼下哭过了。

是他把她弄哭的。

今天中午也是，他把她弄哭了。

他觉得自己该死。

他的神色中隐藏了太多情绪，陶桃看不懂，只当他是在害怕。

她想安抚他，缓解他的恐惧感。

犹豫了一下，她轻声喊了一声："程小熊。"

简简单单的三个字，却有着千钧重的力量，蛊惑的力量。

那一刻，程季恒的克制力也分崩离析了，内心的火山彻底爆发，他却越发冷静。

他知道自己接下来要做什么，很确定。

他低头看着怀里的姑娘，面无表情地启唇："程小熊也是你能喊的？"

陶桃一怔，意识到自己好像冒犯了他，赶忙道歉："对不……"

她第三个字还没说出口，唇就被堵上了。

他双手捧着她的脸颊，用自己的唇封住了她的唇，霸道又强势地撬开她的唇齿，肆意地与她纠缠着。

他早就想干这件事了，想知道她的唇甜不甜。

现在他知道了，很甜，还很软。

他越陷越深，像是一脚踏进了温柔乡，再也出不来了。

他产生了某种欲望。

他从未对任何一个女人产生过这种热切的欲望。

他想要她，将她占为己有，克制不住地想。

欲望迭起，他将她压在床上，将双手撑在她身体的两侧，目光灼灼地看着她，呼吸急促又灼热，嗓音嘶哑至极："你跟了我吧。"

在被亲吻的那一刻，陶桃就无法正常思考了，脑子里混乱得像是炸开了一团烟花，声势浩大，明亮刺目，炸得她头晕目眩。

她看着压在她身上的程季恒，目光中除了茫然，还有惊慌失措。

她不是个什么都不懂的小孩子了，完全能明白他的意思，他的身体也说明了一切。

她的心脏开始加速跳动，并且很有力度，整个胸膛都快被炸开了，呼吸也开始变得急促，她感觉很热，像是谁在她的身体里放了一把火。

他刚才吻她的时候，并没有单纯地亲吻。

夏天，她穿得很少，他的每一个动作都在撩拨着她的神经，令她浑身发颤，如同触电了一般。

她没有经历过这种事情，一时间竟然不知道自己的反应对不对，甚至不知道接下来该怎么办。

她很惊慌，像是一只被猎人抓到的兔子，瑟瑟发抖，不知所措，完全不知道该怎么回答他的问题。

四目相对，她依然很紧张，紧张到眼眶发热。

程季恒僵了一下，既然她不愿意，那就算了吧。

他不想再弄哭她了。

他拼命找回了点儿理智，强压着那股冲动，跟她说了句："对不起。"

然而在他准备起身的时候，陶桃忽然抱住了他的脖子。她也不知道自

· 196 ·

己为什么抱他，这完全是下意识的动作。

她只知道，自己不想让他离开。

两个人身体紧贴，她感觉到自己浑身发烫，并且是由内向外地发烫。

她在心里问了自己一遍：愿意跟他吗？

答案是愿意，她愿意跟他。

确定了自己的心意后，她鼓足勇气，主动将唇印在了他的唇上。

程季恒最后的那点儿理智顷刻间消失殆尽，他重新将她压在床上。

他不想管什么东辅和云山、现实与幻境了，现在只想要这颗桃子。他要把她从高高的枝头摘下，捧在手心里，不让任何人抢走。

对陶桃而言，初尝人事的滋味并不好受。

二十岁的姑娘，刚刚成熟，就被摘走了。

她上学的时候看过不少言情小说，小说里面描写的男欢女爱都很美好。单是透过单纯的文字描写，她都能感受到那种飘飘欲仙的感觉。

但现实并非如此，除了疼，她没什么别的感受。

直到最后，她才体会到了些许奇妙的愉悦感，但这种愉悦感中依旧夹杂着疼痛。

整个过程持续了很长时间，结束的时候，她已经累成了一摊泥，身体像是被抽空了，四肢百骸如同被灌入了烟，整个人轻飘绵软，虚弱无力。

他躺在她的身边。

黑暗中，她看不清他的神色，只能听到他还未平复的呼吸声。

缓了一会儿，她恢复了一些体力，想去拉他的手，然而她的指尖才触碰到他的手背，他就把她的手臂抽走了。

陶桃的手僵了一下，下一秒，她就被他抱进了怀里。

"以后不准去找苏晏，也不准去找别人。"这是缠绵过后，程季恒对她说的第一句话。之后，程季恒又斩钉截铁地宣告主权，"你是我的。"

他也不知道自己为什么会对这颗傻桃子有这么强的占有欲，强到可以让他失去理智，让他无法自控。

陶桃没想到他会突然提起苏晏。所以，程季恒真的是因为苏晏来找她才吃醋生气了吗？

她不禁有些窃喜，像是终于吃到了糖果的孩子，但也能感觉出来他现在是在秋后算账，小声回答："我没去找苏晏，今天是他来找的我。"

程季恒："为什么不直接拒绝他？"

陶桃知道他在问什么，却摆出了一副什么都不知道的样子："什么？"

程季恒看出来了她在揣着明白装糊涂，装得还挺像，差点儿就把他逗笑了。

他强忍笑意，板着脸说道："真不明白？"

陶桃继续装："真的不明白。"

程季恒淡淡地说道："行，那我就让你明白明白。"他边说边翻身，再次压在了她身上，作势要罚她。

陶桃吓坏了，忙不迭地说道："我明白了！"

程季恒将双手撑在她身体的两侧，居高临下地看着她，咬字轻慢："这么快就明白了？"

陶桃点了点头。

程季恒目不转睛地看着身下的姑娘，她的鼻尖和脸颊上还带着温存后残留的潮红，双眸水润迷离，十分迷人。

成熟的桃子更加诱人，他立刻回想到了刚才吃桃子的滋味。

她很软，又很娇柔，随便一阵战栗一声呢喃就能轻而易举地激发他的占有欲，令他欲罢不能。

他的嗓子再次开始发干，喉结上下滑动了一下，他再次开口，嗓音粗哑："说吧，明白什么了？"

陶桃感觉到了危险的气息，立即老老实实地交代："我本来打算回家后用微信拒绝他。"

程季恒并不满意这个答案："为什么不直接拒绝？"

陶桃："那多伤人呀。"

程季恒气极反笑，冷冷地说道："你还挺替他着想的。"

陶桃有点儿忐忑，有点儿不安，又无法反驳，只能选择不说话，默默地垂下了眼皮。

她这副样子，看起来特别软，程季恒无法自控地想欺负她："再来一次吧。"

陶桃抿了抿唇，犹豫片刻，抬眸看着他，怯生生地问道："你明天还走吗？"

这个问题她已经憋在心里一个晚上了。

她不想让他走。

看着她目光中的期待，程季恒忽然特别愧疚。

明天可以不走，但是几天后他还是要走。

他最多能再陪她一个星期。

一个星期后，集团要召开股东大会，投票推选出新任董事长，他必须回去参加。

他不想让她难过,可不得不跟她说实话:"明天可以不走,但是家里有事需要我回去处理,一个星期之后必须走。"

陶桃神色黯然,可心头还是有点儿期待——或许他可以带她一起回去呢?

她既然已经跟了他,就愿意跟着他去任何地方。

她在云山已经没什么牵挂了,只要能跟他在一起,去哪儿都行。

虽然主动提出这件事情很不好意思,但她还是鼓足勇气问道:"你能……能带我一起回——"

"不能!"

程季恒直接打断她的话,他的语气斩钉截铁,毫无商量的余地,神色也是前所未有的严肃。

陶桃浑身一僵,满心的期待瞬间被冻结。

他不愿意带她回家,是因为不喜欢她吗?今晚发生的这一切,又是她一厢情愿吗?所以,他还是会离开她,她又要被抛弃了吗?

一颗心瞬间跌至谷底,陶桃心里难受极了,再次红了眼眶,同时开始自我怀疑,感觉自己是一个特别差劲的人,不然为什么所有人都要离开她?

爸爸妈妈为了救别的孩子放弃了她。

奶奶不跟她打一声招呼就走了。

她喜欢了苏晏许多年,他却不愿意回头看她一眼。

现在她爱上了程季恒,想跟他回家,他却不愿意带她回家。

她感觉自己特别讨人厌。

程季恒意识到,自己又伤她心了,自责又心疼,一边给她擦眼泪一边语速极快地解释道:"我不是不想带你回去,是我现在不能带你回去,等我把家里的事情处理好,就回来带你走。我发誓,我一定会回来!"

陶桃没有说话,还是在哭,不是不相信他,只是真的很害怕。

如果他走了之后再也不回来了,她就又被抛弃了。

她不想再被抛弃了,她想有个安稳的家。

程季恒心疼又焦急。他知道她在害怕什么,可又不知道该怎么做才能彻底打消她心头的惶恐与不安。

忽然间,他想到了一件事,忙不迭地开口道:"周末去云山寺吧。"

陶桃齉着鼻子问:"去干吗?"

程季恒:"去挂把锁。"

对云山本地人而言,在月老树上挂锁比去民政局领证还要重要——男女两个人只有系了结发扣,加上同心锁,再挂在月老树上,这段姻缘才会被认可,这是一种信仰,也是一种传统。

陶桃瞬间止住了眼泪,不敢相信地问道:"真的吗?"

程季恒神色认真,语气坚定:"真的。"

陶桃泪眼模糊地盯着他看了一会儿,确认他没有骗她,终于破涕为笑。程季恒长舒了一口气,低头咬住了她的唇。

面对这颗傻桃子的时候,他总是情不自禁地想保护她,想占有她,想为她遮风挡雨,成为她永远的依靠。

陶桃真的很喜欢他,但有点儿承受不了他。

她抱住他,犹豫了一会儿,断断续续地说道:"你能……能把那个变小点儿吗?"

她想,它既然能变大,应该就能变小吧。

程季恒动作一顿,哭笑不得:"我怎么把它变小?"

陶桃瞬间脸红不已。

每每看到她脸红的模样,程季恒都会心痒,忍不住想去欺负她,故意问道:"你不是早就见过它了吗?"

他指的是在他昏迷期间,她给他擦身体的事情。

陶桃的脸更红了,她确实早就见过它了。

虽然没见过别的男人的那个东西长什么样,但他的那个的尺寸确实很惊人,那个时候她就有点儿惊讶。但她绝对不能承认:"我没有!我……我……我一直闭着眼睛!"

程季恒挑眉:"闭着眼怎么擦?凭手感摸?"

陶桃那个时候会有意避开他的那个部位,不过也有一两次不小心碰到过,但真的只是不小心,不是故意的。

记忆不断在脑海中涌现,她脸红得都要滴血了:"我没有!"

程季恒:"真没有?"

陶桃:"真没有!"

程季恒:"现在试试?"

陶桃:"我不要!"

程季恒:"那就做完这次再试。"

陶桃:"……"

第九章
那就让我烂穿心

一周的时间过得很快。

对陶桃而言,这一周过得比她人生中之前的任何一个星期都快,似乎一眨眼就到了周末。

她想让他陪她去云山寺系结发扣,又不想让他离开。

周日她休息,两个人早早就起了床。更准确地说,是程季恒早早就起了床,做好早饭后,再喊她起床。

现在喊她起床,他也不用敲门了,可以毫无顾忌地走进卧室,然后趴在床上,伸出手轻轻地戳她的脸颊,同时柔声喊道:"桃子,起床了。"

姑娘的脸颊白白嫩嫩,还透着一抹淡淡的粉色,像极了一颗水蜜桃,诱人又甜美,而且胶原蛋白丰富,戳起来很有弹性,所以程季恒很喜欢戳她的脸颊。

他还喜欢亲吻她的脸颊,更喜欢看她脸上的那抹淡粉色变成潮红色的模样。

陶桃真的很困,并且是又累又困,因为他昨晚又把她折腾到深夜。

相比起第一次的手忙脚乱和不知所措,后面几次,他们俩都有了经验,她也不再像第一次那样疼了,终于体会到了书上写的那种欲罢不能的美妙感受。

她很喜欢他给她带来的这种感觉,也只愿意跟他做这件事情。但他们俩的体力悬殊实在是太大了,他像不知道累似的,仿若一头怎么都喂不饱的饿狼,每天晚上都会把她折腾到筋疲力尽。

本就是早起困难户的她,现在起床越发困难了。

她听到了程季恒在喊她,也感觉到了他在戳她的脸,可就是不想睁开眼睛,索性一拉被子把头蒙了起来。

程季恒无奈一笑,虽然也想让她多睡一会儿,但是今天不行。

"不去云山寺了?"他笑着问。

陶桃瞬间睁开了眼睛,猛地掀开被子:"去!"

他眼中的笑意更深了:"你就这么想嫁给我?"

陶桃这才意识到自己反应过激了,顿时有点儿不好意思,小声反驳:"我才没有呢。"

程季恒不依不饶:"不想嫁给我为什么要和我去云山寺?"

陶桃无话可说——她确实想嫁给他。

程季恒轻轻地捏了捏她的脸颊:"想嫁给我就赶快起床,早起的鸟儿有虫吃。"

陶桃故意耍赖:"那我要当虫子。"

程季恒挑眉,狠狠地说道:"想被鸟吃?"

陶桃一愣,二话不说立即起床。

吃完早饭,两个人从家里出发,去了云山。

周末的云山依旧是人头攒动。

走到山脚下,陶桃忽然放慢了脚步,慢到几乎停下,微微蹙眉,神色中尽显犹豫,似乎想说些什么,又不知道该怎么开口。

程季恒看出了她是有事想对他说,主动询问道:"怎么了?"

陶桃欲言又止,又纠结了一会儿,终于鼓起勇气说道:"要把老婆从山下背上去才算数。"

她的声音很小,她说完这话后,脸也变红了。

想要娶老婆,就必须把老婆背到山顶,这是当地的规矩,她上次来的时候,没有告诉他。

云山很高,爬起来不是一般的累。

虽然他上次背过她,但是从半山腰开始的,这次则需要从山脚就开始。

她觉得这个要求有点儿过分,很担心他会拒绝,可这是当地的习俗,她又不想违背——万一月老觉得他们不够诚心,不算数了怎么办?

程季恒毫不犹豫地转过身,背向着她弯腰半蹲:"上来。"

陶桃心尖一颤,惊喜又感动,但是紧接着开始心疼,忽然不想让他背她了。

他能有这份心就够了,她已经心满意足。

而且月老应该是明事理的吧,在树上挂把锁而已,总不至于把人累死吧?

于是她又忙不迭地说道:"要不我们一起爬上去吧,或者你把我背到缆车上,现在好多人都是这么干的。"

程季恒耐心地听完了她的话,却并没有起身,温声催促道:"快点儿上来。"

陶桃还是有点儿犹豫:"你……行吗?"

云山实在是太高了,她怕他撑不住。

程季恒回头看着她,话里有话地问:"我行不行你不知道吗?"

陶桃脸红了,没再犹豫,跳上了他的后背,环住了他的脖子。

程季恒牢牢地抱住她的双腿,稳稳起身,步伐坚定地朝直冲云霄的石阶走了上去。

陶桃将脑袋倚在他的右肩,心里像是吃了蜜一样甜,唇角一直扬着。

她感觉自己很幸福。

在他背着她登上第一节台阶时,她轻声问了句:"你愿意背我一辈子吗?"

程季恒不假思索,语气坚定:"愿意。"

他愿意当她一辈子的依靠,至死不渝。

陶桃抱紧了他,将唇凑近他的耳畔,第一次对他告白:"我爱你。"顿了一下,她补充道,"你就是我的全世界。"

她的声音不大,很温柔,带着浓浓的爱意,又很有力度,直击程季恒的心房。

爱情这种东西听起来实在是太美好了,而他并不相信世界上存在真正美好的东西。所以他从不相信爱情,也一直没有将自己对这颗傻桃子的感情归结于爱情,只认为是自己的占有欲过盛,想独占她而已。

但此时,他感觉心中的某块地方变得柔软了,鬼使神差地开口:"我也爱你。"

为了让她安心,他一直将她背到那棵月老树前。

"现在算数了吧?"这是他将她放到地上后,对她说的第一句话,语气中没有埋怨,只有温柔。

只要是能让她开心的事，他都愿意去做，并且心甘情愿。

陶桃的心尖狠狠一颤，看着他满头满脸的汗水和几乎湿透了的上衣，她鼻子一酸。

她想，这辈子不会有第二个男人对她这么好了。

她吸了吸微微发酸的鼻子，重重点头："算数了！"

她这副乖巧听话的模样，看起来软到了极点，又勾得程季恒心里痒痒的，忍不住地想欺负她："那你喊声老公让我听听。"

陶桃脸红了，羞得不行："你正经点儿，别在寺庙里胡说八道！"

程季恒理直气壮："我怎么不正经了？"随即，他又叹了一口气，敛目低眉，无力启唇，"我只是想让你喊我一声老公而已，可能这个要求真的过分了吧，你不愿意，我也可以理解，你没有必要那么在乎我，我不会难过的。"

他又摆出一副人畜无害的嘴脸，又用了一种可怜弱小又无助的语气，嘴上说着不难过，却摆出一副黯然神伤的样子，一股浓郁的白莲气息扑面而来。

陶桃看出了他又在演，但就是毫无抵抗力，甚至觉得自己特别对不起他，赶忙安抚道："我没有不在乎你，我特别特别在乎你！"

程季恒依旧保持一副黯然神伤的样子，轻叹一口气："可你还是不愿意喊我老公。"

"……"

他可真是会磨人。

陶桃也不是不愿意喊，只是在大庭广众之下不好意思而已，而且这里是寺庙，总觉得那样不太正经，只好跟他商量："回家喊好不好？"

程季恒不买账："不行。"

陶桃无奈，脸都红成熟透了的苹果了："这儿人多……"

她越是这样，程季恒越想让她喊。他就是喜欢欺负她，喜欢看她脸红的模样。

"原来你担心我会丢你的人？"他再次摆出一副黯然神伤的嘴脸，语气中既有失落，又夹杂着幽怨，"果然是这样，你得到了我就不知道珍惜了。"

陶桃哭笑不得，这回彻底看明白了，要是不喊他一声老公，这人会继续跟她耍无赖。

红着脸纠结了一会儿，她踮起脚尖，声音小小地在他的耳边喊了一声：

"老公。"喊完之后,她的脸更红更烫了,心跳也开始加速。

她从未对任何人喊出过这种亲昵的称呼。

虽然她的声音不大,但程季恒听得一清二楚,不过并不是很满意,一本正经地点评:"声音有点儿小,晚上再练练。"

陶桃又羞又气:"去你的!"

程季恒得意一笑,之后没再继续欺负她,而是问道:"去哪儿买锁?"

今天他们俩来云山寺的目的就是系结发扣,挂同心锁。

陶桃回道:"在月老祠。"

月老祠在云山寺的正殿后方。

今天是周末,来月老祠求姻缘的香客不少。

制作结发扣的地方在月老祠的偏殿,陶桃和程季恒走进偏殿的时候,里面还有两对来系结发扣的情侣。

结发扣的制作流程很简单,很快就能做好,但偏殿里只有一位做结发扣的师傅,所以他们俩还需要再等一会儿。

在等待的过程中,他们先去卖银饰的地方买了一把锁。

锁有很多种,但造型基本一样,只是背面刻的图案不同。卖得最好的是刻有"鸳鸯并蒂""凤戏牡丹""莲花童子"这三种图案的锁。

"鸳鸯并蒂""凤戏牡丹"寓意夫妻恩爱,"莲花童子"寓意早生贵子。

陶桃想买"鸳鸯并蒂"锁,不过也很喜欢"莲花童子"锁,因为那个站在莲叶上的小童子特别可爱,穿个兜肚,小肚子圆鼓鼓的,四肢如藕节般白胖,像极了面团子。

放下那把刻有"鸳鸯并蒂"的小锁之后,她又情不自禁地拿起了刻有"莲花童子"图案的小锁。

正看得投入,程季恒的声音忽然飘进她的耳朵里:"这么快就想给我生孩子了?"他坏笑着问道,语气中还带着得意。

陶桃的脸颊一热,她赶紧把"莲花童子"锁放在柜台上,气呼呼地看着他:"我才没呢!"

程季恒不置可否,拿起那把"莲花童子"锁,对柜台后的工作人员说道:"我们要这个。"

陶桃又急又羞:"不要这个!"

程季恒:"就要这个。"他转头看向陶桃,做计划一般,认真地说道,"今年结婚,明年就要孩子。"

陶桃的脸都快红透了,她小声反驳道:"谁要给你生孩子?"

· 205 ·

程季恒:"当然是我老婆给我生,我还能去找别人生吗?"

陶桃瞪着他:"不能!"

程季恒志得意满:"那不得了,还是得你给我生。"

陶桃:"……"

你这朵白莲花的逻辑思维和辩论能力真不是一般地好。

她说不过程季恒,最后两个人还是买了"莲花童子"锁。选好锁后,两个人去找负责在锁上刻字的老师傅,并把名字写在了红纸上。

字是程季恒写的。

陶桃之前从来没有看过他写字,这是第一次。

他的笔锋洒脱苍劲却不犀利,而是带着几分温柔,陶桃被惊艳到了。

那一刻,陶桃忽然想到了欧阳询《用笔论》中的一句词:"徘徊俯仰,容与风流,刚则铁画,媚若银钩。"

她没想到他的字竟然写得这么好看。

此前,在她心里,只有两个人的字迹特别好看,一个是她的爸爸,另一个是苏晏。

苏晏送她的那本书,她一直留着。苏晏在扉页上写的那几句祝福语,她曾临摹过多遍,不只是因为那个时候她喜欢他,也是因为他的字迹矫若惊龙。

现在,她心中的"书法家"排行榜上又多出了一位程姓选手。

程季恒写好他们两个人的名字之后,陶桃还特意拿起来仔细看了一遍,越看越喜欢,不只是喜欢他的字,更喜欢他们两个人的名字被并列写在一起的样子。

她忽然不想把这张红纸交出去了,想自己留着。

犹豫了一下,她有点儿不好意思地对他说道:"你能再写一张吗?这张我想留着当书签。"

程季恒的神色间满是纵容,他回道:"行。"

桌角上放着一个木盒子,盒子里放着厚厚一叠红纸,以供写名者用,程季恒又从那个盒子里拿了一张纸。再次写好之后,他像个刚学会写字的小孩儿似的,满怀期待地看着陶桃:"我写的字好不好看?"

陶桃忍笑,十分配合地点头:"超级好看!"

程季恒:"是不是最好看的?"

陶桃犹豫了一下,然后才点了点头:"嗯!"

程季恒捕捉到了她眼中的迟疑,突然想起一件事:她曾当着自己的面由衷地夸奖过苏晏的字写得好看,还说曾临摹过好多遍苏晏写给她的破祝福。

程季恒的好心情忽然被破坏了,他神色淡淡地看着她,故作漫不经心地问:"我写字好看还是苏晏写字好看?"

陶桃哭笑不得。

他怎么跟争宠的小孩儿一样?

但她还能怎么办?只能宠着他,不然醋坛子翻了她可收拾不了。

"你!你!你写字最好看!"陶桃斩钉截铁。

程季恒:"真的?"

陶桃:"真的!骗你是小狗!"

程季恒:"行,那你今天回家后就模仿我的字迹写一百遍我的名字。"

陶桃:"……"

我不要!

程季恒垂眸看着她,眼神别有深意,少顷后,将唇附在她的耳畔,悄声说了句什么。陶桃羞得不行,脸越来越红,最后红得都快滴出血了。

言毕,程季恒轻轻捏了捏她的脸颊:"说好了啊。"

陶桃打了一下他的手:"谁跟你说好了?!"

程季恒:"那你就把我的名字写一百遍。"

陶桃气急败坏:"为什么?"

程季恒狠狠地启唇:"罚你当着我的面想苏晏。"

陶桃:"……"

你这朵白莲花是在醋缸里长大的吧?

虽然不服气,但她确实有点儿理亏。

对比两项惩罚之后,她选择把他的名字写一百遍,因为另外一项太危险了,八成会被折腾,而且时间还会很长。

"我选写一百遍你的名字。"陶桃回道。

程季恒:"照着我的笔迹临摹一百遍。"顿了一下,他补充道,"以后写字的时候不准想苏晏,只能想我。"

程季恒要把苏晏在她的世界里留下的痕迹全部更新覆盖,让她以后无论做什么事情都只能想程季恒。

他这醋劲儿可真大。陶桃又无奈又想笑:"知道啦。"

写完名字之后,他们两个将红纸交给了负责在锁上刻字的老师傅。

老师傅技艺精湛,不仅刻得快,还能完全按照书写者的字迹将两个人的名字刻在小锁上。

纵然这位老师傅已经在这座月老祠中刻了多年的字，见过无数人的笔迹，但是当陶桃将写有两个人名字的红纸交给他的时候，他还是不禁感慨了一句："哎哟，这字写得真好看！"

那一刻陶桃超级开心，还有点儿自豪，就好像被夸奖的人是她自己一样。

不到二十分钟，师傅就将二人的名字刻好了，随后他们俩拿着锁回到了制作结发扣的地方。

结发扣取"结发夫妻"之意，所以做结发扣最基本的材料是男女两个人的头发。

月老祠里的老师傅们都很有心，剪头发用的剪刀上都缠着红线，看起来喜庆极了。

老师傅取了陶桃和程季恒各一缕头发，在为他们剪发的时候，口中还念念有词："结发为夫妻，恩爱两不疑。"

取完头发后，老师傅将他们俩的头发编在了一起，然后在头发外缠上了一圈红线，将头发缠成了一股红绳，再将绳子一头编成扣头，另外一头编成扣圈，最后穿上刻有两个人名字的同心锁，最后将扣头套进扣圈中，结发扣就做好了。

成形的结发扣不大，像极了一个小手环，但对云山本地人而言，这件小小的结发扣却意味着一生的承诺。

陶桃从老师傅的手中接过她和程季恒的结发扣时，还有些紧张，好像接过来的不是结发扣，而是她的一生。

她从小就听奶奶讲云山寺月老树的故事。

奶奶和爷爷来到云山后，在月老树上挂过结发扣；爸爸妈妈结婚之前，也在月老树上挂过结发扣。在云山，绝大多数情侣会在结婚前在月老树上挂结发扣，这是一种仪式，也是一种传统。

每个女人在少女时代都会对未来有着浪漫憧憬，幻想自己是童话中的公主，幻想自己和王子的浪漫故事，陶桃也不例外。她在小的时候，总是会想：等她以后长大了，就让她的王子背着她上云山，两个人一起在月老树上挂结发扣，然后他们俩幸福快乐地度过一生。

到了青春期，她心中的那个人是苏晏。

而现在真正陪她一起来这里、将她从山脚背上来的人，是程季恒。

他出现得很突然，却帮她实现了她儿时的所有幻想与憧憬。

在她最孤苦无依的时候，是他牵起了她的手，对她说："别怕，还有我。"

从那一刻起，她就无法自拔地爱上了他。

所以她愿意和他成为结发夫妻，与他携手一生。

将结发扣握在手中的那一刻，她不由自主地看向程季恒，目光中带着温柔的爱意，又带着无尽的依赖。

她现在除了他，什么都没有了。

他是她想要依靠一生的男人。

程季恒读懂了她眼神中的那种期待和憧憬，握住了她的手，与她十指相扣，柔声说道："去拜月老树？"

陶桃点头："嗯。"

月老树依旧郁郁葱葱，繁茂的枝头上密密麻麻地挂满了结发扣。那些结发扣，有的颜色鲜红，一看就是刚挂上去不久的；有的变成了暗红色；有的已经随着岁月的流逝变成了黑红色，几乎和树身融为了一体。

还有些结发扣，已经看不到了，早就被人摘了下来，一把火烧成了灰。

陶桃希望自己和程季恒的结发扣能够永远挂在这棵树上。

因为寺庙禁止香客攀爬月老树，也不提供梯子或板凳，而程季恒的身高比较占优势，所以当他们走到月老树下时，她将结发扣交给程季恒，让他去挂。

在树干中等高度的位置，结发扣的数量最多，越往上数量越少。

陶桃让程季恒找一根比较粗、比较结实的树枝挂，因为山顶风大，不结实的树枝容易被吹断。

程季恒一抬手就轻松摸到了一根比较靠上的树枝，回头问陶桃："这个行吗？"

陶桃仰头观察了一下，举起手指了指靠上一点儿的一根树枝，那根看起来更结实，而且由于比较高，上面只挂了两个结发扣，看起来比较舒服："那个你能摸到吗？"

程季恒伸直手臂，摸到了那根树枝："这个吗？"

陶桃点头，两眼直放光，兴奋得像个小孩儿："对！"

程季恒笑了一下："挂上去了啊。"

陶桃再次点头："嗯！"

程季恒对比了一下她的身高和这根树枝的高度，满意地说道："你这么矮的小桃子肯定取不下来。"

"……"

好端端的你搞什么拉踩？

陶桃不服气："我才不矮呢！"

程季恒："那你也够不着。"

陶桃："……"

看着她一脸吃瘪的表情，程季恒又笑了，他就是喜欢欺负她。随后，他解开结发扣的扣结，抬起双手，将结发扣挂到了月老树的枝头。

月老树的树冠浓密，如伞盖般为树下撑起了一片浓荫，不过也有"漏网之鱼"——几缕阳光穿透枝叶间的缝隙，零零碎碎地洒了下来，程季恒抬头挂结发扣的时候，零碎的阳光落进他的眼睛里，阳光遮挡了他的视线，却让他看到了一片纯净的金光。

那一刻，他像是回到了小时候，无忧无虑、天真自由。

只有和这颗傻桃子在一起的时候，他才会有这种轻松自在的感觉。

所以，他是真的爱上了这颗桃子，还是只想独占她身上的这股能让他变得轻松的傻气与天真？

程季恒不太确定。

开始，他只是把她当成解闷的工具。因为她太傻了，他从来没见过这么傻的人，所以就想从她身上取乐，后来却越来越在乎她了，想用尽全力去呵护她，想哄她开心、逗她笑。

他也不知道到底是谁消遣了谁。

按照规矩，挂好结发扣之后，他们俩要跪在月老树前三叩首。

为了给小夫妻们提供更加舒适便捷的人性化服务，寺庙管理处特意在月老树前放了两个蒲团。

程季恒挂好结发扣之后，陶桃拉着他跪在了蒲团上。

她很虔诚地双手合十，闭着眼睛向月老树许愿。

她希望月老能认可她的姻缘，能保佑她和程季恒相爱不疑、天长地久、白头到老。

她真的特别虔诚，虔诚到眼角眉梢都透着严肃与认真。

程季恒却没有许愿，因为他压根儿就不信这种东西，今天做这一切只是为了让她开心。

只有这颗傻桃子能让他一次又一次地改变自己的原则、打破自己的底线，不然他这辈子都不会踏入寺庙大门半步。

在陶桃许愿的时候，他微微扭头，目不转睛地看着她。

刚满二十岁的姑娘，干净又清澈，粉嫩又香甜，如同一颗刚刚被摘下来的水蜜桃，他的水蜜桃。

她这副虔诚认真的模样看起来乖巧极了，程季恒没忍住在她的脸上亲了一下。

正在虔诚许愿的陶桃心头一惊，猛然睁开眼睛，气呼呼地看着他："你干吗呢？"

程季恒："亲你。"

"……"

你还挺理直气壮？

陶桃气得不行："你虔诚一点儿！"

程季恒从不信神佛，更不可能虔诚地拜佛。

母亲死后，他就更不信神佛了。

如果信仰这种东西真的有用，母亲就不会死了。

见这颗傻桃子这么投入，他只好认真起来，最起码要摆出一副虔诚的样子给她看，不然她会不高兴。

他今天陪她来，就是为了让她安心。

于是他跪直了身体，看向面前的月老树。

月老树的枝干粗壮，如华盖般的树冠上挂满了红色的结发扣，他跪在地上朝上看，竟觉得那画面十分壮观震撼。

抬眸的那一刻，他竟有些恍惚。

或许，他可以许个愿。

如果真的有用的话，他希望自己能陪她一辈子。

这个想法从脑海中冒出的那一刻，程季恒满心震惊，甚至怀疑自己疯了。

这时，陶桃认真又严肃地叮嘱道："我们现在要拜月老树，拜三次，你虔诚点儿！"

她又要求他虔诚。

程季恒盯着她看了一会儿，最后答应了她："好。"随后他陪着她一起朝月老树拜了下去。

他很虔诚，但不是对这棵树虔诚，而是对她虔诚。

他不确定自己爱不爱她，但很确定，自己在乎她。

拜完月老树，两个人就离开了云山。

到家的时候已经快下午三点了,陶桃有点儿困,想去睡觉,程季恒却不让她睡,非要让她照着他的笔迹写一百遍他的名字,不然就让她接受另外一种惩罚。

　　两种惩罚方式,一个累,另一个更累,两害相较取其轻,陶桃只能选择前者,撑着眼皮坐到了书桌前。

　　因为只有客厅有空调,所以一到夏天,陶桃就会把自己的书桌从卧室搬出来,摆到客厅的窗前。

　　在她被逼无奈地趴在书桌边写程季恒的名字的时候,程季恒搬了一张凳子坐到了她身边,亲自监督她执行惩罚任务,搞得跟教导主任监督违规乱纪的学生一样。

　　陶桃上学的时候都没有经历过这种"特殊待遇",谁知道毕业之后竟然体验了一把,气得不行,却敢怒不敢言——怕他直接执行第二项惩罚。于是她把怨气全部发泄在了写出的名字上,下笔的力气大得都快把纸穿透了。

　　陶桃虽然嘴上什么都没说,但眼角眉梢写满了"不服气"。

　　她这个样子看起来特别可爱,程季恒忍不住想欺负她:"刚才忘了告诉你,如果你抄写的内容没有达到我的标准,我还是要执行第二项惩罚。"

　　陶桃:"⋯⋯"

　　你这不是欺负人吗?

　　她忍无可忍:"为什么要按照你的标准?我抗议,你在我这里没有公信力!"

　　"抗议无效。"程季恒淡淡地说道,"谁让你当着我的面想苏晏呢?"

　　陶桃有点儿心虚,却死不承认:"我没有想他!你诬陷我!"

　　程季恒:"真没想他?"

　　陶桃面不改色:"真的没有!"

　　程季恒:"那你也要写。"

　　陶桃气急败坏:"凭什么?"

　　程季恒:"因为你撒谎。"

　　陶桃:"⋯⋯"

　　我虽然说不过你,但还是不服气!

　　她气得腮帮子都鼓起来了,看起来像极了一团又软又糯的面团,程季恒忍不住伸手捏了捏她的脸颊:"快写,写完跟我去睡觉。"

　　陶桃:"写完也不和你睡觉!"

程季恒微微眯起了双眼，语气冷然："你再说一遍？"

陶桃感觉到了危险的气息，二话不说，拿起刚才扔在书桌上的笔，开始乖乖地照着那张红纸临摹他的名字。

程季恒并不打算就这么放过她。陶桃写完一遍他的名字后，他忽然启唇，声音温柔而低沉："下笔力度不对。"

言必，他起身从凳子上站起来，走到她身后，俯身弯腰，将自己的身体贴上她的后背，同时伸出右手，将手心覆盖在她的手背上。

"我来教你。"

程季恒的声音充满磁性。

这四个字带着烫人的温度飘入她的耳中，钻入她的心田，撩拨得陶桃耳朵发红，心尖猛然一颤。刹那间，她的半个身子都软了，她下意识地扭头看向他。

首先映入陶桃眼帘的，是他那如刀削斧砍般棱角分明的下颌线，衬得他的面部轮廓格外立体。

紧接着，她看到了他的喉结。

他的脖颈白皙修长，线条性感，喉结凸出，尽显男人味。

他身上穿着一件灰黑色的圆领短袖，锁骨若隐若现，陶桃看得眼睛都快直了，甚至已经开始脑补锁骨下面的画面了。

他的胸膛宽阔、紧实，并且很温暖，她很喜欢缠绵过后趴在他的胸膛上。

他的胸膛下面是腹肌，六块，她数过，腹肌两侧还有性感的人鱼线。

再往下是……画面在脑海中闪现的那一刻陶桃屏住了呼吸，脸颊开始发烫，心跳也开始加快。

几秒钟后她才反应过来自己的思想跑偏了，非常危险，赶忙闭上眼睛，用力晃了晃脑袋，似乎是想把这种危险的思想从脑袋中甩出去。

程季恒将她的这些小动作尽收眼底。

他很满意她的反应，却什么都没有做，只是握紧她的手，手把手地教她写字。

陶桃已经无心写字。两个人的身体紧挨着，她能够清清楚楚地感受到他的体温，甚至能听到他强而有力的心跳声。此时，他的呼吸声对她而言都是一种诱惑，诱惑她分神，诱惑她胡思乱想，诱惑她思想跑偏。

她想和他睡觉，不仅是心里想，身体也想。

她想要他，甚至有点儿迫不及待。

由于以前从来没有产生过这种想法，所以此时她又觉得有些羞耻。

她的手在纸上移动，她却完全没有用力，全靠程季恒带着她写。

纠结了好长时间，她决定主动一次，低着头，小声问道："你想去睡觉吗？"

她的脸已经红到耳根了。

程季恒能感受到她的躁动。那一刻，他快疯了，恨不得直接把她摁在桌子上，但还没欺负够她，便拼命控制所剩无几的理智，故作淡定地回答："我不困。"

陶桃："……"

你真的只能理解到字面意思吗？

她咬了咬唇，补充了一句："我是说和我去睡觉。"

这次她的声音更小了，跟蚊子嗡嗡似的。

程季恒的喉结上下滚动了一下，他用微微泛哑的嗓音问道："你困了？"

陶桃点头："嗯……"

程季恒："有多困？"

陶桃："特别困……"

程季恒漫不经心："刚才不是说不想和我睡觉吗？"

陶桃低低地垂着头，像个犯了错的小孩儿："现在想了。"

她的脸颊绯红，像一颗熟透了的苹果，还是很甜的那种。

程季恒现在特别想把她弄哭："有多想？"

陶桃的脸红得都快滴出血了，她根本不知道该怎么回答这个问题，羞耻又急切，用两只手紧紧地攥着睡裙的裙摆。纠结了好一会儿，她抬起头，可怜巴巴地看着他："求求你了。"

程季恒瞬间受不了了，直接把她从凳子上抱起来摁倒在沙发上，嗓音粗哑、咬牙切齿："以后你要是敢这么对别的男人，我饶不了你！"

陶桃用膝盖抵着他的身体："拉窗帘！"

程季恒深吸了一口气，起身将客厅的窗帘拉了起来。

窗帘是深蓝色的，十分遮光。

阳光被挡在窗帘外，房间内瞬间昏暗了下来。

这个老式沙发很窄，还是木质的，随便一动就嘎吱作响，四条沙发腿更是像要散架似的，而且客厅没有计生用品，程季恒便将陶桃抱回了卧室。

除了第一次，之后的每一次他们都会采取安全措施。

可能是因为分离在即,这次两个人都比较激动,卧室里一直荡漾着旖旎春色,许久之后才归于平静。

温存过后,陶桃再一次趴在他的胸膛上,浑身绵软无力,像极了一只身体柔软的小狐狸。

程季恒一手枕在脑后,一手搭在她的后背上,看向她的目光中带着痞劲儿,又带着宠溺。

陶桃看到他在坏笑,没好气地质问:"你笑什么?"

程季恒的笑意更深:"我一直以为你是个老实人。"

陶桃又气又羞:"我本来就是个老实人!"

程季恒将手伸到她的耳畔,轻轻地捏着她的耳垂:"我喜欢你不老实的样子。"顿了一下,他补充道,"特别喜欢。"

她平时乖乖巧巧软软糯糯的,像极了一只小猫咪。

直到刚才他才发现,她也可以是一只魅惑力十足的小狐狸。

只有在他面前的时候,她才会变成狐狸,只对他表现出野性的那一面,只对他释放诱人的魅力,这让他很高兴。

她是他的女人,他一个人的。

陶桃的脸红了,她也不知道自己刚才怎么了。

刚刚,她的心里满满的都是对他的爱,甚至已经溢出了心房,通过血液灌输到了四肢百骸,再一想到他明天就要走了,她就完全失控了,根本无法控制自己的行为,只是想要他。

她还能感觉到,他也疯狂地爱着她。所以在被他取悦的同时,她也想尽力地取悦他。

抿唇犹豫了一会儿,陶桃抬眸看着他,认真又严肃地说道:"你不能找别的女人做这种事。"

程季恒:"不找,只找你。"

陶桃:"……"

这可真是简单粗暴的保证。

她无奈:"你就不能正经点儿?"

程季恒挑眉,理直气壮:"我怎么不正经了?"

陶桃:"流氓!"

程季恒:"我能对别的女人耍流氓吗?"

陶桃气呼呼:"不能!"

程季恒伸手捏了捏她的脸:"那不得了?我只能对你耍流氓,你还不让我要，是不是太没人性了？"

陶桃又气又笑："你就会狡辩！"话音刚落，她忽然鼻子痒痒，没忍住打了一个喷嚏。

客厅的空调还开着，卧室的门也没关，冷风吹进了卧室。

刚做完的时候，她热得满身是汗，现在缓了一会儿，热气消散，但汗还没干，被冷风一吹，就有点儿冷了。

程季恒赶忙打开被子，将她包裹严实，然后抱着她轻轻翻了个身，让她躺在床上，这样他能完完全全地将她揽在怀里。

陶桃缩在他的怀里，只从被子里露出一张小脸，目不转睛地看着他，目光中带着几分不舍，又带着几分期待："你什么时候能回来？"

程季恒："最多两个月。"

"哦……"她觉得两月的时间很长，不过他用了"最多"这两个字，说明他有可能在两个月之内回来。想到这儿，她稍微安心了一些，但还是有点儿舍不得和他分开。

她一点儿也不想让他离开。

犹豫了一下，陶桃没忍住说了句："你尽量早点儿回来。"

"嗯。"虽然答应了她，但程季恒也不确定到底能不能在两个月之内回来，只能尽量将时间压缩到两个月。

程吴川就是个彻头彻尾的废物，并且是一个没有自知之明的废物，身边还有个唯恐天下不乱的柏丽清，所以程季恒不用想都知道，无论是程氏集团还是程家，绝对都有一笔烂账。

程羽依虽然也不是一个省油的灯，但是跟程吴川和柏丽清比起来，程季恒这个好姐姐简直是个善解人意的天使，基本没有给程季恒添过麻烦。

一想到东辅，他就头疼，但是不得不回去。

他等了这么多年，不就是在等这个机会吗？所以无论多么舍不得，他还是要暂时离开这颗傻桃子。

为了让她安心，他向她保证："我一定会回来，你乖乖在云山等我。"

陶桃知道自己无法改变什么，只能答应他："好。"可她又忍不住问了一句，"你家在哪儿？"

程季恒还是那个答案："西辅。"

陶桃追问："西辅哪里？"

她从来没听他说过他的家乡，一次都没有。

而且，他不愿意带她回家。

虽然她能感受到他对她的爱，可还是很害怕他走了就再也不回来了。

她现在除了他什么都没有了。如果连他也不要她了，她就真的什么都没有了。而且，她根本不知道该怎么承受再一次被抛弃的痛苦。

程季恒知道她想要一个具体的地址，那样她才能安心，但是他不能跟她说实话。

在事情处理好之前，他不能让她去东辅。

"西辅市东山区水库路36号。"他去过西辅几次，凭借记忆，随便跟她说了个地址。

"哦。"陶桃安心了不少，将这个地址牢记在心中。

程季恒担心这个小傻子真的会去西辅找他，又严肃地叮嘱道："不要去找我，我家里的情况比较复杂，现在不能带你回去。"犹豫了一下，他还是不放心地对她说了句，"你去了可能会有危险。"

陶桃一怔，忽然想起他从昏迷中清醒的时候对她说的第一句话"你是谁派来的？"，后面好像还跟了两个人的名字，但她没记住。

她不知道这意味着什么，但她预感到他会有危险，瞬间担心起来，不安地看着他："什么危险？"她越想越害怕，脱口而出，"我想和你一起回去。"

她想一直陪着他，哪怕是有危险。她愿意和他一同面对一切。

程季恒语气坚定："不行！"

陶桃："可是……我害怕。"她怕他再也回不来了。

程季恒后悔跟她说那么多了，在她的额头上亲一下，温声安抚道："放心吧，我肯定不会有事，别胡思乱想，老老实实地在云山等我回来。"

陶桃："你要是不回来呢？"

他不可能不回来，既然要了这颗傻桃子，就会保护她一辈子。

但为了让她放心，程季恒发了个毒誓："那就让我烂穿心。"

周一，为了去高铁站送程季恒，陶桃请了半天的假。

他买了上午十点从云山开往西辅的高铁票。

云山虽然只是个小县城，但旅游业发达，高铁站客流量很大，尤其是节假日期间，人头攒动。

两个人抵达高铁站的时候才九点半，但里面已是人山人海。

互联网自助取票厅在进站口旁边，里面排队取票的人很多，程季恒让陶桃站在门口等他一会儿,他一个人去取票。

取票厅不大,人多了更显拥挤,他走进去之后环顾一周,在最里侧的那台取票机旁看到了一位身穿灰色西装的年轻男人。

男人身形修长,气质卓然,站在这方拥挤的小空间,十分惹人注目。

他手上还提着一个黑色的箱子。

程季恒直接朝他走了过去,开门见山:"票给我。"

季疏白给了他两张浅蓝色的高铁票,又给了他两张身份证。

票一真一假,身份证也是一真一假。

真身份证是季疏白的,真高铁票是用季疏白的身份证买的。

假身份证和假高铁票是程季恒的,准确来说是程季恒用来给陶桃看的。

程季恒现在还不能用自己的身份证买票,怕被柏丽清发现自己的行踪,而且程季恒的身份证上显示的是东辅户籍,被傻桃子发现了不好解释,所以只能找季疏白帮忙。

"多谢。"程季恒说道。

季疏白:"我在一楼等你。"进站口在一楼,出站口和停车场在二楼。他又提醒了一句,"尽量快点儿,你必须在两点之前赶回去。"

今天下午两点,柏丽清就要召开股东大会,投票选举出新任董事长。

季疏白怎么也没想到,程季恒竟然能一直拖到今天上午才走。

可想而知,那个小傻子在程季恒心里的位置确实不一般。

程季恒面不改色:"我知道。"

拿到票后,他就离开了取票厅。

陶桃一直乖乖地站在外面等他,手里还拎着他的行李袋。趁他取票的时候,她还悄悄地把自己的照片塞了进去。

她想让他一直想着她、每天都能看看她。

她怕他把她忘了。

程季恒出来之后,从她手上接过了行李袋。虽然很放不下这颗傻桃子,但他不得不暂时离开她。

轻叹了一口气,他抬起右手,轻轻地捧住她的脸颊,柔声叮嘱:"乖一点儿,等我回来。"

"嗯。"其实陶桃很难过,一点儿也不想让他走,更想和他一起走,但是他不同意。她也无力改变什么,只能接受现实,又叮嘱了他一句,"你要给我打电话!每天都要打!最好是微信视频!"

他不在她身边,她每天能听听他的声音也是好的。

程季恒能感觉到她对他的依赖,也很想每天都给她打电话,但是……他做不到。

他不能跟她联系,不然他会分心,也不敢跟她联系,怕柏丽清或者其他人发现她。

今天下午,他就会和柏丽清正面交锋,到时候她就会明白自己这段时间一直在装死骗她。

柏丽清一定会派人调查他这段时间做了什么,所以他必须和陶桃断绝联系。

而且程吴川可不止有一个情妇和一个私生子,这些人没有一个是省油的灯,虽然手段比不过柏丽清狠毒,但也给程季恒制造了不少麻烦。

"我……尽量。"他不想让她难过,也不想让她害怕,只能委婉地告诉她他的处境,"家里的情况很复杂,到时候我会很忙,如果我没有联系你,你也不要胡思乱想。"他再次跟她保证,"我一定会回来!"

陶桃有些失望,也有点儿不安,她想象不出来他到底能有多忙才会一个电话都不能给她打。

"那……两天打一个好不好?"她小心翼翼地观察着他的脸色,生怕他会再次拒绝自己,又立即改口,"三天!三天打一个好不好?"

她的神色中带上了几分哀求。

程季恒还是那个回答:"我尽量。"

陶桃的神色黯然,心也跟着沉了下来,不知道为什么,她忽然很惶恐,很怕他不要她了,再也不回来了。

她很想哭,更不想让他走了。可是她无能为力,强忍着才没让自己哭出来,轻轻点了点头:"嗯。"

"我一定会回来。"程季恒再一次跟她保证,"你等我,一定要等我。"

陶桃还是选择了相信他,点了点头:"好。"她知道,分离的时刻到了,眼睛和鼻子都止不住地泛酸,但极力克制,不让自己哭出来。她不想让他觉得自己是一个只会哭哭啼啼的人,害怕他会觉得她烦人。

更重要的是,她想在离别前,给他留下一个好印象,让他记得自己最漂亮的样子。

她拼命地控制自己的情绪,朝他笑了一下,柔声嘱咐:"你要早点儿回来。"

程季恒:"嗯。"

最后，他将她拥入怀中，在她的额头上吻了一下，然后走进了车站。

现在高铁站全是自助检票机，排队的时候，程季恒不动声色地将手中的假票换成了真票，用季疏白的身份证进了站。

陶桃一直站在检票口外，目送着他过了安检才离开。

确定她已经走远了之后，程季恒又出了站，乘电梯到一楼。季疏白正在一楼等他。

两个人会合后，季疏白将手中的箱子交给程季恒，程季恒则拎着箱子去了卫生间。

箱子里装的是他的衣服，一套深灰色的西装、一件白衬衫、一条领带和一双黑色皮鞋。

从这里开车回东辅至少也得三个小时，会议两点开始，到了东辅，程季恒必须直接去公司，根本没时间回家换衣服。

他已经将近两个月没穿正装了，忽然换上，还有点儿不适应。

箱子里还有一部新手机和一块雅克德罗艺术工坊系列的男式腕表，白金表盘，黑色皮腕，活动人偶设计，做工十分精细。

他平时没什么爱好，只爱收藏手表，这块表算是他比较喜欢的款式之一。

穿好西装打好领带，他扣上了腕表，表盘很凉，反射着刺目的光。

那一刻，他终于找回了一些来到云山之前的感觉。

那时他的生活中还没有这颗傻桃子。

生活回到正轨，理智也归位了，他逐渐冷静了下来，终于将云山和东辅剥离开来。

东辅的生活才是真正属于他的生活，他现在必须暂时告别云山，暂时把那颗傻桃子忘掉，否则他会分心。

或许，他根本就不爱她，只是过于贪恋她身上的那股傻气。因为那股傻气能让他变得轻松，所以他才想独占她。

他不能让一个无关紧要的人打乱自己的计划。

他闭上眼睛整理了一下混乱的心绪，再次睁开眼时，他的眼神恢复了以往的冰冷。

随后他抠开旧手机的卡槽，将电话卡取出来，稍稍迟疑了一下，最后还是将电话卡掰成了两半。

他一定会回来接她，无论自己爱不爱她，都会履行对她的承诺。但在解决好东辅的事情之前，他绝对不能联系她。

走出卫生间之前,他并没有忘记拿上那个她昨晚为他收拾的老旧的行李袋,里面除了几件破衣服,还有些吃的喝的。

云山本地的麻花很好吃,他还挺喜欢。

昨天晚上,她给他炸了好多,装在了一个保鲜盒里,放进了行李袋里。

行李袋里还有一瓶蜂蜜柚子茶,也是她亲手做的。

走到垃圾桶旁边,他犹豫了许久,最终还是将行李袋扔进了垃圾桶里,也没有打开看一眼里面有没有多出什么东西。

他必须狠下心,切断自己与她之间的所有联系。

停车场在出站口对面,高铁站一楼四面全是玻璃墙,外面的人看不到里面,但是里面的人能将外面的一切看得清清楚楚。

程季恒从卫生间出来后,和季疏白一同朝出口走去。

就在两个人即将走出大门的时候,程季恒忽然定住了脚步,呆呆地看向马路对面的停车场。

季疏白被迫停下了脚步,奇怪地看了程季恒一眼,惊讶万分地发现程季恒的眼圈竟然红了,立即顺着他的目光看向外面。

隔着一面玻璃墙,他看到对面马路边的长椅上,坐着一个身穿背带裙的小姑娘。那个小姑娘长得白皙粉嫩,扎着马尾辫,看起来年纪不大,刚满二十岁的模样。

她正在哭,哭得让人心疼,似乎是受了什么天大的委屈,又不能让人知道,所以独自一人躲在一边,偷偷地流眼泪。

看到陶桃的那一刻,程季恒的心口猛然一疼,像是被刀捅了,他以为她早就走了。

她真是个傻子。

刚才目送他进站之后,陶桃离开了高铁站,但是没走。

她坐到了路边的长椅上,因为在那里可以看到高铁站后面的铁路,可以看到驶离云山的所有高铁。

当着他的面,她强忍着没哭,两个人分开之后,就再也忍不住了。

她不想让他走,很舍不得他,同时也很委屈——他不愿意带她回家,甚至不愿意给她打电话。

十点,她听到了高铁运行时发出的震动声,抬头看去,一道白色的长影正迅速地朝西驶离。

她以为,她爱的人就坐在这辆车上。

她想,或许他刚好坐在窗边,也正看着窗外的她。那一刻她甚至忘了哭泣,立即抬起手臂,用力地朝高铁挥舞着。直到车身彻底消失不见,她才把手臂放下。

又在长椅上坐了一会儿,她抬起手,用手背抹了抹眼泪,从椅子上站了起来,回家等他。

他说过的,两个月后就会回来接她。

第十章
我怀孕了

刚过十一月,云山县的气温就骤降。

供暖还未开始,家里冷得如同冰窖,纵使盖两层被子,陶桃还是经常会在半夜被冻醒。

在学校正常上课期间,辅导班就会比较清闲,白天没有课程安排,老师们也不用早早起床去上课。

但是这段时间,陶桃依旧醒得很早,不是因为冷,而是因为想上厕所。

这几天她有些尿频。

她今天早晨又是被尿意憋醒的,明明凌晨三点的时候才去过。

上完厕所之后,本想再睡一会儿,但刚躺回被窝里没多久,她就开始犯恶心,抑制不住地想吐,掀开被子下床狂奔去厕所,抱着马桶吐。

从洗手间出来,发现天还没亮,她却没什么困意了,去厨房倒了一杯温水喝。她感觉今天自己的胃口似乎还可以,就想做顿早饭吃。

这几天她的胃口不怎么好,尤其是早上,她总是恶心反胃。

洗漱完,她从冰箱里拿出两颗鸡蛋和昨天剩下的米饭,准备做蛋炒饭。然而刚把鸡蛋敲开,一股腥味儿便扑鼻而来,她顿时又犯了恶心,感觉胃里的酸水直往上反。

她甚至来不及跑去卫生间,对着厨房的洗菜池就吐了起来。

由于胃口不好,昨晚她也没吃什么东西,吐出来的全是酸水。

呕吐的滋味不好受,她觉得胃里翻江倒海,似乎有一只手在她的胃里搅和。

胃里没东西，却想吐，她几乎把自己的胃给吐出来了，并且吐得鼻涕一把泪一把。

过了好一会儿，她这股恶心劲儿才下去。

终于不吐了，她不禁长舒了一口气，然后打开水龙头，把吐出的酸水冲走。

收拾完洗菜池后，她又去了卫生间，洗了把脸。

冬天的自来水冷得刺骨，她洗完脸后，原本白皙的脸庞被冷水拔得通红。

用毛巾擦完脸后，她看着镜子里的自己，眼圈红了。

她觉得自己像一个可笑的小丑，世界上再也没有比自己更可笑的人了。

而且现在，她真的很丑——不知道是早起的原因还是身体的原因，眼眶有些水肿，肤色也没有以前白了，被冷水拔出的红色消退后，脸色显得很差，整个人看起来很憔悴。

她也不知道自己现在这副模样到底是活该还是可怜。

但无论是活该还是可怜，都是她自找的。

谁让她那么傻呢？

盯着镜子里的自己看了一会儿，她长叹一口气，吸了吸发酸的鼻子，抬起手打开镜子旁边的柜门，从里面拿出一支验孕棒，一支用过的验孕棒。

那支验孕棒上面清清楚楚地显示了两道杠，那是她两周之前验的。

这两周她一直在考虑要不要去医院。

她已经怀孕两个多月了，再过两周，这个孩子就不能被处理掉了。

她等了他两个月，但是他一直没有回来。

其实他走了一个月后，她就预感自己怀孕了，那个月她的生理期没来，并且有了妊娠反应。

但是她不敢验，很害怕，不敢面对现实，也不知道该怎么处理这个孩子，所以一直在欺骗自己，一直拖着没有验。

她在等他回来。

有他在身边，她就不会这么害怕了，他一定知道该怎么办。

但他一直没回来。

他向她保证过，最多两个月一定会回来。但是，他食言了。

两个月的期限到了，他不仅没有回来，甚至彻底和她断了联系。

或者说从他离开云山的那天起，她就彻底失去了他的消息，他的电话根本打不通，微信和短信也根本不回，她给他发过去的所有消息都如石沉大海。

他说过，他回到家之后会很忙，可能无法和她联系。所以即便很不安，她还是选择相信他，愿意等他。

如果没有这个孩子的话，她可能会一直等下去，但是这个孩子的突然出现彻底击垮了她的心理防线。

她可以拖一个月，但拖不了两个月。

孩子在一天天地长大，就在她的肚子里，时时刻刻都在提醒着她自己的存在，她根本无法忽视。

到了第二个月，她不得不面对现实，去药店买了验孕棒。

那天晚上下班回家后，她很忐忑，整个人惶恐不安，像是陷入了一场无法醒来的噩梦。

她不知道该怎么独自面对自己怀孕的现实。

那时她真的很需要，想让他立即回到自己身边。她还给他发了好多条消息，告诉他自己可能怀孕了，但是他一直没有回复她。

两个月来的聊天记录，全是她一个人发的消息，她觉得自己像极了一个一厢情愿的傻子。

在沙发上坐了好久，她才鼓起勇气拿着验孕棒去卫生间。

验孕棒上面显示两道杠，虽然早有心理准备，但看到结果的那一刻，她还是崩溃了，像个被抛弃的孩子似的号啕大哭。

恐惧和无助的感觉将她包围，她像是被扔进了大海里，完全不知所措，无论怎么挣扎，也只能任凭冰冷的海水灌满鼻腔，最终被大浪吞没。

她很希望有人能帮帮她，但是身边一个人都没有。

没有父母，没有奶奶，甚至连孩子的爸爸也不在。

那天晚上她哭了很久，一直到筋疲力尽，才昏昏沉沉地睡去。

第二天她请了假，去了西辅。

她必须去找他。

西辅市东山区水库路36号，这是他告诉她的地址，她一直牢记在心中。

她之前从未去过西辅，这是第一次。

从云山到西辅，需要坐将近五个小时的高铁。

西辅的高铁站很大，规模宏伟，出了站后，她看到了大城市的车水马龙。

但是眼前的繁华与她无关，她只是一个渺小的闯入者。

她也无心欣赏西辅的繁华与美丽，只想赶快找到她的爱人。

她不相信他会抛弃她。他们曾一同在月老树上挂上结发扣，还曾一同对着月老树跪拜许愿，所以即便他整整两个月都没有和她联系，她依旧信任他。

他在她身边的时候，她能感受到他对她的爱，所以她坚信他一定会回来，只不过自己现在没有办法再等他了。

她需要解决孩子的问题。

孤身一人来到一个完全陌生的城市，她不禁有些茫然和不安。出了高铁站后，她按照地图App上的路线规划，坐公交车去了东山区水库路，然后对着街道上的门牌号，挨家挨户地找36号。

这是一条商业街，街上有两排门面房，全是商店。

街头第一家商店是1号，对面是2号……

她就这么一家接一家地看，一家接一家地找，一直走到街尾，却没有找到36号——35号就是这条街道的尽头。

那一刻，她像是被当头打了一棒，头晕眼花不知所措。

站在街道中央缓了好久，她才找回些许神志，做了几组深呼吸，强压下心头的惶恐与不安，朝35号商店走去。

她的腿是软的，她像是踩在棉花上，随时会倒。

那是一家卖糖果的店，店里飘着香甜的气息，老板是个女人。

"你好，请问一下，水库路36号在哪里？"说话的时候，她很紧张，紧张到面部僵硬、心脏狂跳，像是在向判官询问自己的生死。

那位老板娘蹙起了眉头，像看傻子似的看着她，言简意赅地回答："这里没有36号。"

陶桃瞬间僵在了原地，神色呆滞，眼前的一切似乎都在虚化。

空气像是被冻住了，她开始颤抖，止不住地颤抖，呼吸也变得困难了，窒息感越来越强烈。

老板娘见这小姑娘神情恍惚，身体颤抖，像是要晕倒，赶紧扶住了她的胳膊，同时惊讶地问："你哭什么呀？"

陶桃都没有意识到自己哭了，老板娘洪亮的嗓音传入她的耳朵之后，才后知后觉地发现自己哭了。

她感觉心头的某种信念崩塌了，那种信念全部来自她对他的信任。

这两个月，她一直靠这种信念支撑自己等下去，但是此刻，那种信念荡然无存。

他骗了她。

可她还是有些不死心，就好比一个溺水者，在临死之前总会挣扎一番。

她一把抓住老板娘的手臂，用一种急切又近乎哀求的语气问道："真的没有36号吗？还是以前有，现在换了地方？"

老板娘感觉这小姑娘像个疯子，又觉得这小姑娘有点儿可怜。

这么漂亮的一个小姑娘，却瘦得让人心疼，身形单薄得像是来一阵大风就能被吹跑似的。

老板娘有一个和她差不多大的女儿，所以动了恻隐之心，没有直接把她赶出去，轻叹了一口气，无奈地回道："这条街一开始营业的时候我就在这里了，最后一家就是35号，根本没有36号。"

得到确切答案的那一刻，陶桃浑身的力量像是被抽空了，她眼前猛然一黑，直接晕了过去。

再次醒来时，她躺在西辅市人民医院的病房里，身边没有人。

那位老板娘仁至义尽了，打120把陶桃送到了医院，还替陶桃交了叫救护车的钱。

医生说，她的身体很虚弱，她现在需要卧床休息、补充营养，不然极有可能流产。

她没说什么，交了医药费和床位费就离开了医院。

从医院出来之后，她满心茫然，漫无目的地在西辅的街头游荡。

她不知道自己该去哪里，也不知道自己该怎么办。

爸爸妈妈曾经说过，西辅是一座很漂亮的城市。

她一直向往西辅，尤其是在他说他是西辅人之后。

她很想看看爸爸妈妈口中的漂亮城市到底有多美，也很想亲眼看看他从小长大的地方。

她也曾无数次设想过自己来到这座城市之后的场景，唯独没想过会是今天这种情形。

偌大一座西辅，没有她的安身之处，更没有她的归宿。

她看不到西辅的美丽，只感觉到一片茫然。

置身于光彩夺目的霓虹灯下，她并没有感觉到璀璨，反而觉得自己的眼前一片暗淡。

她觉得自己是一个很失败的人。

她又开始自我怀疑，自己是不是真的很傻，傻到可以被骗得团团转？

他一直在骗她吗？

他是不是根本就没有爱过她？一切都是她一厢情愿？

所以，她又被抛弃了吗？答案是肯定的。

他骗了她，一直在骗她。

得到答案的那一瞬间，她发现，接受现实似乎也没有那么难。

她竟然不难过，冷静地接受了现实，甚至没有哭。

也有可能是，她遇到过太多次被抛弃的情况了，所以习惯了。

无论是父母、奶奶，还是苏晏和程季恒，他们都不喜欢她。

或许，她真的是一个很差劲的人，活该被抛弃。

那时正是十月中旬，西辅温差最大的时候，人们白天热得穿短袖，晚上冷得穿羽绒服。

从医院出来的时候已经晚上九点多了，她身上只穿了一件薄外套。

夜风很冷，穿心的那种冷，她一直在西辅的街头游荡到凌晨十二点，冻得浑身僵硬，后来打了一辆车，去了高铁站。

她直接在售票窗口买了张票，从包里拿身份证的时候，发现包里装满了五颜六色的糖果。

想了好久她才想到，水库路35号是一家糖果店，这些糖是那个老板娘送的。

老板娘帮不了陶桃太多，只能送给陶桃一些甜甜的糖果。

那一刻，陶桃红了眼眶。

或许，这个世界没有特别糟糕，生活没有进行不下去，她也没有被全世界抛弃，最起码，还有人愿意给她糖吃。

从西辅回来之后，她就开始考虑该怎么处理这个孩子。

拖了两周，她也没能下定决心。

她知道自己不能留下这个孩子，不只是因为没有能力抚养孩子，更是因为自己不能给孩子一个完整的家庭。

孩子的爸爸根本就不知道孩子的存在。

而且她今年才二十岁，怎么能未婚生子呢？

于情于理，她都应该把这个孩子打掉。

但是，她舍不得。

她现在什么都没有了，除了这个孩子。

这个孩是她唯一的亲人了。

所以她根本不知道该怎么办。

但是留给她考虑的时间不多了，孕期一过三个月，她再想打掉这个孩子就难了。

看着那支验孕棒，陶桃又开始纠结——留还是不留呢？

纠结了许久，她还是无法下定决心。

最后，她叹了一口气，重新将验孕棒放回柜子里，同时在心里自我安慰：明天再决定吧，反正还有两周的时间。

这两周以来，她几乎每天早上都这么安慰自己：明天再说。

今天是周一，她没有课，不用去辅导班。

从卫生间出来后，她发现天亮了。

拉开客厅的窗帘后，她看到了东方天际的一抹白，几缕耀眼的阳光夹杂在这抹白色中，映亮了半边天。

初冬的清晨，清冷又美得明媚。

心头的压抑被明亮的朝阳驱散了许多，那股恶心劲儿也不见了，陶桃顿时觉得心情好了不少。

天际线处隐隐地透着一抹大山的轮廓，那是云山。

陶桃忽然做了一个决定——去云山。

出门前她先吃了点儿东西，虽然没有胃口，但还是逼着自己吃了两口炒饭。

不吃饭的话，人会饿死。

她没打算自暴自弃。

无论发生了什么，她都要活着。

虽然现在很无助，但她不相信自己是世界上最惨的那个人，也不相信生活真的那么无情，连一丝活路都不给她留。

她熬过了爸爸妈妈的突然离世，熬过了奶奶的不辞而别，为什么熬不过这一次呢？

生离死别她都接受了，相比之下，这次的情况好得多。

吃完饭，她就出发去了云山。

今天是工作日，来云山游玩的人比节假日少得多，陶桃到了景区之后没排队就买到了票。

进了景区大门后，她步行走到山脚下。

灰色的石阶直通云霄，在踏上第一级石阶的那一刻，陶桃有些迟疑了。

她是爬上去还是坐缆车？

之前来云山，她从来没有坐过缆车。烧香拜佛要虔诚，坐缆车的话不虔诚，所以她每次都是爬上去。

但之前，她没有孩子，现在她的肚子里有一个让她不知所措的小家伙。

她又想起了在西辅时那个医生对她说的话："你身体太虚了，需要补充营养。前三个月胎儿也不稳定，要多休息，注意安全，不要过度劳累，不然很容易流产。"

她爬山的话，大概率会对孩子有影响吧？

她不知道该怎么处理这个孩子，可又总是控制不住地为这个孩子考虑。

要不就留给云山上的神佛决定吧——爬上去，如果孩子没事的话，她就留下孩子；有事的话，那就听天由命。

做出决定后，陶桃踏上了第二级台阶。然而就在踏上第二级台阶的这一刻，她转过身，毫不犹豫地朝缆车售票处走了过去。

她决定了，留下这个孩子，就在踏上第二级石阶的那一刻。

这个孩子是她唯一的亲人了，她不能抛弃他。

她会把孩子生下来，好好地将他抚养成人。

更何况她今天不是来拜佛的，没必要爬上去。

她和孩子的命运不应该交给云山上的神佛决定，她自己能处理好一切，而且云山上也不一定有神佛。

她来烧香拜佛，希望佛祖可以保佑奶奶平安无事，健康长寿，但是没有用。

她和程季恒来挂结发扣，求月老保佑他们两个能白头到老、携手此生，也没有用。

她以后再也不信神佛了。

至少她不再信云山顶上的神佛了。

还有，她再也不会想他了，永远不会。

她要离开云山，带着孩子开始一段新的人生，然后彻彻底底地把他忘了，忘得一干二净。

十一月中旬，东辅市博爱医院。

这是一家高档的私立医院，只要有钱，病人就可以在这里享受到超高等级的医疗服务，接受顶尖的治疗方案。

东辅市不少富豪的私人医生在这家医院工作。

住院部，十楼，某套超豪华 VIP 病房内：

窗帘没有拉开，光线昏暗，仅有病床对面的那面墙壁上亮着两盏黄色的灯，那灯散发着幽幽的光芒。

小灯下方挂着一张巨大的照片，照片中的女人身穿火红色的中式嫁衣，风华绝代。

在正常的灯光下看这张照片，任谁都会惊叹照片中的新娘美极了，但在这间光线昏暗的病房里、这种幽黄色的灯光下，只会让人觉得这张照片十分诡异，像是一张彩色的遗照，给人一种照片上的女人死在了最好的年华，死在了最美的那一天的感觉。

照片上的女人妆容华丽，乌发高盘，漆眸如墨，红唇妖娆、微微上扬，笑得很好看，犹如画中仙，但在这种氛围的衬托下，她的笑容显得十分凄惨。

她的目光正对着病床，她笑意森森，明明身穿喜服，身上却毫无喜气，只有令人不寒而栗的阴冷怨气，像是一个美艳绝伦的厉鬼，随时可能从照片中冲出来，扑向病床上的人。

病床上躺着一位浑身插满了管子的男人。

床头上挂着的标签显示，他今年才五十三岁，却骨瘦如柴、形容枯槁，看起来比七八十岁的还要苍老。

他一动不动地躺在病床上，额头上布满冷汗，瘦如骷髅的脸上充满惊恐，像是在饱受折磨，即便是紧紧地闭着眼睛，依旧无法抵抗照片上的那个女人给他带来的巨大恐惧。

病房里一片死寂，除他之外，再无一人，像极了一间冰冷的墓室。

在"墓"中陪伴他的，只有照片上的美艳女人。

忽然间，病房的门被推开了，男人猛然睁大眼睛，滚动眼珠，向来者投去求助的目光。然而当他看清来者之后，眼神中的恐惧加重了一重，眼珠子可怕地凸起，浑浊的眼白上布满了血丝。

他想逃离这个地方，逃离来看望他的人，但是做不到。他失去了对自己身体的控制权，浑身上下能动的部位只有一双眼睛。

来人仿佛是死神，把他吓坏了，在求生欲的驱使下，他想喊救命，但是连声音也发不出来，所有的呼救声全部被堵在了嗓子眼儿，最终冒出来的只有含混不清的呜咽声。

走进病房后，程季恒朝病床上的男人笑了一下，眼神中却毫无笑意，只有化不开的寒意。

他身后还跟着一位身穿白大褂的医生，是程吴川的主治医师。

程季恒走到病床边，眼神中流露出了关切，语气也十分温和，甚至带上了几分心疼："爸，我来看你了。"

程吴川瞪大了眼睛盯着他，不断有呜咽之声从他的嗓子里冒出，眼神里写满了哀求。

他想让儿子放了他。

程季恒握住他的一只手，声音极其温柔："爸，别害怕，我一定不会放弃你。"

这幅画面，父慈子孝，站在一旁的那位男医生却微微蹙起了眉头。

他有点儿不舒服，说不上来是为什么，总之很奇怪。

从程总住院起，他就是程总的主治医师。

之前负责跟他沟通的家属是程总的夫人，但是三个月前，程总的监护人忽然变成了他的儿子。

程家变天的事他也略有耳闻。

这位程少爷是个厉害人物，几个月前有传闻说他死了，甚至追悼会都开过了，但谁知道压根儿就没这回事。

他不仅没有死，还活得好好的，并且一回来就以铁腕手段掌控了整个程家。

从那之后，程夫人就没再出现过。

他只能跟这位程少爷沟通程总的情况。

这程少爷看起来很关心程总的身体状况，但他总觉得……事实并非如此。

比如挂在墙上的这幅照片，三个月前，程少爷第一次来医院看望父亲的时候，就找人把这张照片挂在了病床对面的墙上，还安了两盏白蜡烛似的灯，不分昼夜地开着，时时刻刻映亮这张照片。

这场景像极了遗照与长明灯。

程总明显很恐惧照片上的女人，但程少爷给出的解释是："我母亲是我父亲一生的挚爱。母亲走后，父亲对她思念颇深，经常独自坐在书房里摩挲他们俩的结婚照寄托哀思。现在他病了，而且不能动，不能再像以前一样翻看母亲的照片，我想他一定难过极了，所以就把母亲的照片挂在他的面前，让他时时刻刻都能看到母亲。"

这番话说得可谓是感人肺腑，并且程少爷说这番话的时候，表情也悲痛极了，一点儿都不像是演的。

要不是程总的反应太过明显，他完全能相信程少爷的话。

而且医院没有规定墙上不能挂照片，他一个小小的主治医师也无法阻拦，只能任由程少爷这么做。

还有，程总的病是绝症，几乎没有治愈的可能，随着癌细胞的扩散，各个器官会逐渐衰退，导致不同的并发症，并且会给程总带来剧烈的疼痛。

程夫人的意思是进行开颅手术，虽然肿瘤的位置不好，手术会有很大的风险，但手术成功的话，人就能活下来，就算手术失败了，程总起码不用继续活受罪了，相当于变相的安乐死。

但是这位程少爷的想法和程夫人截然不同，他坚决不同意做开颅手术，要求医生用尽全力去延续他父亲的生命。

"母亲走后，我就只剩下父亲了，他含辛茹苦地把我养育成人，我怎么能放弃他呢？他是我唯一的亲人，我绝对不会同意做这个手术，我要让他活着，能活多久是多久，绝对不会剥夺他的生命，不然我怎么对得起我的母亲？"

以上是这位程少爷当时的原话。

那个时候医生试图提醒他："病人现在的状况很不好，如果不手术的话……他会很痛苦。"

"你是要让我弑父吗？"

程少爷说这句话的时候，声音很轻，语气中却带着一股钻心的寒意，更可怕的是他的眼神，像刀子一样锋利。

那一刻医生就明白了，这位程少爷，不能惹。

他也惹不起。

所以从那时起，他就改变了治疗方案，变得越来越保守，尽可能地延续程总的生命。

但对程总来说，多活一天，就是多受一天的折磨。

所以他实在是搞不懂这位程少爷到底是真的关心父亲还是想折磨父亲。

说他真心实意吧，他所做的一切似乎都是在变着法儿地折磨他父亲。

但说他虚情假意吧，他确实是在尽最大的努力延续自己父亲的生命，而且天天来看望父亲，大部分儿女做不到这一点。

程季恒"安抚"完程吴川后，松开了程吴川骨瘦如柴的手，看向站在床对面的医生，关切又担忧地问道："我父亲最近的身体状况怎么样？"

男医生犹豫了一下，最终决定实话实说："癌细胞已经开始扩散，现在程总已经出现了身体剧痛的症状，使用止痛药会帮他减轻不少痛苦。"

程吴川的神色中再次写满了哀求，呜咽声更急切，他每天都饱受病痛的折磨，这令他生不如死。

他想要止痛药。

程季恒并没有直接拒绝，而是认真询问："止痛药会对身体造成什么损伤吗？"

医生："是药就肯定会产生副作用，但合理控制剂量的话，应该没什么问题。"

程季恒耐心地听完了医生的话，然后不容置喙地拒绝了这个方案："不行，我拒绝所有可能会对我父亲的身体造成损伤的治疗方案。"

可能是早就料到了会是这个答案，医生没多说什么，只回了句："好的，我知道了。"

程季恒露出了礼貌的微笑："如果没有别的问题，就不再麻烦周医生了，您先去工作吧，我也有些心里话想对父亲说。"

这是下逐客令了，周医生没再停留，立即离开了病房。

病房门再次被关上后，病房里又恢复了墓室般的冷清。

程季恒拉了一把椅子，坐到了病床边，从风衣口袋里拿出烟和打火机，打开烟盒，从里面抽出一支烟，衔在唇边，低头摁下打火机，不慌不忙地点烟。

烟草燃起，他深深地吸了一口，然后娴熟地吐了个烟圈。

烟雾缭绕间，他的五官立体，棱角分明，如刀削斧砍，一双眼眸漆黑，泛着利刃般锋利幽冷的寒光，他一直盯着病床。

程吴川怪异凸起的双眸中写满了恐惧与哀求：他想死，想让儿子放过他。

程季恒掸了一下烟灰，淡淡地说道："我不会让你死，我会尽最大的努力，让你尽可能久地活着。"

程吴川再次发出呜咽之声，两只眼睛中也蓄满了泪水，看起来可怜到了极点。

程季恒毫无怜悯之心："你不用摆出这副样子求我，你觉得你配吗？"

程吴川无法回答，只是呜咽，用呜咽声代替内心的惶恐，用呜咽声哀求程季恒。

程季恒又吸了一口烟，长长地吐了出来，半眯着眼看着面前这个躺在病床上无法动弹的男人，神色中仅有冷漠，如同在看一条半死不活的野狗。

"你杀我妈妈的时候，怎么没想到会有今天呢？"他的语气很冷，带着令人战栗的寒意，"就是因为你，她才会出车祸，第一次你没成功，然后你杀了她第二次。"顿了一下，他再次启唇，"你还把罪行全部推给了我，所有人都以为是我杀了我妈，直到现在，外公和外婆都不愿意见我。你觉得，

· 234 ·

我会放过你吗？"

程吴川忽然提高了呜咽声，瞪大了眼睛，脸庞也越来越红，看起来十分急切，似乎是想为自己狡辩些什么。

程季恒知道程吴川想说什么，冷笑了一下："你放心吧，我也不会放过柏丽清，今天来，就是为了告诉你一个好消息。"

程吴川的呜咽声戛然而止，他惶恐不安地看着自己的儿子。

程季恒没有直接告诉程吴川"好消息"，而是卖关子似的说道："还有个坏消息，你想先听哪个？"他再次吸了一口烟，不疾不徐地吐出烟雾后，才继续启唇，"我替你选吧，先听坏消息——她死了，在你送给她的玫瑰庄园里。"

程吴川再次瞪大了眼睛，震惊又错愕地瞪着程季恒。

程季恒轻笑了一下，幽幽开口："别怕，不是我下的手，我现在是有家室的人，不能干违法乱纪的事，她是自杀的。"

说这句话的时候，他难以自控地分神了。

他想那颗傻桃子，想死了。

但很快他就把这股忽然冒出来的思念感强压了下去，冷静片刻，继续启唇："她干了那么多'好事'，自杀真是便宜她了，也便宜了程羽依，所以这是一个坏消息，我很不高兴。"

柏丽清自杀前包揽了所有罪名，把程羽依撇了个干干净净，不然程羽依后半辈子就只能在监狱里度过了。

柏丽清一死，程羽依就成了漏网之鱼。

不过没关系，他愿意放她一条生路，因为他把赵秦送进去了。

赵秦是程季恒的助理，当初就是赵秦出卖了程季恒。

之前程季恒无论如何也想不明白，赵秦这么一个老实本分的人怎么就走上了当叛徒的不归路？

回到东辅之后程季恒才明白，原来赵秦是程羽依的男朋友。

程季恒完全不知道他们俩是什么时候在一起的，是赵秦成为自己的助理之前还是之后？

不过这个问题现在已经不重要了，他已经惩罚了背叛他的人。

回东辅后，程季恒立即开始调查赵秦，不查还不知道，一查才发现，这个"老实人"的手，比程季恒想的脏多了。

果然，"老实"是一个人最好的保护色。

不过最让程季恒惊讶的，还是赵秦和程羽依的关系。

程羽依竟然会看上赵秦这种穷小子？

查过之后程季恒才明白程羽依为什么会爱上赵秦。

因为赵秦不嫌弃她脸上的那道疤。

是奶奶给程羽依留下的疤，狰狞又丑陋，圈子里的那帮公子哥儿根本看不上程羽依。

在赵秦被检察机关带走的第二天，程羽依就跪在了程季恒的家门口，求程季恒放了赵秦。

那天还下了暴雨，天色阴沉得像是夜里，她一直跪在程季恒的别墅前，时不时地就会来一声撕心裂肺的大喊，不是哭喊着求程季恒放了赵秦，就是哭喊着要见程季恒，管家怎么赶她都不肯走。

当时程季恒正在和季疏白谈论公司里的事情——程季恒有自己的公司，是和季疏白合伙开的，由于现在程季恒将工作重心放在了程氏集团上，所以公司里的大部分事情是季疏白在处理，遇到需要协商的事情时，季疏白会来找程季恒。

程羽依的声音尖锐凄厉，喊得程季恒头疼。

后来他忍无可忍，去见了程羽依。

他打了一把黑色的伞，一走出别墅大门，程羽依就朝他扑了过来，紧紧地抱住他的小腿，满眼哀求地看着他："求你放了他，我求求你，求你放了他。"

他轻叹了一口气，俯身，一手执伞，一手扶住程羽依的左臂："你先起来。"

他语气平和，甚至让人产生了一种温柔的错觉。

程羽依的眼神中露出了几分期待，她忙不迭地点了点头，立即从地上站了起来。

程季恒眸光浅淡，语气疏冷："他和你妈联手计划杀我的时候，想过放我一马了吗？"

对敌人的仁慈，就是对自己的残忍，他不会那么傻。

程羽依浑身一僵，惶恐不安地看着程季恒，面色苍白如纸。

程季恒笑了一下，语气中带上了几分戏谑："姐姐，你怎么还把我当好人了？"话音还未落，他忽然发力，扯麻袋似的扯住了程羽依的胳膊，扔垃圾似的把她扔到了前面的车道上。

程羽依的身体像断了线的玩偶似的，她被重重地摔在了地上，溅起了高高的水花。

程季恒立身于伞下，眉宇冰冷，轻启薄唇，语气冷到了极点："你要是想让他在里面的日子好过点儿，就别再让我看到你，不然我会让他生不如死。"

言毕，他转身回到别墅，管家及时关上了他身后的大门。

踏入门内的那一刻，他听到了程羽依凄厉的惨叫，还有狠毒至极的诅咒。

没能把程羽依也送进去，是他计划中的最大败笔。

不过没关系，没了柏丽清的庇佑，程羽依什么都不是。

她比柏丽清蠢多了。

向程吴川通知完柏丽清自杀的消息后，程季恒再次开口，语气中带上了几分嘲讽："还有个好消息，柏丽清早就和你的副总搞上了，你知道吗？有小半年了。这么一算，基本是从你倒下之后他们俩就搞上了。你猜她是真的看上了你的副总，还是看上了他手里的那点儿股权？"

程吴川眼睛越瞪越大，几乎要暴出眼眶，呼吸也越来越急促，神色中尽显愤怒。

程季恒又笑了一下："你现在这副样子倒是让我有点儿同情你了，不过你想开点儿，人都死了，原谅一下也没什么，不就是给你戴了绿帽子吗？你当初也没少给我妈戴。"他忽然想起什么，又说道，"对了，还有个好消息，你的那几个私生子里，真有一两个不是你亲生的。惊喜吗？"

说到这儿，程季恒不禁感叹了一句："你也真是厉害，程吴川，我之前真是小瞧你了。"

自从程季恒接手了程氏集团之后，隔三岔五就会有不同的女人领着不同大小的孩子来找他，并告诉他"这是你弟弟"或者"这是你妹妹"。

除去非亲生的孩子，程吴川有六个私生子女，是四个情妇生的，这比程季恒预想的多出了一倍。

这四个女人，没有一个是省油的灯。要房子要钱的算是好打发的，不好打发的是想要集团股权的女人。

他费了好大的功夫，才将这些破事全部处理好。

集团的账务也如他所料——一本烂账。

原先的那帮高层负责人，全让他开了，现在集团的高层基本上是他的人，他用起来比较顺手。

这多亏了董事会的支持，或者说，多亏了白家的支持。

这三个月，他几乎每天连轴转，不停地组织集团高层开会，调整集团的运营方案，处理各种突发事件，同时要查账、理账、调查财务状况——不查不知道，查完之后，送进去好几个。

直到这个星期，集团运营才堪堪回到正轨，在此之前，完全是一团糟，堪比脱缰野马，已经处于濒临破产的状态。

如果不是因为这个集团凝聚了他母亲多年的心血，他根本不会接手这个烂摊子。

程吴川这个人，只会玩女人和生孩子，除此之外，毫无用处。

程季恒知道程吴川这个人很没用，却不知道他能没用到这种地步。

"你是一条只会发情的公狗吗？"

一想到过往的三个月，程季恒就来气。他早就应该回去了，到现在都没能回去全是因为程吴川。

看着躺在病床上的男人，程季恒发自内心地感到厌恶和恶心："狗都比你强。"

他妈妈当初真是瞎了眼，才会嫁给这种人。

程吴川面红耳赤，胸口剧烈地起伏着，也不知道是因为生气，还是因为感到羞耻。

手中的烟燃到了尽头，程季恒用手掐灭了烟头，面色阴沉，冷如冰霜："放心吧，我一定会亲自给你送终。你活着，我会让你生不如死；你死后，我会把你挫骨扬灰。"

说完，他将手里的烟头扔进了垃圾桶里，从凳子上站起来，眉宇再次恢复冰冷，冲程吴川淡淡一笑，眼神中却毫无笑意，只有杀气："我们明天见。"

无论有多忙，他都会抽出时间来医院折磨一遍程吴川——这是程吴川应得的。

母亲死前所遭受的痛苦，他会一点点地还给程吴川，直到程吴川死。

见程季恒起身，程吴川不禁长舒了一口气，而听到程季恒的话后，程吴川的神色中再次写满了惊惧，像是听见魔鬼笑着对他说"我们明天见"。

程吴川现在宁可死，也不想看到这个儿子。

他现在除了恐惧，就是后悔，后悔自己娶了照片上的那个女人，后悔和她生了儿子，更后悔亲手杀了她之后，没把这个小畜生也杀了。

但是他现在后悔也晚了。

程季恒没再多看他一眼，头也不回地离开了病房。

走出医院后，他深深地吸了一口气，又长长地吐了出来。

清冷的空气灌入肺部,他顿时清醒了不少。

程吴川在的地方,连空气都是脏的。

离开医院的时候已经过了晚上八点,但他还要回公司继续工作。集团现在刚刚步入正轨,又换了全新的管理团队,一切都还没有稳定,他根本走不开。

他刚开着车驶出医院,挂在方向盘旁边的手机就亮了,屏幕上弹出了一条微信消息,发信人是沈乔易。

沈乔易是珠宝设计师,东辅本地人,在国内外都享有盛名,获得过好几个国际级的设计大奖,不少高端珠宝品牌邀请他担任过产品设计师。

程季恒是在国外读书的时候认识沈乔易的,虽然跟他不太熟,但是有他的联系方式。

从云山回到东辅后,程季恒就联系了沈乔易,请他帮忙设计钻戒。

沈乔易原本不太情愿,毕竟两个人不熟。

但是程季恒不在乎熟不熟,只管拿钱砸,砸到沈乔易心动。

人非圣贤,谁都不能视金钱如粪土,如果能的话,那就是钱不够。

看在两颗顶级钻石原石的面子上,沈乔易接了这个单子。

连设计带制作,历时整整三个月才完工。

沈乔易:"钻戒做好了,你什么时候过来取?"

程季恒看到消息后立即掉头,浑身的疲惫在顷刻间一扫而空,拿起手机给沈乔易回了一条语音:"现在就过去。"

分开后的每一天,他都在想那颗傻桃子,想死了,恨不得立即回到她的身边。

但是他不能。

在没有彻底解决东辅的事情之前,他不能去找她,不然会分心,所以必须狠下心克制住那份思念。

不过他马上就能回去了,最多一个月。

回去之后,他就跟她求婚,然后把她带回东辅,再也不离开她了。

医生说怀孕的前三个月胎儿的情况不稳定,如果不注意的话,很容易流产,所以陶桃很担心。

从决定留下这个孩子的那一刻起,她就开始母爱泛滥了,情不自禁地对肚子里的这个小家伙产生了浓烈的爱意,想要用自己的生命去保护这个小家伙,很担心这个小家伙会因为自己的疏忽大意出什么意外。

她还很担心是宫外孕，那样的话这个孩子就会留不住。

孕期刚满三个月，她就去医院做了第一次产检，结果显示一切正常，胸腔里那颗悬了将近半个月的心终于落回了原地。

之后她向辅导机构递交了辞呈。

辞职需要提前一个月递交辞呈，在这一个月里，她刚好可以着手卖房子。

她要离开云山，之后还要养孩子，所以需要钱，需要一大笔钱。但是除了这套父母留给她的房子，她再无其他财产，只能卖房子。

忙碌了将近一个月，她终于把房子卖了出去。

云山虽然是个小县城，但是经济发展不错，即将提升为县级市，旅游业也很发达，距离东辅又近，所以房价比普通县城高得多，均价在每平方米七千元左右。

陶桃家的房子又老又破又小，按理说这种二手房很难卖出去，但是学区房就不一样了。

陶桃家在教职工家属院，前面隔一条马路就是整个云山县最好的初中——云山县第十九中学，所以很容易卖出去，价位也比均价高出不少。

一套不到七十平方米的小房子，陶桃卖了六十五万元，扣除手续费以及其他乱七八糟的费用后，到手将近六十万元。

陶桃办理完过户手续，已经将近年底。

那个时候她已经怀孕四个月了。

买家人很好，给了她一周的搬家时间。

她的东西不多，用不了几天就能收拾好，而且她要去另一个城市重新生活，也用不着带那么多东西过去。

临走之前，她约了苏晏吃饭，因为要还他钱——奶奶去世的时候，他帮她垫付了二十万元的手术费。

虽然少了这二十万元之后她未来的生活会更艰辛，但她不想欠他这么大的人情。

该还的债，她一分也不想欠，更何况是一笔巨款。

那天刚好是平安夜，她约他中午十二点在林湖饭店见面。出门之前，她又检查了一下自己的行李箱。

陶桃刚把行李箱打开，房门忽然被敲响。

陶桃不禁有些奇怪，谁会在这个时候敲门？

因为独居，她不得不谨慎一些，尤其是有了孩子之后，比之前更谨慎。

她并没有立即跑去开门,而是放轻了脚步,像只小猫似的悄无声息地靠近了防盗门,屏住呼吸将右眼贴在猫眼上。

门外站着苏晏。

陶桃先是舒了一口气,紧接着感到有些诧异,不是约好了十二点在饭店见面吗,他怎么来家里找她了?

奇怪归奇怪,她还是迅速地给他开了门:"你怎么来了?"

苏晏的嗓音一如既往地低沉温和:"今天刚好休息,没什么事就提前过来了。"

他手上还提着不少东西,有牛奶,有酸奶,还有一大兜零食,全是给她带的。

那一刻,陶桃忽然想到了他们俩小的时候。

那时苏晏的父母很忙,没时间管他,所以她爸妈就让苏晏天天来她家吃饭、做作业。

他每次来都会给她带好吃的。

那个时候,每次见到他,她都很开心,不只是因为有好吃的,更是因为能见到他这个人。

陶桃不禁有些感慨:对比一下现在,小时候还真是容易开心。

可能是由于怀孕,情绪波动较大,最近一段时间她很容易感慨。

不过内心的感慨并不影响她的行动,她立即侧身让路:"进来吧。"又补充了一句,"不用换鞋了。"

苏晏走进客厅后,将东西放到了茶几上,之后发现她家和以往有些不一样:没有杂物,一尘不染,过于干净和空旷。

现在这里简直不像个家,只是一间清冷的房子。

紧接着他看到沙发旁边堆放着几个纸箱,忽然意识到了什么,诧异地看着她:"你要搬家了?"

陶桃不知道该怎么回答这个问题,也不想和苏晏说那么多,不想让他知道自己的现状,更不想让他知道自己怀孕的事情。

在云山这种小县城,女人未婚先孕是一件尤为可耻的事情,会被人骂不知廉耻,这也是她要离开云山的原因之一。她不想让自己的孩子日后也被人指指点点。

虽然她知道苏晏一直是一个温文尔雅知书达理的人,但不确定他会不会看不起自己。

不论以后还能不能再见,她都想在临走前给他留下一个好印象,毕竟曾经喜欢过他那么多年。

犹豫了一下,她轻轻点了点头:"嗯,要搬家。"虽然她现在已经有点儿显怀了,但好在身上穿的这件毛衣比较宽松,能遮挡住肚子。

苏晏立即追问:"搬去哪里?"一个月前,他们两个曾见过一次面,还是苏晏去找的她。那时苏晏才知道程季恒已经离开了,但是她并未和苏晏多说什么。

所以苏晏有预感,她这次要搬家,一定和程季恒有关。

陶桃不想告诉他自己准备去哪里,但一时半会儿又编不出合理的假话,怔愣了一会儿才回道:"我……我想出去看看……看看世界。"

说完这话后,她自己都脸红了,这理由实在是无法令人信服。

苏晏微微蹙眉,略显无奈地问:"你要去哪里看世界?"

陶桃破罐破摔了:"世界那么大呢,走到哪儿算哪儿。"

苏晏没说话,盯着她看了一会儿,倏尔启唇:"我陪你去。"

上次他提出要带她去青海,被她拒绝了,但他并没有死心,也没有放弃。

他还是想一直陪着她。

她是他从小就放在心里的女孩儿。

陶桃明白他什么意思,轻叹了一口气:"不用,我自己可以。"顿了一下,她又说道,"我不值得你陪,一点儿也不值得。"

如果他能早点儿来找她就好了,在她还喜欢他的时候,她一定会答应他,但是现在不行了,一切都来不及了。

她是个很糟糕的女人,根本配不上他。

他值得拥有更好的女人。

苏晏不明白她现在为什么对自己这么狠心,是因为程季恒吗?可是程季恒已经离开了,她为什么还是忘不了他?

沉默片刻,他启唇询问:"你就不能……给我一个机会吗?"他的神色中带上了几分哀求。

陶桃没说话,心头泛起一阵酸楚,还有点儿委屈。

她不是没有给过他机会。她给过他机会,倾注了自己整个青春的勇气去请他看电影,但是他拒绝了。

她越想越委屈。

最近一段时间,她无法很好地控制情绪,内心忽然掀起一阵剧烈的波澜,在心底压抑了许多年的感情顷刻间倾泻而出。

她红了眼圈，委屈又愤怒地看着苏晏："我喜欢过你很多年，从小就喜欢你。我为了跟上你的脚步，拼命学习，为了你考东辅大学，为了你把一本自己不喜欢的书翻来覆去地看了无数遍，可是你从来都没有回头看过我。我不是没给过机会。我给过你机会，请你看电影，想和你表白，但是你拒绝了我。"

苏晏怔住了，愣愣地看着她："什么时候？"

陶桃也怔住了。

刹那间，她明白了什么，僵在原地。

像是有人掐住了她的脖子，她忽然感到窒息，还有些眩晕，眼神也随之空洞了起来。

许久后，她的视线才重新聚焦，眼前却越来越模糊，她哽咽着说道："我不敢直接去找你，所以让他替我去请你看电影。"

好像胸膛被捅了一刀，苏晏感到一阵钝痛，这一瞬间，他的眼眶也红了，绝望地看着陶桃，嗓音极其嘶哑："他根本没有来找过我……"

如果程季恒找过苏晏，苏晏一定不会拒绝她。

得知真相的这一刻，陶桃的心理防线再一次崩塌，她瞬间泪流满面。

原来程季恒一直在骗她。

他对她说过的每一句话、做出的每一件事都是别有用心的。

他从来没有爱过她，只是把她当成小丑。

她觉得自己就是个傻子。

天下没有比她更傻的人了。

苏晏的视线也模糊了，他没有想到，自己竟然这样错过了心爱的姑娘。

但是他不甘心。

错过了一次而已，他不想再和她错过一生。

深深地吸了一口气，他再次启唇，认真又满含期待地问道："我们能……重新开始吗？"

陶桃哭着摇头，不行了，现在不行了。

苏晏急切地说道："桃子，再给我一次机会行吗？我一定——"

还没等他把话说完，陶桃就哭着打断了他："我怀孕了。"

苏晏僵在了原地，呆呆地看着她。

陶桃把双手放在自己的肚子上，抚平了宽大的毛衣，让衣服紧贴着自己的身体，给他看自己微微隆起的腹部。

她努力地控制着自己的情绪，极力压抑着哽咽，认真又严肃地说道：

"不行了苏晏，现在不行了。"

苏晏眼前一黑，像是忽然被人打了一拳，垂在身体两侧的双手不由自主地握紧，极力地抵抗着内心的震惊与愤怒。

许久后，他才勉强使自己恢复冷静，红着眼圈看着她问："你要……留下这个孩子？"

陶桃点头："我现在只有这个孩子了。"

苏晏气急败坏："你想过以后该怎么办吗？你才二十岁！你一个人怎么养孩子？怎么养自己？"

这些问题，陶桃全部考虑过，她十分冷静地回答："我把房子卖了，明天就会离开云山。"

苏晏："然后呢？"

陶桃："然后把孩子生下来，再也不回来了。"

苏晏连声追问："你没有钱了怎么办？怎么养孩子？"

陶桃："我有手有脚，怎么都能活下去。我以前能赚钱给奶奶治病，以后就能赚钱养孩子。"她斩钉截铁地说道，"这是我的孩子，我不能抛弃他。"

她被抛弃过太多次，很明白被抛弃是什么滋味。所以无论如何她都不会抛弃她的孩子。

更何况，这个孩子是她在这个世界上唯一的亲人了。

苏晏沉默了，定在原地，无奈又绝望地看着她。

陶桃垂下了眼眸，很怕在他的眼神中读出鄙夷，那会让她很难受，所以想让他立即离开。她语速极快地说道："我现在有钱了，你把银行卡号留给我，我把欠你的钱还你。"

事到如今，苏晏终于可以说实话了："你不用还给我，那不是我出的钱。"

陶桃猛然抬头，诧异地看着他。

苏晏："是他出的钱。"

陶桃再次僵住。

他这么有钱吗？他不是无家可归身无分文吗？

所以从一开始他就在骗她？那些身份信息全是他编造的？为了迷惑她，博取她的同情心，骗她带他回家，最后骗她上床……

他保证一辈子不离开她是假的，答应她会回来是假的，发的誓是假的，对她说过的每一句话都是假的。

他是不是连告诉她的名字都是假的？

她全心全意地爱着他，把他当作自己的唯一，他却一直在玩弄她，玩够了就扔，从来没对她有过一丝一毫的真心，还让她有了孩子。

这二十万元算什么？她的"暖床费"？

或许，他这种有钱的大少爷对很多女人都这样，只不过她是最傻的那一个。

陶桃忽然觉得肚子坠痛，还有些紧缩感，像是肚子里的孩子感受到了她剧烈的情绪起伏，弄得他很难过，所以在通过这样的方式表达不满。

她深深地吸了一口气，迫使自己冷静下来。

其实陶桃很想问问苏晏为什么不早点儿告诉她这件事，但是在开口的那一刻，忽然意识到，自己没有资格责怪苏晏。

苏晏提醒过她很多次，让她别那么相信程季恒，让程季恒离他远点儿，但是她不听。

是她自己太傻，怨不得任何人。

两个人相顾无言，客厅的气氛陷入死寂。

两个人之间明明只隔了几步路的距离，却像是隔了一道无法跨越的鸿沟。

许久之后，他们忽然同时开口。

陶桃："我……"

苏晏："我……"

两个人欲言又止，气氛再次陷入死寂。

最终，陶桃先说道："我明天就要走了，还要收拾东西，要不你先走吧。"

她本打算请他吃饭，但是现在不敢了，很怕他会瞧不起自己，不愿意接受自己的邀请。

与其被拒绝，她不如先开口。

苏晏置若罔闻，目不转睛地看着她，忽然开口："我娶你。"

陶桃震惊不已，瞪大了眼睛看着他。

苏晏已经下定了决心，语气很坚定："我们一起离开云山，再也不回来了。"

他很清楚云山的风气，也知道这个地方对她而言只有伤心的回忆。他知道她为什么想要离开，也理解她为什么不想再回来。

他不会阻止她离开，但会陪着她离开。

是他对不起她。

过去的那么多年，他一直都知道她喜欢自己，却从来没有回应过她的喜欢。
　　他一直在忽略她，还仗着她对自己的喜欢，越来越过分，一次又一次地践踏她的感情。
　　苏晏如果没有忽略她就好了，如果能够早点儿意识到她会爱上别人，哪怕只是比现在早几个月，她也不会被程季恒伤害。
　　是苏晏亲手将她推给了程季恒。
　　是他的错，全是他的错。
　　他想用余生去弥补自己之前犯下的错误。
　　他不想再错过自己心爱的姑娘了，也不嫌弃她肚子里的孩子。她想生下来，他就和她一起抚养这个孩子。
　　陶桃再次红了眼眶，既有酸楚，也有感动。
　　她很感激苏晏不嫌弃她，也很感激他这么喜欢她。
　　但是，他们不可能在一起了。
　　以前她就配不上苏晏，现在更配不上了。
　　感情这种东西，错过了就是错过了，他们再想回头也来不及了。
　　如果她当初没有遇到程季恒，现在一切都会不一样吧？

第十一章
小奶糕

十二月的最后一天,早上八点,东辅,南郊火葬场。

"程先生生前与老衲有约,老衲答应了他,待其去世之后必定会为他做七天的法事、念诵七天《地藏经》,以超度他的亡灵。"

这位是东辅大佛寺的住持寂原,一开口就是"老衲",普度众生的味道相当浓郁。

程季恒淡淡地看了寂原一眼,轻启薄唇,漫不经心地说道:"不必了,家父临终前曾交代过我,待其死后一定要低调处理丧事,不发讣告不办葬礼不予超度,所以今天就不麻烦您了,您赶紧回庙里去吧。"

程吴川是昨晚咽的气。

对程季恒来说,这是个喜忧参半的消息。

忧的是,程季恒还没折磨够程吴川;喜的是,程季恒终于可以放心地去找傻桃子了。

程吴川死后,程季恒压根儿就没发讣告,直接找人把程吴川的遗体拉到了火葬场。

按规矩,遗体火化的时间应该是在人死的第三天,但程季恒并不想在程吴川身上再浪费几天的时间,所以果断选择了加钱插队,准备第二天一早就把程吴川烧成灰。

谁知道半路杀出了一个臭和尚。

也不知道是谁向这个和尚透露的程吴川的死讯。

面对这个臭和尚，程季恒备感无奈："家父生前罪孽深重，灵魂肮脏至极，根本不配得到超度，只配被打入十八层地狱永世不得超生，所以，您从哪儿来的就赶紧回哪儿去吧。"

寂原当了多年大佛寺的住持，走哪儿都是备受尊敬与重视的，第一次被如此怠慢，不由得有些愠怒："老衲既然答应了程先生，就一定不会食言！"

和尚果然磨叽，程季恒长叹了一口气："那行，我也不打扰您工作，您念您的经，我烧我的爹，这不冲突吧？"

寂原："……"

程季恒没再搭理他，轻轻挥了一下手指，身后的工作人员就把程吴川的遗体推进了火化室。

寂原气急败坏，圆润的小胖脸都被气红了："世上怎有你这种不孝子？你姐姐在佛前跪了整整一夜，向佛祖祈祷，希望你父亲早登极乐，你呢？"

程季恒明白了，是程羽依把这烦人的臭和尚请来的。

不必多想，一定是那位姓周的医生打电话通知的她。

这个世界上，爱管闲事的人可真是不少。

比爱管闲事的人还多的，是坏事做尽还信神拜佛的人，也不知道他们是怎么想的。

程吴川、柏丽清、程羽依全是这种人。

程季恒再次叹了一口气，很认真地询问寂原："您觉得我像好人吗？"

寂原甩手拂了拂袈裟，愤然地说道："我看您心中必定无佛，需要好好修心修行才是！"

程季恒无奈："既然您知道我不是个好人，还跟我说这么多干什么？庙里没活儿干了吗，您非要在我这儿浪费时间？"

寂原："……"

这个人冥顽不灵，冥顽不灵至极！

大佛寺住持寂原从未遇到过如此顽固不化之人，无奈至极，也屈辱至极，没再与这个不孝子多言，当即拂袖而去。

程季恒不由得舒了一口气，世界终于清静了。

现代化火化技术十分成熟，不到半小时，程吴川的遗体就被烧成了灰。

程季恒连骨灰盒都没给程吴川买。

骨灰出炉后，工作人员会用一柄铁铲将还散发着热气的骨灰放置在一个石台上，让家属将灰烬中的杂质挑出。石台中间有个大洞，是供家属扔杂质的，这其实就是个垃圾桶。

石台旁边的墙壁上挂了一柄小扫把，是用来清扫台面的。

工作人员将程吴川的骨灰放置在石台上之后，程季恒拿起了那柄扫把，毫不迟疑地将石台上的那一小堆骨灰扫进了"垃圾桶"。

人死后，尘归尘，土归土，垃圾归垃圾。

程季恒曾对程吴川说过：你活着，我要让你生不如死；你死后，我会把你挫骨扬灰。

现在，他说到做到。

将程吴川的骨灰全部扫进"垃圾桶"之后，程季恒放下了扫把，轻轻拍了拍手，离开了火化室。

开车离开火葬场的时候已经快九点了，但是他没往市区走，而是开向了通往云山的高速公路。

他要去接那颗傻桃子回家。

明天他就带她去民政局，和她领证结婚。

出发之前，他并没有联系她，因为想给她一个惊喜。

开了将近三个小时的车，他才抵达云山，那个时候已经过了中午十二点。

他并没有直接去找她，而是先去找了一家鲜花店，买了整整一后备厢的玫瑰花。

他从来没有送过花给她，这次要一次性补上。

摆好玫瑰花后，他从大衣兜里掏出了一个深蓝色丝绒面的戒指盒，里面黑色的内衬上立着一枚璀璨夺目的钻戒，如同钉在夜幕上的一颗明星。

看着这枚钻戒，程季恒忽然有些紧张，不对，是一下子产生了前所未有的紧张感。

他打算今天求婚，却从来没练习过求婚的步骤。

最近这段时间他实在是太忙了，忙到连求婚的台词都没时间设计。

马上要求婚了他才意识到，自己的求婚实在是太草率了。

然后他就站在路边盯着手中的这枚求婚钻戒陷入了深思——

直接说"我想娶你"？不行，他这样好像太霸道了，没有诚意。

还是说"要不你嫁给我吧"？好像也不行，"要不"这两个字不合适，显得他太犹豫，不够果断，这样容易被拒绝。

那就"桃子，我想娶你，你愿意嫁给我吗？"，他觉得这句好像还可以，再配合上单膝跪地的动作，效果应该还不错。

他暂定这句了。

等她打开后备厢发现钻戒之后，他就求婚。

确定了求婚的基本步骤和台词之后，程季恒舒了一口气，合上了钻戒盒的盖子，胸有成竹地将盒子放在玫瑰花的中央，关上了后备厢。

花店距离十九中职工家属院不远，他开车不到五分钟就到了。

他将车停到了单元楼门前。

不确定她现在在不在家，所以下车后，他先抬起头朝楼上看了一眼。

面向程季恒这一侧的是厨房窗户，现在刚过十二点，她如果在家的话，应该会在厨房做饭。

他看到窗户后隐隐约约有个纤细的人影，但是由于玻璃窗上糊满了油渍，太模糊了，看不清窗后站的到底是谁。

还能是谁？肯定是那颗傻桃子。

程季恒终于安心了，笑了一下，快步走进了单元楼，发挥大长腿的优势，三级并作一级地奔上了台阶，不到半分钟就冲上了三楼。

他想，归心似箭也不过如此。

四个月没见了，他想她想得要死，恨不得穿墙而入，直接将她抱进怀里。

他一直随身携带着她给他的家门钥匙，还没爬到三楼，就从兜里掏出了钥匙，到了之后立即将钥匙插入锁孔，却没拧动——钥匙被卡住了。

他又试了几次，还是没拧动。

门还是原来的那扇门，仔细观察过后他才发现，锁是新换的。

他有些诧异。

她为什么换锁了？

是因为他回来晚了，她在生他的气，所以把锁换了，不让他回家？

下一秒，他用力地敲门，同时大声地喊着她的名字："桃子！桃子！"

门内很快就传出了一个女人的声音："谁呀？"

那不是她的声音。

程季恒僵在了原地，呆呆地盯着面前的黑色大门。

门被打开后，一位身材苗条的中年女人从里面探出了半个身子，奇怪地看着门外站着的小伙子："你是谁呀？"

陌生的面孔令程季恒不知所措，他甚至怀疑自己走错单元楼了，朝后退了一步，环顾四周，但是周围的一切都与他四个月前离开的时候别无二致。

他很确定自己没有走错,那么就只剩下一个可能性了,这个可能性令他感到了深深的恐慌与不安。

他深深地吸了一口气,极力压制着内心的恐慌,盯着那个女人问:"桃子呢?"

女人蹙眉:"什么桃子?"她忽然想起来,上一位房主的名字里好像带着"桃"字,就多问了一句,"你是找原来住这儿的那个姑娘吗?陶桃?"

程季恒像是抓住了最后一根救命稻草,焦急地追问:"她去哪儿了?"

女人摇头:"不知道。她把房子卖给我了。"

程季恒浑身一僵,像是被当头打了一棒,脑海中一片混乱。

她为什么要把房子卖了?

她是缺钱,还是……不想要他了?

他从未这么茫然不安过,死死地盯着面前的这个女人,声音中带着难言的恐慌:"你知道她为什么要卖房子吗?"

女人无奈,用一种看神经病的眼神看着他:"我怎么知道?你赶紧走吧,我还要做饭呢!"说完,她用力地关上了防盗门,发出了砰的一声响,震动声回荡在狭窄的楼梯间,久久不息。

程季恒愣愣地盯着面前紧闭的大门,内心除了茫然就是无措。

他满含期待地回家,家却没了,他的桃子也不见了。

她去哪儿了?

现在的他像极了一个在街上走丢了的小孩儿,毫无方向感,不安到了极点,想去寻找自己的家,却不知道去哪里找。

愣怔许久后,他终于想起来自己还有手机,还能给她打电话。

他立即拿出了手机,就在准备拨号的时候才意识到,自己从来没有记过她的电话号码,一次都没有。

现在的这部手机上没有存她的手机号码,她的手机号被存在了以前的那部手机里,但是他在离开云山的时候将那部手机连同电话卡一起扔了,电话卡也被他掰成了两半。

他是想用这种破釜沉舟的方式逼着自己不去联系她,不然自己会分心。

那张电话卡是用季疏白的身份证办理的。

程季恒知道柏丽清一定会猜到自己"消失"的那两个月,一直顶着季疏白的身份行动。程季恒担心柏丽清会去调查季疏白名下的所有通话记录,所以让季疏白将那个号码注销了。

现在程季恒手上没有任何能联系到那颗傻桃子的方式。

这一刻他陷入了前所未有的惶恐之中。

他不会……把她……弄丢了吧？

他再次用力地敲打面前的房门，敲了好长时间，房门才被打开。

那女人本来不想给他开门，但最后实在是不胜其烦，只好过来给他开门，之后就是破口大骂："你是不是有病？再来敲我们家的门——"

她还没骂完，就被他打断了。

"把她的电话号码给我。"程季恒的语气果断、决绝，带着命令的意味。

女人冷笑："我凭什么——"

她话还没说完，又被他打断了。

"我让你把她的电话号码给我！"程季恒面色阴沉，加重了语气，不再是命令，而是威胁，语气中还带着极大的怒意。

他现在像是被架在了炽热的火堆上，内心焦灼不已，只想立刻得到那颗傻桃子的联系方式。

那女人被吓坏了，立即从挂在身前的围裙兜里拿出手机，抖着手翻出了前任房主的手机号。

程季恒不由得舒了一口气，迫不及待地将这串数字存进了自己的手机中。

在他打电话的时候，那女人迅速关上了房门。

摁下通话键的那一刻，他生出了几分希望，然而手机里传来的是"对不起，您所拨打的号码是空号"，这机械化的语音彻底将他推向了绝境……

他如遭冰封般定在原地，神情呆滞、浑身僵硬。

他明白这是什么意思——她注销了手机号，像四个月前的他一样。

他联系不上她了……

她是在惩罚他，还是不想要他了？

这一刻他忽然意识到，这颗桃子对他很重要，比他的生命还要重要。

他离不开她。

他不能弄丢她，必须找到她。

放下手机后，他强迫自己冷静下来，站在昏暗拥挤的楼道中做了几组深呼吸，找回了几分理智后，迅速下楼。

他先开车去了她工作的地方，到了之后却被告知，她早就辞职了。

这个消息令他的内心更加慌乱。

卖掉房子，辞了工作，这一切都表明她离开这里了。

他不知道她去哪儿了，甚至不知道该去问谁。

绝望之际，程季恒忽然想到了一个人——苏晏。

苏晏一定知道她去哪儿了。

她离开云山之前，一定会去找苏晏。

想到这儿，程季恒立即开车去了人民医院。

他到人民医院的时候还不到下午两点，医护人员还在午休，门诊大楼里安静极了。

心血管科在门诊大楼的五楼，到了五楼，程季恒径直走向值班台，开门见山地询问值班护士："苏晏在哪个诊室？"

坐在值班台后面的那个护士正在玩手机，被忽然冒出来的声音吓了一跳，下意识地把他当成了想插队的病患，白了他一眼，没好气地回道："现在是午休时间，看病先去挂号，等医生上班了再来排队。"

程季恒的耐心瞬间消失，他面色铁青地盯着那位护士，几乎在咆哮："我问你苏晏在哪儿？"

护士此时被吓到了，又把他当成了"医闹"的人，立即从凳子上站起来，快速朝后退了几步，满脸警惕地盯着他："你找苏医生干什么？"

程季恒压着脾气，冷冷地说道："你只需要告诉我苏晏在哪儿，或者把他的联系方式告诉我。"

护士不知所措。

在她惶恐不安之际，视线范围内忽然出现了一抹修长挺拔的白色身影，她的双目瞬间亮了，她立即向那人投去求助的目光："苏医生！"

程季恒闻言立即回头。

下一秒，程季恒的脸上就狠狠地挨了一拳。

这一拳的力度着实不小，程季恒的眼前猛然一黑，唇边还泛起了血腥味儿，然而还没来得及站稳，程季恒又挨了第二拳，这一拳打在了肚子上。

又是饱含怒意的一拳，程季恒不由得往后趔趄了两步。

紧接着，他被人扯住了胸前的衣服，用力地抵在了墙上。

苏晏怒不可遏地看着程季恒，眼睛似乎在喷火，恨不得将程季恒碎尸万段："你竟然还敢回来？"

程季恒没有任何反抗，任由苏晏将自己抵在墙上。

程季恒今天不是来打架的，只是想知道她去哪儿了。

程季恒深吸了一口气，看着苏晏问："桃子呢？"

苏晏觉得程季恒提她的名字都是对她的一种侮辱。

苏晏忍无可忍，又给了程季恒一拳。

这一拳中包含了苏晏的全部愤怒与痛恨，程季恒直接被打翻在地，唇角都被打裂了，渗出了殷红的血。

程季恒依旧没还手，从地上站起来，用拇指擦拭了一下唇角的血迹，看向苏晏，再次发问："桃子呢？"

苏晏面色阴沉，冷冷地启唇："不知道。"

程季恒不信，神色也开始变冷："我再问你一遍，她去哪儿了？"

苏晏还是那个答案："我不知道。"

他是真的不知道。

那天，她答应和他一起离开云山。

但是第二天他再去找她的时候，她已经走了，还切断了所有联系方式。她就这样消失了。

程季恒不由得攥紧了拳头，极力压抑着怒火："我只是想知道她去哪儿了。"

苏晏冷笑了一下，笑容中又带着几分苦涩："我也想。"

程季恒怔住了，惊惶不安地看着苏晏。

苏晏好像真的不知道。

苏晏难以理解地看着程季恒："你为什么还要回来？她是一条你寄养在云山的狗吗？你想她的时候，就回来看看她；不想她的时候，就杳无音信，任她自生自灭。程季恒，她凭什么要一直等着你？"

程季恒急切不已："我没有任她自生自灭，我这次回来就是要带她回家！"

苏晏轻笑："你为什么不早点儿回来？因为你家里有事？到底是什么事能让你一下子消失了四个月？"

事情很复杂，程季恒不知道该怎么解释，只能回道："和你没关系。"

苏晏盯着他看了一会儿，忽然发问："你真的叫程季恒吗？"

程季恒怔住了。

苏晏哂笑："别再演了，别说她现在不在，就算是她在，也不会继续相信你。"

程季恒微微蹙起了眉头："你什么意思？"

在苏晏看来，程季恒今天的一举一动和以前一样——全是在装，即便是被拆穿了，程季恒还能接着装，可谓是功底深厚。

苏晏也懒得继续拆穿程季恒，浪费时间又没有意义，只是认真地问了一句:"你真的想找到她?"

程季恒从苏晏的话里听出了希望,立即追问:"你知道她在哪儿?"

苏晏语气坚决:"不知道,你这辈子都不可能再见到她了。"他补充道,"她之所以离开云山,也是因为再也不想见到你了,你也不要再去找她了,放过她吧。"

苏晏没有告诉程季恒桃子怀孕的事情,也不打算告诉他。

桃子已经被程季恒伤害得够深了,苏晏是真的想让程季恒放过她。

程季恒并不死心,死死地盯着苏晏,极度偏执地说道:"我一定会找到她,这辈子都不会让她再离开我。"

程季恒不相信她再也不想见到自己了,也不接受这个现实。

但程季恒能感觉到,苏晏真的不知道她去哪儿了,所以没再浪费时间,直接离开了医院。

离开医院,他又陷入了一种茫然不安的状态。

他必须找到她,可是能找的地方都找遍了,接下来又该去哪里找她?

他不知道,毫无头绪。

年底,气温很低,寒风凛冽,此时天色暗淡阴沉,天空中忽然飘起了雪花,程季恒不经意间看到了远方的大山。

云层沉重,大半个云山隐匿在了云层中。

那一刻他决定,去云山。

他不相信她不要他了。

她一定只是生他的气了,因为他晚回来了两个月,所以才用这种方式惩罚他。

她一定会回来的,一定会。

因为她爱他,很爱他,把他当成唯一,所以一定不会离开他。

在开车去云山的路上,他不停地安慰自己,可是效果并不显著。

如果效果显著的话,他也不会去云山了。

他去云山就是求个心安。

坐缆车上山会很快,但由于今天下雪,缆车没开,程季恒只能徒步爬上山。

平时天气好的时候爬山也至少需要两个小时,更别说今天这种天气了。

这种天气来爬山的只有程季恒。

他爬到半山腰的时候,雪更大了,由"盐粒"变成了"柳絮",又由"柳絮"变成了"鹅毛",脚下的青石阶越发湿滑,爬山的难度越来越大,也越来越危险。

程季恒不但没有放慢速度,反而加快了爬山的速度,其间摔倒了好几次,还有一次差点儿顺着石阶滚下山,原本整洁笔挺的大衣在一次次摔倒的过程中变得肮脏不堪,上面沾满了泥污和雪融化后留下的水渍。

天气明明很冷,他却热得满头大汗。

他到了山顶,云山寺的大门却紧闭着。

程季恒用力地拍打着朱红色的大门,近乎咆哮:"开门!"

少顷,两扇沉重的大门被缓缓打开一条缝,一位身穿灰色袈裟的小沙弥出现在了门后。小沙弥看起来也就十二三岁的模样,面颊青涩稚嫩,却故作老成,学着住持的样子:"施主请回吧,今日本——"

小沙弥的话还没说完,程季恒就将手摁在了他的小光头上,一把将他推开,直接冲进了寺里。

小沙弥:"哎呀!"

此时的月老树已不复夏日时的葱郁,暑去冬来繁华落尽,仅剩下光秃秃的枝干和挂在其上的密密麻麻的结发扣。

雪只下了两三个小时,树枝上还没有积雪。

程季恒跑到树下,惊慌又着急地寻找他们曾经挂结发扣的那根树枝。

其实很好找,他一眼就看到了那根树枝。

他记得当初他们来挂结发扣的时候,这根树枝上只挂了两个结发扣,因为这根树枝很高,能够到的人不多。

他按照她的要求,将他们的结发扣也挂在了这根高高的树枝上。

但是现在,这根树枝上依旧只有两个结发扣——少了一个。

他害怕极了,像是回到了六岁那年,奶奶告诉他,妈妈出车祸了,可能再也醒不过来了的那一天。他害怕再次失去生命中重要的人。

盯着那根树枝看了许久,他才鼓起勇气,抬起手去翻看挂在上面的两把同心锁上刻着的名字。

银锁如冰块般冷硬,触手冰凉,第一把锁上刻的不是他们的名字,那不是他们的锁。

程季恒的手开始发抖,无法自控的那种抖,心头惶恐至极,脑海中一片混乱,他不知道自己该怎么办了。

雪越下越大,几乎遮挡了他的视线,在大雪中站了许久,他才重新冷静下来,抬起手去翻看第二把锁,依旧不是他们的——他们的结发扣不见了。

其实那一刻程季恒已经明白了一切，但是他选择了自我欺骗——一定是自己记错了，他们的结发扣一定挂在别的树枝上。

之后，他像疯了一样，开始逐一地翻看满树的同心锁，发誓一定要找到他们的锁。

他在心里对自己说：一定在树上，他们的同心锁一定还挂在树上。

那位小沙弥一开始只是站在一边好奇地看着程季恒，但看到这个人开始乱翻别人的同心锁，瞬间急得不行：“哎呀，你别乱动人家的锁！碰掉了是会坏了人家姻缘的！”

程季恒置若罔闻，依旧疯了一样地找他们的锁。

小沙弥急得不行，又没办法阻拦程季恒，无奈之下只好去找住持。

没过多久，了空住持就跟着小沙弥过来了。

师徒二人还没走到跟前，小沙弥就指着程季恒气呼呼地跟师父告状："师父，就是他，不光打我的脑袋，还乱翻别人的锁！"

了空住持看了自己的小徒弟一眼，面容慈祥，却不怒自威："山喜，出家人以慈悲为怀，不可斤斤计较。"

小山喜被批评了，也没不服气，立即道歉："是，师父，我知道错了。"

了空住持并未大声呵斥程季恒，也没有勒令他立即停止当前的疯子行为。

在了空住持看来，世人皆苦，疯癫只是一种悲戚的表现形式，我佛慈悲，只需度，不需责。

此刻的程季恒像一个被抛弃的孩子，绝望又无助。

了空平静地走到程季恒身边，温和地询问："这位施主，贫僧有什么可帮你的吗？"

程季恒像看到了救命稻草似的，立即抬起头看向了空，近乎哀求地说道："我的结发扣不见了，你能帮我找找吗？"

他都没发现自己竟然哭了，哭得像个幼儿园的小孩儿。

他的皮肤很白，白到几乎没有血色，他说话的时候，眼眶通红，泪流满面，声音呜咽，吐字含混不清。

在了空看来，眼前这个俊朗的男儿郎，只是一个比山喜大不了几岁的孩子而已。

了空点了点头："当然可以。但是你要先告诉我，你和你妻子的名字。"

程季恒急切不已："陶桃，我妻子叫陶桃，一个是陶瓷的陶，一个是桃子的桃。我叫程季恒。"

了空的神色忽然一变，他想到了不久前。

　　那位小姑娘来摘结发扣的时候，也如这位施主此刻一般，泣不成声。

　　了空轻叹了一口气，伸手招呼自己的小徒弟过来，附在小徒弟的耳畔说了些什么。

　　山喜听后立即跑走了，没过多久又回来了，手里捧着一个小小的红色木盒子。

　　山喜将盒子交给了师父。

　　从月老树上取下的银锁，寺庙都会妥善保管。

　　了空打开红盒子，里面铺着一层红布，揭开红布后，将盒子递到程季恒面前，一言未发。

　　程季恒看到盒子里静静地躺着一把同心锁，锁上刻着两个名字，是他和桃子的名字。

　　锁上系的红色结发扣不见了，原本银白色的锁也变成了黑色，这是火烧过的痕迹——她烧了他们的结发扣。

　　那一刻，程季恒终于意识到自己犯了一个和苏晏同样的错误：仗着她对自己的爱，有意无意地伤害她。

　　他以为她永远不会离开自己，所以狠心地将她放在了次要的位置，先去处理自认为最重要的事情，从未想过她会将那份爱收回。

　　她真的离开了他。

　　雪很大，整个云山寺白茫茫一片。

　　光秃秃的菩提树下伫立着三个人。

　　小沙弥懵懂，老和尚悲悯，程季恒茫然。

　　七月初，天气炎热，东辅医学院附属医院的儿科门诊部人满为患，十分嘈杂，时不时地还会响起几声小孩儿的啼哭声，让本就拥挤、嘈杂的环境更令人焦虑。

　　陶桃已经在分诊台旁的休息区等了快半个小时，还没有轮到她进诊室。

　　女儿发烧了，她急得不行。

　　几排长椅上坐满了抱着孩子的家长，一个空位也没有，她只好抱着女儿站在一边等，肩头还背着一个粉色的书包，里面装的全是孩子的东西。

　　这个书包还是她在怀孕前买的，她身上穿的浅蓝色衬衫和牛仔裙也是四年前买的。

　　小家伙平时很有活力，而此刻像霜打了的茄子似的，蔫蔫地趴在妈妈的肩头,肉嘟嘟的小脸蛋儿上浮着两抹异样的红色,像极了一颗熟透了的小苹果。

"妈妈,我好难受呀……"小丫头的声音也蔫蔫的,清脆的小奶音变成了软软的小奶音。

陶桃又着急又心疼,柔声安抚道:"我们马上就见到医生啦,看完医生就不难受了。"

小家伙可怜巴巴地看着妈妈:"看完医生是不是还要打针?"

陶桃:"打完针病才能好。"

小家伙:"可是人家不想打针。"

陶桃:"不打针病好不了哟。"

小家伙叹了一口气:"为什么生病了一定要打针而不是吃小奶糕?要是吃小奶糕能治病就好啦!"

陶桃哭笑不得:"都发烧了还想着吃冰激凌呢?再多吃两根冰激凌,你的小衣服就包不住你的小肚子了。"

随后她温柔又不失严肃地规定:"你病好之前都不可以吃冰激凌!"

小家伙不服气:"你每天都叫我小奶糕,还不允许我吃小奶糕?!"

陶桃给女儿取名陶多乐,小名小奶糕。

当妈妈的都臂力惊人,陶桃单手抱着女儿,用另外一只手轻轻地戳了戳女儿的肚子,笑着说道:"看看你的肉肉,还吃冰激凌呢?"

陶桃没好意思直接说女儿胖,怕打击孩子的自尊心。

其实小丫头也不算特别胖,体重尚在合理范围内,只不过看起来肉乎乎的而已,还白白嫩嫩的,像极了一个面团子捏的小娃娃。

小奶糕听完妈妈的话后更不服气了,小眉毛都拧了起来,气呼呼地说道:"人家才不胖呢!"

你还听出来了?陶桃忍笑,一本正经:"我没有说你胖,我是说你可爱,可爱到膨胀。"

小奶糕:"那你为什么天天喊我小肉肉?云云姐姐的妈妈都喊她小苗条。"

你还控诉上你妈妈了?陶桃忍俊不禁:"人家云云多瘦呀!"

云云是她邻居家的孩子。

小奶糕:"我也瘦,我也想让你喊我小苗条。"

"……"

你这不是逼着你妈妈睁眼说瞎话吗?

· 259 ·

你现在就是一株小多肉!

陶桃故意逗她:"你要是能保证以后再也不吃零食了,妈妈就再也不喊你小肉肉了,每天都喊你小苗条。"

小奶糕很认真地问妈妈:"零食都有什么?"

陶桃专挑小家伙喜欢吃的东西说:"饼干、蛋糕、小奶糕、奶酪棒、薯片……"

小家伙喜欢吃的零食有很多,但是小孩子零食吃多了不好,所以陶桃平时会很严格地控制女儿吃零食的量。

她最后又特意强调了一遍:"想当小苗条的话,这些都不可以吃了,一口都不可以哟,对了,炸鸡翅和汉堡也不能吃了。"

小奶糕的眼睛越瞪越大,乌溜溜的大眼睛中写满了"不可以"三个字,听到"炸鸡翅"这三个字之后,小奶糕毫不犹豫地向零食妥协了:"我不当小苗条了,我还是想当小肉肉!"

小奶糕想当一个有零食吃的快乐的小肉肉。

陶桃乐得不行:"哈哈哈……"

女儿出生后,每天都会给陶桃带来不同的惊喜与快乐。

女儿是上天送给陶桃的最好的礼物,所以她一点儿也不后悔当初的决定。

只要有女儿陪着,无论面对什么样的风雨,陶桃都不怕。

这时,叫号广播忽然响起:"请陶多乐患者到7号诊室就诊。"

陶桃瞬间集中了注意力,立即抱着女儿朝7号诊室走去,同时柔声地对怀里的小家伙说道:"我们现在就去看医生,看完医生你就不难受了。"

小奶糕有点儿害怕,看着妈妈问道:"不打针可以吗?"

陶桃安抚道:"也不一定要打针,如果医生说你不需要打针的话,那就不用打针了。"

小奶糕还是害怕,担心不已地问道:"如果医生说我需要打针呢?"

陶桃:"那就必须打针了,不然你的病好不了。"为了给这小丫头鼓气,陶桃补充了一句,"病好了之后你才可以吃冰激凌,不然不可以吃。"

小奶糕拧着眉毛纠结了一会儿,叹了一口气,怏怏地说道:"那好吧……"

我就知道你为了吃冰激凌可以克服一切困难。

陶桃又被女儿逗笑了。

7号诊室里坐着一位女医生,她简单地询问了一下孩子的症状后,怀疑是病毒感冒引起的发烧,为了确定病因,她开了一张化验单,让陶桃带着孩子去抽血检验。

小奶糕原本乖乖地坐在妈妈的腿上,听到"抽血"这两个字瞬间吓坏了,一脸惊恐地看着妈妈:"抽血需要打针吗?"

陶桃犹豫了一下,半骗半哄地回道:"就扎一下手指头,特别快,一点儿也不疼。"

小奶糕最害怕打针,眼眶一下子就红了,可怜巴巴地看着妈妈,撇着小嘴,呜咽着说道:"妈妈,我害怕,特别特别害怕。"

陶桃柔声安抚道:"别怕,妈妈一直陪着你呢。"

医生开完单子之后,陶桃就抱着女儿出去了。

化验科有很多人,倒不是生病的孩子多,而是陪孩子看病的家长多。

不是爸爸妈妈一起带着孩子来医院看病,就是姥姥姥爷或者爷爷奶奶陪着儿女来医院给孙子孙女看病,很少有爸爸或者妈妈单独带孩子来医院的。

毕竟一个家长根本照顾不了一个生病的小孩子。

陶桃是个例外。每次孩子生病或者需要打预防针的时候,她都是独自一人带着女儿来医院。

刚开始的时候她也会手忙脚乱,但次数多了就习惯了。

妈妈是万能的。

不过陶桃也有苦恼——每次带女儿来医院,看到别人家的孩子哭着喊着叫爸爸,或者哀求爸爸抱一抱的时候,小奶糕就会目不转睛地盯着人家的爸爸看,眼神中充满好奇,还有羡慕,这会让陶桃觉得自己很对不起女儿。

女儿还总是问陶桃:"为什么别的小朋友有爸爸而我没有爸爸?"

陶桃虽然心里清楚程季恒永远不会出现了,但是她不想让女儿伤心,每次都回答:"爸爸去了好远好远的地方,还没有回来呢。"

这时小奶糕会追问:"爸爸什么时候才能回来呀?"

陶桃会说:"等你长大了,他就会回来了。"

小奶糕:"我什么时候才能长大?"

"等你十八岁。"

"可是还要好久呀。"

"等你长大了,妈妈就老了,你想让妈妈变老吗?"

"不想!我不想!"

"那你就慢一点儿长大。"

陶桃每次都会用这种转移话题的方式结束有关"爸爸"的话题。

在抱着孩子去化验科的路上，陶桃一直在心里祈祷：千万别让小奶糕见到别人家小孩儿哭着喊着叫爸爸的场面。

然而怕什么来什么，刚走进化验科的大门，陶桃就听到了一个小男孩儿鬼哭狼嚎的惨叫声。在哭喊的同时，他紧紧地抱着他爸爸的小腿："爸爸救命！救救我！我不要打针！"

这个场面逗笑了周围的所有人。

小男孩儿的爸爸也是哭笑不得，弯腰将儿子从地上抱起来，温声细语地安抚着。

也只有在孩子面前，男人们才能露出最温柔的一面。

小奶糕又在目不转睛地盯着人家的爸爸看，乌溜溜的大眼睛中写满了羡慕。

为了避免小奶糕再问同样的问题，陶桃赶紧转移小奶糕的注意力："宝宝，你晚上想吃什么呀？"

小奶糕看向妈妈，眼圈忽然又红了，下一秒就开始号啕大哭："我也想要爸爸，我也不想打针，我也想让爸爸救救我。"

她真的很害怕打针，所以很想有个爸爸，那样她害怕的时候就能像那位小哥哥一样向爸爸求救了。

陶桃的眼睛忽然就酸了，心像被针扎了一样疼，虽然已经经历过很多次这种情况，但她永远没有办法习惯。

她心疼自己的女儿。

她深深地吸了一口气，迫使自己冷静下来，温柔地安抚女儿："你不是还有妈妈吗？妈妈会一直陪着你。"

小奶糕哭得惨极了，小小的身体一抽一抽的："可是……可是我真的……真的不想……不想打针。"

陶桃也知道女儿是真的害怕打针，每次打针之前小奶糕都会闹一次情绪。不过陶桃也没办法，只能半哄半骗地说道："你都三岁了呀，马上就要上幼儿园了，不能再害怕打针了，不然到时候会被其他小朋友笑话的。"

小奶糕呜咽着回道："我不怕他们笑话，我只怕打针。"

小奶糕的逻辑满分，陶桃简直无法反驳。

陶桃又被这小家伙逗笑了，没办法，只好使出撒手锏："你乖乖打针，病好了之后，妈妈就带你去吃牛排，还有意大利面。"

小孩子都喜欢吃西餐，倒不是因为西餐有多好吃，多是因为西餐的形式新鲜，而且餐厅会送小礼物。

陶桃很少带女儿去吃牛排，一是因为她这个当妈的不喜欢吃，二是因为去的次数多了的话，小家伙就没有新鲜感了，以后就不能当撒手锏了。

听到"牛排"两个字后，小奶糕瞬间停止了哭泣，泪眼汪汪地看着妈妈："真的吗？"

果然只有吃的才能治愈你。

陶桃已经开始担心以后养不起这个贪吃的小家伙了。

陶桃忍俊不禁，无奈点头："真的！"她又重点强调，"前提是你必须乖乖打针，不可以再闹人了。"

小奶糕的脸上还挂着晶莹的眼泪珠子，她低着小脑袋，拧着小眉头纠结了一会儿，最终向牛排和意大利面妥协了："那好吧，我不哭了。"

虽然向妈妈承诺过不哭了，但是护士姐姐用针扎她的手指头的时候，小奶糕还是被疼哭了，不过比刚才坚强多了，强忍着没有哭出声，缩在妈妈的怀里默默地流眼泪，小身体一颤一颤的，看起来可怜极了。

护士姐姐给了她一个小棉球，让她把小棉球摁在被针扎过的手指上，小奶糕乖乖照做。

陶桃在女儿的脸蛋儿上亲了一下，夸奖道："我们小奶糕真棒！"

化验结果不到二十分钟就出来了，陶桃再次抱着女儿去了7号诊室，给医生看化验单。

数据显示小奶糕发烧的症状确实是病毒感冒引起的，医生给小奶糕开了连续三天的吊瓶。

陶桃拿着医生开的单子，先抱着女儿去了分诊台，排了十分钟的队才缴上费，然后去取药，最后抱着女儿去输液室打吊瓶。

输液室没有床位，陶桃只好让女儿坐在自己的腿上。

护士姐姐给小奶糕扎针的时候，小奶糕再次眼泪汪汪，也不知道到底是被疼哭的还是被吓哭的。

不过没过多久，小奶糕就依偎在妈妈的怀里睡着了，还睡得特别香。

其实陶桃也很困，毕竟已经在医院里跑了一个上午，还全程抱着这个小肉肉，所以除了困，还很累。

不过陶桃不敢睡，因为还要守护女儿。

小家伙闭眼熟睡的样子十分乖巧，睫毛又长又浓密，白皙稚嫩的脸颊肉乎乎的，像极了面团子。

陶桃经常会在女儿睡觉时出神地盯着她看，神色中带着难掩的慈爱和温柔。

女儿是陶桃的宝贝，是陶桃的全部，是比陶桃的生命更重要的存在。

陶桃真的很爱女儿。

这个小家伙却长得跟陶桃不怎么像。

其实小家伙刚出生的时候还挺像陶桃的，但是越长越不像了。

小家伙越来越像他了……

陶桃本来都快忘了那个男人长什么样了，但是怀里的这个小丫头简直是他的迷你版，时时刻刻都在帮陶桃回忆他的长相。

不过就算她想起了他的长相也没什么，现在她的内心早已没有任何起伏与波澜。

四年，足以让她遗忘一切，或者说，释怀一切，对她而言，他早就是一个无关紧要的人了。

她不再爱他，也不再怨恨他了，甚至有点儿感谢他，感谢他给了她一个女儿。

大约一个半小时后，吊瓶输完了，陶桃喊来了护士。护士给小奶糕拔完针后，陶桃用棉球给女儿摁了一会儿手背，等血止住了，才喊醒女儿。

小家伙的脸蛋儿依旧红扑扑的，由于刚被叫醒，小奶糕有点儿迷糊。

陶桃抱着小奶糕从凳子上站起来，温声说道："打完针了，我们该回家了。"

小奶糕瞬间清醒，满脸期待地看着妈妈："我们要去吃牛排了吗？"

你果然是个小吃货。

陶桃哭笑不得："今天不可以吃，你的病还没好，等你病好了才能吃。"

小奶糕又蔫了，脸上写满了失望，不过还是很听话，乖乖地说道："好吧，等我病好了你一定要带我去哦！"

陶桃一边抱着孩子往外走，一边说道："你放心吧！妈妈什么时候骗过你？"

小奶糕："上次你说等我洗完澡之后就让我再看一集《小猪佩奇》，但是洗完澡之后你又不让我看了！"

你还挺记仇！

陶桃不甘示弱："谁让你洗澡的时候一直在玩水呢？你玩那么长时间，洗完澡就到睡觉的时间了。"

小奶糕不服气地噘起了小嘴巴。

看着小奶糕这副样子，陶桃又气又笑，很想在小奶糕的小脸蛋儿上咬一口。

就在她抱着女儿即将走出门诊部大楼的时候，身后忽然有人喊了一声："桃子？"

这个人声音颤抖，他的语气中带着不安，带着不确定，又带着难言的激动与期待。

这个人的音色，她很熟悉。

她喜欢过他好多好多年，所以一下子就能听出是他的声音。

陶桃脚步一顿，几秒钟后，才鼓起勇气转身。

在看到他的那一刻，她红了眼眶。

是苏晏。

她毫无心理准备，从未想过会在这里偶遇他，很意外，也很惊喜。

四年未见，他几乎没变样，依旧是风度翩翩优雅俊朗，唯一的变化是，高挺的鼻梁上多出了一副金丝框眼镜，看起来十分知性。

陶桃瞬间泪眼婆娑。

小奶糕惊慌失措地看着妈妈："妈妈，你怎么哭了？"

小奶糕从未见过妈妈哭，所以一直以为妈妈不会哭。

妈妈忽然哭了，这可把小奶糕吓坏了。小奶糕立即伸出小手去给妈妈擦眼泪，学着妈妈平时的样子和口吻说道："不要哭啦，没关系的，不用害怕，我会一直陪着你的！"

陶桃破涕为笑，心头忽然涌起了一阵感动，抬起一只手擦了擦眼泪，在女儿的脸蛋儿上亲了一口："谢谢宝宝，妈妈不哭了。"

苏晏和陶桃一样震惊、激动，僵在原地，呆呆地望着不远处的姑娘。

姑娘还抱着一个小女孩儿。

他知道，这是她的女儿。

她终究还是把孩子生了下来。

他喜欢了许多年的女孩儿，现在是一个孩子的妈妈，不过四年的时光并没有磨灭她身上的朝气与灵气，也没有改变她的身形与模样。

她依旧是一颗清爽的水蜜桃。

许久后，苏晏才回过神，深深地吸了一口气，快步朝她走去。

陶桃此时也恢复了理智。震惊过后，心头只剩下激动，她惊喜不已地看着苏晏："你怎么在这儿？"说完，她才注意到他身上穿着白大褂，又问道，"你在这里当医生？什么时候来的？"

"年初来的。"苏晏的神色中也带着难掩的惊喜与激动,他言简意赅地讲述了一下自己过去四年的经历,"前几年去国外进修了。"

在她离开云山的第二年,他就出国了。

陶桃知道进东辅医学院一直是他的梦想,由衷地替他高兴:"恭喜你!"

"谢谢。"苏晏的声音一如既往地温柔,目光中带着暖暖笑意,随后,他看向了她怀里的小家伙。

与这个小丫头对视的一瞬间,苏晏就想到了程季恒。

这小丫头简直是他的迷你版,无论是脸形还是五官都和他像极了。

在这小丫头的脸上,他竟然找不出半点儿像她妈妈的地方。

陶桃从苏晏的表情中读出了什么,不禁有些赧然:"我女儿……不太像我。"

其实这话她都说委婉了,不是不太像,是一点儿也不像。

为了缓解尴尬的气氛,苏晏立即说道:"和你一样好看。"随后,他十分亲切地问小家伙,"你叫什么名字?"

小奶糕有点儿害羞,紧紧地抱着妈妈的脖子,奶声奶气地回答:"我叫陶多乐,妈妈叫我小奶糕。"

苏晏神色温和,语气轻柔:"很好听的名字。"又赞美道,"你很漂亮。"

小奶糕低着脑袋,脸颊红红的,声音小小地说道:"谢谢叔叔。"然后抱紧了妈妈,把自己的小脸儿紧紧地贴在妈妈的肩头。

苏晏一怔,不解地看着陶桃。

陶桃很了解自己的女儿,笑着回道:"你太帅了,把我们家小姑娘夸害羞了。"

小奶糕害羞极了,声音小小地反驳:"人家才没有呢……"

苏晏忍俊不禁,终于在这小丫头的身上找到了一处和她妈妈相似的地方——容易害羞。

随后他又关心地问道:"你们怎么来医院了?"

陶桃叹了一口气,看着怀里的小家伙说道:"她发烧了,病毒感冒,要打三天吊瓶呢。"

苏晏:"打完了吗?"

陶桃:"今天的打完了,正准备回家呢。"

苏晏不假思索:"我送你们回去。"

陶桃拒绝了他:"不用,你去忙吧。"

苏晏没有放弃:"已经下班了,两点才上班,还有时间。"

陶桃态度坚决:"真的不用,我们家离这里很近。"

她不想麻烦他。

能够再次见到他,她真的很开心,却不敢再有任何非分之想。

他是天之骄子,前途无量,她只是一个单亲妈妈,他们二人之间的差距太大了。无论他对她有多好,她都不能接受这份好意。

人应该有自知之明,她配不上他。

苏晏很固执,这次没再给她拒绝的机会,不容置疑地说道:"你们在医院东门等我,我现在就去开车。"可能是担心她会不告而别,他迅速拿出手机,"把你的手机号跟我说一下。"

他不想再错过她了。

如果只是当朋友的话,陶桃当然愿意把手机号给他。但她能感觉出来,苏晏还喜欢她。

她觉得自己配不上他,更不想拖累他,所以选择了拒绝,很直接地说道:"我现在有女儿,开着一家能养活自己和女儿的小超市,这对我而言已经足够。我很满足现在的生活,真的不需要更多的东西了,你明白吗?"

"我不明白。"苏晏依旧很固执。

她是他从小就喜欢的姑娘,他错过了她两次,不能错过第三次了。

他错过这一次的话,可能往后都不会再有机会了。

他不想让自己后悔一辈子,斩钉截铁地说道:"把你的手机号给我。"

陶桃无奈地盯着他看了一会儿,轻叹了一口气。

她拗不过他,只好暂时妥协,对怀里的小家伙说道:"你把妈妈的手机号跟叔叔说一下好不好?"

小奶糕点了点头,流利地背出一串数字,吐字很清晰,小奶音也很清脆。

苏晏只听了一遍就记住了陶桃的手机号,然后将其存进了手机通讯录。

存好之后,他还给她打了一个电话:"这是我的手机号,以后遇到什么事情,可以随时联系我。"

陶桃很感动,也很感激他不嫌弃她,还愿意对她这么好:"谢谢你呀。"

"我去开车。"苏晏不放心地叮嘱道,"你们在东门等我。"

陶桃只能答应他:"好。"

苏晏走后,陶桃抱着女儿走出了门诊楼的大门,在去医院东门的路上,小奶糕好奇地发问:"妈妈,刚才那个叔叔是谁呀?"

陶桃回道:"是妈妈的一个朋友。"

小奶糕:"我以前怎么没有见过他?"

陶桃:"是在你出生之前妈妈认识的朋友。"想了想,她补充了一句,"妈妈很小的时候就和他认识了。"

小奶糕:"那你们是不是认识好久好久好久了?"

陶桃点头:"是的。"

小奶糕两眼放光地看着妈妈:"那他知不知道我爸爸在哪里?"

如果这个叔叔知道的话,她就可以去找爸爸啦!

陶桃脚步一顿,没想到女儿会忽然问起有关爸爸的事情。

每次带女儿来医院,她都会陷入同样的困境。

女儿看到别人有爸爸很羡慕,也想要爸爸,但是陶桃满足不了她,即便当场安抚了她,在接下来的几天,小家伙还是会不停地询问关于爸爸的事情。

陶桃轻叹了一口气,略带歉意地回道:"他不知道。"

小奶糕很失望:"好吧……"

陶桃又一次觉得自己很对不起女儿,没能给女儿一个完整的家庭,永远无法实现女儿见爸爸的愿望。

或许,陶桃应该从一开始就告诉女儿,爸爸永远也不会回来,这样就能避免女儿一次又一次地失望了。

看出了女儿的难过,陶桃立即安抚道:"你还有妈妈呢,妈妈会一直陪着你。"

小奶糕:"可是我真的很想要一个爸爸,特别特别想,我想和别的小朋友一样。"

因为别的小朋友都有爸爸,只有她没有,所以她想要一个爸爸。

陶桃的心又酸又疼,她不知道该怎么告诉女儿真相,只能继续用谎言哄女儿:"等你长大了,爸爸就回来了。"

陶桃抱着孩子站在医院东门等了几分钟,苏晏开着车过来了。

陶桃注意到苏晏换车了,他四年前开的是一辆白色的轿车,现在换成了一辆黑色的越野车。

陶桃对汽车的了解不多,不知道这是什么牌子的车,只觉得这车特别酷,连她怀里的小家伙都被震撼到了,小奶音中尽是惊叹:"哇,好大的车呀!"

这车的底盘很高，陶桃没办法抱着孩子上车，只好先把小家伙放到车座上，自己再上车。

抱着孩子系好安全带后，她不由得感慨了一句："你这车可真大。"

苏晏笑着回道："越野车都大，方便外出旅游。"说完，他将目光转向小家伙，温声问道，"你有想去的地方吗？叔叔可以开车带你去玩。"

小奶糕摇了摇头，认真又严肃地说道："不可以的，妈妈说我不能和陌生人一起玩。"

此言一出，苏晏和陶桃都被逗笑了。

陶桃还有点儿骄傲，看着苏晏问："我们的安全防范意识可以吧？"

苏晏点头："相当可以。"随后他又看着小家伙，"叔叔不是陌生人，是你妈妈的朋友。"

小奶糕看向妈妈。

陶桃温声解释道："妈妈刚才不是跟你说过了吗？叔叔是妈妈的老朋友，所以他不是陌生人。"

小奶糕拧起了眉毛，再次认真发问："那我可以和他出去玩吗？"

陶桃怔住了，一时间竟然不知道该怎么回答这个问题。

苏晏抢在她之前开口："当然可以。"

小奶糕一脸严肃，像是在谈判："但是你要带上我妈妈，我才可以和你出去玩。"

苏晏忍笑，故意逗她："为什么一定要带上妈妈？不带她不可以吗？"

小奶糕："因为我要一直陪着妈妈，不然妈妈会哭的。"

陶桃的心尖猛然一颤，她瞬间觉得眼睛酸酸的。

现在哪怕是天塌下来，她都不会害怕了，因为有一个很可爱的女儿陪着她。

苏晏笑了一下，柔声说道："那我们以后就一起陪着妈妈，让她再也不流泪了，好不好？"

小奶糕不明白这个叔叔为什么要和她一起陪着妈妈，但是想到他说不让妈妈哭，就用力地点了点头："好的！"

苏晏又问："你现在上幼儿园了吗？"

小奶糕摇头："还没有，不过我马上就上幼儿园啦！"

苏晏笑着问："周五想不想去动物园？"周五他休息。

小奶糕的眼睛瞬间就亮了，她满含期待地看着妈妈。

她超级超级想去动物园。

陶桃明白苏晏的用意，想拒绝他的好意，又不想让女儿失望。

小超市一天到晚都离不开人，为了经营小超市，她都大半年没带女儿出去玩了。

这小丫头估计都快忘了动物园里的动物长什么样了。

考虑了很久，陶桃决定满足女儿的心愿，柔声对女儿说道："叔叔邀请你呢，你看着我干什么呀？"

小奶糕两眼放光："我可以答应他吗？"

陶桃点头："可以。"

小奶糕超级开心："耶！"

当了妈妈之后，最幸福的事就是看到女儿开心的模样，陶桃忽然很感激苏晏，感激他让小奶糕这么高兴。

她看着他，很认真地说道："谢谢你呀。"

苏晏："不客气。"

大概过了二十分钟，苏晏按照陶桃给的地址，将她们送回了家。

那是一个老式小区，小区外的路边停满了车，让本就不宽敞的道路显得更窄。由于苏晏的车比较大，楼间距比较小，陶桃担心进去之后不好开，所以就让他把车停在了小区门口。

于情于理陶桃都应该邀请苏晏去家里吃个午饭，毕竟他牺牲了午休的时间送她们回家，到现在连饭都没吃上。

但是陶桃并没有这么做。一是她觉得这样不合适，二是家里有点儿乱，她怕他嫌弃。

有了孩子以后，家里几乎天天乱糟糟的，到处都是孩子的东西，无论陶桃怎么整理家里都是乱的。

下车之后，她再次跟苏晏道谢："谢谢你，改天请你吃饭。"

苏晏明白她的"改天请你吃饭"只是一句客套话，却未就此放弃，而是顺着她的话问："吃什么？"

小奶糕："吃牛排！"

陶桃："……"

你还挺能替你妈妈做决定。

苏晏被这小家伙逗笑了，回道："行，就这么定了，吃牛排。"

事已至此，陶桃只好顺着往下说："行，就去吃牛排。"

苏晏又问："什么时候？"

小奶糕也满脸期待地看着妈妈。

陶桃无奈:"等这个小肉肉病好了之后。"

小奶糕抗议:"人家才不是小肉肉呢!"

苏晏先笑着回了小家伙一句:"肉肉的才可爱呢。"然后对陶桃说道,"那就这么定了,周五我来接你们。"话音刚落,他又想起了什么,"你明天带孩子去打针可以提前联系我,我带你们去。"

在医院有熟人关照,陶桃肯定会方便许多。

陶桃并不想耽误他上班,也没打算麻烦他,但还是回了句:"谢谢你。"

"不客气。"沉默片刻,苏晏再次开口,"也谢谢你喜欢过我那么多年。"

陶桃怔住了,愣愣地看着他。

苏晏认真地看着她,温柔又不失坚定地开口:"以后,换我喜欢你。"

陶桃的眼眶再次湿润了,她很感动,又有点儿不该有的……高兴。

是的,亲耳听到苏晏说他还喜欢她,她很高兴,像是回到了八年前,在那个拥挤的新华书店,在人群中望到他的那一刻那么高兴。

紧接着,她又想到了四年前,在她最绝望无助的时候,只有他关心她,还说要娶她,带她离开云山。

四年未见,他还是那么在乎她。

或许,她可以试一次,给他一个机会,也给自己一个机会。

陶桃强忍着才没让自己哭出来,吸了吸微微发酸的鼻子,平复好情绪后,重新看向苏晏,对他笑了一下:"那我们明天见?"

苏晏也笑了,目光温和,一如当年的翩翩少年:"好,明天见。"

从这一天开始,只要苏晏休息,陶桃就会跟着休息,暂停营业,和苏晏一起带女儿出去玩。

不过医生都很忙,苏晏一个月也休息不了几天,有时休息了也会被临时喊走加班。

一个月,他们一共也就出去玩了两次,一次去了动物园,一次去了游乐场。

小奶糕每次都很开心。

只要女儿开心,陶桃就开心。

他们的那顿牛排之约却往后推了一个月,一是苏晏太忙,二是计划赶不上变化。

去动物园的时候本打算晚上去吃牛排,结果小家伙被动物园门口的麦当劳吸引了。

他们去游乐场的那次,回来的路上下了暴雨,于是牛排之约又泡汤了。

一个月后,苏晏好不容易又有了时间,他们本打算这天中午去吃牛排,结果临时加了一台手术,他不得不去医院加班。

牛排之约只好从中午推到了晚上。

苏晏和陶桃约好,他晚上六点去小超市接她们。

夏季多雨,这天又下了雨,不过雨不大,是淅淅沥沥的小雨。

天气又阴沉又闷热,小超市里开着空调,十分凉爽。

可能是下雨的原因,超市里没有客人,陶桃就陪女儿画了一会儿画。

然而一幅画还没画完,小家伙忽然说了句:"妈妈,我饿了。"

陶桃无奈一笑:"你不是刚刚吃完小面包吗?"

小奶糕:"吃面包的时候不饿,但是现在我好想吃一个铜锣烧呀,可能吃完就不饿了吧。"

"……"

什么饿不饿的,你就是想吃铜锣烧。

陶桃:"马上就要出去吃饭了,现在吃铜锣烧你就吃饱了,一会儿还吃得下牛排吗?"

小奶糕点头:"吃得下!"

你吃得下才怪。

知女莫若母,陶桃态度坚决:"不可以,苏叔叔马上就要来了,等他来了我们就去吃饭了。"

小奶糕:"可是都等了好久了,苏叔叔什么时候才能来呀?人家真的好饿啊。"

也不怪小家伙着急,现在都快七点了,她们确实已经等了很久了。

或许孩子是真的饿了。

陶桃舍不得女儿挨饿,于是给她拿了一个铜锣烧。

小奶糕超级开心,吃铜锣烧的时候,好奇地问了妈妈一句:"妈妈,为什么苏叔叔总是带我们出去玩?"

陶桃没有直接回答女儿的问题,也不知道该怎么回答。

她现在和苏晏还没有确定情侣关系,两个人尚在相处阶段。

虽然相处得不错,但他们俩毕竟还没有正式在一起,而且女儿的态度对陶桃来说才是最重要的。

想了想,陶桃很认真地询问小家伙:"你愿意让苏叔叔当你的爸爸吗？"

小奶糕呆呆地看着妈妈，肉嘟嘟的小脸蛋儿上还沾着面包屑。

就在这时，小超市的门被人推开了，迎客铃发出了清脆的响声。

陶桃还以为是苏晏来了，立即从柜台后的凳子上站了起来。下一秒，她僵在原地，呆呆地看着同样僵立在门口的男人。

第十二章
这不是来给她送钱的吗？

整整四年，程季恒从没给自己放过一天假，从未在早上八点之后去过公司，也从未在晚上十一点之前离开过公司，每天都沉浸在高强度的工作中。

在朋友和公司员工的眼中，他就是个工作狂，除了打MMA，没有别的业余爱好，一天到晚除了工作就是工作。

他的工作效率也不是一般的高，在他的领导下，四年前濒临倒闭的程氏集团竟然奇迹般起死回生了，还迎来了久违的辉煌——市值节节攀升，现在已经接近千亿。

当初董事会投票选举董事长的时候，程季恒得到了百分之六十的支持率，其余的董事会成员不是弃权就是支持柏丽清。

这些董事会成员不支持他无外乎两个原因，一是不看好他，二是支持柏丽清。

柏丽清被除掉后，那些不支持他的董事会成员依然没有改变态度，不过程季恒并不在乎他们的态度。

但是随着时间的推移，那些人逐渐转变了态度。

集团由亏转盈，那些人是既得利益者。所谓有钱不赚是傻子，原本不看好他的那几位董事会成员逐渐对他心悦诚服。

在他们的眼中，程季恒绝对算是一个挽狂澜于既倒、扶大厦之将倾的英雄。

只有程季恒自己知道，他是在用工作麻痹自己，让烦琐的业务充分占据自己的脑子，不给那颗桃子任何可乘之机。

练习格斗是为了发泄情绪，不然的话，他会疯。

但是没人能做到二十四小时连轴转，也不可能每天都有一堆工作等他处理。也就是说，他总会有迫不得已暂停下来的时候。

工作是他精神上的铠甲，工作一停，就等于脱掉了铠甲，这时在心底压抑许久的思念之情就会乘虚而入，那颗傻桃子会在顷刻间占据他的心扉，然后他就会感觉到心疼，不只是心理上的疼，还有生理上的疼，像是有人在他的心上捅了一刀，让他疼得无法忍受。

为此，他还多次去看过医生，做过无数次心电图和心脏彩超，还化验过无数次血，甚至做过好几次全身检查，但一切数据都表明他的心脏和身体没有任何问题，健康到不能再健康。

心疼全是他臆想出来的。

所以医生建议他去看心理医生。

但是程季恒觉得自己心理没问题，一点儿问题都没有，还对医生的建议嗤之以鼻。

他不信自己能为了一颗傻桃子疯成这样，还臆想心疼，根本不可能！

不过是一颗傻桃子，他不在乎，一点儿也不在乎！

就算她消失一辈子，他也不会想她。

扛了大半年，他最后还是去看了心理医生，起因是一盘桃子。

那天早上起床后，他看到餐桌上摆了一盘洗好的桃子，是阿姨给他准备的早餐之一。

心疼的感觉如滔天巨浪般席卷而来，他疼痛难忍。

然后，他屈服了，去看了心理医生。

心理医生询问他最近的情况，以及为什么来看心理医生，他的回答是："桃子过敏。"

他又说："不能看见桃子，心疼。"

"我想把世界上的桃子树全砍了。"

"我讨厌桃子。"

他张口闭口不离桃子，可见他的问题绝对和桃子有关系。

后来心理医生又问了他几个问题，但是他一直兜圈子，答非所问，就是不说重点也不说实话。

这位心理医生经验丰富，看他这样就知道是一位死鸭子嘴硬的患者，清醒状态下绝对不会说实话，于是采用了催眠的治疗手段。

后来接受了将近一年的心理治疗，他才消除了心疼的症状，但还是会想她，就像得了一种无法治愈的绝症，并且病情随着时间的推移越发严重。

时间并没有淡化他对她的思念，他反而越发思念她。

尤其是结束了一天的工作，带着疲惫回到家的时候，他会特别特别地想她。

曾经有过一段时间，在云山的那间窄小老旧的房子里，他打开门，迎接他的是热情的拥抱，是香喷喷的饭菜。

对他而言，有她在的地方，就有人间烟火气，有人间烟火气的地方，才算是家。

他也曾拥有过自己的小家，曾有个傻女人在家里等他。

现在什么都没了，他打开门后，迎接他的只有空荡荡的房间。

别墅很大，车库直通地下一层，从车库里的入户门可以直接走进别墅地下一层的客厅。

管家知道他怕黑，每天晚上都会给他留灯。

客厅的灯光很明亮，却毫无温度。

第一次从云山回来的时候，他怕黑的毛病好了一段时间，晚上即便不开灯也能睡得着，但也只好了四个月。

第二次从云山回来的时候，他旧病复发。

他这次怕黑不再是因为儿时的心理阴影，而是因为她不见了。

他们第一次同床共枕的那天晚上停了电，黑暗吞噬了一切，缠绵过后，他们两个躺在床上，她缩在他的怀里，一脸担心地问他害不害怕。

其实那个时候他一点儿也不害怕，童年的心理阴影奇迹般不治而愈。但他并没有说实话，而是回答："怕。"

她担心极了："我去给你拿蜡烛。"

说着，她就要脱离他的怀抱从床上起身，他却将她抱紧了，故作可怜地说道："你陪着我我就不怕了。"

她毫不怀疑他的话，坚定地说道："你放心吧，我肯定会一直陪着你！"

"真的吗？"

"真的！"

"那你要天天陪我睡觉。"

他说完这话后，她就脸红了。

这颗桃子很容易害羞，很容易脸红。

他佯装怀疑："你不会在骗我吧？"

"我没有……"她小声回答，脸上带着难掩的娇羞。

她越是这样，他就越想欺负她："那就说好了啊，以后天天陪我睡觉，不然你就是欺骗我的感情。"

"好吧……"

从那天起，她每天晚上都会陪他。

也是从那天起，晚上睡觉时，他不需要开灯了。

看起来是他将她抱在怀里，其实是她在呵护他。

她很傻，全心全意地爱着他，把他当成自己的唯一，愿意为他付出一切。

被偏爱的人都会有恃无恐，于是他开始肆无忌惮，开始忽略她的感受，不停地向她索取爱与关心，却从未将她放在最重要的位置。

他总以为她离不开他。

其实柏丽清死后他就能把陶桃接回东辅了，但是他没有。因为那个时候集团还没步入正轨，他不能分心；程吴川也没死，他要亲眼看着程吴川死。

他把这两件事自动放在了去接她这件事的前面，不停地拖延回去接她的日期。他既不担心也不害怕，因为认定她不会离开自己。

但是他错了，她决绝地收回了对他的爱，消失得无影无踪。

也是在那时他才明白，自己才是最傻的那个人。

不是这颗傻桃子离不开他，而是他离不开这颗傻桃子。

他爱她，很爱很爱，爱她胜过爱自己的生命。

他却一直没有意识到这一点。

直到她离开了，他才意识到自己有多爱她，然而已经晚了。

哪怕早回去半个月，他也不至于把她弄丢了。

这四年来，他一直在找她，但始终徒劳无获。

他很想她，很害怕这辈子再也见不到她了。

于是他陷入了一种自我矛盾的状态，一边用工作麻痹自己，强迫自己忘了她，一边无法自控地想她，用尽各种办法去找她。

夜深人静时，是思念最猖狂的时候，他会想她想到睡不着觉。

有一段时间，他靠喝酒入眠，然后养成了深夜酗酒的坏习惯，喝到不省人事才能睡着。第二天被闹钟吵醒的时候，他头疼欲裂，却从未赖过床，再痛苦也会咬着牙起床，然后重新投入高强度的工作。

倒不是因为多热爱工作，而是他不太想活了。

那段时间他不止一次地想过，自己就这么死了也行，然后登上新闻头条，新闻报道铺天盖地，就像当年他妈妈出车祸时那样。

那样的话，她就能在新闻上看到他的名字，重新注意到他。

以她的性格，她一定会来参加他的葬礼，说不定还会因为他的死重新想起点儿他的好。

他认为，哪怕是等他死了她才会想起他，也比她这辈子再也不想见到他强。

直到他看过心理医生，这种偏激的心理才慢慢缓解，酗酒的劣习也才慢慢随心痛的症状消失。

但是心理治疗只是辅助治疗，只能缓解他的心病，无法根治他的心病——他还是忘不了她。

整整四年，他一直活在自责与后悔的状态中，只有高强度的工作能暂时解救他。

他从未在晚上十一点之前离开过公司，而且经常工作到凌晨才回家。

但有时实在无事可做，他就去MMA训练场，通过消耗体力发泄情绪。

这天，不到六点他就结束了全天的工作。

对正常人来说，工作提前结束是一件非常愉快的事情，对他来说，却是一件非常可怕的事情。

他很害怕自己突然闲下来，因为他控制不住自己的思绪。

于是他不假思索地开车去训练场。

途中，他忽然想抽根烟。

酒能戒掉，烟却真的戒不掉，因为尼古丁能暂时帮他缓解一下思念，让他短暂地麻痹自己。

然而摸遍了全身的口袋，他发现自己没带打火机，不过车里有点烟器。

他准备拔出点烟器，忽然用余光瞥到了路边的一个牌匾。

路边有个小超市，看到超市的名字，他非常不爽。

牌匾上赫然印着"桃子超市"几个字，"桃子"两个字相当刺目，"桃子超市"这几个字下面还印着一行小字：店内特供香甜小奶糕。

那一刻，程季恒的心像是被针扎了一样疼，他连烟都不想抽了，想立刻开车离开，但行为却不受思想控制，鬼使神差地打开了车门。

他要去买一个打火机，顺便买一根小奶糕。

他才不是被"桃子"这两个字吸引的,只是想去看看到底是什么与众不同的小奶糕能被特供——朝超市走的这一路上,他一直这么劝自己。

超市大门是双开玻璃门,可能是下雨的原因,此时门是关着的。

外面天气闷热,超市里开着空调,由于温差,玻璃上起了一层水雾,他完全看不清超市里面的情况,只能看到白色的灯光。

他打开超市大门的那一刻,头顶响起了一声清脆的铃声。

紧接着,老板娘从柜台后站了起来。

老板娘美若天仙,一下子就勾了他的魂。

他愣愣地僵在原地,做梦般的看着站在柜台后的老板娘。

是的,做梦的感觉,这四年来,他只有在梦里才会见到她。

是桃子,竟然是桃子。

那一刻他思绪万千,红了眼眶。

他有很多话想对她说,却不知从何说起,双唇颤动,欲言又止数次,也没能找到一个合适的开场白。

缓了好一会儿,他才把丢人的眼泪憋回去,嗓音极其沙哑:"桃子,我真的回去了,就晚了两个月。"

他哽咽着说道,语气中带着自责,带着后悔,又带着哀求。

他知道自己对不起她,但真的希望她能原谅他。

她不原谅他也行,只要能重新回到他身边就行。

陶桃也感觉自己像是在做梦。

她从未想过这辈子还能再见到这个男人,也并不想再见到他,一点儿也不想。

从四年前决定离开云山的那一刻起,她就再也不想见到他了。

他只会骗她,以一种逗小宠物的心态打扰她的生活,不择手段地破坏她的人生。

他从未爱过她,也从未对她说过一句真话。

他只会玩弄她。

她现在过得很幸福,也很知足,不想再被他玩弄,也不想再被他打扰,只想让他立刻离开,甚至不想与他相认。

她攥紧双拳,拼命地控制自己的情绪,努力使自己保持冷静,微微蹙眉,表情略显尴尬:"你是不是认错人了?"

程季恒呆住了,茫然不安地看着她。

一个粉粉嫩嫩的小女孩儿忽然从柜台后跑出来,用乌溜溜的大眼睛好奇地看着他，奶声奶气地说道："你怎么知道我妈妈叫桃子？"

程季恒呼吸一窒，呆呆地看着面前的这个小女孩儿。

孩子很小，扎着两根小辫子，穿着一条粉色的小裙子，露在外面的四肢藕节般滚圆白嫩，整个人肉乎乎的，十分可爱。

这孩子的长相，令他错愕，他好像在哪儿见过她。

那一瞬间他的脑子里乱极了，他像是经历了一场地震。

他忽然反应过来——这是他的女儿！

陶桃瞬间色变，厉声喊出孩子的大名："陶多乐！回来！"

小奶糕从来没听过妈妈这么生气地喊自己，吓坏了，立即回到柜台后，神色中尽是惊慌，不知所措地看向妈妈。

陶桃感觉到了女儿的害怕，但是并没有立即安抚女儿，因为现在有更令陶桃担心的事情。

陶桃害怕他会跟她抢女儿。

陶桃现在只有女儿这一个亲人了，绝对不能让他把女儿抢走。

他根本不是个好人。

深深地吸了一口气，陶桃重新抬起眼眸，眼神冰冷。

陶桃本想告诉他，这不是他的女儿。

然而就在对上他视线的这一刻，她怔住了——他哭了。

她从未见他哭过。

看到小女孩儿的那一刻，程季恒就意识到了自己当初晚回去两个月的行为是多么的不可饶恕。

他也明白了她四年前为什么会那么坚决地离开。

发现自己怀孕的那一刻，她一定害怕极了，他却不在她身边，甚至和她断了联系。

她一定去西辅找他了，但是没找到，因为他给了她一个假地址。

他不只是让她伤心了，还将她推入了绝境，所以她离开了他。

他心里清楚，她不会原谅他了。

他也不值得被原谅。

他痛恨自己，更心疼自己最爱的姑娘。

他极力压制着哽咽，泪流满面地看着他："桃子，对不起。"虽然知道道歉根本没有用，但是他确实欠她一个道歉。

他会用余生去弥补她和女儿。

陶桃根本不相信他，谁知道他现在是不是装的？

她怀疑他是装的并不奇怪，因为他很擅长伪装。

她也不需要他的道歉，只是想让他赶快离开。她再也不想见到他！

她冰冷地说道："你走吧，我们要关门了。"

她的语气十分冷漠，她视他为陌生人。

程季恒受不了她这么对他。他能接受她打他、骂他，唯独接受不了她视他为陌生人。他开始哀求她："你能给我一个弥补你和女儿的机会吗？"

陶桃叹了一口气，终于想起来这个人很难缠，如果不把话说明白，他会一直纠缠她。

她决定将一切都说明白。

"程季恒，我早就不爱你了，我和女儿也不需要你，这是我的女儿，不是你的女儿。"她说这话时很平静，态度却很坚决，"我也不恨你，所以你不用跟我道歉，也不用弥补我，谢谢你给了我一个这么可爱的女儿，咱们两清了，你走吧。"

她是真的不爱他了，也不需要他了。

她曾把他当成自己的唯一，以为自己这辈子都离不开他，但是没有他的这四年，她活得也很好。

对陶桃来说，有女儿的陪伴就足够了。

程季恒能接受一切惩罚，唯独接受不了她不爱他了。

他死都接受不了。

他像个固执的孩子，大声反驳道："你爱我，你一定还爱我！你不能不爱我！"

就在这时，迎客铃再次响起。

程季恒根本没有看来人是谁，但是下一秒，他就听到了自己女儿的清脆的小奶音："苏叔叔！"

超市里的气氛很糟糕，虽然不明白发生了什么，但是小奶糕感到很不安。

小孩子都很敏感，她能感觉到这个陌生的叔叔让妈妈不开心了。

看到苏晏，她像是看到了救星，立即从柜台后跑了出来，冲向苏晏，急忙说道："这个坏叔叔把妈妈弄哭了。"

坏叔叔？他的女儿把他当成了坏叔叔？！

好像有一把刀捅进了心脏，程季恒疼得喘不上气。

看清那人的脸，苏晏瞬间震惊万分。不过苏晏很冷静，先弯腰把小奶糕从地上抱了起来，然后温声安抚了她一句："别怕，我会保护你们。"

随后，苏晏眸光冰冷地看向程季恒，"这里不欢迎你，希望你尽快离开。"

陶桃也很想让程季恒赶快离开，很怕他会跟自己抢女儿，会再次毁掉自己的人生，毫不留情地说道："我们真的要关门了，你快走吧。"

程季恒失魂落魄地僵在原地。

他最爱的姑娘不再爱他了，他的女儿也不认识他，她们却跟苏晏很亲昵。

他们像极了一家三口，程季恒则像一个外人。

程季恒不知所措。

程季恒接受不了这种情况，更接受不了她不爱他了。因为他还爱着她，深深地爱着她，甚至比四年前还要爱。

为什么是苏晏抢先一步找到了她？

这四年来，程季恒一直在找她，却从没想过她就在东辅。

她与他在同一座城市，他却从未遇见过她。

这四年里，他在梦中梦到过她无数遍，有时是梦到以前，有时是梦到重逢，有时是梦到以后。

重逢意味着失而复得，现在美梦成真了，他本应欣喜若狂，然而现实情况完全出乎他的意料。

程季恒很害怕苏晏已经把桃子抢走了，也接受不了被桃子当作外人，更接受不了自己的女儿喊自己坏叔叔。

他是她的爸爸，愿意用尽自己的生命去保护她。

他怎么能是坏叔叔呢？

这一切令他无所适从，他完全不知道自己下一步该怎么办了。

但他绝对不会放弃。

这颗桃子，他要定了，四年前是他的，四年后也必须是他的。

这辈子他都不会离开她，死都不会。

更何况他现在还有了小桃子。

桃子和小桃子，都是他的。

自己的女人和孩子，程季恒一个都不能让给苏晏。

能重逢就说明他还没有彻底失去她，他一定还有机会。

虽然内心很惶恐不安，但程季恒还是迅速冷静了下来。

只有冷静他才能找到出路。

他深深地吸了一口气，拼命克制着自己的情绪。

冷静下来之后，理智也回归了，程季恒后知后觉地想到，女儿刚才喊苏晏"苏叔叔"，而不是喊"爸爸"。

既然女儿还喊苏晏叔叔，就说明桃子还没有跟他在一起。

程季恒不由得舒了一口气。

就算她真的和苏晏在一起了，程季恒也不怕，更何况还没有在一起。

桃子现在不爱他了也没有关系，他一定会让她重新爱上他。

他会用尽一切办法把他的桃子和小桃子抢回来，会用余生去弥补她们母女。

下定决心后，他迅速分析了一下现在的情况。

他能感觉出来，她现在根本不想看见他，只想让他赶快离开。

赖着不走是下策，他知道这家超市是她开的就行了，来日方长。

但他绝对不能就这么灰溜溜地走人，走之前必须对她说些什么。

程季恒先看了一眼被苏晏抱在怀里的女儿，然后强忍着心头的醋意，看向陶桃："我知道现在无论我说什么你都不会信，但我真的不是来和你抢女儿的，你放心吧，女儿永远是你的，也是我的，我和你一样爱她。"

他知道她现在在担心什么，不想让她对他充满戒备，所以必须在离开之前安抚她。

但陶桃根本不相信他的话，现在只想让他立刻离开。

她曾经被他骗得那么惨，现在无论如何也不会再相信他了。

她的态度一如既往地决绝，她毫不留情地说道："我们真的要关门了，你走吧，不要再来打扰我和女儿的生活。"

程季恒预料到她不会再像以前一样纵容他了，但预料归预料，心理上还是没有准备。

他真的受不了她对他这么冷漠。

按理说，他应该立即离开，不然只会更让她厌恶，但还是忍不住为自己辩解了一句："我不会打扰你们，只是想见到你们。"

陶桃无奈："你已经吓到我的女儿了。"她的神色中带上了几分哀求，"你快走吧。"

程季恒怔住了，不由得看向被苏晏抱在怀里的小家伙。

小家伙紧紧地搂着苏晏的脖子，像极了一只受到了惊吓的小兔子，忐忑不安地看着程季恒，一双乌溜溜的大眼睛中写满了害怕。

她好像真的很怕他。

那一刻，程季恒觉得自己是个浑蛋。

他抛弃了她们母女四年，任她们自生自灭，又突然闯进她们的新生活，令她们不知所措。

世界上没有比他更该死的人了。

女儿的目光就像两把刀，直接捅进了他的心口，虽然不想离开，但是为了女儿，他不得不走。

他最后看了陶桃一眼，没再说什么，转身离开了小超市。

车被他停在路边，雨越下越大，只走了短短一小段路，他却几乎被淋透了，白衬衫紧紧地贴在身上，头发全被淋湿了。

他上车之后，头上的雨水还在顺着瘦削的下颚线往下滴落，脸上也全是水。

看不出来他到底是被雨淋成这样的，还是哭了。

连他自己也不清楚。

他此时满脑子里想的全是女儿刚才看向他的目光。

她才那么小，又白又嫩，像极了一个面团子。

他真的很想抱抱她，想听她喊自己一声爸爸。

但是她根本不知道他就是她的爸爸，甚至很怕他，把他当坏叔叔。

他比之前更加后悔自责，为什么不早点儿回去呢？

他错过的不只是自己最心爱的姑娘，还有自己女儿生命中最宝贵的前三年的时光。

别的孩子都有爸爸，唯独她没有，她的爸爸缺席了三年。

他不敢想象这四年陶桃是怎么熬过来的。

她怀孕的时候他不在，生孩子的时候他不在，养孩子的时候他也不在。

她需要他的时候，他从未出现过，她凭什么要原谅他？

他罪不可赦，但还是想让她回到自己身边。

他接受得了一切惩罚，唯独接受不了她不爱他了。

曾经，他的世界一片冰冷黑暗，是她给他带来了光明与温暖。

是她让他感受到了这个世界没有他想象得那么糟糕和不公平，不然他也不会遇到这颗傻桃子。

也是她教会了他什么是爱，如何去爱。

他是她的信仰。

他身处寒冬时，她的爱温暖了他；他身处黑暗时，她的爱照耀了他。

他现在根本无法接受她不再爱他的事实。

小超市里的灯忽然灭了，他独自坐在黑暗的车里，呆呆地看向超市的方向。

陶桃抱着孩子出来了，苏晏紧跟在她身边，为她和孩子打伞。

这幅画面，真的很像一家三口。

这一刻程季恒甚至有点儿怀疑，自己真的打扰了她的生活。

或许，他根本不该出现。

现在不该出现，四年前也不该出现，那样她就不用受那么多苦了。

雨比之前大了许多，有越下越大的趋势，还开始打雷了，天色阴沉得如同被泼了墨。

为了照顾孩子，也为了出行安全，苏晏特意给小奶糕买了一个车载儿童座椅。

小奶糕平时很乖巧，自己坐在儿童座椅上也不害怕，但是今天的天气把她吓到了，紧紧地抱着妈妈的脖子不放，说什么也不愿意自己坐在儿童座椅上，非要让妈妈抱着。

陶桃无奈，只好将小奶糕抱在怀里。

苏晏系好了安全带，准备开车，陶桃忽然对他说了句："直接回家吧，雨太大了，改天再去吃。"

一顿牛排而已，改天就改天吧，苏晏没什么意见，知道她现在心情不是很好，也很体谅她，温声回道："好，等天晴了我们再去。"

陶桃很感激他的体谅，朝他笑了一下，然后低头看着女儿，说道："宝宝，我们先回家，等不下雨了再去吃牛排好不好？"

小奶糕很听妈妈的话，乖乖地点了点头："好。"但她还是不太放心地叮嘱了一句，"等雨停了你一定要带我去哦，不可以骗人！"

陶桃被逗笑了："知道啦！"

小奶糕没再说话，却拧起了眉毛，看起来十分困惑纠结。

看着小奶糕这副愁眉苦脸的模样，陶桃忍俊不禁，非常善解人意地问道："你有什么事情要告诉妈妈吗？"

小奶糕抬起了小脑袋，困惑地看着妈妈，奶声奶气地问："那个坏叔叔是谁？他刚才为什么要哭？他为什么一直不走？"

孩子的声音稚嫩又清脆，但每一个字都如同一记重锤，狠狠地砸向陶桃的心头。

从程季恒出现的那一刻起，陶桃就开始担心女儿会问这个问题。

陶桃不知道该怎么回答女儿。

她要跟女儿说实话吗？难道她要告诉女儿"刚才那个把你吓坏的叔叔

是你的爸爸"？

那样会不会打破女儿的幻想？

那样会不会让女儿失望透顶？

还是那样会让女儿对程季恒产生期待和好奇的心理？

那些情况全是陶桃不想看到的。

女儿的爸爸不是一个好人，所以陶桃不想告诉女儿真相。

可是，女儿有权知道自己的爸爸是谁，而且女儿迟早会长大，迟早会知道真相。

何况程季恒那种人，绝对不会善罢甘休，即使陶桃现在瞒着女儿，他也一定会主动告诉女儿真相。

她想隐瞒也无法隐瞒太久。

纠结许久，陶桃还是无法下定决心告诉女儿真相，只能回答："妈妈也不认识他。"

苏晏平时送她们母女回家的时候，只把她们送到楼下，从未上过楼。

陶桃也没邀请他上去过。

今天下了大雨，苏晏把车停稳后先下了车，撑着伞绕到副驾驶的位置，等陶桃抱着孩子下车后，将她们母女送到了单元楼门口。

虽然今天程季恒的出现令苏晏和陶桃都很不安，但是苏晏没有打破规则，刚进单元门就止步了。

他明白一个女人带着孩子的不易，更明白单亲妈妈会面对很多流言蜚语，所以即便他们两个从小就认识，在正式确定情侣关系之前，他也必须和她保持距离，必须尊重她的选择。

陶桃知道自己现在应该邀请苏晏上去吃个晚饭，于情于理都该那样做。

可是，陶桃需要为女儿考虑。

如果邻居们看到陶桃带了一个男人回家，一定会对她们母女指指点点。陶桃不希望自己的女儿以后从别人的口中听到任何有关自己妈妈的不好的传闻。

虽然已经走进了单元门，但是苏晏没有收伞，只是将伞垂了下去，温声对她说道："快上楼吧，孩子应该饿坏了。"

陶桃轻轻点头："嗯。"

对于苏晏，她很感激，也很愧疚。

她感激他这么尊重、体谅自己，也因自己再次爽约而感到愧疚。

她已经爽约好几次了。

她没有立即上楼,而是保证道:"等天晴了我一定请你吃牛排,再也不会食言了!"

苏晏被她逗笑了:"行,我等着。"

"那我走啦。"陶桃又对怀里的小家伙说道,"跟苏叔叔再见。"

小奶糕很听话,立即朝苏晏挥了挥手:"苏叔叔再见。"

苏晏抬起手在小奶糕的鼻子上轻轻刮了一下,笑着说道:"再见。"

目送苏晏开车离开之后,陶桃才抱着孩子上楼。

到家之后,陶桃立即去厨房给孩子做饭。

小奶糕乖乖地在客厅里看动画片。

吃完饭,陶桃开始收拾卫生,然后下楼扔垃圾。

出门前她先叮嘱了孩子一句:"你自己在家要注意安全,要是有人敲门千万不能开。"然后她才拿着钥匙拎着垃圾下楼。

刚到一楼,还没走出单元门,她就看到了一抹熟悉的身影。

程季恒伫立在雨中,目不转睛地望着她。

程季恒刚才一直跟着他们。

程季恒还是做不到将陶桃拱手让给苏晏。

陶桃没想到他会出现在她家楼下,不由得有些吃惊,脚步顿了一下,但很快就恢复了正常,像什么都没看到似的,面不改色地撑起雨伞,朝单元楼外的垃圾桶走去。

他站在了她的必经之路上,为了避免不必要的接触,她特意绕远了一些。

他还是冲到了她的身边,紧紧地握住了她的手腕。

"桃子……"程季恒目光暗淡,声音沙哑,语气中带着哀求,"你别喜欢苏晏行吗?"

刚才程季恒看到,陶桃看向苏晏时,她的眼睛里闪着星光。

她曾经也是这么看他的,但是她现在看他时,眼睛里再无星光,只有死水般的平静。

她是真的不爱他了,这令他惶恐到了极点。

他将她的手腕握得很紧,她挣不出,无奈地叹了一口气,面无表情地看着他:"松手。"

程季恒没有松手,拼命克制着想要拥抱她的冲动,哀求道:"是我对不起你,我也不配得到你的原谅,但是我不想让你离开我,你回来好不好?我求你了……只要你愿意回来,怎么罚我都行。"

陶桃忍无可忍："我不会再相信你了，这辈子都不会了。"

程季恒急切不已："我没有骗你，这次我真的没有骗你！"

"已经不重要了。"陶桃毫不留情，"我现在只希望你能松开我，然后立即离开，再也不要出现了，不要再来打扰我和我女儿的生活。"

程季恒："她也是我的女儿！"

陶桃盯着他看了一会儿，冷冷地说道："你只有这一个女儿吗？"

程季恒僵在了原地，满目茫然地看着她。

陶桃："你应该有很多女人吧？"

他是个有钱又帅气的公子哥儿，会花言巧语，还善于伪装，善于编故事，很会利用女人的同情心，应该有很多女人为他倾心吧？

愿意给他生孩子的女人一定有很多。

是她当年太傻了，才会轻信他的话，还无怨无悔地把自己的身心全部交给了他。

但是现在她不会那么傻了。

"你除了这个女儿，还有别的女儿，我只有这么一个女儿，除了她我什么都没有了。"她决然地说道，语气中带着冷漠，"那笔钱我也会还给你，谢谢你当初为我奶奶垫上了手术费。"

程季恒听完最后一句话，才明白了她的意思。

苏晏把手术费的事情告诉了她。

程季恒当初编造的谎言，全部被揭穿了。

她现在不只是不相信他，还把他当成了喜欢编故事骗女人的骗子。

"我只有你！"他慌乱不安地看着她，语气坚定又急切，"我真的只有你！"

陶桃根本不相信他的话。

他现在说什么她都不会再相信了。

一朝被蛇咬，十年怕井绳，被咬一次就足够她长记性了。

她不带任何感情地启唇："松手行吗？我女儿现在正自己在家。"

程季恒感受到了一股巨大的无力感。

他不知道该拿她怎么办了。

但是现在的局面是他亲手造成的，他也怪不得谁，只能怪自己活该。

程季恒也不放心女儿一个人在家。但是在松开她之前，程季恒还是没忍住问了一句："你爱他吗？"

程季恒害怕知道答案，又想知道答案。

陶桃知道程季恒问的是苏晏。

其实她对苏晏的感情还算不上是爱，是喜欢。

她喜欢他的温柔，喜欢他的体贴，喜欢他的细心。

她对他，除了喜欢，还有感激。

她感激他从不嫌弃她，感激他让她的女儿开心，感激他很关心她的女儿。

有了孩子之后，她觉得自己的喜好已经不重要了，重要的是孩子的感受。

而且经历了这么多事情之后，她也不再渴望那种轰轰烈烈的爱情了。

她现在只想安安稳稳地过日子，给孩子一个幸福健康的成长环境。

小奶糕很喜欢苏晏，苏晏也对小奶糕很好，所以她才想试着和他发展下去。

自从苏晏出现之后，小奶糕再也没有问她要过爸爸。而且后两次去医院打吊瓶，小奶糕也没再像以前那样哭闹。

小家伙很害怕打针，一看到护士就会哭，会闹情绪。

有一次在小奶糕打吊瓶之前，苏晏把她抱在怀里哄了好久。

他对小奶糕很有耐心，也很温柔。

这对陶桃而言就足够了。

所以她回答道："爱。"

这简简单单一个字，却令程季恒溃不成军。

心疼的毛病又复发了，像是有一双手在他的心上撕开了一个裂口，他疼痛难忍。

在他失神之际，陶桃挣脱了他的手，扔掉垃圾后，头也不回地走进了单元楼。

她这辈子再也不想和这个男人有任何瓜葛了。

他只会骗她，她不会再上他的当了。

程季恒呆呆地伫立在雨中，失魂落魄地看着自己最爱的姑娘越走越远。

他束手无策，因为她爱上了别人，再也不属于他了。

她不要他了。

自从那天晚上把话说开之后，程季恒接连半个月没有出现过。陶桃也不知道他是真的放弃了还是这是他的缓兵之计，但无论是哪种情况，只要他不来打扰她们母女的生活就行。

而且这几天她很忙，完全没有闲工夫去琢磨程季恒到底是怎么想的，因为再过几天幼儿园就开学了，到时候小奶糕就要去幼儿园了。

对陶桃来说，孩子上学才是头等大事，这件事也令她头痛万分。

幼儿园不是没有，好的幼儿园却不多，并且她现在陷入了窘境：私立的去不起，公立的又不好进。

为了给女儿找一所好的幼儿园，陶桃这段时间几乎跑断了腿。

好的私立幼儿园一年至少要十万元的学费，这种幼儿园陶桃根本不敢考虑，因为没钱。她只能在自己的经济能力范围内给女儿选择最好的幼儿园，那就只有公立幼儿园这一种选择了。

她所居住的小区附近有几所公立幼儿园，办学条件不一，再三权衡之后，她选择了东辅大学第一附属小学旁边的实验幼儿园。

这所幼儿园是她所在的城区内最好的一家公立幼儿园，师资阵容强大，硬件设施完善，还是双语教学，所以每年都有很多家长来报名，几乎年年会出现家长连夜在幼儿园门口排队等报名的现象。

陶桃早就听隔壁邻居说过实验幼儿园不好报名——报名人数多，但是招生人数有限，动作稍慢一点儿就报不上。所以陶桃半年前就开始关注这所幼儿园的招生信息了，招生通知一下达，她就去给女儿排队报名了。

陶桃家的楼上有对老夫妻，人很好，经常帮陶桃照顾孩子。

幼儿园报名开始的前一天，陶桃把女儿送到了楼上的老两口家，请他们帮忙照顾孩子，然后自己拿了个小马扎，在实验幼儿园门口排了一晚上的队。

别人家派出的熬夜排队选手全是爸爸，只有小奶糕家是妈妈来排队。

夏季的夜晚又闷又热，蚊子还多，那天晚上陶桃被咬出了一身的蚊子包。

虽然又困又累，但是她最后成功地给孩子报上了名，名次还十分靠前，女儿被录取十拿九稳。只要女儿能顺利入园，她再苦再累也值了。

报完名后，她就开始信心满满地等待幼儿园的录取电话，然而等了一个多月，录取日期都截止了也没等来电话。

她火急火燎地跑去幼儿园问情况，结果人家招生部的老师告诉她，招生早就结束了，小奶糕没被录取。

她当时就傻眼了，甚至差点儿泪洒办公室。

小奶糕怎么会没被录取呢？公立幼儿园招生不是按照就近原则吗？她家小奶糕的各项条件都符合实验幼儿园的招生要求呀，而且她那么早就来报名了，小奶糕怎么会没被录取呢？

陶桃根本接受不了这个结果。

为了让女儿顺利地上幼儿园，那天陶桃还低声下气地哀求了那位负责招生的女老师好久，却徒劳无获。那位女老师全程不耐烦，一直没给过陶桃好脸色，最后还气急败坏地对陶桃说："你能不能别影响我工作了？这儿是办公室，不是你家，你没事就赶紧走！"

陶桃无奈又绝望，只好离开。

那天她一走出幼儿园招生办公室的门就哭了，感觉自己是个特别没用的妈妈，连给孩子找幼儿园这件小事都办不好。

她是一路哭着走到幼儿园门口的。

幼儿园门口的保安是一位上了年纪的大叔，比较善良。刚才陶桃进幼儿园之前，他询问过她为什么来幼儿园，所以知道她今天来幼儿园的目的是询问孩子是否被录取了。

见她哭着出来，保安大叔就明白是怎么回事了，于是就好心地安慰了她几句，还跟她说了一些比较现实的问题。

"你报名再积极，排名再靠前，没点儿关系还是不行。"

保安大叔虽然说得非常含蓄，但陶桃明白了小奶糕为什么没有被录取——小奶糕的名额被别人顶掉了。

不知道真相的时候，陶桃既茫然又难过，知道真相之后，则是既愤怒又难过。

但是愤怒没用，她再愤怒也不能把女儿的名额抢回来。

最后，她满腔的愤怒全部变成了难过，她越发觉得自己是一个没用的母亲。

难过归难过，她还是要继续给女儿找幼儿园，无论如何都不能耽误女儿上学。

小区附近除了实验幼儿园，还有三所公立幼儿园以及一所师资条件一般的私立幼儿园。

八月中旬，公立幼儿园已经停止招生了，无奈之下，陶桃只好考虑那所私立幼儿园。

那所私立幼儿园的园区特别小，硬件设施一般，无论是教室里的桌椅板凳，还是操场上的游乐设施，看起来都很老旧；师资团队也很一般，教师全是刚毕业的年轻女教师，没什么育儿经验。

但陶桃别无选择——只有那所幼儿园允许她的小奶糕插班。

私立幼儿园的学费都比较贵,那所幼儿园看起来不怎么样,一个月的学费却要一千三百元,一年将近一万六千元。

孩子上学要提前缴纳六个月的学费,几乎是小超市一个半月的盈利。

但无论如何,她都要让孩子按时上幼儿园,不然会耽误孩子的学业。

陶桃前前后后忙碌了半年多,一直到八月下旬,孩子上学的事情才定下来。

阳历八月二十六日是七夕节,八月二十五日下午幼儿园给陶桃打了电话,让她第二天上午八点之后去幼儿园缴费。

挂断这通电话后,她既无奈又欣慰。

无奈的是,她不能让女儿去一所更好的幼儿园;欣慰的是,她的小奶糕能按时上幼儿园了。

她能给女儿的不多,只能在自己的能力范围内给女儿创造最好的条件。

那天晚上关门回家后,她先去了楼上的老两口家,提前拜托那对老两口明天上午帮她看一会儿店,顺便照顾一下孩子。

老两口的儿女不在身边,他们退休后比较孤独,所以很喜欢听话懂事的小奶糕,把她当亲孙女一样疼爱。这两位老人也很心疼陶桃这位单亲妈妈,所以每次陶桃来找他们帮忙,他们都会爽快答应。

陶桃很感激这两位老人,时常会跑到楼上去照顾他们,给他们带点儿补品。有时候老两口身体不舒服了或者该做体检了,陶桃也会主动陪他们去医院。

常言道,远亲不如近邻,这句话真是一点儿也不假。

七夕节这天早上,陶桃和往常一样,七点就带着女儿去了超市,准备先理一下货,等楼上的老两口买菜回来,然后去幼儿园给女儿交学费。

老两口有晨练的习惯,一般六点多就下楼锻炼了,七点多去菜市场买菜,差不多八点半的时候就能过来。

陶桃几乎每天这个时间开门。

跟别人比,她开门的时间绝对算是晚的,但是没办法,要保证女儿的睡眠时间。

她每天早上五点五十就起床,先去洗漱做饭,做好饭后再喊孩子起床,那个时候差不多是六点二十。

即便是这样,和同龄的小朋友比起来,小奶糕还是起得很早。

幸亏小超市距离陶桃住的小区不远,她走路十几分钟就到了。

每天早上开门后,陶桃会先把放在储藏室的小折叠床搬出来,在柜台后撑开，让女儿再睡一会儿。

趁女儿睡觉的时候整理货架，有客人进来买东西的话，陶桃就会停下手头的工作，去给客人结账。

今天早上也是一样，安顿好女儿，陶桃就去整理货架了。

超市里总共有四个货架，一台冷藏柜。

冷藏柜和两个单面货架分别靠着三面墙，另外两个双面货架放在超市中间，柜台后的那面墙上有一面专门放各种烟酒的货架。

她刚将两个靠墙的货架上的货给补齐，门口的迎客铃就响了，走进来一个身形修长的年轻男人。

男人身着白衬衫与西服裤，五官俊朗，肤白如玉，气质脱俗，整个人仿若谪仙。

看清来客的这一刻，陶桃心里只有一个想法：是她的超市高攀了。

与此同时，陶桃的耳畔响起了清脆的小奶音："妈妈，有人来买东西啦！"

你这小家伙竟然没乖乖睡觉？

陶桃放下手里的货物，走到柜台前，先朝柜台后看了一眼，发现这小家伙竟然在偷偷地用平板看动画片，还知道戴上耳机降低被发现的概率了。陶桃哭笑不得。

就在陶桃准备板起脸批评小奶糕的时候，那个年轻男人忽然开口："你是超市的老板娘吗？"

男人的声音很好听，低沉又温和。

陶桃点头："嗯，有什么需要的吗？"

男人回道："我想从你这里批发中秋月饼。"

小超市以零售为主，批发售卖不在小超市的经营范围内，她也没有那么大的仓库存放货物，但还是问了句："你要批多少？"

如果是十盒二十盒的量，她也可以提供，毕竟能赚一点儿是一点儿。女儿上幼儿园后肯定更费钱，陶桃需要努力赚钱。

男人面不改色地回道："一万盒。"

陶桃："……"

这钱她真的没法儿赚，量太大了，小超市放不下。

赚钱也要在能力范围之内，她直接回绝了他："不好意思啊，我这里不搞批发，你去别家问问吧。"之后她又好心地提醒了他一句，"你要的货多，最好直接联系厂家，这样比较便宜，因为没有中间商赚差价。"

男人并未离去,而是回道:"我联系不到合适的月饼厂家,也不了解行情,所以才想直接找个超市进货。"

陶桃只好实话实说:"你也看到了,我的超市很小,没有仓库存放货物,一百盒我都不知道放哪儿,更别说一万盒了。"

男人气定神闲地说道:"你可以让厂家直接把货送到我的公司。"

陶桃:"……"

合着你就是铁了心地要让我当这个赚差价的中间商了?

这个男人,实在是有点儿奇怪。

除非是开大超市的人,不然谁会一口气进一万盒月饼?但如果是开大超市的,他为什么要来小超市进月饼?

这太奇怪了,陶桃没忍住问了句:"你为什么要进这么多月饼?"

男人回道:"中秋节快到了,发放公司福利。"

你的公司有一万人吗?

是什么大集团会有一万名员工啊?

那么大的集团,干吗非要来我这个小超市进月饼?

陶桃越发觉得这个男人奇怪,他竟然能把话说得如此自相矛盾。

但这确实是一笔不小的交易,哪怕是一盒月饼只赚一块钱,她也能赚一万块钱,孩子七个月的学费就有了。而且这男人说了,直接把货送到他的公司就行,她根本不需要担心仓储的问题,只需要联系厂家。

这笔钱似乎很好赚,但赚钱赚得太容易,她会感到不安。

万一这人是骗子呢?

思来想去,陶桃还是不敢接他的生意:"要不……你还是去别家问问吧,我做小本生意的,接不了这么大的单子。"

男人依旧没走:"如果你不放心,我可以先把钱交了。"

顾虑被看穿了,陶桃有点儿尴尬,立即解释道:"我不是这个意思。"

男人无奈一笑:"那你还有什么不放心的?"

我来送钱竟然还送不出去了?

陶桃想了想,似乎真的没有什么不放心的地方了,是骗子的话他也不可能先交钱,但实在是想不通,那么大一个公司为什么偏要在她的小超市批发月饼。

犹豫了一下,她又问:"你就不怕我卷钱跑了?"

男人:"……"

她好像确实是有那么一点儿……老实过头了。

叹了一口气,他回道:"也没多少钱,你应该没有跑的必要,而且你看起来也不像是骗子。"

陶桃在心里嘀咕:一万盒月饼的钱还叫没多少钱?一盒月饼的定价哪怕是二十块钱,一万盒的话也有二十万了,这还叫没多少钱?有钱人的思维果然和常人不一样!

陶桃忽然觉得可能是自己多心了,在她看来是笔很大的生意,在人家看来可能就和买棵白菜差不多。

况且是送上门的生意,她不要白不要。

考虑再三,她最后还是接下了这笔单子:"那行吧,你的预算是多少?"

男人回道:"三百。"

陶桃:"啊?"

一万盒月饼的预算一共三百?

男人看出了她的困惑,解释道:"一盒三百。"

陶桃:"……"

陶桃心想:三百万的生意,应该……不算小吧?

男人补充道:"一盒月饼的批发价在三百元以内就行,无论你多少钱进,我都按三百一盒的价格给你结账。"

陶桃愣愣地看着他,她的脸上写满了"难以置信"这四个字。

他这不是来给她送钱的吗?

冷静了一会儿,她试探性地问:"我一盒月饼进价二百九十五元,你也会按三百元给我结账吗?"

男人:"……"

她打算一盒只赚五块钱?

这姑娘果然是个老实人。

他又叹了一口气,回道:"你的进价是多少钱我不管,我的预算就是一盒三百元,在三百元的范围内,你自己随意选择就行。"

"哦……"陶桃还是有点儿蒙,从来没见过这么傻的有钱人。

男人又问:"你还有问题吗?没问题的话我就先把钱交了。"

他连交钱都这么干脆利落?陶桃觉得这人就是来给她送钱的,可是非亲非故的,人家为什么无缘无故地来给她送钱?

陶桃想了许久,理由好像只有一个——人傻钱多。

但她并不想当奸商,考虑了一下,说了句:"钱你先交一半吧,就当是定金，剩下的一半你可以等货到之后再给我。"

男人言简意赅："太麻烦，不需要。"

陶桃："……"

是我的格局小了……

既然如此，她只好按照他的意思办："那你先给我留一下姓名、电话和地址吧。"说着，她将柜台上的本子和笔拿了过来，准备记录。

男人回道："我叫季疏白，一会儿我们可以交换一下微信，具体地址我会用微信发给你。"

陶桃点头："行。"随后她对坐在柜台后面的小折叠床上的女儿说道，"小奶糕，帮妈妈把POS机拿过来好吗？"

小奶糕听话地点点头："好的！"然后她立即伸出了小手，将放在柜台下面的POS机拿了起来，递给了妈妈。

看着这个白白嫩嫩的小丫头，季疏白没忍住笑了一下："她就是店里特供的小奶糕？"

进店之前他注意到，超市的门头上除了"桃子超市"这四个字，还印着一行小字：店内特供香甜小奶糕。

陶桃也笑了，点头："对，我女儿。"

季疏白目光温柔地看着小奶糕，认真点评："很像。"

这小丫头跟程季恒长得不是一般的像，季疏白仿佛看到了迷你版的程季恒。

那家伙确实没有吹牛。

老天爷真是便宜他了，竟然给了他一个这么可爱的女儿。

季疏白都有点儿嫉妒程季恒了。

陶桃还以为季疏白在说小家伙像小奶糕一样又白又嫩，谦虚地回道："小名而已。"

季疏白没再多言，干脆利落地刷了卡，一次性支付三百万元，随后加上了陶桃的微信。

按理说他的任务已经完成了，他可以功成身退了。

但是他觉得自己不能就这么走了，必须刺激那家伙一下，不然实在是对不起他们俩多年的交情。

想了想，他走向放着冰激凌的冰柜，然后看向小奶糕，温声启唇："我现在想买两个冰激凌，你可以告诉我哪个冰激凌最好吃吗？"

小奶糕用乌溜溜的大眼睛看着他，很认真地回答："妈妈说早上不可以吃冰激凌，会拉肚子的。"

她也是个实在丫头。

果然是有其母必有其女。

季疏白忍俊不禁："可是我现在很热，必须吃一个冰激凌，我的朋友也很热，我需要给他也带一个。"

小奶糕拧起了眉毛，困惑地看向妈妈。

陶桃也被她逗笑了："告诉叔叔哪个好吃吧。"

妈妈开口了，小奶糕立即回答："我喜欢吃可爱多，草莓味道的。"

季疏白："多少钱一个？"

小奶糕熟练地报出价格："四块钱。"

季疏白故意逗她："可以便宜点儿吗？"

小奶糕摇了摇头，语气严肃但声音稚嫩："不可以哦，我们这里是小本生意，不可以还价的。"

季疏白直接被她逗笑了，实在想不出程季恒为什么会有这么可爱的女儿。

陶桃也被女儿逗笑了，随后打开冰柜，从里面拿出两个草莓味的可爱多，对季疏白说道："送你了，感谢你照顾我们家生意。"

其实陶桃说"照顾"不恰当，他明明是来给她送钱的。

三百万元就这么到账了，她实在是不好意思，送他两个冰激凌绝对是应该的。

虽然不是季疏白出的钱，但季疏白没拒绝，不然还怎么刺激那家伙？季疏白面不改色地接过冰激凌，说了声"谢谢"，然后便离开了小超市。

出门后，他顶着初升的太阳朝东走，一直走到路口。

朝南的路边停着一辆黑色的宾利。

季疏白拉开副驾驶的车门上了车。

还不等季疏白坐稳，程季恒就急切地问道："你完成任务了吗？"

季疏白不慌不忙地将冰激凌递给程季恒："你先吃个冰激凌。"

程季恒压根儿没有吃冰激凌的心情："先说你完成任务没。"

季疏白："当然，不然你女儿为什么请我吃冰激凌？"

程季恒瞬间就不平衡了："我女儿凭什么请你吃冰激凌？"

她都没请我吃过！

季疏白："可能是因为我比较亲切和蔼？"他漫不经心地启唇，"对了，我说我想吃冰激凌的时候，小奶糕还提醒我，早上吃冰激凌容易拉肚子。"

程季恒蒙了:"小奶糕?"

季疏白故作惊讶:"你不知道你女儿的小名叫小奶糕吗?不然门头上为什么要印'店内特供香甜小奶糕'这几个字?"

程季恒:"……"

程季恒不由得开始咬牙。

季疏白叹了一口气:"看来你真的不知道。"

程季恒心里直泛酸,面无表情地看着季疏白,冷冷地说道:"你现在就下车,我不想看见你。"

季疏白明知故问:"为什么?"

程季恒:"因为你知道得太多了。"

季疏白:"嫉妒使人面目全非。"

程季恒言简意赅:"滚!"

季疏白气定神闲,志得意满:"再过一个月我儿子就要办百天宴了,希望到时候你能顺利地带着你的夫人以及女儿出席,好让弟弟看看姐姐。对了,白星梵到时候肯定也会带着他儿子过去,他儿子今年四岁了,小奶糕三岁,合适的话……"

程季恒在心里骂道:合适什么?合适个屁!你们想都不要想!

程季恒直接打断了季疏白的话:"我女儿很高贵,谁都配不上她。"

能让程季恒受刺激的事真的不多,季疏白从来没这么痛快过,他面不改色,淡淡地启唇:"合不合适你说了不算,还是要尊重孩子的意愿,万一两个孩子互相吸引呢?"

这句话里没有一个字是程季恒爱听的。

程季恒深深地吸了一口气,面无表情地盯着季疏白:"下车,你现在就下车。"

季疏白:"我要是不下呢?"

程季恒淡淡地、狠狠地说道:"那我就让你享年二十七岁。"

季疏白不气反笑,因为他知道,这家伙已经快被气炸了。

季疏白见好就收,没继续刺激程季恒:"行,我先走了。"说着话,季疏白打开了车门。

就在季疏白准备下车的时候,程季恒忽然摁住了季疏白的肩膀,将他摁回了座位。

与此同时,陶桃出现在了他们的视线中。

她从季疏白来的那个路口走了出来,背着一个单肩包,没拐弯,径直过了马路,看样子是要出去办事。

过马路的时候,她也没有侧头看一眼。

程季恒一直将目光定格在她的身上。

这半个月来,程季恒不是没来找过她们母女,而是一直默默地守护在她们身边。

既然他的出现对她来说是一种烦恼,会打扰到她和女儿的生活,那他就……不出现吧。

她不爱他了也没关系,他还爱着她就行。

他会用自己的余生一直守护她们母女。

直到陶桃的身影消失在街角,程季恒也没有收回自己的视线。

许久后,程季恒才回过神,犹豫了一瞬,解开了安全带。

季疏白:"你去干什么?"

程季恒:"我想去看看小奶糕。"似乎是很担心自己这个"坏叔叔"会吓到她,他又自言自语地做出了保证,"就远远地看一眼!"